文芸社セレクション

実感、生命と人生との出逢いについて

愚者からの論証　1巻

想念路　真生

SONENJI Masao

文芸社

目次

この私からの言葉、もしくは章句の数々というものは、互いに幾数もの矛盾している言葉、もしくは違えている章句、あるいは分裂によって満ちている。しかしその一般一義の既成概念の鎧を脱ぎ棄て、生命の根拠、本質と真美、魂の本源に立ち返って性状無垢な解釈を加えて頂けるならば必ずしや然ずから理解をして頂けるに相違ない。何故ならこの章句、言葉の数々は紛れもなく私の生命の根拠から発せられているものであり、善きにつけ悪しきにつけ、真実の偽わらざる言葉の数々であり、また、生命の本源を根拠としているものである限り、それは平生者の生命のそれと何んら隔り、変りあるところの無いものではないからである。あとはすべて立場と観点から生じて来た相違によるものだという訳だ。そしてこの生命の根拠と基準に照らしそれを依拠としているものであり、一義の妄執に固執していくのであれば、この私からの言葉と章句の生命するところは立ちどころに依り拠ろを失い、虚空空無に転じてしまうことになるに相違ないからだ。そしてそのことは互いの悲劇と不幸を増幅させるだけのことではなく、人類全体の頑迷不霊、不信と損失を齎していくだけのことである。

想念路真生

我、ここに生けり

我にとって生けることは死することとなり、以て、死することは真に生することとなりぬ。

一

われは、われにおかれたこの情況を思うと、われは一体何者であるか、そのことを証明せずにはいられない。これまた人間にかけられた例しのない程の困難な情況を負わされたことによって、われはとうとう人間に近づくことも、歩み寄ることさえも出来なかった。もとより、それは既に判っていた筈のことであった。われの運命は初めからその罠をかけられており、けして彼らの中に生きられるようには仕向けられてはいなかったからである。われはこの稀有とも思われる宿命とそれに纏る運命の中にあってさえ、その自分を証明せずにはおきはしなかったのだ。そしてわれがその自分を証明すればする程に、われの持っている霊的普遍性と根本本質とが、彼らの持っている虚妄性現実既存の肉体唯物主義によってわが声は彼ら総意全体の声によって掻き消され、無視され続けていたからである。従って、われはわれ一人の信用を頼りに生きる以外になかったが、それとて周囲全体の逆さま（彼らにとってはわれが逆さまとするが）の有り様を思えば大変な困難を擁する。その絶望的閉鎖されている事態を見せつけられるにつけ、われの方がもしかしたら一つの謬見に嵌まり、生きているのではあるまいか――そう思い込まされるに充分であった。あの唯物精神の中で生きている現代人を見ていると、もうそれだけで自分の生がそこに抹消されていくのを思い知らされていくばかりである。これではそれこそわれは本当に彼らからの生き埋めにされかねない。そこで、われはわれの生命の誇りと名誉と権利にかけて、われがここにいてこういう考えを持った人間であるということを、何んとしても人間に届け、知らしめ、明らしめていく義務と必要がある。即ち方々、「われはこういう人間であり、何はともあれ、断じてわれというものを見損ね、見違えるようなことがあってはならぬ」と。

二

例えば、わが生命は一つの極とその反極との往復によってなる、ある可能性を秘めた小宇宙そのものである。その内容とするところはカオス混沌である。であるからわれは何者でもなく、それでいて何者でもありえる可能性を秘めている粒子的存在でもある訳だ。このような有形無形であるわが存在は有形具象であろうとする多くの人間支配の中にあって、その生の正統性において必然性によって弾き飛ばされることになった。

そこから語られるこの鳩に爪、兎に角、羊に牙のようなこの書は、こういう例えば肉体と精神のような対立を一種当然な日常的誠実な調子で表現する他に何んの手段も意味もなかったことだったのだ。世の彼らは一方でそれとは全く反対の生活に根付き根差していながら、他方で熱心にその人間を改善させていくことに大真面目になって取り組み、その実践行動を起してもいるが、われは一度だってそんな無暴でおこがましくも馬鹿気た支離滅裂な偶像を立てたりはしない。その儘有りの儘で充分であり、人間はどうしてその生命の本質に改良改善を加える必要があるとする根拠を知ったのだろう？　彼らはその手立てと処方をどこで心得て確信したというのだろう？　われにはその人間の根拠を知るべきもない。われはただ有りの儘の生命の真実、本質に自分を違《たが》わぬ方向に導き、そのことに全力を以て神経を傾け、注いでいくばかりだ。その彼らの偶像、つまり理想の捏造と擬装は、その見掛けとは裏腹に打って変っていて碌なものであった例しが無い。つまり真偽裏腹なものを彼らはその都度それらしくその情勢に応じて都合よく実しやかに言い包め、知った風、分った風にその目先の利害から欺き合って来ていたのである。かれはこうした人間からの手口、知った風な捏造と紛い物工作の贈り物に騙されたりはしない。

三

われの生来具わり持っている真実《まこと》を知り、そこから湧き出ずるこの書の持つ空気を同様に呼吸する能力《ちから》のある者なら、そのわれというものがいかに悲劇的臭気を放ち、またいかにアルプスの清涼な空気であることか、そのことに気付かされずにはいられまい。そしてこの空気を嗅ぎ分けられる者は極く稀に選ばれた人達のみであることを知っている。さもなき多くの者たちが突然この空気に触れようものなら忽ち凍傷を負い、空気の薄さに窒息してしまうことだろう。この超然たる高見においては危険は遥かに巨きく、ここはけして住み心地の良いところではない。常に風雪吹きつける穏やかならざるところであるからだ。花を目出、実を結ぶとなれば直更だ。しかし清流は近く、静寂は巨きい。万物はここにあって何んと安んじて光りの中に憩い慎ましく呼吸していることか。ここには自からを騙らせ、生命を高ぶらせた生物など何処にもいない。

　われがこれまで了解し、また身を以て生きて来たその有りようは、すべてここに跡形なく表現され、証明されている。即ち透明な心、透視された思考、高山の魂である。けして麓や人里、都会の価のそれでないことを見誤ってはならない。現実の中に秘め隠されている様々な怪しい気配、その真偽誤謬を糊塗曖昧の中に偽装させて隠蔽し、済し崩しの調和の中で常識を都合勝手にして貪り、それを息を吹っかけて是認させて来た一切の不透明な俗世界、その大気に恐ることなく探究探訪する心である。わが心はその狭隘によって醸す彼らの卑猥《ひわい》猥褻《わいせつ》隠微《いんび》な仕掛とは真逆な清浄な栄養だけを摂取させ乍ら成長し、その人為人価による人工鬱屈から逃れてこの高見へと押し上げられて来たのである。それはわれに全くの別天地世界の目と心を開かせ、与えることになったのである。本当の至価は彼らの必然唯物、常識概念の中にあるものではない。真価は現実人為の彼岸、些岸を超えた霊的世界にこそ存在するものなのである。そして彼らはこれを忌み嫌ってナンセンスとして一笑に伏し、その唯物些岸の現実のみを貪り、理想を斥けたのである。これは雲り硝子同然であり、真実を映し出しえない頑冥不霊の鑑である。そして透明で澄んだそれを超えている者の視野を通して、心だけがその対照の真実を捉え、それを映し出す。今ではこれこそがわが基準となったのだ。それに引き換え、唯物具象世界全般はこの根本基盤、霊的真理だけを迷妄にも必然性の理りとして無言のうちにも禁じ、憚からせて来たのだ。彼らが奨励しているのは総て唯物主義に都合のいい中庸中正の徳を現実の生に適う如くに身につけさせて来ていたことだったのである。つまり彼ら人間の推進推奨させていく唯物流通経済世界にあって、その霊的真理、本質基盤であっては須からくに差し支えていくというのである。故に彼らはこれを楯として、最善最良として、自身に対しても他者《ひと》に対してもその強要脅迫紛いなことをして来ていたという訳である。この体制、社会認識に逆う者は一切容赦はしない。

四

ここに語られる章句の一つ一つは、断じて狂言者のそれではない。ここでは一理教義は不用で、一切説かれない。信仰は求められない。常識既存は一旦傍らに据え置かれて見直されていかなければならない。深淵より放つ光りの充溢から一滴一滴、一語一語がゆっくりしたテンポで絞り出され、漉り落ちて来るそのエキスが何よりも必要なのである。何も求めない内的全般から浸み出してくる無垢なる説話だ。これを聴き取ることの出来るのは極く限られ選ばれた、我を排し己れの心を平らかに開かせることの出来る、地上人為の価と混同せず分別することの出来る能力を身に付けた者だけだ。他の大凡の連中は逆に、その深淵真実に触れただけで慌てふためいて自からの目と耳と口を塞いでしまう。このような姿無き霊的声、地底からの内的声を聴き分けられる者はそうざらにはいない。可様に彼ら常なる人々は自分の都合に応じて色彩と社会的偏見と良識が如何にしても世間を渡っていく上での要めなのである。それでいてこの諭《さと》し心、善良からの誘惑は漏れ無く誰にも棲みつき、働いている。ただ大概はその孤独なり、冷静客観に戻った時でさえそれを自身に求めることを知らず、自身の外貌によって既成概念から訳識りになって既存の認識からそこに至ろうとする。それは丁度、類似した脇道に迷い込み、知らずのうちにこの間道を本道であると信じ込んで一生懸命歩いているようなものだ。これはもはや世界全体からしてその最中坩堝となっており足掻きの取りようもなく全体がそれに従って自転して転っていくより他になくなっている。誰もが唯本質的なことは違ったことを実しやかになって語り合い、そのことに社会全体からしてそうである為に気付く者さえなく、それが真実《まこと》として通用している有様なのであるから何をか言わんやである。

このわが章句を聴き分けることの出来る人々よ、われはあなたがたに改めて理解して貰おうとこの書を説いていくばかりだ。であるから汝らもそうしてゆくがよい。すべては運命は個有独自のものであり、所詮畢竟とするところ理解は不可能であり、我々はその点すべてが孤独なのである。であるからわれに関心を持つ必要は無い。汝は汝らで自身の真実に戻ればよいことなのだ。如何にというに、われもわれの気付かぬうちに汝らを既に欺いているかも知れないではないか。なれば互いによくよく注意を払っていくことが肝要だ。かくして人は人に学び、尊敬するも、けしてそれを頼みにし過ぎて自身に怠るようなことがあってはならぬ。もしその対象、相手なるものが覆され、倒れたときは何んとする。なれば手本として借用するはよいが、断じてそれに依存し、溺れ、倒錯するようなことがあってはならぬ。まこと人なるものはそれを望まぬものである。常に己れを日々精進精励して発見せよ。なればかくしてあなたがたは常にあなた自身にありえるし、しかも普遍で安全であり、われにおいてもわれ自身でいられる。人が人たりえるには程良い距離間、孤独を享受していくことは如何にも必要だ。このことを心得となし、けして干渉し過ぎるようなことがあってはならぬ。

五

すべてに、秋は実りを迎えるに相応しい季節である。そしてわれも秋のものだ。われの後に引き継いで来た苦節は、その春の風雪にすぎない。そしてこれからはその一つ一つを丹念に収穫して真なる自からを拾い集め、消化吸収させていくことが肝要だ。そしてこれからの歳月はその意味において最も意義深い歳月となっていく筈である。もとより、物理的価いには不作不毛を窮める。であるからそこに豊饒を求める人間全体からは嫌われるのだ。しかしこの霊精神の豊饒からすればそんなものがいったい何んの値いがあると言うのだろう。真実はたわわの上に実っている。本質は豊かである。この肉物必然からの一切の価値転換によって齎らされた実りである。われは今ではそのことに感謝を抱かねばならない。われはここに来て、ようやく本当の意味で自分が自分らしく生きることの術を身に付け、知らされたのである。そしてこの逆風逆境の中、真生をたった孤りの力で知りえたことは実に大したことである。そしてこれからというものは、自分のことを自分らしく霊の力を借り乍ら自分のみのことを語っていくこととしよう。

六

このわが存在の独特の幸福と不幸に関する如何は、すべてその運命に帰依し、宿命に根差している。わが生命の中に所蔵する肉体とその反極である霊（本質）精神から来ている二重の来歴と相違である。デカダンであって同時に清廉端緒である二つの相違える気流《ながれ》れ、つまり一理一応一通りの一義に捉われることのない人生全体の問題に対する超然的中立性。善と悪の様々な徴候と兆しに対してこれまでの誰よりも精致な嗅覚、本質を具えている。それはわれわれが誰よりも肉物色彩を持ち込むことを払い除ける能力に長けていたからだ。われはこのように肉体と精神の双方に通じている。双方そのものだ。水と油であり、同時に氷結と熱湯、融合と分裂である。われはこのように正反対の性質を一生命の中に具えており、外気人為のそれによって掻き乱され、それを治めていくことを未だに知らない。そしてわれの生命の謂れからすれば、この縺れを纏めていくことは更に酷である。われはわれの中に久遠の対立した解くことの無いテーマと課題を幾つも抱えているからなのだ。その衝突衝撃によって未だに生来心安んじた例しがないのである。

七

元来持って生れた生命の性質の上に、わが個有、この矛盾の生に火を点けたのが父と母の組み合せであり、わが生れ育った家の特有の空気と環境にある。われはここで十五の歳まで育った。しかしそのわれにとってこの家で、実際的生きていくにおいて役立つことになるものは何一つなかったばかりか、それを阻害させるものばかりが身に付いていったのである。つまりこの期間というものは、われの以降の人生を具体的に築いていく上での、この世の中の現状に対しての決定的喪失の礎えの期間となっていた訳である。なれど、その当初のわれにどうしてそのことに気付くことが可能で、出来たというのだろう。——当座の我家はまるで悪霊に抱かれているかの如く家全体というものが訳も分からない病的状態におかれ、何人もの兄姉たちが心的疾病の中に悶え苦しんでいたのである。九人兄姉の末子であったそのわが生がそれに影響を受けない筈がなかった。われはその中にあって一人悶々とする日々を送っていた訳である。これはわれの暗中模索の日々となることとなった。

こうした中で、わが手に負うことの出来ない自我が固められていった訳である。

八

病者としての光学、その魂のエネルギーによって心の昇華を計り、より健全な精神と価値を見出だしつつそれを極めていく。両極に対峙する肉体と精神、霊魂と本能の激しい衝突と攻ぎ合いの振幅に対する心の柔軟性と包容性に対する充溢と自身に立脚させて沈着俯瞰して見渡すことこそがわが修練の所作振舞であり、骨身を惜しまぬ久遠の目的となっている。われがもし何がしの道に達人として秀い出る可能性が残され秘められているとするならば、まずこの道をおいて他にないことである。そして今、その登るべき山の麓にようやく辿り着いたところである。さあ、これよりこの山（路）道を極めていく為にわれはこの無限の山の足元に縋り、このまだ未踏の道を登り詰めていくこととしよう。これからがわれとしての我であることとの正念場であり、飛躍躍起のときである。

つまり、わが本質を語るのであれば、一箇の肉体の働きを除けば、そこには紛れもないその反対物が遺されてあるのみだ。とは言え、もとより肉体具象生命においても真偽表裏裏腹二通りあって、それが厄介にも一体を成しているから始末に負えないのだ。あくまで唯物本能を好んで積極的に受け容れていこうとする志向と、それを客観性を以てそれを敢えて分別選り分けていこうとする意識と自覚である。そして一般に見られる多くのそれというものは意識されぬ混同したままの世の流れの必然性の意識を鵜呑みした中で自からそれに寄り添って—寄り縋って、かもしれないが—無意識に踏襲していくのが人の常であり、そのことによって「世が丸く治っていく」という訳である。彼らの世が健全で、われが病人という訳だ。そしてこの本来を軽佻に取り違えて前者を総体の価としていくところに、それを民衆の総意としてマスメディアが、唯物経済主義思惟と連動連携していくところにすべての錯誤がそれに纒わりついていよいよややこしくしていっているという訳である。すべてが不透明で紛らわしくなっていく。この唯物現実が大願大義を露わに本来の道を立ち塞いでいるということである。われはこれを付和雷同の現実既存という。かくして大概大凡の人間はこうして表象現実、既存常識の中を巧みに泳ぎ、操り操つられ乍ら唯物界に身を委ねていく自分を正当視していくのである。われはその点、自分に自分を引き受けていくことにしたのである。そして長期に亘る苦節の歳月の末、堅い地盤と岩盤を幾重も潜り抜けてそれとは一線を画していく過程においてその不健全な表象思惟、常識概念を克服し、本来の自分自身に到達し、その冷水の一滴一滴をわれにゆっくりと浸み込ませ自身を誠しめていったのである。それはもとよりわれの根気、つまりわが霊魂が健全であればこそ与かることの出来たものである。根が不浄不純であっては到底それを望める筈もないことであったからである。そしてこの肉物既存の思惟に占拠されている一般においては、ここにおいて悉く不純不健全、それに伴う属性＝（俗性）を強いられていく他にないことであった。これに対して本来なる者にあっては反対に病気と苦役は烈しく生命性を揺《いた》ぶられることによって振幅動揺されると共に、自発的エネルギーとなってそこから触発されてゆく。われはわれからの体験としてそれを信じて疑わない。われはそれによって正常者とする一般の心と病者との二面を双方同時に味わうことが可能となったのだ。われはわれの本来の生活への意志と、不可である飢餓と閑暇を有意義と成す為の意欲によって、その双方の空隙に宛ら焦燥の苦しみの中で、学問とは無縁の生命の感覚によってこの大いなる超然とした哲学と心理学に導かれ、連れ出されて来たのである。それでなくしてこの無学なわれが、何んの指導者も無いままにどうして独学によってこのような境地《ところ》まで辿り着くことが出来たというのだろう。わが指導者はこの様に、一般の目的と当体の励みと甲斐とするところの反対物からのそれによって、砂を噛む如く思いの中に培養され、育くまれて生れて来たものである。われはこうして、われ自身に対する生の復活とその狼煙を上げようとしているのである。

こうして見て来ると、結局真実《ほんと》うに出来のよい人間とは目鼻表象の活く肉体と頭脳の働きに長けている。社会と世間から物理的に尊ばれている明晰さによるものよりは、もっと真義、根本根源における本質的内面からのものであることの方がより貴いものであることがよく分る。具象人為的な表象による価ではなく、目に見えざる霊的精神からの普遍的なところにあることがよく分る。そして社会人為は、物理的現実既存を容易安直に押し付け、それを、包囲網としてすべてを適用として陥入れてゆくが、真に心得たる人間はそうした通常既存の価値観、意識などによって己れの立場や感情を人に押し付けたりはしない。むしろ相手の損失を負い目からに引き受け、それを補って自省の為の糧として活かしていこうとするものである。彼は穏かさを好む者であると共に、何よりも自身に厳しく律し、魂の高尚高雅を求め、それを発揮させていこうとするのである。これに対し肉物人為の価を求める人間においては何んと攻撃的他者に犠牲を負わせていく生を選択、発散させていくことであろう。その内実を昇華させた人間はその己れを慎みとしていくことを知っている。これを攻撃的人間は生存の脆弱と見咎め、もっと強く責極的になって生きることを勧め、自己との共感である他の領分までを自分のものとして積極的に取り込もうと工面することによって均衡を得ようとするのである。真に賢いものはこれを柳に風として受け流すを知っている。彼は自身の霊魂に何が益になっていくものかそうでないものかを嗅ぎ分けていく才と術を本能的に具え、それに敏である。即ち、何に交わろうと自分らしさを築いていく以外のもの、不要なものはすべて削ぎ落していくのだ。自身の世界に自身に相応わしからざる不必要な要求を取り容れていくことはしないのである。なれどこのことは人や社会や現実からするといたって具合の良くない貧相な人間として見られ勝ちに映ってくることになる。故に人はこれを避け、生理的世に通用する人間になろうとする。もとよりこの現実既存、大概のことを思えば、この実情を強ち非難する訳にはいかないことも我は承知心得ているつもりである。ただ我としては自分に主導権を持って、その主体性を守り、真実性を貫いてゆきたいだけの話しである。われはその点他に恐れず、自分に対してもいたって頑固であり不器用な人間なのである。なれどこうした人間にとってこの人世に生きるには極めて都合勝手が四方八方からして具合が悪い。人間一般の生活《くらし》とは打って変ってあくまで反りが合わなく不便窮まり無い。究極からの欠乏感である。テンポが万事に合わないのである。彼らはそれに合わせよと沈黙の強制を仕掛けて来るがわれにとってそれは根本、本質、生、生命そのものが根底より狂って来ることなのであるからどうにも仕方が無い。世界がまるっきり逆転して狂い出して来てしまうことなのであるから仕方がないことなのだ。

九

人間のもつ心的なもの、そのメカニズムと作用というものは、表裏一体をなしているものであることはもとより、唯物肉体と霊精神、この二重の来歴と系列によって成り立っている。これが生命宇宙の中でカオス曼荼羅となって、陰陽光と影となって営なまれている訳だ。このようなものであってみれば、すべてが不可解不可思議であり、神出鬼没であり、一筋縄ではいかない。捉えどころがなく、自身に味方をさせて潜り抜けていってしまう。それは笊《ざる》に他ならないことである。然しわれはその必然性を精神の理性の力を借りて止《とど》め置き、そこに固定化させようと勉める。自分にたとえ不利であろうと、それが真なるものであるならば敢えてそれを引っ被り、それに従って行こうと思うのだ。従ってそこには私用と他用の二重の人格を当然要求されることになる。このことは肉物必然の体にすべて同化混同定着させてゆくことの出来る彼らには見られない心の動きである。従って彼ら一般の心の動きは現実必然社会の中に、肉体唯物思惟の世界の中に一元化として日常化させていて当然の慣わしとなっている。そのこととは引き換えにして本源的最も肝腎なところの基とするところのものをすべてに喪失わせていくことになっている訳けだ。われはその人為必然界唯物界にあっては一々矛盾し、分裂と衝突を起し、その自分に滅入らされていくことになるのである。即ち、平安が得られないのである。彼らのように一定に纏ることはありえないのである。彼ら人間はそのわれとは全く裏腹で、その生活を躊躇《ためらい》もなく一色体となって送っている。

この点生命本体のそれは、大いなる可能性を秘めたる埋蔵所、宇宙そのものだ。多くの人というものはそれを具象や唯物社会や既存認識、即ち形而下人為の中に取り籠まれ、無意のうちに遣り過し、費やされてしまう。必然性のうちに押し籠められ埋没していってしまっているのだ。斯様なことはわれには到底堪えられないことである。そしてわれはいずれにしてもその振幅のある深淵な生命、その心の働きの可能性を味わうように、即ち霊的心の働きによって唯物心の働きが人のそれより不要なものが削除されていく様に、自然本質本体から執り成されていくように希うように具っていたのである。であるから、物理的狭義な事柄に長けた小回りの活く連中からはその小賢しさによっていいようにあしらわれるのがわれの常として定着していたのである。何しろ社会、現実、既存認識、人為唯物思想の絶対背景はもとより、有象無象から誣《しい》られていくことは我自身の天命であり、逆らいようもないこととなっていたのであるから仕方がない。それからのわれというものはこの現実社会、肉物思惟、既存常識の業火の煉獄から逃れる術も無く焼き尽くされて行かなければならないことになったことは言うまでもない。一切の弁明は問答無用であったのである。すべて因果と罪はわれの方にあるという訳と理屈である。そして我が反駁はこうした中で培われ、育くまれていったという訳である。その我に、いかなる生存の方法が与えられていたというのだろう。

十

お陰を以て、われはこれまで自分というものをついぞ良いと思い込まされる肯定的術というものを心得ることはなかった。人為社会的肯定出来るものが我のどこにも身に付いていなかったのであるから仕方がない。人との交流も全く無い訳ではなかったが、われの「正体」を垣間見ただけで人は尻尾を巻く如く俗世間に翻っていったのである。われはそれを疾に「去る者追わず、来る者拒まず」としていたのである。それでなくとも彼らの前にわれは自分の正体を晒すことを極度に怖れていたし、酔狂に近づいて来る者も稀なことであったからである。われ自身世間を相異なる心の体臭と肌合いからも避けていたし、その脅迫観念から終《つ》いぞ逃れることはなかったことなのである。これは我特有の防御本能ともなっていた。従って、そこに人間との関係、出会い、縁も生れよう筈もないことであったのである。われも野生動物のそれと同様、殊に人為に対して他の生物すべてに加負を与え犠牲を強いていく人間の本質というものを信用していなかったし、その警戒を緩める訳にはいかなかったからである。して、それを裏返すならばわれが彼らにそうであったとも言えなくもないことであったのかもしれないではないか？　彼らが勝れているという有位の自尊心を見せつけて来る以上、それに同意する訳には行かなかったのである。この人間の生態というものは霊、自然の本質の中にあって掛け離れているものであり、その狂った一人勝ちの根性が許される筈もないことであったからである。そしてわれが人間からけして好まれることのないのは、この人間の生き方に両手を挙げずに懐疑し、糺して行こうとしているからなのだ。彼らの生き方を心底怪しんでいるからに他ならない。して彼ら人間もまた我にそう仕掛けておそらくはしていることなのであろう。

十一

我が存在は、われの権利そのものがそうであったように、彼ら人間の喧騒《やか》ましい間にあっては常に掻き消され、最下方に押し潰される他になかった。我は、彼ら大多数の既存の主張の前にあっては稀有である自分の主張は常に取り下げられる他になかったからである。何事も頑冥する人為社会にあっては素直に自分を表明させることは自分に禁じて来ていたし、そのことに差し障りのあることを感じ取っていたからである。であるから当然われは彼らの主張と言い分の聞き手役に回るのが身に染み付いていたのである。だからと言ってそれを鵜呑みにしていられるようなわれではなかった。というより早い話しがその真偽の定まらぬ既存常識論に捉われているその殆どを聞き流していたというのが正しい。何故というに、彼らの熱弁の多くというものは凡《およ》そ一理と自慢話しによって尽きていたからである。無味乾燥、空言を弄んでいたからである。どれもが地に足がついてはいなかったのだ。それがどうしてわが参考になったというのだろう。われは空虚に耳を塞いでいた。この話題に関して言えば、人間と我との決定的相違となって隔っていたのである。彼ら同志はその既存常識を共有し合っていたが、われはそこにあって常に門外漢の仲間外れであった。つまりその育ちの謂れからしてわれにとってその俗事戯言に事欠き、著しく損われていたからである。生きるに事欠く程、われはその点において貧窮、貧困を極めていたことであったからである。これによって世間を渡っていくことが出来なかったからなのである。この点からも社会と人間は我を遠ざけていた。こうしてわが生命はすべてから取り残されていくことになったが、しかしこれは既に生来からの謂れによるものであり、どうにも取り返しの付きようもないことであったからである。そのわれというものは人間の間にあっては雷火であり、火宅の人であり、火の海となっていたからである。それならば我としては沈黙している他にないことであった。ならば我としては表面上は、人間の視野からして、気取られることなく、文字通り音無しく阿呆を装っていくのが一番無難な方策であることを自分に覚らせていたことだったからである。憖《なまじ》自尊心を抱くは怪我の因であった。我はいずれにしてもこの既存認識の下にあっては、その生そのもの全体から誤解されて受け取められていく他に無いことを覚っていたのである。それ程までに我と人間との間は埋まりようもない程に、常識、認識、既存必然性、肉物主義人為とは拗れに拗れた壁となってしまっていたことであったのだ。否、人間の既存一理の言い分からするならば、我の方だけが勝手に拗れ、縺れていたということになるのであろう。これは間違いのないことである。世界は変らない以上そうなることに決っていることであるからだ。つまり、近代文明人の一つの特徴である余りにも形式的、一理一義的知識学問が、本質理想、真理、根拠、霊的生命の真実を御座成りに斥けて、物理に学問を融合させてしまった。その社会システムの決定的構築によって司られていく不合理と矛盾に被われ手の打ちようもない現実構造、既存社会にこの足場を取り違えてしまった取り返しのつきようもない道筋、すべてが唯物経済によって構築、固められている確執猜疑、疑心暗鬼の混乱を引き寄せていく迷妄世界、これが人間の死守していく成れの果てである。そしてその対局にあるわが生、生命というものは彼らの前に出る資格さえもない分らずやの愚者の烙印を捺された人間であるということである。

十二

われの持って生れた性格は、事毎左様に攻撃性によって成っている肉体物理の必然性に対して如何にも軟弱で脆弱に出来上ってしまっているのかもしれない。であるからその世界にあってわれは愚かであり、どうやら虚偽な人間と目されているらしい。そうした事情からも一層反骨心に掻き立てられずにはいられないではないか。その意味からもこの世界にあってわが影は薄れ、無くもがなである。常に雑踏の中にあって踏み甃され、その身を匿うことさえ知らない始末である。たったひとり武装することも知らず、そのことをわが心に禁じている。「武装は武力を生み出すだけのことである」、これがわが哲学になっているからどうにも仕方が無いのである。故に、常に攻撃されるも、われはそれを突き返し、報復するも知らない。常に生一本、相手の意の儘だ。であるからあらゆることは無条件に傷つけられていく。人間の所作行為そのものが両刃となって煩く付き纏い、わが生涯、人生、生命そのもののすべてを食い散らかしていく。このことはわが痛恨であり、苦悩《なや》みの種である。しかしこれもわが皮膚までの事だ。わが世界ともなれば話しは全く別の問題だ。われ程この二つの世界、内と外とを使い分けている人間がいたなら是非知らせてほしいというものだ。われは普通一般の人間とは「別人」なのである。であるからして、われはその意味において二重人格者である。もとより一般俗に言っているところのそれではない。このようなわが生というものにあってみれば、通俗一般世界との付き合いにあって、そこに無神経無関心になって幾分感情を麻痺させていくことはその生命を擁護継続させていく為にも是非必要な自衛手段というものである。われはその当り前という異様な人間世界と・・・まともな自分との、人間との特異な関係からして、一種の仮眠状態、死んだ振りをしている（く）必要がどうしてもあったのである。われはその都度、社会世間、人間に対しても自分の蓋を閉じるのだ。生の限界を感じた時などは特にそうである。これがわれの生を継いでいくことの知恵なのであるからどうにも仕方がない。こうして我は自世界にあって耐乏し、生き続けて来たのだ。これこそが正当唯一のものと思い（信じ）込んでいる。人為生活の困窮苦闘の最中にあって唯一のわが体力の温存、消耗を省く手段とぎりぎりの処方箋となっていたからである。とは言え、外界、世間からの足音は余りにも人の迷惑も考えず、脅迫的容赦せず、喧ましい限りである。安眠も儘ならず、その生気を消耗し、神経を焦立たされていく。内臓がやられ、「外出」していくことさえ出来ない始末である。そのわれにとって肉体はもはや重荷となり、用を成さない機能不全に陥り、生命を存続させるためのただの意味もなさない器管、生命依持装置にすぎないものとなってしまっている。もとより、それが本意であろう筈もない。生命はすべてにおいてバランスが取れていくことが何より肝要であり、不可欠必須であるが、われにとってこの人為のあらゆる条件、環境の弊害からして、そのバランスを崩されていくことを宿命運命として行かなければならない。しかも故意として崩されていくのである。そしてその責任をすべて我自身の生、生き方に押し付け、民衆既存の絶対数の生を楯背景として非難して来ていたのである。われはここにもはや沈黙していく他になかった。わが真実が否決されていたのであるからどうにも仕方がないことである。われは既に人為の現実の生、通常既存の生、物理思惟に基く不足の生によってわが生の手足は捥がれていたも同然となっていたが、そのわれに民衆すべてそれに追随賛同していく以上、如何にすればよかったというのだろう？　われは芋虫になるより他になかったのである。この人間世界にあってわが一切の身寄を持たない精神、寄る辺を失った精神、面目を保つ為の霊魂、これを生かしていく為には如何にして行けば良かったというのだろう？　その活路は、この混沌不霊浮世にあっては、その正体すらもその正体から引きずり降ろされ、真実ももはや真実を保たれず、ただ一向中庸誤謬を生み出す唯物経済だけが崇められ、総動員となって拝まれ、罷り通っていただけのことだったのである。

そして天運がその人間世界よりわれを引き剥し、連れ去り、運び出して来ていることは、われにとって呪詛しなければならないことなのであろうか、それとも感謝すべきなのであろうか。もとよりこのことは善でもなければ悪でもなく、そうしたことによってでは簡単に量計することの出来ない事柄であることは何より確かなことである。ましてやこれは哲学でもなければ心理学、生理学でもなく、そうしたことを一切超えている生命学、神学、天文学に基く際限の無い答えの得ることの敵わない類い稀なものであろう。つまり、遥かに人類学、社会学、物理学などによって強引に答えを導き出そうとすることなどはどんでもない罰当りなこと、御門違いも甚だしいことであろう。いずれにしても遥かに人為の及びざるところの根源的テーマであることは間違いない。これを人為的思惟を以て形而下狭義具象が人為思惟の了簡基に考察しようとすること自体、無限なものを物理狭義に引込んで考える様な劣かしいことと考える。霊と自然、神と天意に対する冒瀆である。そして人類は、殊に文明を究めている近代人、自からを誡めていくことを知らない物理学者、科学者、その分野の学者連たちはこの破廉恥な類であるに相違ない。人類の本分と領域を弁えることを知らないのである。そのことによって未来、否、既に現在においてその天罰は下って来ていることではないか。物理的叡智、欲望、経済過信信仰によって自からを見誤ることなかれである。そしてこの生命の持っている最も崇高高尚にしてよい性質を嗅ぎ分けようとする者なら、少なくとも世の時流に流されることなく事の真実と事実本質真理、正義とは何かについてを見極めていく能力を身に付けているものである。少なくとも外部の如何と世と時流からの圧力に屈っすることなく、惑わされることなく、真の良識と見識、本質内部、霊魂からの真実に耳を傾け、人類が如何なる方向を目指して行なってゆくべきか—その為に自己の感情に打ち克って、その身辺に打ち寄せてくる現実大波に攫われず、大地に足を踏ん張り続けていくものである。ここそが全体真理を養護《まも》っていくぎりぎりの入口であると同時に真髄でもあることなのだ。この神妙と霊妙な態度を、われがどうして実際の現場に晒し出そうと目論んだのか、それは本来のわれの望むところのものではない。われはもとより自分一人のことであるならば、物理的なこと以外は霊的人間である。自分一人で自分の真実を充《みた》していくことが可能である。それでなくともこのような苦節による手記、綴り、生き方を公言告白すること自体余りにも危険が巨きすぎるのである。しかしだからと言ってこうした永遠に未解決な自身にとって過度なテーマ、課題が生み出され、山積して来ている以上、われ一人の手に負えることではなく、その一部分でも外部《そと》に放出していかない以上、我が身が持ち堪えることが困難となって来ていたことも事実となっていたからなのである。そしてこうした危険の及ぶような吐露を試みるにしても、地下に鬱積したものの一握りを地上に投げ出したからといって非難されるには当るまい。むしろこの醜悪な「護美《ごみ》」を拾い集めて、よく検討してみて貰いたいものだと思っているくらいなのである。われは長い弑逆と罪悪感と葛藤の末、あれ程までに恐れ続けていた宿命と運命を背負いつつも、これを容認し、むしろ親しみを込めて愛するまでに至った経緯を思えば、それは一片ならないことでもあったことなのだ。われはそれに半ば何度となく殺されそうになったことも都度にはなかったことだったのである。われはその都度それを克服回避し、その危機を乗り越え続け、われは我をわれに自から取り戻し続けて来ていたのである。そしてこれから以降のわれというものは、人に導かれていくのでもなければ、自発的意識を以て自身を導いていくというよりは、ただこの運命に自身のすべてを預け、委ねて陰翳の運命の生として行きさえすればよいのだ。如何にというに、われはこの運命の中に蜉蝣の如くとにもかくにも生かされて来ていたことなのであるから。そしてわれの中の霊魂が、そのわれを論し続けて護っていってくれることであろう。

十三

われの一般人間世界に対してのそれがすべてに亘って脆弱で愚かしく、端から如何にもお人好しの与し易い者から分取ってもさして差し障りの無い罪にも当らない性格に見られて来ていたことはこれまでも語って来ている通りであるが、こと我自身の世界に関して言えば、むしろその正反対の性質を秘めている。攻撃はむしろ内面においてのわが本能・天性に属する。もとよりその攻撃の手段、表現が一般の直情的武力を以て訴えるものではなく―彼ら人間に言わせると陰険ネガティブと言うであろうが―理性を以て相手方の良心に訴えていたことであり、武力での報復などは以ての外の思いも寄らぬ事であったからである。この直情的武力を以て訴えようとする者は必ず感情の脆さをそこに露呈させる。真の攻撃は根拠本質に果敢であり、対象に攻め入る以前に先ず自からに問いかけるものである。徒党を組んで行なうなど以ての外なことなのだ。これは肉物弱者―彼らはこれを自から強者と名乗る―の自衛手段として成すこと（理屈）である。して彼らはその原因因果結果を相手対象に擦り合うのである。われはこれを泥仕合いの悪循環と称ぶ。これは互いに真とするところを問わず、心得ようとしない卑怯者同志の悪い行ないである。善良な処は何処にも見られない。して、人間はこれを果しなく、反省も無く、繰返して来ていたのである。しかもいよいよ陰険にしかも大掛りになってである。これに尽きるということがない。―われとしてはこの地下界にあってこの不可解で難解なテーマと差し向い、格闘し、己れ自身と戦い続けるのだ。それは丁度地底深く潜り、固い岩盤を採掘する坑夫の姿に似ている。カンテラ一つを頼りに坑道を全身まっ黒に汗と炭塵に塗れ乍ら黙々と打ち込んで進んでいく風情とどこか重なっている。落盤の危機を感じつつ、生命懸けである。この任務は表象ばかりを、既存ばかりを問い続けている生活者の態度のそれとはまるで真逆の態である。われの攻撃の対象は、物理経済知能犯、権威らの経済ゲームに戯け、事寄せるその流通による商戦の豊かさの本末転倒の追求である。われはこれを地上人為の貧困と考える。霊魂の貧困である。して彼ら人間は豊かさと賢さとして自称自慢する。嘯いていく。われはこの真相を以てその彼ら人間の内核から風穴を空け、撲滅しようと思うのである。その中善中庸中正の擬制建築とその構造を破壊したいのだ。勿論、その上に真の理想建築に取り懸る為であることは言うまでもない。彼らの戦争ごっこ、唯物経済ごっこを取り止めさせる為である。既存である中間空位の論争を止めさせる為である。これは我にとって光明ではなく暗雲でしかない。この欺瞞偽善の巣窟、不潔窮まり無い隠微に覆われた洞穴はよく消毒し、その蛆虫どもは撲滅しておかなければならない。もとよりその手始めとして、まずわれ自身を攻撃の火祭りにかけておかなければならない。自からを消毒してその矢面に清潔潔白にしておかなければならないことをわれは熟知している。如何にとなれば、自からが率先せずして火の粉を被らずして人がどうして付いて来るというのか、自からが率先してその見本を見せ、行なうしかないではないか。この点、言葉は空しいものである。われはそうしたことからもこの修羅場の焼身にあることを既に承知しているのである。

十四

人がそのわれと語るとき、そこに必ず難渋と気重、億劫を感じていることを知らされている。ある種の馬鹿真面目を見る裏で、愚直と人間的つまらなさ、貧困《まず》しさを感じているに相違ないからである。われの持つ個有の雰囲気を持て余すこと請け合いである。これが彼ら唯物界に生きる者通常人すべてからの私に対する感慨感触感覚というものであり、印象と評価であろう。われは純潔精神、有りの儘の敏感さを以てその反対物の臭覚と心裡と彼らの感触と理りを嗅ぎ取ってしまう。けして肉物人為の既成概念、通常認識に惑わされたりはしない。この純潔さはわが霊魂と直結しており、一体をなしているものであるからだ。即ち生体からの内奥、臓腑を深く貫いている為に、生理的に嗅ぎ取ってしまうのである。この霊的本能は学問の有無や社会学の現実外部、肉物必然によって収得する知恵と技術とは別で、けしてそれと融合してしまうものではない。人為便宜に伴う邪な習慣、あらゆる学問的知恵を駆使した文明文化人や現代人らしく洗練した形而下的知能の働きを以て糊塗偽装しようとそのメッキ塗りによるものであるならば、それは無意味無駄なことである。ただ彼らが外部的体裁を粧い、社会的品格、物理的名晰さを以てかかろうとするなら、われとしてはその学識的優越の嵐を逃れ、いよいよ地下に潜り、素朴を以てそれを見送って遣り過ごし、本質真意を見極めていく他はない。これがわが表現であり、攻撃の意志であるからだ。このことはわが信条であり、原則であり、思惟そのものであるからだ。そして彼ら人間の生活は、唯物経済至上主義に固執し、その妄執に固く抱《いだ》かれている故に、その狭義によって裏腹になって行かざるをえない。この狭隘を受け容れて行かざるを得ないのだ。われはその汚穢の波をまともに被っても、わが洞窟に戻ればその素顔の自分を取り戻すことが出来るが、彼ら人間はどこでその自分を払拭し、取り戻すというのだろう。そのままの方がよいとでも言うのだろうか。彼らの市民生活、社会生活は程々に厄介に出来上ってしまっているのである。であるから従ってわれは清楚を守る為にも孤独であらねばならぬのだ。それが万全すべてであるとは思わないが、されどその人間との関係からしてわれは我を防禦する為にも地下に立籠って生活をしていかねばならぬ。この様なわが生活にあってみれば、われは大方において辛抱と耐乏と飢餓のみに取り囲まれる。共感するものは何も無くただ彼ら全体からの敬意と孤立が襲って来る。そのわれが人間を理解しようとするならば、生命の源流へと遡ってその本質根源に基いて人間生命を理解していかなければならないが、人間の中にそれを理解しようとする者はなく、すべてが既存現実、その肉体物理経済を尊重し、崇拝し執着していく以上、わが手の下しようもなく、断ち切られているも同然なことなのである。

十五

それにつけても、われはどうして、如何にしてこの窮極《きわ》みに辿り着き、到ったのであろう。如何してこの絶対支配である肉物大気を克服し、抜け出し、混沌カオスを過ぎり、この超然に辿り着くことが出来たのであろう。われは身内に迸る泉によって安らぎ、慰められ、新たな階段を眺望するに至り、その活力を貰い、至高へと更に力を貰える。ここはもう既存者の及ぶところではない。すでに通俗人間の近づくところではない。その者、ここを覗くに忽ち眩み、怯み、変調を来たしてその我より逃げ去る。げんに、われはここで安心して孤り憩えるのだ。されどなかんずく、未だ我が心は途上にありし者である。頂きは未だ遠い。われはその麓の半ば過程である者にすぎぬ。これからこそがわが本来本番を迎えるべく頂きを望む難所の到来なのである。されば尚のこと心を引き締め、目指せよわが心。わが霊魂よ。そして彼ら人の心においても、片隅に清純な心の眼が片時なりとも開眼されないとも限らないではないか。ならばその心を喚気せよ。喚気して我が泉に触れ、咽喉を潤わしめよ。なればわれもそれに熱き涙を以て微笑み返すであろう。とは言え、この泉は余りにも冷（霊）泉あらたかにしてそれを極める。慦じ微温湯に馴染んだ咽喉には凍傷を負わないとも限らない。ならば心してその準備、その用意しておくことが肝腎肝要だ。

十六

その人の栄養、嗜好の根源根拠を成すものであるように、生命にあってもそこに生れ育った風土と環境というものはその人にとっても切っても切り離すことの出来ない謂れを成しているものである。その山河、土地はその人の霊魂の謂れと密接な関わりを持っている。故にそれは心の源流であるから生命においても無条件なものである。それを成す基礎となっているからだ。そのことは我においても何ら変らないことである。であるからその生命（人）が後にいずこに変転彷徨うことになろうとも、常にその霊魂―が思い馳せらせるのは―故郷の空であり、心はその方向を弄《まさぐ》り、他には無いのだ。思い出はその故郷を遠くにおけばおく程に尚更に追想追憶する。ここは彼にとっての生命の源泉、格別なところなのである。従って彼は生涯に渡ってこの故郷の空気を嗅ぎ分けることが出来る。鮭がまた元の生れた川に遠海より還って遡り、産卵してその生涯を閉じる如くに―。生命は、霊魂は、また土地に帰巣していくことを、その如何なる思い出に連っていようとそのことに関わり無く無条件にその本能から望んでいるものである。また、その生命にとってこの故郷こそが羅針盤の如く生命の中にあって、いずこにあろうとその方向を既知し、心得としてその能力を携えているものなのだ。そしてこの能力に関して言えば、人間には物理文明便宜の暮しによって殆ど消滅してしまっているが、他の生物の本能においてはその生命の源流となって働いていることなのである。即ち、このことは生命に関する根源的外すことの出来ない不可欠なテーマ、命題ともなっていることであるからだ。そしてこのことは我にとっても同様であり、我もその故郷のものであり、本質に帰巣する生命に他ならないことを充分に知っているからなのである。

十七

またその生命なるものは、断じて他の同類の生命によって愛されてゆく存在でなければならない。断じて必要不可欠なものとされてゆかなければならぬ。幼児にあっては母親から愛され、少年にあっては父親によって愛され、学生にあっては教師同窓から愛され、青春においては異性盟友から愛され、成人に至っては結婚過程を成して子供に恵まれてそのわが子から愛し愛され、壮年に至っては社会同僚仕事から愛され、熟年になってからは精神や孫家族人間世界全体を愛し、老人に至っては健康から愛されつつ一病を友として語らい、老年を重ねるに至っては伴侶を気使いつつ死と向き合ってそれから愛されるようになっていかなければならない。また、その人生に恵まれることがなかったなら、そこから裏切られ続けなければならない運命を負う人生となっていたとしたならば、疎まれ続けなければならない宿命《さだ》めを負う人生となっていたならば、良かれと信じ励んでいたものが悉くその底から否決されていかなければならない精神、生命と遭遇していたならば、この人間の生命、人生にとってそれはいかにこの世にあって凍えと飢餓えと人生の不毛感によって死生に纏わる辛い人生を送らねばならぬことになることであろうか。―それはその人の生き方そのものが拙いものであったのであろうからそのことは致し方の無いことだ―などと一蹴するのでは一概にして済まし、片付けられない問題《テーマ》を含んだ事柄であろう。そもそも拙いとは何んの基準を以てそう言われるのであろう？　―可様にして人はその歳月を重ねつつ、愛の中に生命を浸して生きていくことに努めていかなければなるまい。なれどそのことはもとより我が人生も含めて果してこの世の中、人間それ自体も含めて、今日現状現実の社会、世界の価値概念全体も引っくるめて情勢全体を鑑みる時、如何がなものであったのであろうか、ここには幾多の問題《テーマ》と課題が山積して遺されていっている様に思われてならないことだからである。その回答にしたところで、これまでがそうであった様に一朝一夕によって見出せるものでもあるまい。生身の躰を生命、心だからと言って問題を片す訳にも、回避して逃げ出す訳にもゆくまい。

　この人間の既成既存に基く一理一様の中での何んら目鼻の付けることの出来ない闘争の中での喜怒哀楽の生を引き連れていっている世界にあって、それに引き換え、わが生命はあくまで極とその反極との対流、二つの流れの二重構造とそのまた裏表となっているその中をたえず揺れ動いている。つまり陰陽と光と陰による同源なのであるのだが、これを果してその己れ自身にどういかに活かし、処理始末し乍ら、ある方向へと目標を見定め、展望展開させていったなら自分にとって最善最良なことなのであろうか、われはそのことにすら未だその術さえ完全には把握発見、自己開発、心得るまでには至っておらず、その遠い道程であることを自覚させられているばかりなのである。そのことに往生させられているのが現状なのである。ここに我の無生活が存在させられているばかりなのである。

十八

測らずもここにもう一つのテーマがある。それはいくら合理性や知性、テクニックが物理的に優れていたところで、それとは反対の要素、即ち不器用や愚鈍さ、単純や誠心誠意、誠実純粋の精神性から比べれば、それらは表象上の理りによるものであり、必ずしも中身内容には至らないものである。その表象にあるものは必ず表象の養分を授与《あづ》かり、そのことによる物理頭脳的過多と共に皮肉にも霊的精神、本質からの養分要素の渇きを伴ない、陥り勝ちになり、気持と感情と立場の狭義ばかりが先走ってバランスを崩しかねないものである。知に傾くことによって真心本質を失いかねないことになる。それに引き換え、この地表人為の養分に恵まれること、その恩に与かることのなくなった日陰者や地辺駄に圧しつけられた生活者や地下生活を送らざるをえなくなった者たちというものは、形而下的要素、人為物理の価からは眨まれ、遠ざけられ、恵まれることは無いが、その彼らの不条理な生き方とは異って、その分霊的な要素、つまり常に程良い理に適ったバランスの整った霊的養分を質素に吸収し、けして心は干涸びることを知らない。それ故彼らというものは他者の分まで―悪知恵によって揉めたりはしないばかりでなく―既存者はそれを生命力の欠乏、意欲の貧しさとして見る向きも多いが―心の奥行きによってたえず自からに謙虚になって全体を考慮考察する理性の中で自身を考えつつ生きることを身に付けているものである。ところがこの地表生活者、既存唯物主義者なるものたちにおいては、口先三寸何んと賢しげに唱えて回っていようと、この彼らの腹の中、心の本音とするところは手荒にしてざらざらしており、地下生活、日陰者にとっては酷く傷つけられ易く、それは時として生命に関る場合さえ生じかねなく殺傷力を持っている程である。彼らはこのことにまったく頓着を置くことがないことで平然であり、利を得て行くことは当り前であり、生きる権利であり、無意識のうちにその大いなる調和、バランスを貶しめてゆくことによって人を傷つけていくことをしているにも不拘らず、これを彼らは生存競争、生存の権利として自己に引き上げて正当視して嘯いていくのである。この彼ら多勢者のこしらえ上げた一理一通りの既存常識と意識の中にはこのように実に恐ろしい諸刃が懐に秘め隠されていることでもあったのである。―果して汝はそのことに気付き、知っているであろうか？

即ち我々生存者というものにあっては、必ずしも陽光物理のみを至上のものとしてそればかりの価を求めるのではなくして、もっと多面的多角的大地に深く根差している生命性、本質的思惟を宿し、身に付け、根を張り繞らせて生きてゆきたいものである。地表人為にて余り、物理ばかりを繁栄繁茂を競わせることなく、全体の調整バランスを考慮《かんが》えて質素に和を重んじて生きてゆきたいものである。森羅万象に感謝しつつ、その恵みを知能知恵からばかりではなく、御心から感知して行きたいものである。真心を以て暮して行きたいものではないか。これこそが人間本来の生きざま、生命に適った生きざまというものであろう。ひたすら唯物経済を当てにして求めて突き進んでいくのでは何事によらずそこには限界があり、不恰好不謹慎であることを知るべきである。纏われていくことでしかないことを人類はもういい加減にして覚っていくべき時期に差し掛っていることを知るべきなのである。これ以上己れの我欲、幸いの為に、他に悲劇と不幸を生み出していく行ないは厳に人間の謹しんでいかなければならないところのものである。

十九

われはこのように、この人世界にあっては失策から失策、錯誤から錯誤、落伍から落伍、何一つ具象《かたち》ある確かなものにすることの出来ないままに、いつの間にやら、こうした全く思いも寄らぬ人為社会における最下層の生にまで陥落、送り込まれて来てしまっていた。わが生活全般は早い話しがこのように人間の価に失敗の連続を積み重ねて来なければならなかったのである。唯物形状、既存現実からのそれに何一つ成功した事例は見当らない始末である。即ち、彼らは何はともあれ人為の価に則って人生をそれなりに切り拓きつつ、努力しつつ歩んで来ているのに対し、われにはそこに信頼のおけるようなものは何一つ見出すことは出来なかったのであるから仕方がない。その手初めである既存の学問そのもの全てが疑惑であったのであるからどうにも仕方がない。学校に登校すること自体気が進まず、ただ家にいることの方が、兄姉たちの身に起る不可思議な不幸と悲劇を見、その空気に触れているよりは学校に居ることの方が遥かに増しであったからに他ならない。われの人生にあって未だかつて、この地上にあって本当の自分の居場所の感じられるところはいずこにも無いことであったのである。常に何処に居ようと異和感は常に付いて回り、その我から出ていくことはなかった。われはその身の置き処の無い自分に途方にくれたままである。たった孤りでいる時でさえ、その自分とすみえしている始末なのであるからどうにも始末に負えないのだ。彼ら人間は自己愛が強いようであるが、どうしたらそんな気持になることが出来るのだろう？　狭義既存に生きることであろうか？　われが事情、宿命と運命とその生命の理りからして、それすら途轍もなく難かしいこととなっていたことなのである。そもそも、その自分を許していくなどわれにはとんでもないことであった。彼ら人間は誰もが「善人」であったのに対し、われは常に「悪人」の立場に置かれていなければならないことであったからである。社会人として既存に依って生きる、これが彼ら人間の善人の資格であり権利と切符となっていたのに対し、われはそこに棲むことは出来なかったからである。従って、必然としてわれには悪人の座が与えられることになっていた訳なのである。これはどうにも我には突っ返すことは出来なかったのである。それこそが世や社会や既存現実、人の認識と情勢、空気と気流の流れというものであったからで、われ個人の意識などは太刀打しようも無い世界のことであったからである。

二十

人間生命にあって、純粋に身に適ったものを身に付け、求めていくとなると、この唯物本位の生命を求める社会体制の中にあってはなかなか困難を要することであり、殊に現代の物理経済システム、科学文明万能の何事も便宜優先の環境の下にあっては我の様な人間にあってはそれを阻まれ、虚偽偽装空位へと移行させられていっているように思われてならない。根っ子、根拠、本質本来が置き去りにされていくような気がしてならない。すべてが肉物経済市場の中に取り込まれ、巻き込まれて、そこから身動きが活かなく、脱出、客観、自由のとれない世の中、一元化した社会情勢に締めつけられて時代が進むにつれてなって来ているように思われてならない。それは本来、人間生命の精神そのものに関る問題であり、けして疎かに軽んじて論じられる問題ではなく、譲歩することのできない生に関する根本的抜き差しならない課題の筈である。即ち、現代の人間社会、世界にあっては本来あるべき足場が総崩れし、異なり、すべてが逆転して移行し、唯物経済システムに乗っ取られ、根本的に抜き差しならないところまで及んで来てしまっている。このことは便宜を追究（求）する人間―社会にとっては大いに愉快で結構なことかもしれないが、狭義は生に生きる人間には大変喜ばしい理に適ったこととなっているのかもしれないが、本来の大義、霊的視野を以てして考えるならば何んと情け無く、霊精神の零落したことであろう。これは到底見兼ねて放っておくことの出来無い由々しき事態、問題なのである。従ってその本質を求める生命においては真実の実りあるものだけを求め、余り刺激性の強い害ある実りは遠ざけておく。虚偽消化の悪い物は口に運ばないのだ。ここにあっては粕は残らず、すべてにバランスが整い、生命もこれを喜ぶ。これに対し人間は無意味なありとあらゆる調和を崩す過剰な収穫を喜び、これを豊かさとして強いて自からの吐を痛めつけて行く。彼らはここに際限のあることを知らない。これを我は非情という。彼ら人間は自からを独占させる為に、この緑の星を涸渇させるつもりなのだろうか？　おお賢き故の貧弱者よ。私欲に目の眩んだ滅亡者よ。他の生物からの笑い者となるなかれ—である。

しかし乍ら我にとって、この人間の喜々として貪りついていく唯物という無際限に摂取していく食糧の殆どというものは、食傷を起させたのである。アレルギー反応を著しく起させていったのである。われはこうしたことからも躰に良い、抵抗の少ない菜食に徹していたものである。もとよりこれは心的事情を語ったわけであるが、可様にわれというものは人間生活の大凡全体を占めていく唯物形而下に対し、霊的精神を以て絶縁状態にあるところから悉く生活そのものが窮乏に追い込まれ、物心に事欠き、その活動は見る陰も無い有り様に陥っていたのである。生活の根幹からして覆ってしまっていたのであるから何んとも遺る瀬無い話しではないか。このように人間とわれとの生活の次元は根本根幹より異なって決裂し、もはや修復修繕の効かないものになってしまっているのであるからどうにも仕方が無い。歩み寄る要素はいずれから見ても、どこから見ても見当ることが出来ないのであるから仕方がないのだ。そして彼ら人間は全員であるのに対して、われはたった孤りきりなのであるから人生の根底からして、生命の根本からして、生活の何も成立する要素が途絶えてしまっていたという他にない。

二一

われはどちらかと言えば、一般的意味合いからしても勤勉家ではない。というより寧ろどちらかと言えば怠け者である。殊に、人間が一生懸命である唯物既存界においてそれが著しく夥しい。多分われというものは具象的になることは出来ない人間なのであろう。人のそれのように、そこに生きられていたならどんなにか楽に生きることが出来ていたことであろう。だが、それが身に付き具っていなかったのであるからどうにも今更仕方がないことなのだ。われにとって学習とは外部外界具象にあるのではなく、あくまで内省、生命の中の本質真理にあると考え、それを外部に向けて具象的に表現していくものだ。そう考えているのであるから仕方がない。その点からも悉く外省既存に自からを置いていく一般の人間からは矛盾、不合理に聞こえるのだろう。そしてこれが多分、この世の中、通常の人間の生とわが生との蹉跌と行き違い、ネックになっていたことだったのだ。そしてわれにはその当り前の必然が身に付かなかったことによって、人間界から全てのことに亘って放り出される結果になっていったという経緯《いきさつ》と所以《ゆえん》、事情があったという訳である。これはもはや人間からいくら冒されようと、変更の利きようのないものなのであるから、われはわれの身に付いている真実に随ってその道を生きていく外にない。このことはわれにとっての最大の取り返しのつきようもない悲劇ではあるが、しかし見方を替え、裏返してみればこれはこれでわれ唯一の生の在り処《か》ということであり、以降は―人間にとってはこれはけしからん、遺憾なことではあろうが―われはこの道を生きて行けば良い訳である。そしてわれはそれをようやく抵抗をせず、受け容れることに同意承認承諾したところなのである。

そのようなわれ自身であったことからも、そもそもその人間の一生懸命熱望してゆく具象唯物や目に映っている外界形而下そのものに余り興味が湧かなかったばかりでなく、わが霊魂というものはそこに初めから覚醒反動を起していくより他になかったことなのである。大体において我にとって人間人為の熱望するところのそれに一々懐疑する他に、自分の生の立場からしても、これまた供述して来ている事情や理りからしても、その肉物界人為全般への不審感と疑惑を募らせる他になくなっていたことであり、とてもその世界全体を称賛、自慢出来るものなどなかったことなのである。人間はそこにたえず光りの部分を見出していたが、われはそこに一早く陰の部分を見つけ出してしまうのであった。この点からもわれが人間に悉く悪い印象を与えていたことは明らかである。

そもそも人間社会そのものが物理既存の価、形而下の基準を以て人に結果としてランク付け格付けを設け、評価、人の信用度を高めていくといった具合であったのである。その点その面に顕われる物理的基準、価のどれにも当て嵌ってなかった最下級最下層にランク付けされていたわれというものは、その彼らからの信用信頼度はがた落ちであったことは言うまでもない。即ち彼ら人間社会にあって、その社会に無いもの、適用されていないもの、量計《はかり》ようの無いもの、霊的なもの、形而下的なもの、姿形の無いもの、それは彼らの価から、計測仕様の無いものとして基準から真先に外されて抹消され、資格を失い、除外される他になかったことなのであり、悉く不利を蒙らされることに繋っていた。正義心、真心、純粋、精神の如何は形而上として評価、基準対象からは社会的地位を真先に外されていたのである。というよりは、物理的形象である計測できるそれがその座を分捕っていたのである。この逆さの価値しかあらずして一体何んなのであろう。そしてこれが真正面の仮面を付けて社会に幅を活かせ、闊歩している有り様は何んと無様なことであろう。権利をして肩で風を切っている有り様である。

二二

われは斯様に一般の値とするところには既に生きてはいないのであるから、彼らに映るわれというものにおいてはその人為、人間の現実に対する度量や見識や了見が一般からはずれてバランスを欠いていて、その点人間的健全、正常さに乏しく、面白味のない不健全で貧相な人間、変人そうした印象を与えているに相違ないのだ。即ちわれと人間との意識の間には、その既存からの値と見解というものが根底からすべてに亘って覆ってしまっているということである。一理表象に合せた論理と霊本質に基いている法則との見解の相異という訳だ。なればわれとしては人為絶対の地上を避け、地下内省に潜る他にない。ここで息継ぎをして生き伸びていく他にはないではないか。であるから別の意味において彼らもわれを自分たちとは異った人間と反射的に見成すであろうし、我としても「別人」になってしまったことを自分に対して意識自覚せざるを得なくなる。だがその観念と意識の枠を取っ払って、その本来の真実《ほんと》うのわが姿、実体と正体を理解したならば、また人間が通常必然の意識を克服し、その見掛けと印象に捉われることなく俯瞰することの出来た時、われはその時汝らの前にその正体を表すことであろう。

二三

生命というものは、先にも触れておいた通り、常にそうなのであるが二つの相異する性質、素性、世界、その表裏裏腹な運動と作用を以て成り立っているものである。従ってその点からするならばこれを一つに統治統合することは適わず、分裂と矛盾に満ちており、その二層構造、系列によって豊かに花咲き、我々自身そのものの生と生命が成り立たされていく。そして多くの人間というより殆ど総ての人間というものはそれを自己管理操作させていかなければならないところを、多くの者がそれを生本能によって造作も無く自己正当化させていって無造作に一つに纏め上げ、その全体観念と意識の下にその結論を敢え無くも導き出し、それを社会公私共々真正面な考えとして全体に採用し、一握りに偏らせて処置していってしまうところに、このことから総ての真相が誤魔化され、木阿弥になり、御破産に縺って闇の中に葬り込まれていって混沌混濁混迷の中へと投げ込まれていってしまうという訳で、真実と本質は掻き消され、ただ現実だけが既存となって闊歩し始めるという段取りになっているという訳である。これは人間世界の醸し出していく肉物思惟に基くマジックに他ならないことだったのである。人間はこれを生活していく上での、生きていく上での便宜調法として敬って公用して、円滑としているようであるが、われとしてはこれは人間人為の肉物思惟に基く知恵によるそれに隠微なまでの仕打、人間の単なる偽善欺瞞を粧った卑怯《ひきょう》に他ならない。本末転倒筋違いに他ならないことであったのである。これによって本来忠枢忠心にしなければならないものがどけられ、誤ったものがその中枢忠心に据えられている人間の心得違いに他ならないことであったからである。これ故に人間は各自てんでんばらばらの不節操得手勝手によって真実は真実ではなくなり、擬装されて現実が真実正当な顔をして罷り通っていたという訳である。こうして彼ら人間は社会世の中世界を撹乱させ、自からもそのことによって腐乱していった訳である。すべてが都合よい狭義な顕現を以て言い回され、方便便宜として使用され、言葉も飾られてその実体を失わされていっている。ただ小賢しい弁舌が罷り通っていくばかりで、真実誠《まこと》実さは既に抜き取られてしまっていたのである。これが現代教育が受けている、社会が推進推奨させている実体である。ここに真相を求め、真実を追究していく者は身を潜め、賢明健全とするすべての者が要領を得て小賢しく偽善擬装となって立ちはだかり、振舞っていくばかりである。彼らは正真がとことん不利を蒙っていくことを心底知っていて、世の中、社会、世界に乗じていくことがすべてに有利に働くことを心得、既にその様な生き方を好んで意義あるものとして意識無意識を問わず行っていて、そのことによってこの世の中、現実を、生を潜り抜けていっているという訳である。そしてこのことは当局、社会、すべての機関からしてそのように行き渡っているのであるからそれを指摘逆らう者は無く、すべて丸ごと同意していくばかりということである。この軽佻さ加減に伴なう擦れ違いと誤解と疑心暗鬼を走らせることは引きも切らず、その猜疑が世界を蔽い尽くしてしまっているではないか。つまり人間には頭の天辺から爪先に至るまで物理経済思惟に塗れていることによって全体根底から、「人間とは何を目的目標、目安基準、根幹として生きなければならないか――」、その最も肝心である課題が根刮ぎ、その原則原理の理念というものが全くすっぽかされ、置き去りにされて失われてしまっているばかりではないか。ただ無闇やたらとなって物理必然観念からの思惟を引っ掻き回し、それに引き摺られ、感情的思惟思惑に囚われ、それを何んとか意味（義）有り気に装わせ、繕いつつ擦り替えて自分優位（本位）に正当化し合い乍ら語り合っている始末にすぎなかったのである。ここに真相として相手への想いやり、気使い、全体への配慮、その思慮分別の思索がどこにあったというのだろう。真率さがどこに見られるというのだろう。「世界、世の中、現実はそんな甘いものではない」、これが彼ら人間の常套句となってその気運、心裡、猜疑と警戒心が下地となって働いていた訳だ。われというものはそこに人間全体（世界）に隠蔽工作を感じ取り、自から自身を含めてそのことを誡め乍ら自からの生き方を模索し、苦悩《なや》み続けて来ていた訳であるが、結局そのことが実際既存、現実生活には何も手をつけることが出来ず、そこに、つまり人間生活全体に乗り遅れ、その生全体に何も手をつけることの出来ない始末に陥ることになってしまった訳なのである。そしてその自身の生が果して正しいものであったのか、誤っていたものなのか、この人間全体の生き方の中にあって我が生を皆目見失い、今以て、この人生の終末を迎えているにも不拘わらず、その答えを見い出すことに七転八倒し、仕様も無い始末なのである。わが生はここにあって空転し続けていくばかりなのである。猿と辣韮の関係なのであるからどうにも致し方が無い。—それというのも、大体肉物必然による（伴う）思惟から発祥させている、一般における心根、心裡によるものはおよそそんなところと相場が決っているのであるから仕方がない。即ち一般人間にはこの二つの異った陰陽、裏腹な系列の運動に対する高次での認識すら無く、高度な学問を受けている者程裏腹に、無意識の中《うち》に—意識的なのかもしれないが—それに引き換え以外にも心根というものは陳腐、通俗、既存表象に囚われていて、それを高尚賢気に装い、見せ掛け、故意にいよいよ難しく難問難解に複雑化、分散化して、益々本質を見えにくく見届けることの出来ないように遠ざけさせている様に思われる程なのである。

二四

我々というものは、そもそも当初のうちは一連の本質的なものを一方でそれとなく生命のそれによって予感しつつも、それを他方では何んとなく畏怖を感じて敬遠し続けて来ていた。ことに本来に対して小心者である故に、無意識のうちにも大胆不敵になって振る舞おうとする肉体物理による性質は、己れの直情的それに対して自負心と感性がより研ぎ済まされているものであるから、それを制約抑制させる反対の性質、理性や謙譲や徳性、即ち霊的精神や真心を酷く厭いたがるものである。軽ろんじて手易く扱いたがるものである。肉物的精神というものは、常に生命世界の中にあってまるで鶯の巣に卵を生みつける不如帰の説話ではないが、その霊的生命の養分を摂取して育って行き乍ら、その恩を仇によって返すような真似を執るばかりか、その生命を差しおいてイニシアチブをたえず握っていなければ気の済まない性質を持っている怪しからぬものである。然し乍らその肉体の、つまり形而下の性質である本能的肉物の精力によって完全に取り巻かれ、生きるべき居場所を追い出された穏健で無抵抗な霊的精神を身に付けている性質、またはその抑制的辛抱強い寛容な性質、この音無しい自重的精神というものは理性的超絶なる大義に目覚めているところから、この驕慢の持つ虚偽性を既に見抜いている為、肉物はこの霊的本質なものを上辺においては奉り乍ら、畏敬も一応でする傍ら実際においては煙に巻いていくのが実情だ。例の物理的軽佻上辺の小賢しい知性、血の巡りの良さを以てこの霊的精神の人の良さにつけ入って利を成し乍ら蝕み、その対象を非的にして追い込んで自からの利を得ていくそれぞれを正当、権利として押し上げていくことに懸命である。こうして霊的精神というものは物理的、社会的小賢しさを発揮する小手先の器用さによって自ずからその利を攫われて理不尽に追い込まれることによって鍛えられ、その苦役を承っていくことによって養われ、育くまれていく。この事実の運命を知った以上、その授った霊精神の本質を何よりも大切に心得る者は、この肉物主義者の陰険な行ないに対して断固内なる闘いを仕掛け、これに対抗しようとする。つまり、彼は目覚た人間なのであり、そこから一歩も引かず、逃げ出さず、自己格闘し、その煉獄を自からに受け容れていく。そしてこの様な道程は誰もが歩める道ではなく、選り勝られた、それに耐えうることの出来る人間の上にのみ試めされていく極限の道なのである。

二五

われは、われの身に付けた独自の人為唯物主義を背離した思想からして、このように孤独で、独りぼっちでなければならなかったが、それはけしてわれが望んでいた孤独であろう筈もなかった。われはこれまでの人生の経緯、事情からしても、人恋しく真底よりそれを求めて止まなかったが、その人間との根幹からの既存に違えた生き方からも、真先にそのメンバーから外されるのが常であったのである。即ち、彼らにとってわれがそのメンバーに加ってあることは、われにとっても心の座りが落ち付くことの出来ないことであったが、彼らにしてみればわれ以上に「違和感」を覚えていたことは紛れも無い事実となっていたことであったからである。われはその意識を生涯に亘って抱き込まなければならないことであった。われが彼らに善かれとしていたことも、仲間の仲間内ならばそれで良かったことであっても、同じ事であっても、われが成すと彼らの機嫌を損ねていたのである。われはその事実を痛感させられていた。われは彼らの根底から信用されていなかったのである。われはどうしてそんなことになったのが随分思い悩み続けたものであったが、終いにその答えは終りまで出ないことであった。我の存在そのものの嗅覚から来ているものなのか、わが全体的醸し出されている雰囲気、印象そのものがアレルギーとして伝っているものなのか、それとも人間既存の対局に悉く位置していることの自覚が彼ら人間の嫌悪として伝っているものなのか、あれやこれや考えてみても腑に落ちないことであったからである。即ち、われはこれまで語り継いで来ている通り――人為唯物における既存認識というものを根源根底より懐疑信用信頼していなかったし、むしろそこからありとあらゆる疑惑疑問というものが芋蔓式に発祥し、手に終えなくなって来ていたからである。そのわれというものがいくら誠心誠意を尽くして接しようと、わがその雰囲気に通常人間は好まざる印象を抱いている以上、彼ら社会諸共共感し得ていない以上、それによってわれから外方を向いている以上、我にどんな切っ掛けがつかめるというのだろう？　かくの如く、われと人間社会全体との間には、渡るべき橋もなく、ただ滔滔として既存現実の大河が横たわり流れ下っていくばかりのことであったからである。彼らは一様になって既存の方が頭を垂れて見入っていたが、われの方が何故その彼らに頭を垂れなければならない理由がいずこにあったというのだろう。われにはそれを見い出すものは何も見つからなかったのである。つまり、その既存の価、人為の認識によって彼ら人間の生涯すべてが賄われ、成り立って循環していっているとはいえ、その人間の意識と価によって我が人生自体が根底から剥奪され、杜撰に扱われることになった事情と経緯を鑑みるとき、われとしては自からの生命の根幹根拠からして、社会人為の事情、既存物理の価を超えて遥かに納得の行くものではなかったからなのである。われはそのことによって人間社会から最下層最下級に突き落された人間である。その我を通常狭義一通りの理屈を以て、人為の価を以て否決するは簡単であり我が耳と心に胼胝が出来ている。痂《かさぶた》を取ることが出来ないというものだ。われは人世からの手枷足枷は嵌められたまま、それを解くことを今以て知らないが、そのわが足に重石をつけ蓋を被せる者はあっても、未だ嘗て浮上を手伝ってくれる者には出逢った例しは無い。人間が、人間として、人間の中に、人間として生きていくことは極めて至当なことであり、大凡はまたそのように自からの営み、人生を築いていっているとに相違ないことであろう。概《おおむ》ねがそのように成るように社会、世の中、世界が仕組まれているからなのだ。しかし人間は、そのように生きられる人間ばかりであるとは限らない。ましてや社会、世の中、世界の仕組からして、そこから漏れていく、別の生き方を必ず模索し、考える人間が現われ、またそれが自然というものでもあるのだ。そしてそうした人間も何んの支障もなく、人間として全とうして生きて行くことの出来る懐ろの深い社会、それこそが人間本来の知恵というものであろう。それ無くして人間がどこをどのように目指し、行なっていこうと、それはすべていずれも紛い物にすぎないものである。世界であるにせよ、社会であるにせよ、それは人間のエゴイズムというものでしかない。それに照らし合せて今日のそれは如何がなものであろうか。われはそれを憂慮してならないのである。

二六

このような、人間との何んの絆も縁も甲斐も見い出すことの出来ない何んとも悼《いた》ましい人生にあって、何故今日まで生き伸びて来たかを問われれば、それは二つの理由に基くからである。即ち一つめの理由は、生来初めからわれは世間に生きられるような環境に育たず、それが具っていなかったからで、それとは対峙する生が身に付き、それこそがわれ特有の日常となっていたからなのである。当然そのことで人間外部、世間、実社会からの重像に具わない貧弱者に対する抑圧が伸《の》し掛かって来ることになったが、それは肉物本能の仕組みとして必然性に基いているわれにも与えられているＤＮＡとも言うべき運命《さだ》められており、そこからは逸れられるべき筈もない宿命でもあったが、わが生の成り立ちからしての「聖域」はそれよりも遥かに強力に働らき掛け、そのDNA以上に勝り対峙している性格となって歴つきとなってそのDNAを抑え込んでいたという訳けなのである。つまりそのDNA、即ち肉物本能はわれ自身の方で対処始末つけて克服させていく他にはないことであったからなのである。そしてこの人為的境涯にしてもその環境のながれ、情景に応じて移り変って変化していくにしても、その肉物本能の本質、メカニズムに変りあろう筈もなく人は常にその可否はともかくとしてその流れとシステム、意識と本能の中に巻き込まれているのであって、我々自身その肉物本能、意識からは混在として免れることも、避けることもありえない、「活用」していく以外にないことであったことも併せて告白しておかなければならない。これがわが生命、生の矛盾とするところのものであるがどうにも仕方がない。故なれば既にこの世の中、社会、世界そのものが矛盾であり不合理であり弱肉強食となって、本音となって、日常的に我々の生活の中にあって充分に働いていることではないか。このことは隠し合って体裁を繕ろい合ってみたところで仕方なく、むしろ我々自身がそのことを、つまり肉物本能システム、メカニズムが生命の一角として働いている事実を正直に認め合った上で、そのことを自覚認識した上で理性と抑制のコントロール《理性》を以って、むしろそのことを善的良心を以て処理、始末働かして行く以外に無いことを我々はそのことを知ることの方が先決なのではなかろうか？

　人の心裡の中には「人の不幸は蜜の味、自身の不幸は人生の刺である」という裏の心裡が歴然となって働らいている。このことも同様の人間の持つ（抱く）厳然とした気運の一つではないだろうか。我々人間、ましてや肉物本能というものは一筋縄ではとてもどうにもならない厄介この上ない心裡を抱え持っている始末に終えないものであり、このことを自覚認識して能く能く考慮を働かして行かなければならない問題なのではないだろうか。して、生命一般による物理的思惟なるものは、これを大いに妨げていっているものである。裏ではこれを歴然と感情として理性も良心もいとわず大いに働らかせ合っているではないか。我はそう推察推測し、そのことを大いに憂慮している訳であるのだが、人間世界、ことに肉物思惟による賢さのそれは愈潜行させていくだけに尚更に性質《たち》が悪く、そのことを憂慮して止まない訳であるのだが、人間世界、ことに肉物思惟による賢さの方が民衆権威共謀してそれを現実の中で優先されて大いに活用評価されてまみれていっている有り様である。否、それが世界に蔓延し、一方の価値基準としてはびこってしまっているのであるから一層に質が悪い。われはこれを人間の持つ最大級のエゴイズムと睨み、踏んでいるくらいである。

その点からもわれは沈黙し、全く自己主張することは私にとって憚かって来ていたことであったが、彼ら人間はどうもそうは見、感じてはいなかったようである。とにかくそのことによってわが生活というものは最小限にして窮々としていたにも不拘わらず、これに引き換え失うものは生命の他は最低限のものばかりであったことなのである。それも彼らの世界のほんの片隅、地下にひっそりと独り蹲まっていたにも不拘わらず彼らは表のシステム、人為の法則決り事の既存と現実を以て私とは一切関知しないそんなことで盛り上っていたことであったのである。そのわが営みというものは、その人為の営みと価からは対蹠の最下位に位置していたのがその実態実情であり、社会人としての骸が推高く積み重ねられていくばかりであったのだ。そのわが営みにおいてどうして生きている人間としての面目と面影が宿るというのであろう。

二つめの理由は、生来の不可不如意によるところの逆境である。これはわれの意に反してその生を逆へ逆へ底へ底へと運んでいったが、そのことによってわれの中に全く一般に無い稀れな生の可能性を絶望の中に創造を膨らませ導き出させていくことの契機となって繋げていくことの出来るものは、その外には見当なることが出来なったのである。われは物理表象的にも、社会的にも何んの取得も才にも恵まれることが無かったことからも、いつしかその自からの才能の乏しさを逆に武器として、つまりそれを逆手にとって何もかも真逆にある性格を手掛りとして、その形而上的、現実既存からナンセンスとされている霊的生を表現形式として創造を組み立たせていくことは出来ないものだろうか、そのことを何時しか自身の境涯と照らし合せて意識するようになっていたという訳けである。即ちこの物理的人為の生社会から生を抹消抹殺され、自身の存在が黙殺されていっている者として、われはその人為既存の価とは反対の価値、反対の生によって自分が活かされてあることを意識証明するようになって来ていたからなのである。全く人間、生命というもの、それこそ追い込まれるといったい何を考え出し、どう転び、遣り出すものやら、思いつくやら知れたものではない。全く御用心御用心といったところである。全く、人をとことん追い詰め、その居場所さえ取り上げるような真似は、個人的にはもとより、社会的においてもやってはならないことである。そしてそれをこの物理経済社会の思惟というものはいよいよ窮境窮地にある者をより追い込んでいく仕組仕掛けとなって成立していっているという質の悪さなのである。―とにかく生命、人間というものは、生き伸びようとする為に、その自己に与えられている情況、範囲範疇《カテゴリー》の中であらん限りのことを考え出すものであるが、それでもこの既存の世の中、人間の生きている物理的条件の下にあっては、この不合理、理不尽な世界にあっては稀ではあっても万策尽きてくるものが間違いなく産出してくるものである。そしてそれを「いた仕方が無い」ではなく、「そこに陥り、懶けていた方が悪い、という理屈」ではなく、それを失わせていくことを考え出していくことこそが、あらゆる欠陥不備を失くしてそれを防いでいくように考えていくことこそが、人間の行なっていくべき最終の知恵、最后の良心の呰あるべき生き方・姿なのではないのだろうか。それが稀であろうと現に産み出していくなど以の外なことなのである。

二七

それにつけても、現象物理とその形而下学からの既成概念、その必然性による肉物生命による常理全般、社会の通念、人為的価値基準とその基盤によって総てが築かれ、そのことによって何事も推し量られ、推し進められ、運ばれていくその世界観のみによって司られ、それが一方的に偏重されていく社会環境と自身の生命のうねりとその現実を、その表象外部と具象物理によってのみ築き形成させていくことは、生命全体のバランスの整合性からして酷く噛み合わせが悪く、中枢真実の根本根底からして物事の一切を歪ませて曖昧に暈かさせ、物理的豊かさという名の貧相なものにさせていく。もう一つの本来の霊世界を口先表象ではともかく、本音（本心）においては全く無視し軽じて隷属化させていっているかのようである。人為物理だけを主動優先させてそれを一元化して自己中心的考察を推し進めていることは動かし様のないれっきとした事実となっている。もとよりそれでもこの人間社会（世界）にあっては別段差し支えも支障も無く、不自由することも無く万事生活を豊かに送ってゆくことが可能になって出来上っているではないか、有効な生活を送ることが出来ているではないか、そう考えているかもしれないが、しかしその人間の享受、物理文明と便宜最優先の人間社会の生の有り様と有り方、生活処方全般というものが錯覚妄想で出来ていることであり、そもそも勝手に、この現代において既に手に終え難い、取り返しのつきようもない情況と錯乱した腐敗感を一方で益々拗らせ、裏腹に人心はもとより、世界、地上、全生命を巻き込み乍ら、全地球的規模によって齎らし、病疾へと追い込み、追い詰め、強いてはこの人間自身が善かれとして推し進めて来ていたその物理文明の生き方そのものに災いの陰となって間違いなくその暗運が遠近問わず、既に我々自身身の周囲りを包囲し乍ら、我々がそれを誤錯《あやま》って享受している間に、その生命内部にまで及んで来ていることではないか。人間は未だこのことを無視し続け、我を張り続け、その物理既存の生を最優先に主張し、霊世界の本質を軽視浸蝕し続けていくと言われるのであろうか。その汝らの心底、本心は如何に――。

いったい人間というものは、その自ずからである霊魂という形而上の存在それ自体というものを如何にランク付けをして考えて来ていることなのであろう。われは翻るまでもなく、生命の根幹を成すもの、生命の本質そのものと考えて来ていたのであるが、これを以て無条件の生であると考え、それを唯一の支えとして生きて来ていたのであるが、どうやら人間においてはそうではなかったらしい、殊に都会人である程にそうではなかったらしく、というより、それとは真逆の物理的知性と豊かさ、これを頼りに、信じ、確信し、最大限に働かせ、その霊世界と対抗克服させ乍ら自からの生、生命を逆様にしてまでそれを築いて、その歴史を積重ね育み培い養い、創造して来ていたのである。その結果として、成果として、今日のこの物理的安隠と成果と、その享受を得て、人間はその自からの根性の関った自己評価をして来ている訳である。さて、その評価は如何がなものだろうか。それは視点と観点がそうであるように其々区々なものであるに相違ない。されど、我々人間は人間として他の生命体全員と同様その中で生れやがて去って行くのであり、また現われ、消え、その生涯を繰返し、その歴史を築き、培って来た訳であり、我々人間は人間としてその現場にいずれにしてもその生を繰返し営んでいく他にはない訳である。ただ我々はその生を営んでいく中で、その生の如何を、本音として、良心として、顧みるとき、果してこの生き方で一人間として全体を望見するとき、これでよかったのかどうか、そのことを再度謙虚となって検討し、考え直してみなければならない時期に差し迫られて来ていることではないのだろうか。―いずれにしても我々人間の霊魂は、この自からの推し進めて来た物理的知性に基く文明によってその知恵は進化して来たのかもしれないが、本来の根性と霊魂においてだけは退化して来ていたことは何よりもの確かなことではないだろうか？それが淀み、不透明になり、汚染され、信義、誠実さ、誠心誠意、真心、心根、これが失われて来ていることだけは何よりもの証しであることは間違いのないところである。我々はこれを頭脳の働きによって器用にテクニック的に扱い、饒舌になって詭弁を労することを習い覚えて来ただけではなかったのではないだろう。宿らせたのは実際現実に適合適用させる為の渇いた舌の根、不誠実、即ち二元裏腹両極端に巻いたはぐらかしの対峙対立した矛盾の相克による猜疑の蟻地獄からの自からの生も巻き込んだ疑心暗鬼の悩み苦しみの現代の心的病魔の種である。―即ち人間諸共が正にこの矛盾している物理現実の真っ只中に総じて呑み込まれ、そのシステムと仕組を平然と公然当り前の如く説いて回り、またその中に生きて来た人間が同様になってそれを推進推奨させていっているということの公然とした事実として自からが証明していっているということである。ここに根本的、本質的是正など働きよう筈もなかったことなのである。その社会（世界）にあって、真実を求める者、そこに生きること非ずであったのだ。

二八

　ここでおこがましくも、われが正に自分にも、人間《ひと》にも希望していることを正直に、卒直な心で述べることとしよう。それはわれも我自身そのものでありたいし、また人においてもできることなら自身を見入って余り余所見ばかりをしてはほしくないと思うからなのだ。われも余所見をせず、自分の本来、本質（真実）だけを見詰めてゆきたいから人には余り関心を寄せず、彼らにも出来ることなら自分たちに忠実に真実に生きていってほしいからなのだ。人は自身と深く向き合い、関って生きていくことで自分を知るようになり、相手のことも自ずからそのことによって理解《わか》って来るようになるものであるからなのだ。余り外部の事ばかりに気を取られ、目（関心）を向けていたのでは、外部の如何には詳しくはなるであろうが、肝腎の自分自身のこと、物事の本質や内実内省についてはどうしてはともかく何も分らないことになり勝ちになってしまうことであるからなのだ。それは本来の豊かさには反することであるからなのである。われは可様に誰もが個性豊かな自身に立ち返っていくことを強く望んで止まないからである。そしてそれが深まって来る程に、人というものは自ずから自己本位を止めるようになり、私利の為に平然と人に負わせていくような小義の生き方を慎むようになり、自からに問うようになり、人や社会や世界との循環が自から滑らかに、穏やかになっていくものと考え、それを信じているからに他ならない。つまり、むしろその因果を他者に向けるよりも自からの中に問うようになって来るからである。自からの素養の中にこそ、本来の生命の可能性が潜んであることに気付かされ、そのことを人は認識させられるようになって来る。そしてこの自身の可能性に対する認識なくしてどうして自他に対してのコントロール、調整がついて来るというのだろう。善悪真偽その判断判別が養われて来るというのだろう。そして今日、人間が採用している物理資本主義、人為至上経済システムから生み出されて来る思惟からの本音というものは、自身の都合の悪いもの（こと）はすべて他者に転化を計（謀）り、被らせ、自身を正当視しつつ負担を軽減させていこうとする卑怯な態度、人の利を自身に横取りしたり、中正不善を見過す事勿れ的態度と魂胆、これらはすべて肉物的狭義が成さしめていく本能に属する、起因させているものであって、けして生命本来からの根拠に基くものでないことは明らかであるからなのだ。

このように誰もが本来の自己に忠実になって生きていくことによって、そのことが世に好循環のよい仕来たり、習慣《ならわ》しを生み出し、環境として整えられて行くのであれば、次第に人間全体に良好な循環が培養われ、齎らされて行くのであれば、人間もその環境の中で、世の流れの中で、性格も性質も、生命そのものがそのように純化浄化され、穏やかな中で霊精神も身になって付いてゆき、人間全体がこれまでとは打って変って本来に還って行くことになるからである。現在《いま》こそがその人間に最后に残され、与えられている機会であり、その現在を逃すことがあってはならないことである。

　このように人生において肉体と精神双方とも欠かすことの出来ない手立てのように思われるが、それでいて互いに相叛対峙する働きを人間すべて生命の中に携えている。これは生命の中の決定的矛盾であるが、我々はこれをけして決裂させるのではなく、あくまで自己を開発させ、錬磨させていく為の大切な欠かすことの出来ない素材、生命における秘義として我々はこの二つの相異する器能を誤っても違えさせることがあってはならなく、賢く互いを認め、尊重し合って折り合わせ、働かせ、活かしていかなければその自身はもとより人生を心豊かに築き、営なませていくことはできない。そして、先ず最初に直面させられるのが肉体の物理の関門であり現実であり、骨格の屋台骨となってそれがすべての基盤となっていくものであることは誰もが異存のないところであろう。さればこれはあくまで到達点ではなく、通過点にすぎないということである。されど人間の多くはここを到達点の如く、そこに停頓停滞し、依存してしまっていることに多くの問題を発生させ、そこに不明瞭な世界を築かせてしまっていることなのである。これは肉体物理の醸していく事実なのである。そして我々人間の営みというものはそこにすべてを埋没させ、安住させてしまっているのだ。しかし我々が真の人間になろうとし、生れ変ろうとするのであれば、その肉物世界の領域《カテゴリー》を一歩でも半歩でも推し進め乍ら真の生命性をよく俯瞰して凝視し、真の自身を発見し、克服させていく為の未知なる世界に歩み出していかなければならないことではないだろうか。自浄させていかなければならないのではないだろうか。そのことを肉体物理にあり乍らも願おうとする人間であるならば、躊躇らわず、憶することなく、勇気勇断を以てそこに向って歩み出していかなければならない。即ち、その肉体物理の基盤を基点として、もう一つ純度の高い良質な次元へと目指し、自己飛躍させていくことである。これこそが普通の人間から真の人間へと目覚める為の真の、唯一の道なのであるから。そして我にしても、その道の同伴者もなく、たったひとりとぼとぼといつ辿り着くとも知れない不毛の道すがらを歩み続けている。しかも全人類からは愚かな奴だとせせらわれ、蹴飛ばされ、罪を被せられ乍ら――。

二九

その生命というものが、自己の性質に応じて外部の環境、殊に人為から齎らされて来る全体環境を選択選別しつつ霊的吸収していくのは本質的自然の要求とするところであり、結果である。自衛と自己保全からの生本能である。あらゆる情報などが混然として無条件に降り注いで来る中で、自分の性質に適うものと、そうでないものとを選別していくことは精神上における一つの衛生生理学に関する当然の知恵であり、生命に対する配慮である。われはその点において人に強制することも好まないし、人からも社会からも強制されるを好まない。われは何事においても自主的自由を表現することを確保しておきたいのである。そしてこの物理的社会の現実、体制の中にあって、本音においていざとなれば個々の生命の存在より遥かに、社会国家当局体制の権威が先んじ優先されるこの世の中にあって、我はその点この制約に対して実に我儘、霊的純粋に出来ているのだ。人為社会制度に大いに疑問を持っているという訳だ。生活、思惟思考の主導権が常にこちら、つまり個々の生命に対する尊重されて、社会や権威当局はこれを支え、守護《まも》って行くべき側の立場にあることを自覚していなければならないのが基本である。それだというのにその端からの支配を受け、プリンシプルのイニシアチブを渡し、冒されることには堪えられないのである。われはその生命の本源、物理経済を優先させる為の、霊的本質の主義、真理真実を挫き、貧者弱者正真者、その物理的に力を持たざる放棄した者を一層とっちめていく制度、現実既存、体制ばかりを優先させていく、正義本質理想名乗り乍らにして、真のそれをとっちめていく権威社会というものの実体を実しやかに嘯っていく正体というものを、端から信じてはいないのである。そこにあっては、われというものが反対に、塩を振りかけられている蛞蝓となって消滅（喪失）していってしまうからなのだ。このことは今も記述しておいた通り、我の存在、独自性に関する自衛と防衛防御からの衛生上に関する信念、主義なのである。しかし乍ら今日的社会現実最優先の事情、人が保守的に権威、物理的力、体制と既存に擦り寄り、それに歩調を表向き（前向き）に合わせ、揃えていかなければ生が成り立っていかないかのように仕組まれている近世における社会制度と仕組、文明便宜の優先される社会現実と情況とその環境にあっては身動きが活かなく、その上犠牲、負債、出費が酷く嵩み、高いものについていくばかりではなく、その精神的心身の体力さえ焦燥感《ストレス》として奪われ、削られ、消耗させせられていくことになる。このことは個々自身ではどうにも成り難い国家当局者らからの、人為外部からの、また個々の肉物意識と作用によって生み出され、醸し出していく脅迫観念でもあることなのだ。われはその人為からの脅威脅迫からの絶対的圧力を真正面に受けて来ていたことからもどんなに困難を強いられ、窮地に追い込まれて来たことだろう。そしてこの数値多勢に伴う既存の現実にあってはその心体のバランスを保っていくことは非常なことと なったことは言う筈もないことであったのである。殊にこの人為社会における物理文明に名を借りた唯物経済の土壌によって踏み固められた、本質を弾《はじ》いていく窒息寸前の都会の独り暮しでは尚更で、その生活はとても高いものにつかなければならなかったことはもとより、われのような者には立つ瀬が悉く奪われていくばかりであったことなのである。既存全体、社会全体、世代全体が寄って集って現実と数値を楯に、世の仕組と決り事を楯にとって更に窮地へと容赦無く封じ込め、追い込んでくることにも、戦わなければならなかったのだ。この怯懦で、この疑惑欺瞞で、自分寄勝りの支配を我の様な立場を失った者にはそれを押し戻すにはすべてが生命懸けになって掛かる他に無い。その消耗には限りが無いのである。なれば我としてはその人為社会から遠ざかり、自身の殻の中に立て籠るより他に無いではないか。人はそのわれを見縊り、社会を楯として敗北失格者呼ばわりして非難する。これではわれに立つ瀬は無く、針鼠に取り囲まれた裸の兎も同然ではないか。そのわれがどうしてこのような彼ら社会に対して心を開いて行かねばならぬのであろう。彼らはこのようにあくまで一義的にも真義に対して鈍感であり、武力的厚顔無知という他にないことだろう。彼らはいずれも先にも述懐した通り自身の本質と真実に拘わっていくことに臆病であり、保守消極的であり、それを挫かせていく肉物に対して責極的、もしくは攻撃的になることの出来るのはどうした謂れに基づくものなのであろう。彼らは社会の御気嫌に沿って、そこに根拠を以て生きていく連中ばかりであったのである。であるから現象的、多勢視覚的なこと、形而下のことには執拗に興味と関心と示していくが、そうではないものに対してはおよそ頓着をせず、冷淡であり、無視していくのが大凡であり、実情である。従って彼らの対遮、霊の法則と原理を尊重していくわれらの価というものは彼らにとっては甚だ億劫で面倒な謂れとなっていたことであったことだったのである。本音においてありえないことだった訳である。けなされていくのが常套なことなのであったのである。

三十

人は最初から人間自身そのものとなっている訳ではない。人は、その己れ自身の真の姿を見つける為のさすらい行く旅人なのである。されど人間の多くというものは果してどうであろうか。われの見るところ、否、われの見る限り、その殆どというものは己れと向き合わずして既存の外見表象を見ることによって自己のたたずまいを意識し、それに対応すべく認識し合っていくのがその大方大凡である。その根拠として彼ら人間は現状既存を只管追い求めてそれを変えていこうとする意志は見られず、その本来根拠と内省に関して言えば、見受けられないどころか既存に停頓し、そこから脱出することを少しも望まず、人間全体の意識、観念の中に故意として納っていくのが常套となっていた。むしろ現状既存の常套に楯突く者あらば、食ってかかるのがその人間の多くの根性と始末というものであったからである。われにはそう語る権利が、その身につまされて来た経緯からしてあるという訳だ。

とは言え、そのわれにしても、つい先頃に至るまで純粋にそうなれた訳ではなかった。いや今のいまの今でさえ、われは未だにそうなれていない自分というものを、不充分不完全未成熟であることを強く自覚、意識させられているばかりである。—ところでここで一つその諸君に提議することがある。つまりこの人間世界、我々の認識しているこのカテゴリーにおいて、それが充分確信できるものであろうと、根拠、真実に基づいていない曖昧な又聞きなものであろうと、本人がそれに確認せず誤認錯覚しているにも不拘わらず、その消化されていない真実と実感しそのことを懐疑うまでもなくあくまで鵜呑みにして主張、言い張る場合にこの感情に取り込まれていくことは日常日頃から多く見受けられている光景と傾向である。それが権威や強者や利害関係や立場の上下関係であったりすれば直更、そのことがこの現実社会の認識から外れることを恐れ、押し通してしまうことが儘見受けられることが通例である。

こうした多くの例からしても、この本当の、真実の自分自身に至ろうとする、辿り着く道でさえこの人為の社会の形成する観念、事情と条件を考慮するならば容易なことではない。つまり、自分の本来あるものになろうとする為には、まずその前提として内外公私に不亘って、その真実を見極め、真偽真相、本質と真実を見届け、見定め、そのことに伴って自身を律し乍ら、自分自身とは如何なる素養を持っているものなのであるか、そのことをまず把握、理解しておかなければ、自身に気付いて認識しておかなければ、自身の真実には辿ろうとしても辿り着くことの出来るものではなく、ともすれば誤った道へと誘導されていってしまうとも限らないということである。つまり我々はその点からも内外公私に拘わりなく常に点検確認してゆき乍らそれを、自身に習慣付けていくことが何より肝腎なことではあるまいか。

然るに、われがこれ程までに自身の正体、真実を求めることに拘わり、悪戦苦闘しているというのに、彼らは最初めから、生来からして一般既存の認識に取り込まれた中で、したり顔となって、とっくにその自分を了解しているような、そのことに既に解決済みであるかのような、当り前の素振りで澄まし込んでいる。この堂々たる平然さはわれにとって如何にも太刀打ちし難いことである。これではこちらこそが誤りであるかの様な気分に陥らされてしまうというものだ。うっかり何かをしゃべり出せば、逆に笑い者にされかねない気配と風情である。ところがその連中と来ては、その自分すら一度も疑ってかかったことのないような連中ばかりと来ている。どれもこれも皆んな似たり寄ったりで、既成概念を一律一様になって採用共有しているのである。彼らはその旧来からの伝統の必然認識と常識に何んの懐疑も抱くことも無く、なんだかんだと言いつつも、それを迷うことなく責極的に受け容れ乍ら、それも器用に活用していっている。しかし乍らその必然から目覚めることなくして、既成概念を脱することなくして、真理本質、自からの新境地を開かずして、何んの真理が一体見えて来るというのだろう。自己の真実に如何にして辿り着くことが可能となり、出来るというのだろう。擬偽虚勢の海、擬装実しやかの世界にいて何が解決され、真偽の白黒の見分けがつくというのだろう？　如何にというように、必然人為、肉物表象既存というものはたえず根底から覆されて流動していくことを宿命としていくものであり、根本本質とは常に、偏に相性と反りの合わないもの同志の、たえず無抵抗である霊原則に則り、犠牲に自からのみを豊かにと企んでいくことをその本性としていく性質を持っているからである。一見外見は良く、活動的で、人目を一旦は惹くものの、従って変化することによって人目を晦ますことを特徴として行くのである。刺激を与えることによって人目と関心を止め置こうとするのである。可様にして肉体物理というものは中庸中正によって匿まわれ、保守的に傅いてゆくものと相場が決っている。そして多少のトラブル障害となるものはあっても、その不完全さはあっても、そのこと事体が自分たちの生存していることを反応気付かせ、生の刺激を促し、それがまた明日への生の意欲と活力に繋げていってくれる、という訳だ。これによって、何んの変哲も取り柄もない「現想精神」の世界よりも、「肉物経済」の変化刺激のある生の方が自身に自覚を持つことが出来てましであるという理屈になってくるのである。実現性の低い稀有の可能性より、誰もが実現させることの出来る現実性の高いものの方がましであるというのが大方の見方と見解の思考サイクルと理屈となっているのである。とは言え、これとて彼ら自身の力、意志によるところのものではなく、矢張り肉物生命からの生理的本能からの必然性から選り出されて来ていた、執り成され、促がされて来たことによる運行、宿命《さだ》めであったという訳だ。自身で真実から見出して来た本来のものであったというよりは、外象的に導かれて来た宿命的誰もが授かることになる表象、ＤＮＡ的共有常識の伝承のそれであったということである。そしてこの旧来からの生存意識の伝承、常識概念を背負って生きていく以上、その彼らにしたところで本質的ところでの個性も無ければいろいろなトラブル心身に纏る障害に付き纏われていく。そのことは彼ら人間の生の趣きからして避けようのない「身内」のトラブルでもあるからだ。そして大概は物理的処方、大胆な生き方によって強行突破、凌いでいくことも出来るであろうが、しかし生の根本根幹における本質的障害、心身の根本的生命に織り込まれている障害とトラブルの因子を取り除くことは不可能である以上、そこからは逸れようが（も）なく、次から次へと芋蔓式にその障害とトラブルは果しなく発揮して現われ、永続的に続いていくという訳である。さればこの生命そのものに纏るこの障害は、天命のようなもので、我々人間、生命者はすべてこれに投降していく以外には無いという訳だ。受け容れ、共存共棲していく他にないことなのである。そこで我々人間大凡というものはそのことに対して、霊によって根本的に生命、人間自からに徹底して向き合うでもなく、あくまで自身にとって都合のいい肉物本能に基かれている狭義である物理的知恵、その処方箋を以って抵抗をし続け、それでもどうにも収まりのつかない解決のつかない時にはぶつぶつ言い乍らもさっさと廻れ右をして妥協していってしまうのだ。この全体的根本的トラブルや障害因果、生命の宿命と戦ってみたところで仕方がなく、無益で、時間の無駄、生と生命の浪費だけであると結論付けて考える。気に入ろうと気に入らなかろうと、そっちの方で勝手に仕事にかかり、それを有り難く受け容れていくより仕方がないという訳だ。そこで彼ら人間としては物理的知恵に基く手法の他は、即ち形而上の霊的事柄の一切は棚に上げ、そんなものには不拘わらず、一応の解決を見せてくれる便宜なそのことにのみ邁進し続けていくという訳だ。取り敢えず表向きの解決現実策だけで済ませておこうという訳けである。これこそが民主主義という訳けだ。そしてどうにもならないことには一向取り澄まし、順応し、長いものには巻かれろ方式となって受け流していく、これが彼ら人間の優意な手法、生に見出した知恵、人生訓となっていたという訳なのだ。しかしそれで生のすべてが成り立ち、済まされ、治まりついてゆけばよいのだが、そうもいかないのがこの人間世界、人生そのものである。これ程奇異で、けったいで、ふざけた生物も他にない。しかしそうした不埒な人間の他にも、誠心懸命に生きている誠実で真正面な生人生と取り組んでいこうとしている（く）人間もいなくもない。ところが大方は、こうした人間である程に評判は芳しく無い。魅力に欠けて貧しい人間である、という評価を下していく。共感を持つことが出来ないという訳けだ。では豊かなで共有の持つことの出来る人間とはどういう人間であることを言うのか、このことは観念ではともかく、誰も真相においては識るものはいない筈である。とりわけこの既存常識、必然からの意識と認識を懐疑して棄て去ったわれからすれば、本質と真実をこよなく求めようとする者においては、この肉物人為にはびこっている意識全体を眺望めるにつけ、そこは我にとってすべて衝突の現場と化しており、奈落に突き落された世界であり、人生と生を剥奪されて乗っ取られ、喪失させられ、生を埋葬されてしまった場所と考えているからである。光りは何処を見回わしても見つけることが出来ないところに囲われてしまっているからに他ならない。さて、こうした人為の一切に虚偽しか見出すことの出来なくなってしまった人間は如何にして生きていったならよいのだろう？　この忌々しさは正に断腸の煮えくり返った思いである。こうなったからにはもう逃げも隠れもせず、この全体からの因果、人為必然の原理と法則という理不尽極まりない不可不如意の壁に立ち向って真正面に生命を張り合って迎え撃ってその途轍も無い壁に向って拳を振り上げて、全精力を傾けて叩き続けていくより他にないではないか。これはもはや利害損得どころの騒ぎではない。いわば生命を張り合った真偽を問う存在証明だ。そしてこの四面楚歌の溝泥の渦中の七転八倒こそが、新たな独特稀有の境地、意味と価値を与え、齎すことになる筈である。即ちこの苦渋苦闘の苦役こそが研ぎ砂となって自分自身の真実、新たな心の芽となって促し、発芽させ、息吹かせてくれるという訳だ。これはあの頭脳名晰な世界全体、人間社会が評価する一理表象の叡知のそれとは訳が違うのだ。次元が異なるのだ。真逆に異なっている自からの生命、真心と霊魂に根差した、それを目的とした既存界には無い、見られない真の表現形式なのである。そして一般には通俗既存である頭脳知性者の論理、形而下学、物理的一義一理学問の方が遥かに現実に適っているものとして歓迎好感を以て秀れたものとして迎えられ、受け入られ、認知評価されていっている。幅を活《き》かせている。しかしその物理的学問たるや、その不全不合理矛盾を生み出すこと以外―その彼らが何んと評価して持ち上げようと中庸的歪曲させた事以外しては来なかったのである。表裏裏腹その間を巧妙に潜らせることしかしては来なかったのである。偏にして隠微な世界である。彼らは人前に公然と語るは一朝前であるが成すは不合理矛盾だらけの三流である。そして一般者においてももともとより更に同類なのであるから何も不思議がることはない。既存物理必然イコール当り前という訳だ。馬鹿々々しいにも程があるというものではないか。ここのどこに真価があるというのだろう？　そしてこの彼らにとっては、自身が勝れ、高尚高雅な人間になるということは、その見栄えはもとより社会的、物理的に学識を身に付け、知能指数を高め、頭の回転、働きを滑らかに、どんな場においても反応対処対応のすることのできる能力を身につけておくことにつきていた。その為には世間、人や社会が考えるマイナス的印象《イメージ》を払拭させておくことに尽きていたことは言うまでもない。つまり、世間から歓迎される人間でならなければならなかった訳である。そしてこのわれと言えば、一から十においてまですべて、その世間、人からの評価の真逆の人間として出来上っていたことは言うまでもない。即ち、その人為の価からの埒外、番外人であったということである。このことは通常の観念として非常に恥じなければならないことであったが、現在《いま》のわれというものにあってはむしろそのことを喜びにしたい程の気分なのである。というのも、彼ら人間は中正中庸の中で要領分別を心得つつ、その間を巧みに潜り抜けて生きていっているが、われというものはその人為迷妄を脱しつつ、独自の境地、我が法則を築きつつ、その我が真実の中に生きようと心掛けている人間であるからである。人間社会の中で生々と生きている中にあって、一人でもそんな人間というものがいるものであろうか。われはそれを知らないのである。彼らはその現在の人間世界の中に生きて行くことを何はともあれ自分に適っているように思い込んでいるようであるが、われにとっては肯定出来るものは何も無く、一から十までこの人間世界の生き様、有り方というものを不適切なものであると考えている次第なのである。とにかくこの人為世界ははしこいのである。正体不明なのである。

しかし彼らにとってこれこそが正常な世の中、健全な社会、人間の正当性とその権利であろうと、われにはそんなものはどこにも見出すことは出来ないのである。ただ気味悪く、驕慢で、失敬この上なく、悍ましい不健全な姿が表とは裏腹に本音として活動し乍ら浮び上ってくるばかりである。われがこう言うと、彼らはきっと、「自分がそのようにして生きられないことで、その我らの生をやっかんでいるのだ」、そう推測しているところに相違ない。しかし我がそんな悲劇的被害妄想にかかられていると思ったら大間違いだ。われはそんな個人的感情だけで動いている人間でないことはこれまで述懐して来た通りのことである。どうかその我というものを既存認識において見誤まらないで頂きたいものである。われは既に前にも理わっておいた通り、通常の意識、認識と常識を離れ、脱し、霊の原則に基きたいと希っている人間なのである。本質こそ全て万事に通じていると考え、そのことを信じて疑っていないのである。ところがその霊の原則、本質に対して人間の考察とその思惟とするところは如何がなものだろうか。そのことは我が述べるより其々各々で判断して頂きたい。―とにかく現代人というものは、物理文明とその学問によって養（教）育培養され、その洗礼を受けて来たお陰ですっかりその人工プリズムを通して世界を見、考え、判断することしかないように仕組まれて来てしまっている。ここにあってはわが霊的稀な判断などものの比ではない。現実多勢（土足）を以て踏み潰すなど赤児の首を捻るよりもわけもないことである。これは我の体験に基くものであるから間違いのないことである。ところが透明純粋生一本な判断なくしてどんな正確な判断など出来るものだろうか。既存現実、人為処方、物理科学の目、時代や社会、文明や多数者の目と判断、それらによって何がどれ程に測られ、正統な判断が齎らされ、つくというのだろう。そして我は、もうそんなものには飽き飽きし、騙されるのは懲り懲りであり、真平ご免を蒙りたいところなのである。

それにつけても、こうした判断までに辿り着くまでにはわれとて一朝一夕にいかなかったことは言うまでもない。われの力など知れたものであり、無きに等しいことは己れが充分に心得知り尽くしているところである。すべては彼ら人界大気からの我に与えられ、齎らされたところの苦役と運命、その辛辣な扱い、そのことによって押し上げられ、いつの間にやらそのわが災厄がわれを突き動かし、突き破らせ、我はたったひとりだけの境地に至っていた迄のことなのである。

三一

この無限なる宇宙すべてなるものの営み、運行、それは巨大無限な連鎖連携によるものである。そこから切り離されているものなど何一つとしてありえない。そして我々はそれを生命全体の本能、霊的本質によって一々照し合せ乍ら、そうであるものとそうでないもの、つまり人為肉物的狭義によるものと本質真義に基くものとを綿密に擦り合わせ、嗅ぎ分けていく。われはそれを正確に選り分けていくことの出来る生命の嗅覚と能力を具えることに万全を期し、尽くしてゆけばよいことなのだ。それを具体的形状にして言えば、肉物界と霊的精神界、もうひとつ解り易く言えば具象人為界と抽象天然界、もっと身近にして言えば、唯物形而下と非物理である形而上のそれである。そして肉物界においては常に流動する根拠《ねっこ》を表外《そと》向きにさせている人為の便宜表象界を指し示し、霊精神はその内なる普遍本質、大いなる絶対原則と真理、その天然の本源を指し示していく。もとより肉物界によって表現されていくそれは表象からの反面と側面、一義一理の表象象徴部分しか捉え、言い得てはいなく、いわば粒子の集合体のようなものによって成り立っている狭義世界である。これに対して精神界の本質なるものは生命そのものの成り立ち、霊魂そのもの、霊宇宙そのもの、すべてに超然たる大いなる無条件なる真理、原理原則が内包され、そのことに基づいてすべての活動、根本が成されていっており、人為の原理原則とはまるで訳が違うことなのである。いわば人間生命に置き替えて言えば、その内なる活動を続けていっている内核中枢からのマグマの衝動、肉体生命的パトスのような混沌の中での衝突、その営み全体を指す。

こうした右のわが思想の根本理念と原理の法則からして、すべてを人間人為の概念の中で賄い、考え、極め尽くそうとする、それを至上の価としていこうとするわれと人間とでは、あくまでどこまでいこうと噛み合う筈もその規模からしてなかった。もし我と彼ら人間とがともに共感することが出来る部分があるとするならば、彼らが人為物理の総体の価を別として、一旦脇に置いて物事の本質、根本に思いを馳せ、考慮《かんが》える様になった時にのみに限られる。当然そこには本質の啓示が露われて来る筈であるからだ。しかしこのような場合は殆ど皆無に等しいように思われて来る。即ち人間の生活はその殆ど総て大凡全体が人為肉物に羽交い締めにされていて、そこから動きの取りようもなく、そのことを互いが社会と世界、現実既存と日常生活そのものはもとより、人間自身が自から牽制し合い、無意識のうちに監視拘束し合っているからである。従ってその限りにおいて、我というような人間＝存在＝は大凡の人間にとっておよそ阿呆であり、間抜けであり、不埒な人間であり、けしからぬ奴とされているからである。

三二

われは傍から―具体的―理由も無しに世界全体から気流気圧雰囲気として与えられて来る外圧からの辛さ、肉物既存、現実との公私に亘る反りの悪さから来る絶え間の無い苦悩《くる》しみと、人間との一切の絆と縁を喪失《うしな》っていることの断絶感とその悲哀と孤独など、それを克服し、拭い去ろうとして足掻き、全身生命丸事傷ついた例しは数限りではないが、それに対して報復しようなどと思い考えたこと、また、人に何んらかの危害を加えたり、自身の立場を優位に計ろうと企んだりしたことは一度たりと無い。われにはありとあらゆる事情と情況の経緯《ゆきさつ》からしても、そうした素性、攻撃的性質、肉物的意欲と本能さえ当初からその人為の素性を事欠いてしまっていたらしいのである。もっとも、わが常なる窮境の生活情況において、そのことに打って出れば即身の破滅が待ち構えていて、そのゆとりなど何処を捜してみても無く、封じ込められていたことであったからである。はたしてこうした身動きの活かない立場に及んでいる人間、それも生涯に及んでそうした背水、崖っ縁に押しつけられた儘生き続けている人間がどれ程にいるものであろうか。こうした人間というものにおいては、その生命の立場からしても、世界全体、人間全体が平和、幸福でなければ、理想的誰もが平穏に送ることの出来る世界、社会建設が成されることのない限り、自分にそれが巡ってくることはありえないことだろう―そのことを実感として身に浸《し》みてつくづく感じ取らされている者もは他にないことなのである。―故に、彼としてはいかなる自分が生き方をしていかなければならないかということを考えさせられることが彼の習慣となって身に染みついてしまっているという訳なのだ。―ところが世界は、世の中は、人間、既存、尠なからずゆとりのある者に限って、身の自由の活く人間に限って、意識無意識を問わず、その必然性である人為の法則、原理、物理的システム、肉物本能、それらを発揮させて、その弱者、窮乏者、正直者、無抵抗者、理想平和主義平穏を蝕み、現実的理想、物理的平和、経済的豊かさ、それら既存中庸中正の具象的、形而下的社会と世界を築こうと世界が、全人類がそのことにのみ向って攻撃的躍起になって、その本来を悉く挫き、不合理と格差と緊張と困乱とありとあらゆるものを引き起し乍ら齎らし、人間はこの世界の生そのものを踠かせ、歴史と時代の中を必死になって、只管その現実を、苦海（界）を泳ぎ回り、自分からその悪戦苦闘を引き起していっている始末なのである。

―こうしてこの人為唯物に対するわが愚昧愚行の数々は、彼らの「賢い」と自称する価とシステムの罠の気流の中で、愚行に次ぐ愚行を生み出し、それを重ね、その陥穽と生のクレバスにいよいよ嵌っていった。我々大凡の人間というものは、その物理的象徴ばかりを上目使いに憧憬し、どうやらそれを快く感じてもいるらしい。そのわれというものがどうしてそんな根拠根本から混同している彼らと同様の社会的、物理的大望を抱いたり、人を踏み躙ってまでしていくことを良しとして考えるというのだろう。参与参画していく義務があるというのだろう。我が望みとするところはただ一つ、自分に欲なく人為から降りかかって来る数々の仕打と威圧と汚名から何んとかその自分を放出開放し、本来の自分を一刻も早く取り戻したい、一向そう考え続け、それが果すことが出来ずにこの老境までに至ってしまったということである。このわれにその他になんの望みがあるというのだろう？　世間、社会、世界、人間のことは、そのわが望み以前の事柄である。われは我が素質素要にないものになろうとしたこともなければ、考えたこともない。他の反対の要素が少しでも入って来ようものなら、忽ちそれに対して拒絶反応を起すだけのことである。もうそれだけで平静ではいられなくなるからだ。われはその点既存の認識に薄情なのであり、純粋な血統を貫いていくのだ。であるから一般思惟者にとって我はあくまで貧しく、人間的魅力に欠乏している。これまでの人生というもの人霊物理の価、社会既存の価に努力し、骨を折った例などただの一度たりとも無い。その環境にはなく、育たなかったからなのだ。われはそうした社会一般、物理的既存の価、そんな表象的曰くなことは自分のどこにも身に付ける必要もないことだったのだ。そう潜在的にも考えていたのである。むしろわれにとって肝腎なことは、物事の本質、根本的なことを考察し乍らその真相を見極めていくこと、これこそが一番意義の有ることではないのか、またそのことこそが自分自身の内面を最も育くみ、養い、培って成就させていくことではないのか、そんな周囲の教養、教育学問、実社会、人間《ひと》への反駁が潜み、心を騒がせ、揺がせていたのである。われはそうした社会にも現実既存にも、物理全体に対しても不向きな、極めて順応性を欠いた人間に成り下っていたのである。社会生活を営んでいくに当って極めて不都合な人間に成り下ってしまっていたのである。そのことに伴うすべてからの軋轢は一通りはなかったことは言うまでもない。その結果、わが人生はその生諸共すべてが瓦解し、葬られていったということである！　それによる一般良識的認識からのわれに対する非難とわが人生に対す自己放棄とする責任問題とその批判、それはわが人生への否決としてわが前に刃となって突きつけられ、提示されたことは言うまでもない。されどそのすべてというものはわが人生、生命の謂れからして埒外のことであったことは言うまでもない。つまりその謂れからして、われとしては好むと好まざるとに不拘わらず、たえずその条件の中で、最善を選択しつつも、そこに至るより他になかったことなのであるからどうにも振り返ってみても後悔するしないに不拘わらずそうなる以外になかったことなのであるから仕方の無いことではないか。それでも愚か者、怠け者として吊し上げ、われを非難しつつ罪を擦り、その利を掠めていくのであれば、そうして自からの顔に泥を塗っていくがよい。既存によって塗れたその手前勝手の人生を謳歌共鳴し、肯定正当化し乍ら揃いも揃って徒党を組みつつそれが聖者の行進であるかの如くに進軍ラッパを鳴らしていく行くがよい——。

三三

われはこのように、一般既存の実生活とは悉く無縁で、関りの持ち得ない、従来（旧来）の判断基準や意識と認識、分別と価値判断からすれば、どうでもよいような無益な何んの役にも立たないことに首を突っ込み、精を出して来たわけであるが、これは確かに一般的分別、判断や意識からして実際何んの役にも立たない馬鹿気切ったことであろう。しかしわれはそうした大方の分別や意識、認識や判断であるならば、その不本意で、不可不如意の境遇境涯に置かれた者として敢えてこう言う必要がある。―ここにこういう人間の価からかけ離れた、稀有な生の表現者がある。ということを。しかしこの浮世の大多数の数値の支配する現実からすれば、こういう稀有で取るに足らない―物理的欠陥した成果の全く期待することの出来ない非現実者というものは、この形而下学全体の支配する具象例からして、実に下らないものとして無視されていっても仕方が無い、という結論が導き出されて来るのも致し方ないという訳だ。そして確かに、この既成社会の「邪魔者」は排除されていくという法則と仕組が彼らの間に無意識のうちに実際に滲透成立し、働いているという紛れもない事実にある。このことは唯物必然性からの要求となっているのだ。人間の一番隠れた、物理経済至上としていく思惟からの必然的要求とするところのものである。しかしこの従来からの肉物具象意識ばかりにかまけた刹那短絡的思惟と考えにあっては、本質的には逆に何一つ捗《はかど》っては行かず、循環しているだけで本来人として行なうべき道は彼ら人間の思いとは逆行して、文明便宜とは逆行して、後退していくばかりである。真理への道は閉ざされ、どこにも通じてはいないその彼らというものが、一理舌先三寸によって如何にそれらしく気のきいたことを言って繕ろい語ろうとも、そこにはいつも紛い物である同様の金太郎飴、現実既存が模様替えしているだけで果しなくそれが横たわっていくだけのことである。彼らの歪んだ一理一義だけの実しやかに語られて空転していくばかりで、一向に実らず、手元に近づいてくる陰さえ見当ることが出来ない始末である。そのことにも気付かず、いつまでも幻想を追い、妄想《もうそう》を抱き、頑冥不霊によって実体を見ようともせず、その錯覚に陥っているのは彼ら自身の安直《あんちょく》で一切を済ませようとする、本質根本、真実を無視し続け、実際現実ばかりに依存依頼する安易な態度、面倒な事は人に任かせ、自身は軽く済ませる態度から悲劇の連鎖が始まり、狭義の悪循環が果しなく生み出されていく。肉物思惟だけを適え、充していこうとするずる利己とエゴイズムである。確かに形而下の具象現実は我々との生活を具現可視化させていく意味合いからも大切で欠かすことの出来ない命題の一つであることは言うまでもないことである。我はその生の具象骨格を否定するものではない。ただその肉物の持つ性質を熟知し、弁え、これに対し常に警戒し乍ら調整と折り合いをつけていく能力を我々人間は真先に養い、そのことが求められているのではないだろうか？　そのことの提言であったということである。即ち、この肉体物理の現実基盤を契機として、手掛りとして、霊精神への根本へと深化させつつ源流について、本質について学び直していかなければならない、ということの提言と話しであったという訳けである。それを常に自身に問いを見直す鑑としなければなるまい。何も人為による物理市場経済のみが人間の価すべてというものでもあるまい。その視化による豊かさが豊かさのすべての基準とは限るまい。形而上のものの方が遥かに広大無辺で、霊的な世界の方こそが無限で深く豊かで貴重なものであることを知らなければなるまい。否、この方が、限定的形而下のものより遥かに豊かなものであることはその論を待つまでもないことである。そして我々人間はこれをあくまで無視していっているではないか。尻に敷いて本末転倒させていっているではないか。ここに人類の見誤った根本的過ちのあったことを人類は最先に認めていくべきなのである。足の踏み違いなのである。人間はこのことを謬って吹聴し続けてそれを定着させてしまったのである。人間は既にそのことによって心身、生命諸共すべてを自縛してしまった如くである。我はそう言って少しも恥じるものではない。

人間のその眼差しというものは既に、疾ろに霊的原則を遊離し、独自の叡智によって物理的進化を遂げて来た訳であったが、その喜び勇んによってどうやらいつしか足を踏み違えてしまった様である。して、そのことに気付くどころか、いよいよ人間はその深みに嵌って邁進し、夢中となり、頑迷不霊に陥っていくばかりではないか。既にこの人間を説得出来るものは、これまで幾多の名士たちが表われては消えていったが、その彼ら魂からの辛苦であるにも不拘わらず、それを儘生齧り聞きするばかりで、霊魂《ここ》ろから耳を傾ける者は無いことであったのである。即ち人間というものは現在《いま》となっては物理的叡智と煩悩の虜ことなり、誰の声も説得も耳に入らず、その現実既存の流れに溺れ、引っ張られ、止めどなく流されていくばかりとなっている。

三四

この本来の生に対して、大方のあくまで底意地の悪い陰険な生による企みの生活者からの奸意奸悪によって、自からの生、人生諸共総てを棒に振らなければならなかったことによって、確かに我というものは霊精神において彼らの手の届きようのない彼岸の思想に辿り着き、その彼ら人間些岸における必然既存からの思想より開放されたことによって、矢張りその彼らの物理的誇示と強制と有無も言わせぬ一方的支配の嫌がらせからは、一応免れることは出来てはいたもののそれでも欲得に駆り立てられている彼らの執拗な追っ手からは逃れ難く、解放させてはくれず、その彼らの背後霊によって苦しまされ続けていなければならなかったことなのである。

彼ら人間の生というものはあくまで長いもの、物理的に自からの力の及ばない強かな者、世と社会から尊貴されている者、権威ある者、それらには同類として賢く立ち回って受け容れていく替りに、その反動として、欲求として、物理的本能として、その社会の意識と良識、既存と体制に逆って反社会的異を含む者、そうした一連の者に対しての敵意、嫌悪感は一通りではないことだったのである。われはそうしたこと、場面に呆きれ返る程に公私に亘って出喰わしていることで身に染みてその人間の底意地の悪さを思い知らされているのだ。これは人間の生に関わる重大な疫病の一例にすぎないことである。つまりこうした一連の世人に纏わりついている生の緒動行為というものは、その源流は肉物本能、生理、物理的知恵とその思惟、生本能から発祥して来ており、われとしてはこれを是正していくことはとんでもない至難の労力を以て担わなければならなく、理性や良心、善意や抑制などはいざとなれば忽ちのうちに木っ端微塵にされてしまう程のものなのである。生命さえも適わぬ、それを投げ出してしまう程のものなのだ。故に、我々はこの火の手の上らないうちに、その「防火対策予防策」を講じておかなければならないが、果して我ら社会はこれを行なっているであろうか？　むしろ火に油を注いでいる様な真似を、その生活全体、意識の中で直接間接を問わず裏腹になって行なっていってはいないであろうか、ということの人間の生き方、有り方そのものに関わる根源的疑問疑惑である。なればそのような心無く薄情怜悧で奸悪なその彼ら現代人、社会人、文明人、体制、保守日和身者と関っている場合ではなく、彼ら人間のことは放っておくに限る。なるようにしか成りようがないのだ。われはわれ自身の世界に入って没頭していけばよいことであった。態々何事にも人事でしかない表象一理でしか狭義に拘わろうとしない既存者の彼らを干渉してこちらが苦しみ悩むことはないのだ。この他にまだ何が必要で、不足しているというのだろう。わが心よ、二兎を追うことなかれ、である。一兎で充分の筈なのだ。そしてその一兎を充分に可愛がってやることだ。「対の一兎」を失ったことの悲しみを忘れる程に―。愉しく我が心と戯れ、おいしくその飾りなり質素な食事を頂き、そして我は快い睡眠に就く。心身両欲を持たなければそれは適えられる。余分な力を省き、緊張を解ぐすことだ。それでないともはや片身、半身を失った同然のわれにあってみれば忽ちのうちに心身のバランスを一挙に崩してしまう。そしてそうしたよからぬ素材材料は自からの理性を以て予《あらかじ》め締め出し、遠ざけておくことだ。もっともこうした業は最近になって漸やく身に付けた訳ではなく、既に生来よりわれの中に色濃く身に付き働いていた知恵なのである。彼ら人間はそもそも、自分の意に添わないもの、自身とは異質なもの、物理的（社会的）に見劣りするもの、埒外な者を見掛けると同時に生理的アレルギーが働き出すものである。我はそうした潜在意識を強く抱えた人間の中にあっては常に仲間外れであり、ひとりぼっちでなければならなかった。我はそうしたことからも益々自分の中に閉じ籠る人間に成るより外になかったのである。我はその用心からも警戒の幕を知らずのうちに纏っていたのかも知れない。我がその自分に恐れていたことといえば、そのことによって自分がその陥穽に嵌って身動きが活かなくなってしまうことであったのである。生が硬直してしまうことであったのだ。我はそもそも幼児からにおいてさえ、その病的悪霊の気配の中で育っていたことからも、自然において、必然的に育つ生命の条件を失って来ていたのであるから世に出てからも、おそらくそのことが色濃く反映していたのだろう。我の生理となって身に染みついてしまっていたのであろうか。我はその自身の気配からの反射的にその自身の弱身を庇《かば》ってやらなければならなかった事情《こと》からも、意識してでも自身の防衛としても出来る限り明るく振る舞うことが本能的にも裏腹として、反作用として、逆警めとして身に付けていたものである。即ちわれに既に人間通俗の健全な生理、意識として継承されている必然性に纏る物理的生に対する我からの強烈なまでのアンチテーゼの思想の根源、発祥、根元、起源はここに要因、我が生命への発火点がここに起因していたことだったのである。我はこの様に己れの起源、源流を辿りつつそう思い、推察するばかりである。正常と称せられている人間からはこの我の（生命）の抱える病的気配が、問題と印象が、多分生理的拒否反応として察知され、敬遠されていることなのであろうか、これもまだ我が推測の域を脱し得てはいないことなのである。つまり何んの証拠、具体的な確証のないことなのである。そして我にはこうした確証のない疑問疑惑というものが芋蔓式にいつ果てるともなく、涯し無く、尽きることなく続いているという訳なのだ。そしてその我と多少なりとも接触を持った人間であるならば、そのわれというものにこの世におけるわが生のいかにも僻易される程のぎこちなさ、生の気不味さを見て取っていた筈である。貧しさと異和感を同時に感じ取っていた筈である。何故なら、我はその自身に対して自己嫌悪を絶えず感じていなければならなかったからである。この病的生き下手はわれに身に付いた生来からのものであるからなのだ。われはそのことにけして上手にはなれなかったのだ。われは誰の心の中に宿ることもなかったし、わが心の中に人が宿りえることもありえないことであったからである。生きるとするならば、それはすべて夢幻の幻影にすぎなかったからである。そのことは、この人の世にあっては、我そのものが既に幻の様な存在、実体が証明することの出来ない霞の存在でしかなくなっていたからに他ならない。多分、過去においてその息子であるわれの実体は把握できていなかったに相違ないのだ。それ程にわが母子の絆からしてこの様な薄情けのものであったのであるから、欠、他の兄姉との関係、絆にしても押して知るべしであれば、他の人間などは尚更のことであったのである。従って、私にとってその自分自身の実体証明さえ捗々しく無い情況にあるという訳なのだ。どうして、如何にして、われのみがこの様な途方途轍も無い途浪の世界、迷路に迷い込むことになってしまったのであろう。われはその原因の尻尾さえも未だに掴むことすら出来ていない始末なのである。否、そんなものは生涯においてさえ掴むことは出来ないことなのだろう。神のみぞ知る、ことなのだろう。なればこの授かり与えられた生命丸ごと、あれこれ気を揉むことより黙って引き受け、考えずにこのまま生きてゆくべきなのであろうか？　とは言え、だがこの黙って見過していく訳にはゆかないのがこの生命なのである。

三五

このわが一連の創作、またその文章の内容如何というものは、一般既存のそれからして雷火であり、到底理解受け容れられるものではないという不如意からのメッセージというものについては、とても受け入れられるものではない、ということを我としてもよくよく承知させられている。如何にというに、彼ら自身も理解している通り、人間の現に生活し、身を置いているあくまで既存の現実に則った生活全体、それとは真逆による、その基盤から抽出させて来ている反対の性質を帯びているものから成立しているものであり、その源流に遡ろうと、根本本質をまさぐり出そうとしている創作であるからに他ならない。即ち、人間一般感性より必然的生じて来る物理的行状や行為全般からの彼らが津々興味共感共鳴摂取していっている狭義日常性、現実性、個々自己中心主義的関わり、そうした一連のものではなく、それとは一切が遠く隔った、本質根本より食い違う、むしろ原流深淵へと突き進もうとする逆行している文章文体ばかりが連ねられているからである。そもそも人が一般に忌み嫌っているものをこうして殊更に記そうとしていること自体人から憚かれることになるのは当然の成り行きであろう。なれど我としては、敢えてそのことを充分に承知の上でそうしなければならなかった事情と理由《わけ》があったからに他ならない。敢えてそれをせざるをえないことの訳があったからなのである。そしてその訳については其々各の立場からこれを読み解いてほしいものである。

　そもそも人間というものは肉物による狭義な生き物であり、その生本能、既存現実、目先の実際事にしか目の届きようもない自己中心的動物である。そしてこのことのみにあらゆる知恵を振り絞り、工夫をし、発達させて来た。しかしこの人間という生きものは過去現在がそうであったように、これから以降も未来においてさえその生き方というものは少しもその本性というものからして変りようもない。人間はその自からを「地上最大級の賢い動物なり」と自称して称んでいるようであるが、われからしてみればその上に、「最大級のエゴイストなる間抜け者」を何んとしても付け加えなければならない。なれど人間はこのことを自からに謙虚になって受け取めていくどころか、益々その驕慢さ加減を発揮させていくばかりではないか。彼らに猛省などはありえないことである。時が経つまでもなく、その側からもうその過ちを冒していくのが人間である、我はその人間の有り様を信じて疑ってはいないのだ。如何にとなれば、その彼らの日常を見るまでもないことであるからである。到底この人間もその自からの物理的文明の進化発達によって焼きが回ってしまったのであろうか。まったく不様という他にないではないか。

ところがその人間世界から石持て追われたことによって、最後の逃げ場として自からの心の室《むろ》、つまりは霊精神、本質の中に逃げ還って来たわれとしては、これさえ狭義人間社会の価に心奪われている彼らというものはよくよく思い知らされているのだ。こうしたすべてを奪い去られていく中で我が霊精神は彼らの石臼に引かれることによって、その孤独と飢餓苦痛にのたうち回る中で次第に磨ぎ透まされて浄化され、独自の境地へと遡りはじめ、熟成へと一歩一歩と亀の足取りを以て躊躇しつつも進み出して来ていたのである。これとてもわれが予測もしていなかった展開であったことは言うまでもないことであった。このわが創作においてもそれと共に既に通俗を脱出しはじめ、嫌われ者となっていっていたが、そのことがわが唯一の自己浄化の現場であったことは言うまでもない。既存通俗者らはそのわれの変化を一切悪疾として認めず、誤解して遠ざかるのみであった。彼らは通俗必然の認識を健全として振り翳して来ていたが、そのことがわが精神浄化の現場、精神衛生上の排泄場ともなっていたことは言うまでもない。これだけでも実に大きな運命効果を齎らしていたこともさること乍ら、彼ら通俗者は一理一箇所の循環にすぎなかったが、わが霊的浄化にあっては絶え間無い浄化となって進化し続けて来ていたのである。これこそ書き表現《あら》（著）わしていくことの意義というものではないか。それでなくとも、人間との一切の交渉、関係の途絶えているわれにとってはその人生の暇潰しとしては願ってもないことであったのである。通俗による経済効果を宛てにした暇潰しからしたなら、これ以上有意義な暇潰しというものは他にあるまいというものだ。経済活動を停止した貧困者にとってこれは打って付けというものである。霊的最大の貢献というものではないか。物理的疑惑を持っている我にとっては最適というものである。四面楚歌、生死を分けた剣ヶ峰を繋ぎ止めておく為の最後の砦ともなっている。人生何が幸いになるやら知れたものではない。何が己れの、心の支え、授けになってくれるものやら知れたものではない。そしてこの人生の空隙を埋め送っていくことの代用品ぐらいにはなってくれるであろう。わが生き伸びる杖ぐらいにはなってくれる筈である。

三六

このように、もはやわが霊精神を理解しようとしない者にとって、このわが創作というものは寧ろ一般の精神と意識にとっては弊害でしかないものとなっている。彼らにとって実際既存、現実を支配している世界の価、人類（為）全体の価を懐疑しているような人間は、物理経済を推進させて行こうと考えている人間にとっては何んとも妨げで煙たいもののとなっているからである。もとより彼ら一般の人間においては既に世界がその生活を営んでいくように旧来歴史からの継続によって設定され、仕組まれてあるのであり、またそれに即するように社会現実体制全体が構築整備されているからなのだ。ここには彼ら普通の人間にとってもはや疑うべきもない、疑ってはいられない現実という大気に包《くる》まれてあるのであり、その実情が有無を言わせず無条件となって引き連れ、働いているからなのだ。そしてこの既成社会に反駁懐疑し、別の生態、別の真価、霊的原理に基いた暮しを模索してその生を求望しようなどという者は、その既存の生態全体軌道から外され、常軌を逸した者とみなされ、人は自ずと寄りつかなくなる。彼ら既存者はこの形而下体制の中でのみ生き、その精密精緻に拵《こしら》え上げたその自由という名の笊枠の基盤カテゴリーの範囲の暗黙の設定のたたずまいの中で拘束を受けて、それによって支えられていたからでもある。このような彼ら人間社会にも納まらず、洩れていくわれのような存在というものはもはやどうにもならなく、数の中にも入らない縁無き者となり、理解するに足る存在でもなくなり、むしろ目障りで邪魔な存在となってしまっていたわけである。しかし彼ら一般の絶対視していく既存の価というものは、極めて便宜調法共有のものではあるものの、足＝根拠＝あって無きが如しの存在、半ば当てにして当ての出来ない感覚的感性に委ねられていく世界である。絶対的信頼度の低い常に不安に付き纏われる世界なのである。そして唯物界、流通世界にあってはどうやらそれが不可欠で、必要なことであるらしいのだ。これはどう見ても狐と狸の関係である。油断も隙もあったものではない。これはどうみても俯瞰して冷静客観になって見極めていく必要がある。こうした意志持つ者であるならば、このわが励みとする創作の意味、意図するところ、その試みと空気、意欲と目的、指針とするところ、霊的原理とするところへの理解が可能となって見えてくると同時に、そのわが置かれている悲劇性を推察することになる筈である。またこの創作というものが途方もつかないものであることも、人類最后の砦、拠り拠ろ、光明への足掛りとなるものであることも理解することになるであろう。

すなわち人類は初めから、肉体必然物理からの呪縛の罠に逃れようも無く、無条件に掛けられており、その檻の中で正に本来の自由とするところを見失っているのだが、彼らはその檻の如何や内容の事情の本筋とするところを理解しては居らず、それを知らない故に寧ろこれを必要不可欠なものと頭から決め込み、勘違いして誤認し、責極的に関知肝要歓迎して取り容れていっている始末である。即ち、肉体必然物理からのシステム、仕組と制度から次々と生れて来ている細々とした便宜的規約処方そのものが彼らにとって反対に実際的なものとして大いに理解され乍ら受け容れられていっているのだ。このことは本来からして滑稽ナンセンスずくめなのであるのだが、逆に、彼ら人為物理によれば本質本来、源流根本こそ現実実際に添わないものとしてそれを理由にして本来本質を排除してこれを逆に本来本質と擬装させて言い包めていくのである。このことは他方において既にそのものが数々の悲劇の種、不合理と矛盾、その他不幸と不行き届きを生み出していっている苦労と悩みの種となっているのであるが、この因果については一切知らんぷりであり、ノーコメント、応答無しである。つまりその現実のみに生きる、実際処方の檻、制度の中でのみ生きる彼らというものが、もしやこの檻から突然開放され、無限本来本質の「原野」に自由に放たれたならば、むしろ彼ら人間というものは、旧来伝統の制度の中に囲われて来た生物というものは逆に途方にくれ、不安にかられ、その生にどうしてよいか分らなくなり、忽ちその本来真実の自由を返上して元の狭義である物理的拘束の中の小さな自由の檻の中に自から戻って行ってしまうことは請け合いなことである。こんなことは「籠の鳥」でもありえないことである。こうして見てくると、まさにわれわれが理解するところのこの既成社会の制度から薫陶を受けて養育された高等学問を受けた知識人といえども、理想の社会全体から評価されている倫理的至徳者とされている者でさえ同等に等しく旧来からの伝統を継承している者に他ならない。なれば、只管霊本質、生命の根源の如何を弁え、それを求道する者の他にはないのではないだろうか。

三七

われわれは、人間が如何様に、どうあらねばならぬのかについて大体、大凡について心得ているつもりである。つまりそれは先ず第一に、自分自身に素直正直でなければならぬということだ。次いで本質と真実を愛するものでなければならない。その霊の原則を差し置いて物理的能力を最優先に考えるなど以ての外である。これは謙虚に考えていくのが筋であろう。仮初にも人間の既存における愚昧な態度、処法と振舞い、狭義である唯物人為の価を最優先に置くべきことではない。これには不合理不条理の危うさがあることを認識していくべきである。なれど人為世界、社会的認識においてはそのことを楯として何んと平然として迫り出し、迫り上って真正面な顔をして語られていることであろう。その彼らに言わせると、「貶しめられる様な隙を拵え、へまで弱身を見せることの方が罪である」ということになるらしい。この理屈からすると、この生世界というものは絶えず緊張し続けていなければならないということになる。弱者、お人好しは愚劣で、衰亡絶滅しかなく強迫的攻撃的である力こそが、その生存競争によって生き残っていくものこそが正統であるという理屈になる。それを容認していく人間社会の危うさと脆弱さ、偽善のパフォーマンス。多方の不善背徳も大様に認めていかなければこの世の中、人間社会全体が何んとも息苦しく固苦しいものとなって機能不全に陥ることになりかねない、とする他方の人間の持つ本音本心の底意、了見の狭さと浅薄が見え透いて来るのである。これこそが慾と本能に塗れた悪循環である。そしてこの底流意識に首まで漬っている人間の正常な潜在意識となってこれが日常生活の中にきっちりと織り込まれていっている。心裡として働いていっている。彼らはこの唯物思惟の中で硬軟、功罪相半ばする中で、これを功みに使い分け、器用に徘徊しつつ、この生世界を泳ぎ切っているのだ。これを人間は相身互い、御互い様として、血縁として日常茶飯の中で受け入れ乍ら長らえていっているという訳だ。これによって一先ずは表象上辺で、既存現実の中で巧くいっている人間は申し分無いのであろうが、ところがどっこい、その煽りを食ってそうで無くなってしまっている人間、本来の霊的世界全てというものがその仕掛け、仕組によってどうにもならなく窮地に追い込まれている人間全体というものはその世の中世界にあって如何に生きていったならよいというのであろう？

三八

わがこの創作に対して、一般の読者というものが—その読者がいたと仮定しての話しであるが—一体その中から何を読み解き、感じることだろう。浮世社会と人間生命の実体とその現実の生を、意固地によって全く理解していないナンセンス、もしくは自からの意気地無さを棚に被害妄想からの愚かさによって、実生活から逃避した敗者の文学、もしくは生きている真の人間の生《なま》の姿を捉えようとはしていないそれを度外視した、霊、本質、生の根拠などを持ち出して、その鞍替えした偏った大義名分を楯に持ち出して、逆説逆転させて、自己倒錯に陥っている、本当のところは何も公平ではなく真実など見てはいない、支離滅裂な論理、ただの気違い文学を何んだ彼んだと宣《のたま》って持ち出し、それを必死になって認めさせようとしているだけのことなのだ—そうした一理一通りの既存からの認識を持ち出して、あくまで物理的思惟、一義一理の既存の観念に則って、それを逆手に取って、わが創作をけなして彼らがその立場を正当視して優位に切り返して来ることぐらいのことはわれわれにも充分に知れ、分っていたことなのだ。しかしわれわれというものはそうした一般既存の次元、一理一通りの概念と狭義による認識を以て、即ち世間や外部表象の存念を根拠にこの創作にあくまで取り掛っていることではなかったのだ。そんなところに当初からわれの出る幕の無いことぐらいはわれわれ自身が一番承知し、知り尽くしていることである。だからこそこうして苦悩んでいるのではないか。われは人間の既存の生とは如何にも関わりを持ちえない対峙している生であり、そのわれ自身の生命を霊魂の所在であることをよくよく自身承知していればこそ、こうしてそのものに纏り付いているありとあらゆる生涯に亘って見通しの立ちようのない、解決のつきようのない根源的、本質的テーマと課題に向き合わざるをえないトラブルに正に巻き込まれ、その死闘を展開しているのではないか。これまで、述懐して来ている通り既存から外れている稀有なる人間なのである。その自からの窮状を憂慮し、その己れの死地にある霊魂を救い出さんが為、この終末の生に差し掛かったことによってようやくこの創作に取り掛ったという訳なのだ。であるならば、人間世界における一切合切の既存における認識と意識からの判断と決め付けは我には通用せず、当て嵌らず、被って一切は誤解されていく運命にある既存の存念に生きている彼ら人間の必死物理による思惟思想、考え方にこそ、根幹根源の足場を取り違えて失い、そこに益々逆立せ乍ら拗らせ、率先して自からの出口を塞ぎ、その悪循環を生み出していくばかりである。彼ら人間の命題というものには元々「足」の無いお化けのおうなものであり、そこに現われているとする実像は偶像楼閣のようなものにすぎなかったのである。泡沫《うたかた》の上に浮かび上っている刹那蜉蝣のようなものだ。この根拠の曖昧で真相の逆転してしまっている現象世界というものは、彼ら人間がこれこそ実像の世界だといくら言い張ってみたところで、虚偽幻影の幻覚の世界にすぎなく、時代や社会が変ればそれにつれてすべては儚く移り変っていく。今日の真実は明日には通用しなくなる根拠の逆立ちしている以ての外の世界だ。そんな既存現実に取り合っていくら議論を重ねてみたところで、その既存循環以上の発想と回答（解答）は、見い出て来る筈も無いことではないか。彼らの名案はこの既存唯物の現実にそったその周囲りを周回してうろついているより他にない。このことは既に一つの真理を言い得ている。そして先にも指摘しておいたことであるが、この内なる核心、その根拠と本質と真実、その正体に触れていくというのが、彼ら人間というものにおいてはどうやら苦手であり、性に合わず、何んとなく怖ろしいものであるらしい。彼らはそのことによって肉物的世界の自我本能を失うことがどうやら最も耐え難いものであるらしいのだ。従ってその霊的本来の自由よりも、肉物既存の旧来からの目にすることの出来ない拘束されている自由を何んとしても守護り、それを確保させていく為に当局からして必死のそれこそが命題となっていたことだったのである。彼らの本音として、己れの意志を通す為ならば他の犠牲をも厭わず、それを推し通し、進め、他のことなどいざとなれば糞くらえ、極めていとも無げにひっくり返して見せるということになるらしいのである。これが自由思惟からの本能、正体であったという訳だ。こうしたことからも、その彼らというものは本物よりもその本物により似せた真実よりも真実に似せた紛いの世界を創り出していくことに懸命である。何故というなら彼ら人間は、贋物の裏に自からを隠し合い、そのことに自からの利を得ていくことをすっかり習い覚えてその生理が身に付いて染み渡ってしまっていたからなのである。そしてこれを司さどる者よりも支えているのは一般市民と来ているのであるから更に性質《たち》が悪質になってしまっていることであったのである。

三九

われが何故このような物理的人間世界に、何んの足しにもならない、寧ろそれを損なわせるマイナスになっていくような創作に逐一細大漏らさずこうして打ち込んでいるのか、これで大凡が分っていただけたであろうか、このように社会と関わるでもなく、人間と関わっていくでもなく、偏に自分自身の内省、心象に拘わりながら、生命を見詰めていこうとするのであるか、お分り頂けたであろうか。それは善の為でもなく、人の為でもなく、ましてや社会の為でもない。自分自身に本来の真実の生を取り戻す為の、後に引くことの許されないわが闘争に他ならなかったからなのである。即ち、我はその意味においてまだ一度たりとも真実の自分自身と（に）巡り合ったためしがなかったことであったことであったからなのである。常に不自然な自分に異和感のみを覚え、そのあぶれてしまっている自分を抱き続けていなければならなかったからなのである。従ってわれはその意味において未だ一度として真実《ほんとう》の自分に生きた例し、実感が無いことなのである。もとよりわれはその真実その生がそんなところにあるのではないということぐらいここでは余程によく承知しているのだ。本当の生がそんなものではなく、どんなものであるかということぐらいちゃんと把握して知っていたことなのである。ただ自分自身のことはもとより、内外公私に亘って様々な要因、諸条件、根性、環境と情況の悪さなどがわれ本来の生を損い、あらゆる邪魔として立ちはだかっていることによって、すべてに渡って塞いでいたことによって、ついにそこに辿り着くことが適うことがなかったからなのである。そしてその真実の自分とその生に行き着く為にこうして日夜没頭して励み、ひとり努力を重ねて来ているというのにそれが悉くなかったばかりか、そのいずれもがそのわれに対して冷たく外方を向いて通り過ぎていくばかりだったのである。それは何故そういうことになっていったのか、我はその真相、実情について思い知らされていたのだが、われはそれに迎合していくようなことは意地でもそうすることはしなかったのである。そうしていくことはこれまでの事情からしても自分の本来の意にも、真実においても背向くことであり、それを枉げることになり、心をその「敵」に売り渡すことでもあったことであったからなのである。そんなことをしてまで、自分の意志、真実、生命を枉げ、売り渡してまでも生を得ようとは思わなかったからなのだ。我が生も、これを歓こぶ筈もないことを知っていたからなのだ。―しかしその我に反して、人の総てというものは間違い無く、その生を獲得していく為に、自分の本来に背向いてまでそこに歓こんで進んでいくではないか。それは他でもない、つまりは公私内外最初めから異和感も壁もなくその価に合致し、その生の條件である道が開かれ、整っていたからであり、そこに進んでいくのが自身の生の義務となって受け容れられていたからに他ならない。このわれとの差異は一体どうしたことだろう。そして我はそこから一切を彼ら人間、社会、世間、世界から媚迎合共有していかないことで、拒否、否決されていた訳である。さて、その何もかも不透明な沼地の中で、この我が生はいずこに求めていったならよかったのだろう？　わが真実はどこにいったなら適えられ、見つけられるというのであろう？　―そして彼らはそこからの何んらかの内外からの支援を受けつつその生を全とうしていくことが、多少の差異格差は生じてはいても出来る訳であったが、我が叩かれ、凹まされ、挫かれ、疎外されていくだけの、搾取されていくだけの生とその人生とは打って変って、それをどう見詰め、考え、己れの生を織り合せてその人生に担っていったならよかったというのだろう？　―そしてこの生の相違というものは、人為の意向と価に添って、既存に生きられるか否か、懐疑とするか、それとも義務として考え、肯定出来るものを見つけ乍ら、その生の中に取り込んでいけるかどうか、そこに尽きていたことであったが、しかしそれもすべて濁醪《どぶろく》である。擦り替えである。巧妙なマジックである、出口（答え）の無いトリックに他ならない。肉体物理、実利主義の愚昧な陰謀に他ならない。泡沫の蜃気楼だ。

　こうなれば総て生の肩の力を抜き、抵抗を辞め、狭義既存に倣い、只管流されていくことが一番なのだ。これが世の正道であり、われが邪道という訳である。なればこのわが生の喪失を人間に求めるのは間違っている。彼らが納得しよう筈もない。故なれば、これはすべてのわが生の由来として己れひとりに抱え込んでいく他にはないことではないか。人間は、当局からしてその生の誤謬のあやまち、責を負うことはしないのであるから、この形而上のことは人為において論外なこととなっているのである。これを問題にするのは「猿の竦韮剥き」の寓話ぐらいなものだ。実体の無い話しだ。従ってわれとしては常に本然に従って謙虚でありさえすればよい訳だ。人為既存に傾くはわが心の傲り、驕慢に他ならない。して斯様な自からの生を望むのであるならば、この創作においてもそれを素直に説けばよいことなのだ。何も肩肘を張ることはないのである。驕ることなかるべし我が心よだ。そしてそこに当然付き纏う彼らからの物理的感性からに伴うやっかみの斜視と横槍には一切気に病まないことである。受け流すことである。その目に映るものすべてを貶し批評批判するは彼ら人間の天性なのであるから。

そもそもこのわが創作においては、人目に触れることを憚かり、心と魂の深淵、未踏の世界と地底に分け入り、そこを語り出《い》だそうとするものである。従って、この形而上的文体文脈によってしどろもどろを極め、錯綜に次ぐ錯綜、その思慮というものは幾重にも複雑に絡み合っている。それは形而下による肉物的一理に伴なう脆弱さや意気地無さの屈折した心裡から来るそれというよりは、寧ろその逆のその人間人為の肉物必然性に対抗する、その絶対値と対峙する、また自からの本能、肉物必然の固い岩盤に突き当ってもなお自己の生命のおかれている宿命と運命によって対抗してそれに抗い乍ら尚も本質真理、根本根源に突き進み、突き止めようとする衝動、そのわが弛《たゆ》まざる生命の深淵の謎、生の解きほぐせざるところからくる苦悩苦闘の軌跡と疵痕《きずあと》を辿るという見方が正しい。そしてこの作業は声なき重圧、物言わぬ威圧からの脅威に向って声高になって行なうのではなく、矢張り鎮かに、自からの霊威を以て、まるで独り言のように、自からに向って諭し口調となって訥訥淡淡として語られていくのだ。渇き粗剛に荒れくれ立った表象を潤おし、鎮魂せることを希い、穏和《おだ》やかに、滑かに、世人を慰さめ慎ましやかにさせる薬草の一房、その露草の一滴一滴である。この自生の生命の真実に目を向けていけば然ずから理性的になり、本来の生命、大地天然の値いに導かれていく。それを願うからには自からが率先して、誰もが二の足を踏む、社会と現実と唯物必然二義（次）的系列をさて置き、根源本質内省の真実を極めて行かなければいけない。自からが肉物表象界に扶座《あぐら》をかいて、頭脳の賢明さ、知恵知能の巧みさ、物理の効能さばかりを問い、霊的本質、真心の全ったさ、物事の誠実さを疎《おろそ》かとして利用しようと考える。つまり物理的攻撃性によって人為的計算ずくに考え、自身の労を惜しみ省こうとする目論み、これはどう好意的にみても本末転倒している謀《はかりごと》であり、これを世人が何んと申し立て、論じ、語り、如何様に好意的評価を下していこうとも、現実的経済に有効に適っていこうとも、社会当局にとって都合が良かろうとも、それは擬正者の枉った根性そのものに他ならないことである。我はこうした評価の仕方をしている世人全体と社会の動きを見るにつけ、世から蔑まれている自からの良心真実に感謝せずにはいられない。

四十

我はこれまでそのことをどんなに切望していたことか知れないが、その彼らというものはわれわれと本音本心から事を構えて語ろうとする者はまず一人としていなかった。彼らは自からの不利を直観すると必ずそれを遣り過し、物理的全体の優位優勢の背景を以てわれわれを見下すかのような態度を取り続けていたからである。彼らは通常観念、社会通念、既存常識を正統なものとして疑問《うたが》うことなく、間違いなく自身の感情と立場を正当視しつつそれを押し付けて来ていたからである。最初めからこれであっては対等な話しも何もあったものではない。従ってわれわれとしては相手の言葉に相応して合槌を打つだけのことになる。相手もそれを感じ取り、われわれとの会話を出来るだけ避けることになるという訳だ。こうしてわれわれと人間との関係は空虚で気薄この上ないものとなり、気不味く味気無いものとなっていく。その結果われわれは世間知らずとして信用を失い、誤解され、逆に疑われていくのが通例となっていた。これはわれわれと人間とのいつもの決り切った通り道であった。ここにあって真正面なことなど築かれよう筈もない。彼等同志は同根洞穴で疑問するまでもなくお互い様ということであったのであろうから支障も無いことであったが、われわれはその蚊屋の外に置かれていなければならない人間であったからなのである。そのことによって味わされる悲哀、侘しさは生活全体丸ごとに及んでいる。しかしこれも話しの噛み合っていかない、意識の異なる価と世界にあっては致し方ないのかもしれない。なればそこから立ち去った方が互いの為というものであろう。こうして我と物理既存者との不仲はいよいよ如実なものとなって拗れたものになっていく。彼らにとって我の愚かしさとは不均合のその取り澄ました顔付きは何んとも鼻持ちならなく、われにとっても唯物主義の下に隠された彼ら現代人特有の表象の小賢しさには吐き気をもよおさせる悪循環である。とかく現代人というものは科学と文明、唯物と経済、それに伴なう豊かさと便宜によってすべてが賄なわれ、現状が打破し改良に向っていくかのような、幸福になっていくかのような妄想を抱かせる流布が当然当り前の如く、白々しく公言され乍ら流布されていく。これを誰もが一方で半信半疑し乍らも受け容れ、他方では歓迎していっている。この矛盾に我としては辟易されるばかりである。一体そのどこに人間の誠実性、本来の生命性が感じられるというのだろう？　このような小賢しい文明人、現代人、常識人と我というものはどこまでも、あくまでも対峙して均り合いのとれるということがない。われはその人間というものをあくまでも、どこまでも懐疑はしているものの、その人間というものを否定拒否してくる訳にはいかない。彼らがわれを排除して来ているように、われは人間を排除してくる訳にはいかないのである。それは我が同類の人間の一員であり、その人間を不可欠としていかなければ何一つ成立しえないことを、その独りぼっちの生命でしかないことを誰よりも身に染みてそのことを感じ取り、その人間との関わりを最も遠隔に欠いてしまっていることを充分過ぎる程に知っているからに他ならない。

四一

我のこれまでやろうとして来たことは、また、これからも一層情熱を注いでやろうとしていることは、比類の無い新規の学識であり、苛酷なまでの自己陶治であり、唯物全般の環境からの脱却と本質への移行であり、そこからいかに汚染と侵蝕されている自分自身はもとより何よりも物理によってすっかり歪んでしまった世界を払拭して守り、またそのエキスを一般諸悪の上に流布してそれを浄化せしめていくことが出来るか、そのことに一切がかかっている。またその為に自からの純粋性を如何に本質へと高めていくか、またその自衛闘争の中で誇らしい未知なる自分とその価を発見していくか、その最初の表現者と成りうることが出来うるか否かにかかっている。これを別の言い方をすれば、自分の中に内在する二つの対峙対立する性質、その精神生命と肉体生命に立脚し、いろいろと形容表現されてはいるものの、まだ全然固定されてはいない分裂する正体をしっかり掴み取り、定着させて語り伝えていこうとする試み、その未踏の作業に他ならない。物理的には労多くして甲斐のない、見返りは全体からの反目に晒される作業でしかありえないことであり、ここに何人も手をつける者はなく、まるで嵐の大海に孤舟一隻を漕ぎ出していくような無暴で途方もつかない、死地への道途（門出）となっていくものである。その大海の其只中にあっては方向感覚さえも、目的、我をも失いかねないことになることは都度ではなかったことなのである。象に蟻一匹の挑戦のようなものだ。一細菌が人間宇宙に対して食って掛るようなものである。しかしここではわれ一人の事を語ってはいるにしても、それは単なる契機に他ならなく、このわがテーマにおいてはけして他人事では済まされるテーマではない。すべて生命ある者にとってもこのわが根本テーマから始まり、ひとりとしてそこから逸脱免れることはできない筈である。その生命の本質に対する共感がなかったなら、このわが創作は一体何んの意味があるというのだろう。そしてこれこそがわれと彼ら人間との間を繋ぎ止め、結んでいる最後にして唯一の貴重で、欠かすことの出来ない一本のタイトロープなのである。

四二

われの願い求めるのは頭脳の名晰さではなく、単なる言葉の熟達によるテクニックでもなく、そうしたものの単一表象一理からの評価というものに非ずして、あくまで誠実真心《こころ》からの豊かさからの地底から湧き起ってくるかの如く根本本質根源より熟慮考察された総合的省慮全体の真如如何、均衡のとれたバランス感覚と生命そのものを高次へと引（押し）き上げていく霊的意欲と意識の如何である。われはその遥かなる超越した御国に安らいで生きることを夢見る。個々の意識や意欲を超え、自然にそれが表現されていく気取りの無い生、そこには内外からの隔りも壁も無く、偏に生命の真実をしての融和が計られていくものでなければならない。すなわち霊魂から滴り出されて来る心のエキスである。そこからは一切の束縛される不純なものは何もない。傷も痛みも抗戦として物理的意識も働きはしない。それを慎む徳が遥かに大きく作用し、育くまれている。このように外部に危害を加え、抑圧して来ることを恥と心得とする者を彼ら肉物をこよなく愛する人間はどうして一方ならなく執拗にその我に攻撃を仕掛け、脅威やかして来るというのだろう。社会（物理）的資格を有しえ無い者を蔑んだり、否定的不利を与え、追い込んで来るというのだろう。その不合理、経済活動する者をより扶けていくというのだろう。それが幾年瀬生ける者の権利とでも言うのだろうか。そして彼ら人間の視線は霊的視野を持つ者に対してあくまで敵意を込める如く冷淡であり、差別的であり、攻撃的であり、肉物的情熱を注ぐ者に対して熱い視線を送り、共感を共有共鳴していくのが常なる意識となって全体にそれが蔓延していっているのである。

四三

われは長い難産の末に、世の母体からようやく産み出され、自身の独立個体を勝ち取り、それを果すことになったのである。概念やら、必然物理の原理法則、肉体システム、世の人為からようやく独自の産声を発することとなったのである。これによってこれからは独自の我が軌道を描き乍ら、その生の基盤に添ってわれは生きることになる。即ち自由精神を完全に獲得したのである。わが独自の価を確立獲得したのである。このことは一つ一つの人間的―世人から何んと称せられようと―勝利の形を現わしている。われに身に付かぬ虚偽なるものは然からわれから立ち去って行き、我に身に付く真実なものだけが残され自から身に付いていくことになる。であるからその意味においてわれはわれの純粋ひとり事物足りえていくことが出来るのだ。俗化はどこにも見い出すことは出来なくなる。俗化は埃りであり、外出から戻り、払い落せば済むことだ。この様な純粋な存在であるならば、世の理想主義も単なる偶像、ロボットにすぎない。ただの贋造物と同じことである。われはそれ以上のそれを遥かに超えた永遠性の良質な存在となったのだ。既存の理想はあくまで俗化に塗れた彼らの打ち建てた楼閣にすぎない。これをけなす者はけなすがよい。それは自からの心の愚かさによって自からの心を賤しめていくだけのことである。ああ気の毒なことよ。われはもうあのいわゆる人間性である人間臭いという他称の観念のそれから脱したそれを超えている人間である。如何んというに、われは人間の意識の、社会の「最下位」そこに位置している人間であるからだ。であるから、もうこの人間臭さについては一言も語らないことにする。それは一変し、別の言葉が用意されている。が、それは今語りかけるものは何人もなく、馴れ親しんだ言葉を自からに語りかけていく他にない。われは彼ら人間の前にあっては彼らの異質物としてのその必然肉物の陶酔を醒させる弊害者、異質物とされているように、沈黙を守っていく以外にはないのだ。であるから彼らの見るように、彼らの世界にあってわれは何もしない物種な人間であることを自認する他にない。

少なくとも人間世界に在るわれはそう言われざるをえない人間であるからである。そして表象既存にくらす彼らは、そのわれの底意にある内省を知る由もない。心底に流れるこの灼け付く程の激しい滾りを知らない。ここに触れたらば忽ち人は大火傷《やけど》をするか、凍傷を負う他にない。このようにわれは彼らの中庸温暖曖昧の地域を脱して凍さの極致に孤家を構えている。即ち、俗精神は既にわれにとって無縁なものとなっているのだ。われには純粋霊精神の他には愛しえなくなっているからだ。であるから一般の好んで採用していっている慭じの便宜にしか役立たぬような形而下の概念や既存の肉物精神、例えば社会や世間に媚入ったような浮ついた唯物的良心や物理的平和と理想論、一理的物解りの影に隠れて暗躍させる偽善欺瞞の企みを見逃したりはしないのだ。この善悪真偽の透視にかかってはすべてが凍え、失神し、二の句を告げず失ってしまう。そしてこの我からの発信《はっしん》というものは、彼らにとってはすべて断じて發ね突けねばならないものとなっている。如何にというに、そこに現実が通らず、道が塞がれ、成り立たなくなるからなのだ。彼らの慭じの生存が危機に頻し、成立しなくなるからなのだ。

四四

それにつけても、われというものは自然の法則の母体基盤の原理より支えられ乍ら、独自の進化によって生れ変ったことによって、自分自身に完全に生きることになったのであるが、そのことによってもう一つの片方の世界、即ちわが肉体物理生命、つまり既存における人為現実における生において完全に機能不全に陥り、そのことすべてに亘って支障を来たす結果に陥っていったことは既に記述して来ていた通りのことである。そのことに伴う我の人間から蒙って来た、彼らの不都合による報復と仕打はとても筆舌に語れることの比ではない。生命丸ごと全体に及び、生活人生ひっ包めて生の根幹根底より成立不全の中に嵌り込んでしまった訳である。「人間生活」そのものが根刮ぎ機能成立不可能に陥ってしまった訳である。このことは我が生命はもとより、人間関係全体に亘ってわれに一体いかなる混乱、事体、逼塞、絶望、生不全ははもとより、ありとあらゆる決定的ダメージを齎らして来ていたことは語るまでもないことである。我はこれを以てあらゆる人間の生活すべてから手を引きざるをえなくなり、人間の駆逐の手から逃れる為に急いで地下室へと逃げ込む他にはなかったことだったのだ。もとよりこの天地に我に手を差し伸べる者など人っ子ひとりとしていよう筈も無いことであった。こうした人間からの、僻地の地下深い暗室の中で我が死にもの狂いになって考えていたこと、それが人間諸君にとって想像がつくものであろうか、それは問うわれの方が愚かで、無意味なことであったのである。彼らは既存大勢の中で身を浴しているのであり、一切そんなことには関心もへったくれも無いことであったことだからである。彼らにとって我が存在は、人間として否的なこと以外の何ものでもないことであったからである。彼らは何はともあれ、人為、現実、既存、その人為社会の条件の中にあって、自からをそこに当て嵌め、その生に向って努力勤労に働いて生活を切り拓いていく、これこそが人生の洩れることのない目的そのものとなっていたからである。―そしてそこから一切洩れていく運命と宿命を当初から承っていた我というものは、その人世界にあっていかに生を見い出していったならよかったというのだろう。それこそわれにとっては即死活問題のことはもとより、そこに人為における疑惑疑問懐疑以外の何ものも見い出すことは出来なかったのである。

即ち、われひとりのみが何故、どうしてこんなところに嵌り、迷い込んでしまったのであろうか、この先、われの人生、生活、そして生命と生はどういうことになっていってしまうのか、自分の存在そのものが、既にその生、生命の根本、起源から間違っていたとでもいうのだろうか―それに対して人間の生き方表現のすべてが真正面で正当で、われの方だけがそうではないとでも言うのだろうか。彼らはわが生がそのようなものであると断言するほどに、その確信を一体どこから持ち出し、そのようにしてわが生を葬って来たのだろうか？　つまりすべて何から何まで我にとっては疑問符だらけで、それに回答えるものはなく、否的眼差しを投じるだけのことであったのである。そして我にしても、その人間に対して頷くことの出来ないものは半信半疑だらけで何も残らないことだったのである。そしてそのわれというものは、こうした人間との何も生じることの無い関係の中で、このかた本当に生きていたのであろうか。それともその生を死に続けていなければならなかったのであろうか。そして、人間の生とは、本当はどういうものを本当の生というのであろうか、その本当のところ、真相というところについては未だ誰も知りえない、辿りつきようのない、未知なることではないのだろうか、みんなそれを分っている振りをし合って、観念狭義な人為のつくり上げた認識の中で、生きているだけのことではないのではないのだろうか、われはそのことを今でもその穴蔵の中で考え続けているという訳なのである。そしてただはっきりしていることは、我と人間とではその生というものがどうやらとことん根源の次元からして裏腹、逆様となってひっくり返ってしまっているらしい、それが如実になっている、ということだけであったのである。

われは最初めから翔ぶ為の翼を失った鳥であったのであろうか。彼らすべてが個々の大空を羽ばたき、滑空しているというのに、我は地辺駄に這いつく張っている他にどうすることもできなくなっている一羽の駝鳥の存在にすぎない。翔ぶ為の翼はもう疾うに生来から退化してしまっているのだろうか。されどそれにも不拘わらず、われの中には未だにわが肉体なる大空を、自分なりに滑空し乍ら翔んでみたいという憧憬と願望が秘かに疼き続けている。この心のジレンマに悩んでいる。わが心はその一方でその疼きを突き抜けることにも渇望している。この故に、運命と良心と精神はもう一方の大きな旗手であり、われにそのことの多くを頼んでいる。即ち、われ自身はその双方から揺さぶられている一個の何がしかを目論み、目指している生そのものにすぎなかったのである。

四五

われはある時期に至るまで、あの全ての人間の抱く、それも大凡である概念や認識や意識の上に歴史的長期に亘って構成されて来た理想や平和や幸福などに関する教義―それとは逆腹なものも同じ追随していることであるが―に対しての常識や印象や通念と観念といった、まあ言ってみれば日常的生活の中で植え付けられている知識や知恵の総体、その旧来からの教えを伝承し、先の人類や現代人、既存の人間もそうであるように受け継ぎ受け渡し、また未来人もその教義《おし》えである全体の印象である意識と知恵を学び受け継ぎ伝承していくことであろう。それに対して我も、そのことを劣かにも体内の中に同様に引き継ぎ、引きずられて来ていたことを肉体本能として認めざるを得ない。しかしそのことをわが境遇境涯に照らし合わせ、思惟思索を考慮深めていくにつれて、またその創作を重ねていくうちに、そのどれもが便宜唯物的思惟に基くその累積と蓄積、生活の知恵の積重ねに基く狭義によって築き上げられて来た、生活便宜から生み出されて来た一切の我々人間が生きていく為のもの便宜であったことを改めて認識し、それはそれとして一義一理一通りとして敬意払うことはもとよりではあるが、その考察においてはそれが絶対値でないことも、鵜呑みに受け容れるべきものでないことも、よく噛みしめ、自からの思惟立場を元手として咀嚼し直していかなければならないものであることも、殊に文明、物理的学問の著しい現代人の知識の類というものにあっては、また文明の今日程凌駕してはいなかった、素朴に霊天然の力を敬いつつバランスよく生きていた古代人の知恵全体に比べ、その質が異次元的に異なり、我としてはその現代人、文明人に大いなる疑義を感ぜざるを得なくなっている中の一人であるということである。足元を踏み違えているのではないかと根本的に憂慮しているうちの一人ということである。その擬装を人間の本質と取り違え、それを実しやかに風潮吹き込んで済まし込んでいるのをなんとか辞めてほしいと願って切望している一人であるということである。それぞれがその概念や印象や意識の周囲りを其々に応じてただ便宜に調法に、自分の都合に応じて巡らせているにすぎないものであることを「発見」したということであった。つまりこれがわれからの中正中庸保守物理的生きる為の人間の知恵であることの確信した種明しであったという訳である。従って、その既存通念、現実に則ってすべてのくらしに取り容れていっている人間にあってこれ程調法で便宜なものはないことは確かで、常に自身の生を正当付けていくことが出来るわけであるが、一旦そのことを知った以上、その疑義的でしかないものをわれとしては真に請け渡す訳にはいかなかったのである。従って、われとしてはその世の通念、印象、常識、認識、意識そうした一般概念の生活の依り拠ろにしていっているそれから外れ、自身の身の丈に見合ったその真実を見い出さない限り、自分自身を一歩として前に押し出し踏み出していくことが出来なくなっていたということである。されどこの人間の意識に対するわが叛逆と策謀は、その人間世界からの最大級のしっぺ返しを受けることになったことは言うまでもない。つまり暗黙の人間世界からの遮断であり、人生からの必然性システムに伴う剥奪であり、生の形状の剥奪のしっぺ返しであったことは言うまでもない。つまり人間全員体制からの合意による我に対する申し合わせの様なものであったのである。我としてはそう受け止める他になかった訳であり、これらはもはや抗議の仕様もなく、我にとって問答無用黙ってそれを苦々しく受け止める他になかったことだったのである。

われはこのように、当初より人間と自分との生の落差と食い違いとその逆生からして、その人間の生を断たれてしまっていた訳である。にも不拘わらず、我がその生命を断つまでに至らなかったのは、言うまでもなくそれこそがわれに与えられ、授けられていた生命と宿命、日常そのものとなっていたことによるものであったからに他ならない。それがゆるやかな勾配となって、最初めから繋がり、与えられていた宿命からの奈落から奈落へと、一度として浮き上ることもなく、上昇することのないままにずる〳〵と降下し続けて煉獄へと向っていたからに他ならない。そしてわれはいつのまにやらその人間界の価、既存全体から放り出され、たった独りそこから突き抜けてその反対側の極みにたった独りだけ立たされていたことだったのである。

四六

ところで改めて言うまでもないことであるが、肉体物理生命からの感性、知恵によって育くまれ、培われて来た多様な知識、便宜を合体とする考察と社会と世の中全体からの要請との関係、人間固有の自我において、これは個々として、その全体の流れとしても我々にとって逆うことの出来ないことはもとより、そのこと自体が既に均衡《バランス》を破壊し、自滅を予約約束するものであることはこれまでも指摘して来ている通り我々自身人間の内部内面から肉物的に本能の働きとして滲み出てくる。骨格具象を築き上げていく直情的一方の旗頭であることからも、それを基盤に据え置かなければならないことも事実である。われはその人間の肉物的形而下の具象の生命力に対してまでも面と向って批判非難をするつもりは更々も無いことである。そうしたところでどうにもなり様のないことである。それに我自身、この必然性の思惟思考を片方の基盤、事実をしてそのことを一方の基点として考察を人のそれよりも更に深刻へと進めていっているだけのことである。それに当初のうちは、我にしたところでこの必然からの概念、社会通念＝意識と認識と常識＝をそれなりに否応無く受け容れ、事実として尊重もし、物理形而下具象世界の総体の豊かさ、科学、文明、便宜の進歩に対しても今程には懐疑的ではなかったのである。両手とはいかないまでも、片手だけは挙げていたのである。なれど、その「正体」が我の中で本来霊の原則に照らし合せて次第に発《あば》き出されて来るにつれて、その片手さえも遠慮勝ちになって畳みざるをえなくなって来ている次第であるという訳だ。既に何んとしても均衡の取れていない、霊的本質原理、真実を隠蔽《かく》し、それを制圧する如く支配的実しやかとなって擬装し、凌駕して居座っているものをどうして支持し続けていくことが出来るというのだろう。我れはわれの良心としてそれは羞恥《はずか》しくてならないことであったからなのである。しかし社会のモラルと理性を失った物理文明による発達振り、またわれ自身の宿命の理りからしても、その思索を押し進めていくにつれてそうした彼ら人間における必然性からの常識、一義一理的考えというものが物理健全と称せられている概念というものが、先にも述懐しておいた通り、両手を挙げられるものでもなければ、光りと影双方のものであるという認識、本来に対して、正直真正に対して、誠実さに対して、モラルに対しても抵抗を控えるものに対して、より強攻手厳しい処遇を容赦なく浴びせていくもので、いかに底意地の悪く、小賢しい考えをよしとしていく目先に捉われていく立ち回りに長けている人間であることか、我はその人間の素性と本性を見破ったものとして見過していくことは、我が運命、我が生命の事情からしても黙ってはいられなかったという訳なのである。この人間の自己欺瞞、偽善にみちた実しやかに言い包めていく高等詐欺、何事も物理知能者優位（利益）に進めていくからくりは断然解明解きほぐさなければならなく、それに対して厳格厳重に処罰、糺弾し、弾劾されていって然るべきだと思考《おも》われるに至った訳である。しかし見掛けたところそんなものは何処にも一人としていないばかりではなく、当然として受け入（容）れられ、その既存界隈の中で、全営み現実の中で、物理経済活動の中で、社会其々そのシステム組織機構の中で、必然の意識と認識の基盤、概念、仕組に乗じて、其々の立場の応酬と駆け引きを、思惑を激しく交錯仕合い乍らやりとりはしていても、その根底底意に流れている思惑と意識においてはいずれもがぐるであり、仲間同志であり、既存現実の推進者であり、物理経済活動に伴なう理想平和、豊かさ、愛、幸福という矛盾だらけの不合理なそれを懸命になって其々に共感し合って支え、唱い上げてそれを白々しくも営みの中で意識して言い合っているという訳である。何んともおこがましい限りではないか、白々しい限りではないか、ここの何処にその真実の目的があるというのだろうか。この人間此岸こそが頑冥不霊の坩堝そのものではないのか、そして我はそれに背いたものとしてその界隈から放り出され、こうしてひとり彼岸にさ迷って、心、生命を凍てつかせ、その死生を仮眠し続けることによって人間の渦中を凌いで何んとか生き延びている訳である。こうした境地にあらねばならぬのなら、我としては敢えてその人間世界に向けて、その霊精神からの思惟を以て糺弾を発信し、問い、語っていかなければなるまい。我はその自覚者からしても、生命の宿命からしても、己れの真実を以て風を起さなければなるまい。そう考えている次第なのである。もはや我の生命からの理わりからしても、人間の命運からしても、良心として真実として後に引くことは出来ないこととなっていることなのである。

四七

われが自分のことをどのように考え、それと戦って来ていたか、どのように恐ろしい確信を以てその自分の置かれている宿命と運命とに向き合い、闘かい続け、またそれに伴うわれのみに与み込まれている途方もつかぬ任務は、これまで綴って来た全編が紛れもなくそれを証明してみせていっている。われに与えられている感性と感覚は、人間全般に与えられている、彼らの間で正常健全とされている物理的感性と意識のそれとは悉く対峙対立して異なり乍ら、あくまで均り合わないように具えられている。われにはその物理的感性と感覚の生の免疫のそれとは入れ替って、それ以上にその真逆である内省的霊的感性と感覚というものが強く養われ、作用し、働いて来ていたからである。人はこれを病的として本能的に忌み嫌って遠ざける。であるからすべてにわたって具象的形而下に示し、共有である物理的思惟を以て表現していかなければ相手に伝わらず、問題にもされない。この人間社会の物理必然性であってみれば、このわれのような未曾有な霊的生命を授かった存在であってはこの人間世界から放擲されているようなものだ。それに伴う実際者からの、既存認識者からのあからさまな冷笑はわれの精神形成の上で多大な影響を脅威な遍歴となって反面教師となって来ていたことは言うまでもない。われはその反動心裡によって大凡全体が世界に、社会に、既存の中に同化していくのに対し、勢い反転し、霊的内省世界へと転がり込んでいったのであるから、そのことは同時に外的人間社会に背叛することになり、その活動、価から手を引きざるをえなくなっていった訳である。これに対し彼ら人間社会共同体というものは異句同音となって矛盾した不合理な物理滑稽社会体を形成し、自から敢えてその中に参画し、その世界（社会）の中で自からの真価を発信発揮し、その生を展開させていく。これが彼ら人類共通の必然形而下に伴う運命共同体、彼らの肉物本能を主体とした生命活動として、その意志の下に、異句同音となり乍ら未来といういずこかの定かならざる目的に向って自からを区々に切り開いているかの如くに思われた。—彼らはその手法を以て、これまで述懐して来ている通り、その人間の道を物理的に開発進化、便宜発展させ続けて来ていたのである。肉物的生命本能の充足のみを目的に適えて来ていたのである。その結果として光の部分、面と建前とは裏腹に、霊的生命の原理原則を打ち破り、自分（人間）的好都合な物理主導の世界を構築させたことによって他生命生物からの絶対的反感と不信を買ったことはもとより、その自からにおいてさえもその物理主導世界の構築させたことによってこの世界を決定的格差社会にせしめ、あらゆる世界に歪みを拵らえ、取り返しのつきようもないものに際立たせて来ているにも不拘わらず、人間はその反省もどこ吹く風、更にその構築を推し進め、この世界、唯一の棲家、この青き稀有の地球さえも不治の病いに手を懸けようとしている有り様なのである。否、それを猛省するどころか、ます〳〵それをエスカレートさせていっている始末ではないか。さて、それにつけても人間の当初の目的理想郷の建設はいずこに消え去ってしまったのであろう。人間はもはやこの地上の悪霊でしかなくなってしまったのであろうか？　煩悩に食い尽くされてしまったのであろうか？

それにつけてもこの人類の物理主導に伴う世界構築の付けは甚しく、その当初の念願であった筈の「理想郷」とは打って変って、正にその内情と実情は目を被いたくなる惨状である。まるでそれは霊に呪われ、呪縛を掛けられているかの如く有り様である。余りに物理文明経済に目を賭けるあまり、不均衡が剥き出しに露呈露顕し、忌わしい事件事故は日常茶飯となって我々のくらしに忍び寄って来ているではないか。心の病いが避け難く全体に忍び寄って来ているではないか。科学文明とその便宜による悪癖が避けようもなくその病いが忍び寄って来ているではないか。人間はその基因《もと》を糺さずしてそれに蓋をしてしまおうとでも言うのであろうか。それをしたとて応じ切れないというのに—。悲劇は次々に顔を出し、封じ切ることはおろか、足元から湧いて出て来るというのに。事勿れもここに窮まれりである。もはや収拾の付け様も無くなって来ているのである。人間の善意、良心、理性など、人間の激昂の前には風前なのである。炎《ひ》は初期消火が何よりだというのに。それを煽り出すと来ては何を言わんやである。もはや宥め覚らしむ段階になる。とは言え、これだけは言っておかなければならぬことであろう。それは我らこの一つの生命宇宙体の中で既に成立して営なまれている二つの異って対峙対立している必然性肉物本能の抱えている煩能と、生命の原理である霊的精神宇宙、この二つの異なった性質の生命世界というものを常に同時に見定め、見極めつつ、そこから互いを相剋争わせるのではなく、互いに相手の性質を理解し合い乍らそれをとことん話し合わせ、どちらかが先んじ、先導するのではなく、互いの長所を活かし合い乍ら、その場その場を臨機応変に協力し合って事に担っていくのが何より一番賢明なことのように思われる。これがわれとしての、現時点での最善策ということである。この双方からの生命真理、本質を活かし合いつつ真実に基って均衡《バランス》をとり合いつつ、互いの性質に敬意と畏敬を払い乍ら推し進めていくということである。もとよりここで最も大事で大切なことは、自からの一つの生命自身の委細に関わることであれば直更、そこに安易な正当化、手近で安直な回答も慎みも妥協も許さない、許されない徹底した葛藤がなされた上での無上の回答が導き出されて来なければならない。互いの、肉体と霊精神からの納得と理解が果され、成されていなければならないことは言うまでもない。ここにあって外部委細の事情、人為表象の如何なる、社会的物理流動虚偽偽装界の一切に捉われることは不必要なことであり、ここで何よりも必要で欠かせないことはそのことが生命にとっての本質と極めた真心と畏敬によるところの真実ということだけである。これを外して一切は無いことであるからである。―さて、人類はこの命題に打ち勝っていくことが出来るであろうか。人類全体全員が挙って勇気勇断を以てことに臨み、挑んでいくことが可能となるであろうか。人類はその己れ自身に、生命の真実に誠実に向き合い、担っていくことが果して出来るものなのであろうか。―そう我はひとりその課題について考察を進めているわけである。

四八

この章においては少しの悪意も帯びている筈もない。このわが章の本当の空気を少しでも嗅ぎ取り、嗅ぎ分けていくことのできる能力のある者であるならば、そこに哀しいまでの誠実さと、心地良い嗅気を感じ取ることであろう。ましてや何んの武器も偏見も下心も携えることなく、武装を固めることを厭い、ひたすら寛仁大度になって堪え、その上真綿の中に棘を隠し持っているような彼らの心に、素手と裸の心で傷つき乍らも立ち向っていくばかりである。それでもこの章と、われ自身の生き方が世間知らずの甘ったるいナンセンスで、滑稽として取り扱われるのであるならば、それでは彼らの良心真心とは一体何んなのであり、どこに吸い取られ、消えいってしまったことになるのだろう。まさか偽善ということではあるまい。そしてそれは、彼らがいかに何んと言って―言い訳をして―心を取り繕わせようと、既成の事実として辺り一面に露出して現われ、この既存の現実、唯物社会（世界）を毒させているかを自から証明させていっているようなものである。何もこの既成社会の事実と実体というものがすべて当然ということでもあるまい。彼らはその既成現実（の事実）が自身に物理的有利に働いているときには黙ってそれを歓迎し、同化していくが、不利に働き出すと直ぐに持ち前の近視狭義によってそれを詰《なじ》り、批判に転じる族なのだ。このことはその彼らというものに本当の意味での一貫性というものが欠如していて、単に立場と感情によって振り回され、突き動かされているにすぎなかっただけのことだったのである。狭い量見を世間や社会からの良識に事寄せていても心の中は安直と無分別、心の不潔に生が塗れていたのである。即ち、彼らというものはいずれも自己中心の得手勝手であり、本質的に筋の通ったところが畢竟とするところなかったことなのである。彼らは何よりも本質真義大我である真実の心とするところに対して臆病であり、小心者であっただけのことなのである。そして彼らの世界に生きていない我のことを彼らは反対にそう称んでいる。従って彼ら人間は、自分たちの創り上げたその既成既存世界の常習者常識的認識、その価と概念にあくまで固執しがみつき、その中での既存現実を捉えてとやかく言い合っていても、自己矜持を貪り、その人間世界をなんだかんだと批評批判もしくは自己弁護しつつも、一方で自賛正当視していたのである。まったく見当もつけることの出来ない保守日和身的優柔不断な連中であったのだ。

四九

この章はどうみても岩場の上で日射しを競って求めて日向ぼっこをしている群れを離れた一頭の海豹の図を表わしている。半ば手負いではあるが、敵意は無い。寧しろ哀し気に友を求めて群れを眺めている風情である。しかしこの孤り海豹に近寄ろうとするものは無い。仲間からの危険は巨きく、それなりの覚悟を必要とすることを知っているからだ。群の中にあることが一番安全であることを本能的に知っているからだ。そしてこの手負いの海豹は、自分の身に適っただけの最小限の漁をするために痩せた身をおして深海に潜り、身の危険をおし乍らも飢えを何んとか忍ぐのだ。これがこの章におけるわが罪の無い手負い海豹の全容である。そこには強烈で心身をこよなく覆わす刺激的な温もりは何も無い。しかしその替りに悲涙に噎ぶ度毎に心に深く何かが刻まれ、滋養が与えれていく。肉物によって渇いた心に潤いを与えていくものと我は信じている。われはその為にこの骨身を削っているのだ。これはわれに課せられ、与えられている任務である。われはそれをペンによって霊的なものを具象に置き替えてここに著わそうとしているのである。この人間の信仰としている肉物経済方式、基準にメスを入れ、一滴の注射によって本来の生命の精粋《エキス》を注ぎ込む。それは何んの苦痛《いた》みを伴わず、人間肉体生命の中に本質に向って溶け入って着床し、その効力を発揮させていくのだ。寧しろその行為は心に心地良く効めを表わしてくる筈であるからである。即ち我々人為の幾重にも身に纏っている世間と社会、既存と現実からの、環境と意識全体からの枷鎖が必ずしも我々の生活からも、未来に渡って万全なものではないばかりか、むしろ不安、心配を煽らせているものとしてこの注射は必要不可欠として誰もが漏れる者無く受けていかなければならないものであることをここに知らしめ、霊的に促していくものであるからだ。そしてこの認識こそがわが生の出発点、創作の基盤、支えとなっているものである。つまり我々が通常既存常識からの肉物的価、意識や認識としている概念や通念、社会的価によって身に付いている蔑みや優越や無意識のうちに起っている偏見格差、差別を加えて来る諸行為行動、姿形として見えざる我々の抱いている心裡（裏）が、これに呼応し乍らいかに姿形を示しつつ表に不当な具象《かたち》を取り乍ら一方で懲らしめに掛って来ていたことか、そのことを改めて知らしめ、取り除いていくわが作業《しごと》でもあったことなのである。われはそれを人知れず静かに潜行させ乍ら深淵を見入り、自からに実践実行させて来ていたのである。そしてそのことが何んと逆捩を食わされて来なければならなかったことだろう。もとよりそれは一般の人間の既存の価を懐疑し、概念全体を覆し、もっとましで本来に適ったものにしなければ、という自分自身への使命感からのものであったことは言うまでもない。その為にわれは自からの深淵を覗き込み、霊をより信頼していく為に本質根源を俯瞰睥睨させているだけのことであったのである。人間全般から彼岸に追われ、地下牢に人生を押し込められた者として、社会民衆全般からその生と人生に蓋を被せられた者として、それを復活させる為の戦闘いに挑むは我が生命の立場、運命からして当然の結果によることであったことなのである。

五十

人間生命の最高にして最善の目覚め、認識と自覚、至高無価の到来、己れの人生におけるこれまでの過去をしっかりと認識しつつ背後往時を見詰め、三省回顧し直し、己れの現在の置かれている立場、情況を認識しつつそこに立脚し、その全体を把握弁え乍らしかも前途をしっかりと展望省察してゆく。一切の現状現在との妥協を振り払い、振り切り、何故、どうして如何に、何んの為に、という疑問をたえず自身に問い、投げ掛けて初めて自他全体に発するとき、それは真しく人間にとって大いなる自覚めのときであり、自身の真証全体を顕わす。この途方も無い任務に置かれ、与えられている者にとっては、人類自身が自から正しい道におかれているのでもなければ、その未成熟未完成なものであり、過程途上にあるものであり、未知数なものであり、未来に託されている可能性を持つものであることを自覚認識思い知らされていく者、尠しでもそこに近づいて行かんと目的を持ち、努力を重ねていく者、という希望を待っていたのであるが、どうやら人間というものはその物理的知性による物理科学文明と経済主義の過剰によって目が眩み、煩悩と欲望によって本来を見失い、道を見誤ってしまってしまったらしいのである。否、見誤ったどころか完全にその道を踏み外し、その頑冥不霊の林、溷濁《こんだく》の沼の中に溺れてしまっているのである。われはこの「溺死寸前」の人類を何んとしても救助し、本来の道に引き戻さんとする者である。自己驕慢に陥ってしまったその人間の性格を元の原点本来に還る様糺して行かんとする者である。—現在《いま》の人類の情況にあって、精霊なる絶対値の概念の遥か下方に喘ぎ乍ら蠢めいてあることがよく見てとれる。この可能性は実際純なるものから不純なものへ、善なるものから小賢しき悪なるものへ、何んの境界も拘わりも無しに無意識無感覚のうちに先入見によって滑り込み、誘惑に乗じ、飛びつくのだ。これは肉物本能、必然生理本能の要求するところである。そしてこの本能と生活を敏感に感知することによって選り分け乍ら操作コントロール、理性的抑制を働かせつつ、自身の本来真実の方向へと導き出し、仕向けていくことは誰にも容易く出来るところのものではなく、その人の持つ特性、根底深淵からの精神性、意志力に基く良質性とが問われ、霊魂の問題となってくる。このことは肉物的、実際的頭脳の働きとは全く関りの無い、その人の真心、誠実性からの如何に関っている問題なのである。つまりこの理性、霊精神というものは肉体物理本能、生理というものとは極めて相性が悪く、その根強い抵抗に遭うことになる。現実と人為既存、民主主義による便宜方便の数多数値、一般認識全般が立ちはだかって来ることになる。これに呑み込まれていかないものはいないであろう。この具象物理の安全安泰を求めていく欲望は既存における落し穴であり、生のマジックであり、肉物生命の奸悪邪知そのものであることは言うまでもない。これを社会的大義を以て振り翳すは以ての外のことである。しかしこの社会的営みによる生への絶対値、マジックを糾問は紕していかなければならないが、それを行う者は皆無である。それは己れが馬鹿を見ることを知りつくしているからだ。それを黙って従い、行なっていくことが得策であることを知っているからなのである。彼らはこの保守に止まっていれば自ずと身の安全は保障されていくことを知っている。その全体から割り食わされてすべてを失わされた我としてはその承っている宿命と運命の生命からしてとても出来る相談ではないが、だからと言って黙って怯え、見過す訳には行かないことなのである。そして人類にとって何よりも欠かしてはならないのがこの自からの生全体に対する猛然たる三省ではないのだろうか。なれど大凡の人間、ことにそれを著しく推進推奨していく肉物依存支持者、経済信仰者にとっては、それを譲《ゆず》ることは出来ないナンセンスなことであり、気違い地味たことに思われていることに相違ないことなのである。我はそのことを身を以て陥れられている身であることからよく承知させられているのだ。これを不履行にしていくとその生命さえも召し上げられかねない現実が待ち構えているからである。──これに引き換え、われにとって詰るところ、畢竟とするところ、根本となるところが一切真実であり、本質の個とするところ総てであり、それこそが正真の纏りとなっていることとなのである。ここにあっての我は損得勘定、利害関係を一切持たないのだ。他にこの価に匹敵するものはありえない。そして我々人類の生を成さしめている肉物的なるものは、我々がそれを如何に、どんなに美化装飾していこうとそれは結局のところ人間自からの正当化にすぎなく、矛盾と不合理を生み出さしめていく中庸中正的なものにすぎないというのがその結論であったということである。そしてこれ以上のものでもなければそれ以下のものでもない世界であったという訳である。誠と真実はすべて足蹴りを食わされていく世界なのである。何事も程々が丁度いい世界なのである。ここに循環が滞りもなく運んでいくという訳である。徹底させること、極端に走ること、これはこの世界にあって敬遠されるのである。つまりわが生と生活はすべてが彼らから遮断されてしまっているという訳なのだ。これがわが生活喪失の所以である。生命そのものの本質を良く知ろうとするものなら、その相異している肉体と精神の価値対立の双方を一対から切り離して、その片方のみを何んの疑いもなく受け容れられるものではない。それは片輪なことであり、この双方は生命にとってどれ一つとして欠かすことの出来ない重要で大切なものである。それを偏重して依怙贔屓して取り扱うことは結局自からの生命の失陥を促し、頽化疾病へと促しめてすべてに支障災いをもたらしていくものである。つまりこの肉体と霊生命とは断然均衡を保っていかなければならないものであり、充溢を計っていかなければならないものである。生命の本質はこれを何よりも歓ぶ。

五一

この人間としてのこの上ない、超絶とは裏腹な絶望の淵にあり乍らも、その脅威に押し潰されることもなく、更に勇《いさ》ましく、気高く、清《すが》けく、自己理念とするところを失わず、更に深淵へと掘り下げていく勇者、高度に充溢して磨かれていく霊魂とその類い稀な知性のメカニズム。ここでは悪戯っ気と無邪気と真面目とが仲良く溶け合って手を携え合い、同居し、特有の調和を奏でていっている。そして願わくば更に高みへと、深味へと、そして清冽へと—。

五二

われはここで、大いなる生命の概念について語ろうと思う。その実在既存の人為人価による唯物如き事などおよそそれを離れた我に語り寄る資格などあろう筈も無いことは先刻承知のことである。またわれにそんな対極にある些事些岸の現実の生の事情など心の片隅にも無いし、われにとっては途方も際限も及ばない彼方の秘密のベールによって包まれている秘境の地ほどに考えられているくらいの厭地厭土のことである。もとよりそのことはわれをこの地に運命《はこ》んで来ているものであり乍ら、その唯物煩悩下の人間の心の如何のことなどわれの解くところのものではない。われにそんな傲りもなければ、驕慢の心も無いことだ。われにはただ自分の生命世界の中を覗き込むことに精一杯なだけのことである。その人間《ひと》の心はわれわれの生命の核心をなしてはいないばかりか、そのわが生と人生を粉々に粉砕破壊して来ていたものに他ならない。そして、そのわれの語りえることが出来るとするならば、人の世＝現実＝に通用しないその彼岸に存在する霊的形而上界の本質を深めていくことの省察と洞察であり、非可視下にあって適えようとする生命の真理概念を透視しようとするばかりである。生命科学の発達と雖《いえど》も、いくらメスや内視鏡を駆使して体内を検分検視検査して見極めようとも、その人間生命の心の心裡の真相を解明に迫真《せま》ることなど凡そ不可能なことである。

そこでこの概要、外枠に触れることにするのだが、それは先ず第一に、生理器管の大いなる健全さということが挙げられる。この器管が何んの先入見もなしに充分に、健全に機能を果し、働いていなければ、それがどんなに些細なことであろうと忽ち生命そのものが支障を起し立ち行かなくなってしまうからである。従ってこの機能は生命の全量全容を健全に支えていくものでなければならない。例えば毛細血管の末端であろうと、ミクロの細胞であろうと、そこに異常が生じてはならないのだ。そしてこの生命の総体の営みに一々名称がある訳ではない。名称が与えられているのはその器管それぞれの総称にすぎない。生命はそんな人為の物理的知能に一切関わりを持ちえないその意識を遥かに超えている全宇宙的一つの営みと働らきを有している意志の現象的現われに他ならない。それは常に止まることを知らない新しい生命への循環と展開を刻々と刻み、示し乍ら片時も休むことなく継続循環をし続け、その情報を脳の中枢へと刻々と送り届け、知らしめ、生産し、あるものは修復し、あるものは衰微してゆき、あるものは盛んになり、摂取したものを養分として取り込みつつ、用の終えたものを排拙循環し続けて、それを休みなく繰返し続けていく。もとよりこの生命宇宙は他生命の器管機能を養分として自からの生命の要求に似（見）合う如く体内に摂り込んでいくことによってのみ生命の活動は継続していくことによって長らえていくことを保障されていく。このことは物理的にも、心的営みにおいてもおよそ隔りを持つことはない。すべてが連携し合い一体となって行われていることなのである。そしてこれらの生命に生じる全営みとそれに対する全感覚と表現を一々具象的言葉を以て置き替えていくことが凡そ可能で出来ることだと考えることは愚かなことである。そのことは凡そ表象表現伝達方式による一部のものでしかなく、その殆どは他の機管による表現を以て行なわれていっているものがその殆どであろう。否、その通りなのである。我々脳味噌の司令塔が行なっているのはその肉体（具象）生命を表現視覚化することによって意志の疎通と連携を行なっていくことに欠かせないからであって、その殆どは霊的生命本体によって行なわれていたということである。如何にと問われて言えば、それは我々がまだ言葉を持たなかった時代のことを考えてみればその謎は歴然なこととなるからである。また、出産されて間もない赤児とその母親との関係をみてもそれは明らかなことであろう。そしてこのことこそがたった一つの真実であり、肉体生命のことはすべてがその他者との執り成し、関係性を主体として執り行なわれて来ていたことであったということである。この他我々人間生命というもののほかにどんな営みが与えられ、組み込まれていたというのだろう。

五三

人間は如何様にして―物理に関わる―知的成長を身に付け、遂げていくことになったのであろうか、もしくはいったい何故そうして来たのであろうか。それは肉物生命、具象生命の本能―殊にその主幹を成している煩悩―に促されるところの生命力そのものからの必然的要求に伴なう意志の力によって目覚め、目で見、肌に触れ、感じ、耳で聞き、母と最初とする出逢うことになる全環境とその世界から無垢な状態で受け取り受け止められていく。これは本能に属する生理的要求の第一歩とするところであり、何んの躊躇もためらいも無く、必然生理のうちに映し絵の如く行なわれ、生命《せい》の土壌に浸み入って身に付いて行なわれていく。このことはもとより全く無垢な状態の中で全生命を挙げて間違いなく執りなされていく成長過程に伴なう未来、これより生きていく為の準備作業、生命本体からの要請であったということである。それの整った生の支障のなくなった時点を迎えることによって自我自覚、認識と自意識が目覚めて以来、その身に付けた生の全嗜好と自身の意志に従ってその知覚知性を社会からのそれに伴って選択し乍ら身に付けていくことになる。

即ち自己との遭遇と相対関係、社会と世界と人間との対象としての自分自身に対しての思想と考えというものに反映させていく。人はこの自己の身に付けた社会からの反映を切り拓いていくことになるのである。そしてこの当初、即ち三つ児の魂に身に付けた生の基礎基盤が固められ、踏み均された土壌、それは生涯を通してその人の生き方の土台、本質、人生そのものに礎色濃く反映されていくことになるのである。当初こうして固められた土壌根本は変えようとしてもけして色褪せることなく変えられるものではない。

そして、その人間必然生命のそれとは対峙した真逆の生を身に付けてしまっているわが生においてさえもその生命の理りにおいてからも、社会環境から無条件に強制されて来る絶対値の価のそれからしても、全く変りようもない、また全く変る必要もないことであったということである。この人間必然既存の価から生じて来ている常識と意識、即ちその正常健全当り前とされている全く押し付けがましい強制（強迫）による感覚と空気、その大気によってそのわが生命のそこから異った理りの生全体が閉塞されてしまっていることや、その人間大気の気流の中でのわが生における躊躇逡巡やら忌わしい脅迫観念、その絶対値の健常当り前としていく意識からの偏見的冷却した視線とそこから生じて来るずれ（食い違い）とのわが思考錯誤の葛藤やら自己嫌悪、そうした諸々の累積や鬱積した感情が拘泥となって積み重なり、それらがわが心の中で鬱憤の熱を帯び乍ら発酵して湯気を発し始め、そのカオスの中で拘泥の悪臭とは似ても似つかぬ一方で芳香さえ匂いはじめて来ていた程のことであったのである。けして嘘ではない。われはそれに悪臭を忘れ全身をうっとりさせていた程なのである。この微妙にして忘我の境地と自己陶酔は何んとも譬え形容し難いほどのものである。このような最も悲惨で苦渋の状態にある時であり乍らそれを強かに味わっていることが出来る。これは普通の人間ではありえない境地である。全くその心掛け、心の持ち様（もってゆき方）次第によっては人間というものはこの煉獄社会の中にあってさえ素晴らしいものとなりえる余地と可能性をその生命の中に残しておいてくれるものである。―このことは死刑囚が死刑台に引き出され、登っていくときの境地、つまり「この地獄のような人間世界の不合理と矛盾と擦り替えの怖ろしい世界から漸く永遠に開放されるときがやって来たのだ」というよろこびの境地と、脈通ずるところがあるのだろうか。もとよりこの生命からの感慨と感懐というものは真なる者の不義を正当視していく大凡の者から与えられて来る如何とも仕難い一切の蒙らされていく苦渋と不可不如意を背景にしていることは言うに及ばないことである。

五四

われの体現されるのがいつもこれだ。つまり、われは常に自身と大いなるものの真実を根拠念頭に置き、またそうであることを念じながら自からにその責任と義務を課せ乍ら生きていくように心掛けているが、彼ら人間の大凡というものはその本来よりも寧ろ外部の如何と社会唯物の存念に依存し、それを根拠にして生活を構成し、否、彼らはその外界表象既存を本念としてそれを己れに問い、すべてを構成していくのだ。自分自身を問うようなことはしないのだ。こうして隔りというものはわれと人間との間を結び付けるようなことはせず、益々通じ合わないものに隔たせてゆく。常にすれ違ったまま互いを不信と誤解へと追い立てる。従って物事に対するすべからくというものが、その受け止め方と解釈というものに誤差が生じ、誤解を生み出し、それを頻発させて際立たせる。この相違はもはや日常茶飯となり、埋め合せの活かないものとなっている。しかし彼らは既存多勢の共感共有と共通との価によって取り囲まれ、その意識を以て生きているのであり、そこに異和感を感じる必要もない訳であるからそのことに気付きようもないことなのだ。ところがこちらは多勢に無勢という訳である。共感者は本質的に何処を見回してみてもいないということである。これでは鎧いを脱ぎ、外すことも適わないではないか。そして世界は弱者、不利に有る者に手厳しく、多勢に有利に働くは神代の昔から決っていることである。DNAから誰もが常識として心得、既に承知していることである。われと人間とではその生存の根本根底よりその生存に関する心構え考え方が根本基本よりが異なっており、このことは本質的に一致合意を見ることはありえないことである。彼らにとって理想本質、平和平等は舌先三寸のことであり、そのことはともかく、唯物第一義の彼らにとって有り得無い事、戯けたこと、ナンセンスであり、絵空事となって誰もが承知していることであるからである。彼らにあってそんなことよりも実際、現実既存こそが何より優先大事なことであり、これを保っていくために生命本質の要めのすべてを成し崩し、そこに便宜を当て嵌め、その場その場を切り抜けてそれらしく実しやかに整えていくだけのことなのであったのである。その実質本体、中味本質は最初から諦めてしまっているのである。我はその本体、その真実に取り掛った人間というものを未だ見た覚えもなければ、聞いた例しもないことである。一国を与かる首相、大統領、代議士、理想主義者、平和主義者からしてそうではないか。万一、そうした心根を持ったものがいたとして、自からの生命をそこに捧げたものがいたとしても、その彼らというものはその現実主義者、世間からの物笑いにされ、非難され、苦渋の中に自からの生命を磨り減らし、精神錯乱に陥り、陥れかねない有様であったことなのである。この崇高者が最も卑しい平常者から見てとればそれは偽善者たちであった中からなのである。もしや仮りにその世間から評価されたところで、その者の霊魂までを評価理解、救済されている訳ではなく、その上っ面だけが評価されているだけであって、依然として本質的には理解されぬままに放置されたままで、結局は踏み躙られていくのがオチだけのことであったのである。そのいい例が超人と大衆浮世の関係を見るまでもなく如実なことである。そうして彼ら通常者というものはそうした犠牲者の下に扶座をかき、食事をかっ込み、そして高鼾をかいて眠り惚けているといった具合である。

なればわれが彼ら人間をそうみているように、逆に彼らもそのわが真実うの姿を目撃したなら、同様なことを言って哄笑し、脳病院や精神病院に運び込み、そこに閉じ籠められてしまうに違いない。それ程までに我と彼ら人間とでは掛け離れており、相容れ難く相叛してしまっているからだ。そして人間にとってこの世の中というものはとにもかくにも、何んだかんだあっても、断然この肉物生命の既存現実の生が性に合い、身に適って掛け替えのない棲み栖となっていた訳である。

五五

この創作はまったく独自の地盤の上に成り立っている。およそこうした何者からも見向きもされないような創作に敢えて挑んだものが嘗て一人でもあったであろうか。すべてはその反対の目的、背中合せや右と左、陰《おん》と陽いろいろあるにしてもとにかく既存の目的、社会の良識と既存の常理に則ってすべてが展開表現されたもので埋め尽くされている。それに対してわれわれのみがその既存現実から超然と公私に亘って翻えり、立ち向い乍らその深淵根拠を覗き込み乍ら挑んでいるという訳である。それも最も不利にして貧しい愚者がである。もっとも、この作業というものはそうした劣悪な環境にある人間であればこそ、頑固に現状との妥協を拒む人間であればこそ、遥か宏遠遠望に、冷厳を以て注視を注いでいくことは可能となって来ることなのである。山の頂きと谷底とを昇降するような心の段落と宏大な世界を欲する意志持つ強情さ、このことは一々必然として狭隘な現実と衝突を余儀ないものにさせられていく。そこには火花が飛び散ることになる。彼ら人間が一々本来である精神に逆って人為現実の価を押しつけ、そのことによって不合理と矛盾を引き起していくように―。されどわが精神においてはその不可能を自からの肉体生命の中に既に熟知して営なまれている自覚と認識を持っていることからも、この対立軸を一概になって敵視したり、否決してしまうような真似はしないのだ。そのことはこれまでも述懐して来た通りである。それは我にとっても片方の生命の可能性であることを熟知しているからである。それは精神と肉体の所有している最至上のものと最下位のもの、至純なものと俗化しているもの、趣きあるものとそうでないもの、本質的なものと人為的なもの、真実なものとそうではなくなっているもの、それら総てをひっ包めたある可能性を持った源動力、発祥源を如何にコントロール、理性を働かせ乍ら導き出し、活用させていくか、その質の選択は極めて重要なことである。そして、既に何事においても霊を遊離れている大凡の物理文明に取り巻かれている現代人においては、その実質の成分が何によって成り立っているのであるかを殆どは知らず、それを学ぶ機会さえその物理文明と世間の意識に逐われて失って来ているのだ。真理真実、本質根本、本源に遡って根源から考えろ、と言われてみても、既にそこから遊離れて生きていることで実感が伴わないという訳だ。尤も、この啓示となると世の誉れ高い物理学者達でさえしどろもどろであり、沓として要領を得ない有り様なのである。つまり彼らのそれは自からの霊魂からの苦節、葛藤、苦役の中から掴み取って来たものではなく、あくまで既存（実）社会からの要請、即ち学識を土台として物理的、社会的に学んで来ていたものであったからに他ならないからなのだ。つまり脳味噌上の世界の出来事であった訳である。尤も社会、現実からしてそれを踏襲し、そのことを大いに評価として促していることなのであるからどうにも仕方が無い。われなどはそこから身を潜めていくより他にないという訳である。

五六

　この章で（い）語られている生命の本源本質、真理と根本と原理なるものは、すべてなるものの発祥の地盤であり、核心であり、生命《せい》あるものすべての地核となっているものであり、霊、天理と繋っている混沌なる中枢マグマ、カオスそのものである。深淵の源泉そのものである。これを具体的形而下において証明し、説明せよというのは、霊魂がどんなものなのか証明して見せよ、という設問をすることと同様馬鹿気切っている。ならば自からがその設問を投げかける以前に己れの考えを語るべきであろう。強いてその仮定として答えるならば「そのわが宇宙生命全てである」そう我には答える他にはないことである。他にどんな如何なる答え、形容表現があるというのだろう。—即ち、我々が目にし、五感によって感じ取っている対象のすべて、その具象具体の総てはパトスによって内界内殻より表に噴出し、発祥せられて来ているすべてなる信号、もしくは外着している理り、それが冷えて固まり、それが具象として内省を包んでいる様なものである。そしてこのことは生命あるものがすべて抱えているテーマ、命題であり、その具象表現は立場と環境のそれにおいて個々区区であることは当然であり、自然なことである。そして遡って帰するところのものはすべて境い目無く、この生命の本源とするところは一つところに帰還り着いていくのである。真剣に、誠実に、真心を込めて妥協することなく真面目になって取り組んでゆけばゆく程に、誰もがこの生命のテーマに到達し、突き当ることになる。これを外界、即ち社会、現実、人為の何如、既存に扱われる程に真理は遠ざかり、人為物理に惑わされ、頑冥不霊に陥っていく。不合理、偏見、格差差別、理不尽が現実の下に罷り通っていく。ここに畏敬信頼は薄れ、損なわれて猜疑不信で邪心が迫り出して来る。すべてが中庸事忽れの中に蔓延し、燻り続ける。そして人間はこれを欠かせないものとして考え、この物理混沌の中に棲《す》み続けるのだ。その危険極まり無いゲームに戯れているのである。それに対してこの創作の根底を成している目的と流れは、いみじくもその人間社会がこれまで然りとして来た本来を足蹴様にして来た現実、価値基準にまさに火薬を仕込み、逆様のテーゼに鉄槌を下し、問おうとしているのである。またそれに準じて自からの生をそこに実践し、証明させていくものでもあったのだ。こうしたことは未だ誰も手をつけた例しのない、現代益々それとは裏腹に遠ざかっていく未曾有の難事業であり、われはその中に必然として、火宅として人生生命そのものを投げ込まれている。これこそがわが創作の意図するところに他ならなかったことであったからなのだ。このような宿業と運命とを授かっている者が、しかも平生人生人為既存に守護《まも》られていっている彼らからの誹りを受けている者が、その彼らの平生のシステムからその強制を受けたところで、どうしてその自分の中にない異物の共生することの出来ないシステムを自からに取り込んでいくことが出来るというのだろう。また、既存現実の決り事だからと言って、受け容れていかなければならないというのだろう。そしてこの無理難題の理不尽を、これまで指摘して来ている通り、暗黙のうちに一人残らず、洩らすことなく何んと無遠慮で厚かましく既存の中に取り込んで来ていたことだろう。我はそれに最後まで怯むことなく徹底抗戦し、自身を枉げるようなことはしなかったのだ。それは人間が全うな本来の道に戻って歩いて欲しかったからに他ならない。自分のためにも是非そうして欲しかっただけのことなのである。なれど彼らは無言で語っている。

「皆んな誰もが社会人としてそうやっているのであるから、君もそれに外れることなく社会の決まりに倣っていかないのは、明らかに君の方が如何なる事情理由があろうと間違っているからで、皆んなと社会と歩調を合せていくことをしようとはしないのは、君が社会人としての義務と責任を怠っているからなのだ」

という変り映えのしない常識からの手前勝手な理屈、自己正当化と現実の生に対する屈伏である。われはそれに辟易させられて来ていた人間なのである。もっとも、この彼らに対する不可避によるアンチテーゼこそが一方にあって、我が心と思想を鍛え上げてゆき、精神を育くませ、生命と霊魂を昇華させていってくれた皮肉な産物となっていたのだ。この様な彼ら人間社会の身（都合）勝手な思想に鍛え上げられたことで、むしろそれによって個我への如何を克服超越し、全体と根本本質を憂える様になって行き、個人感情を凌ぐことによってその向こうから自分の真価とその姿と真相とが見えて来たという訳である。

「物理的社会への経済的還元」とは反対の「霊の原理に対する人間としての還元」であり、

ここに祝福あれという訳だ。

五七

このように、霊本質精神とはもはや絶縁した物理文明に魅入せられた現代人にとって、そこは誰も寄り付くところのものではなくなっている。彼らはそのことによって自からの生と社会全体とがまさにその対峙、反目し合っているが如く、そのことを実感させられている。彼らが恐れているのは正にその自からが創築《きず》いて来た物理文明の楼閣による豊かさと称している便宜生活の裏側で、それに付随して付き纒って起って来る真逆で本来に位置する霊からのメッセージである天変地異、本質的精霊からの問いかけとそこからの警鐘と戒めである。それを不心得にも自からのアンバランスを引き起していくそれを猛省するどころか、後戻りするかの様な「貧しい不便な生活」への拒絶反応であった。そうした人間の自からの意識からも、われのその生き方に異質な気配を感覚的に察知することによって実際にわれわれから蜘蛛の子を散らす如くナンセンスな生として立ち去っていったのである。そのすべての人間から立ち去られたわが存在は、人無く友なく故郷なく、今となっては実体《まこと》なく、真実《まこと》失く虚空のあてどない生の中をさ迷い続けている。ここは暗く寒くただ悪霊だけが（かぜ）逆風の中で薄笑《せせら》っている。そのわれは既に老齢である。実体とするものは何も無い。われはこの間、この人生をいかにどう生きて来たというのだろう？　われはこの浮世人の中に如何にして現われて来なければならなかったというのだろう？　否、それは生に悉く死につつその代償によって長らえて来ていたのではなかろうか？　これがわが人無きところにひとり佇む他になかったわが生の定命にすぎなかったことなのである。この間、人あって人っ子ひとり無かった我は、何を仕様にも疾に何も成す術も身に付かず、無いことであったからなのだ。そのわれというものは、凡そこのまま何も仕遂げることもないままに間もなく息絶えこの人世から去っていくことであろう。誰にも看取られることなく永遠の旅路に経つことであろう。誰からも悲しまれることなく寧ろその人間から喜ばれつつ、人知れず去っていくことになるであろう。我は一向に真実を求め、真実の生き方をしようと自分に言い聞かせ、その生を全とうしようと心掛けて来ただけのことであったのだが―何故そのことがこのような為体なくらしになってしまわなければならなかったのか―われは杳としてその渦中に溺れる他にはなかったのだ？　そして人は何はともあれ、いかなる曰くを携えているにしても、それなりの生を築き全とうし、長らえ、その生を見失うことなくそれなりの人生を謳歌していっているではないか。されば、わが真実を求めようとする生だけが過っていたのであろうか？　他の生が正解の生でもあったというのだろうか？　人間の生とは一体何んなのだろう？　果してその本当の生の姿を見たものがこの世にあったとでもいうのだろうか？　われはそれを知らない。このわが真実《まこと》の地に踏んばることによって何事かを打ち建て、成し遂げんとしたばっかりに、その皆んなの棲んでいる唯物界をこうして放り出され、たったひとり取り残されて生の軀と化してしまったのである。いずれにしてもいまの我にとって人間の成（為）すすべて何事も一切興味も湧かなくなったのだ。肉物という無礼千万、不届き千万、何事につけ興味というものが失せたのである。この既存浮世にすべて真心までを売り渡していく人間社会と世界の一切に基本的、根本的、精神的、本質的繋がりを持ちえなくなったのであるからそれも致し方あるまい。とはいえこのことは一大事であり、そのことにとてもでないが悟り切っていられる訳ではない。一人間として、生命あるものとして、生あるものとして、その生を悟れる筈もないではないか。されどわれは、その生を理由《わけ》も無しに生木を裂かれる如く彼ら人間の生、価、意識、既存の認識、常識、現実現状によって悉く否定否決され、引き裂かれ、それを我一人の罪と罰として被せられ、意気地無し、失格者―愚劣等々の要するに人間の生の総体、観念と評価を以て見下げ果てられ、最下位にまで陥落し、その分として不等に世間の人間から扱われ、剥奪され、処せられ、その上に逆手に身勝手、我が儘者、良からざる者と理解され、世間知らず、疫病神として遠ざけられていったのである。即ち我というものは彼ら人間世界にあっての無益な人間であると名乗っていたという訳である。現実生活をしていく上での人間にとっての妨げになっていく邪魔者であったという訳だ。―ここでわれからの感情的人間に対する質問（設問）である。

例えば汝らというものは、汝らにとって肌合いの合わない、如何にしても好まず同意することの出来ない人間がここにいるとして、その人間というものがそれを超越《こえ》て汝にも他者に対しても誠心誠意を尽くして立ち働いていると仮定して、如何にして、どうして汝らというものはこの人間に対して逆手逆手に解釈し、けしてこの人間を受け容れず、評価しようとはせず、忌み嫌ってこの人間を遠ざけようとするのであろう。そしてこれとは逆に、多少汝に対して不利、素行思わしからずと感じつつも、汝との相性、共感を持つことの出来る人間あれば、この人間の方を無条件に好意を持つことになるのであろう。

このことは人間の生の心理（心裡）真理を如実に突いていることの様に思われるのである。

さて本文に戻るとして、それ程までに人間にとって我というものは災厄であったことなのであろうか。そして、この人間からの悪評を買う者として誰がそんな選択を背負い込み、自からに買って出る人間がいるものであろうか。賢明である人間は人間の成（為）すすべての所作立居振舞いに倣い、判断し、それを分別判断し、自分の似合うように選り別け、吸収していったのである。われが、その既存現実の狭義立場、必然の生、最もその適っている人間の生全体の推進者に対して、共謀錯乱抹殺殺人者と訴えたなら、この些岸生存者らはその我に対して如何に処することになるであろうか。「そんな気狂（違）いの言う者のことなどには関わらず、いっさい放っておけ、相手にするな」そう言って失笑するであろうか。それとも、そこまでに立ち到った人間の心情、悲劇と見定め様とするであろうか。それとも人間の生に対する根本的倒錯者とみなすであろうか。それとも取るに足らないこと気に病む小心者として言い括ってしまうであろうか？

五八

既にここに立ち至らされた以上、我というものはその人間の生に贖《あがな》い乍ら生きていかなければなるまい。彼らに対しても、われの置かれている情況と立場と任務からして、その彼らの折角の此岸での生というものがけして肯定されるべきものでもなければ、結局その人間の生が台無しにならない為にも、我の残り少ない半生を以てこれを糺問していく為にその生涯を費して行かなければなるまい。もはやその人間を離れて孤離に生きているわれにそのことによって迷惑をかける者は居無くなった。この創作においてももとより、価値転換へのわれに与えられていたエピローグにすぎない。しかもこのわが戦いは彼らのように武器を携帯し乍ら報復的実力行使によって、物理的武装思惟感情を以て行なうのではなく、その逆の方式、即ち彼らが最も嫌らしいとするネガティブ、陰険とする方法、つまり精神的霊異を以て、地の底から、根底根源より、全員に向けて地の底から行なおうというのである。無差別に霊魂の良識を以て問おうというのである。自からを見果てぬ地の底に降ろし、深化させることによってそれをペンによって表現《あら》わし、人間の既存の生の有り方全体総てに敢えて太刀打ち抗おうというのである。これに対し人間の直情的後先《あとさき》のことを考えようとしない武器を携えた殺人的攻撃というものは後々なんとその場だけではなく後々までその悲劇をなんと引きずらせて人心その他の生命に痛手と苦痛悲哀を与え続けていくことになるであろう。この物理的闘争というものはその物理的知能と知性による人間の肉物本能に伴う脆弱根性丸出しの齎らす悪循環に他ならない。小賢しくも何んの本質的根拠も、解決にも繋っていくことのない無益な処法でしかない。何んの発展性も生産性も齎らしえない、人間の最悪の破滅的活動である。彼ら人間はこれ程絶大なるマイナス陥穽に物理的感情、理屈、思惟によって嵌め込み、反省も無い上の空にして、自覚症状もなく、また時を経て生懲りも無く繰返し続けていくというのである。この霊長を名乗る悪霊の仕業たるや、恥辱知らずなことであろう。その人間の生命に纏わり付く始末に負うことのできない持病たるや一体何んたることであろう。

五九

この創作においては、すべて本質的なものを示唆暗示しようとしている試みであり、現実や社会一般の既存における良識、認識に意識をおいた、もしくは自己の立場に固執して正当化的展開させるものでもなく、むしろその一義的に置かれた必然肉体物理の形状の類型を一切二次的に制圧した反対の典型そのものである。必然既存の現実基盤とその母体を踏まえつつも、それでいてそれを説得させた上での立脚した一つの高等な表現形式の試みである。そして現代は益々科学と文明の波状によってこの本来の独自性が拉げられて侵蝕を受け、一般社会との共通性ばかりが強要強調されて問われ、一人間における真の個性ではなく通俗化させていく裏腹な目的を目指し、それを社会までもが良しとしいっている。そして我が試みはその対照にある。この創作は未だ未踏のものであり初めて我によって開拓が試されているものである。断じて学問教学の為に記されていくものに非ずして、我身はもとより、社会全体に向って呼びかけられている一生命からの霊魂からの叫びのようなもの、個々其々の人間の霊魂に向って同じ生命者として静謐に問いかけようとしたものである。自身根底本質に向って書かれたものである。これは生存者に説いかけているものというより、その生を失ってその生を必死になって取り戻そうと闘っている者に問いかけられているものでもあることなのだ。この書は、そうした経緯と事情によってこの既存における一切の概念、浮世の決り事を捨て去っている。当人が既にその一般俗性を虚構として信用してはいないからだ。彼はただ本質と真実のみを望み、それを信用している。故に彼としては口管己れの深淵のみを覗き込み、その真理を掴み取ろうとするばかりである。従ってこの書の中からそうした既存における物理的効用を見つけ出そうとしてもそれは凡そ無駄なことである。われはそんなものは何一つ提供してはいないし、持ってもいないことだからである。ただ只管に其々各自身が己れの主体性を以て真実を捜し出すことの誠実と真心を携えた旅に出かけようと語りかけているばかりである。つまり、己れ自身がこの普遍真実を自からが捜し出さずして、掴み取らずして、己れの生命のことはもとより、この世界のこと、世の中のこと、社会のこと、そしてこの既存現実と人間世界との関係のことの何一つがどれ程に、如何程に変ろうか、我自身がその様に考えているからに他ならない。尠なくとも我にあってはそうであったのだ。されど人は寄って集って既存現実、中正中庸相半ば、便宜文明、唯物経済のみを頼りに、支えに、それを不可欠として愛し、それを元手にして人生全体を考え、生活を営み、生命を育くんでいっている。我とは生きる次元、足場が根底より覆ってずれて異なってしまっているのである。して人は数多体勢総体にあり、我は常にひとりぼっちだった訳である。彼らには語る者は無尽蔵であったが、我には人っ子ひとりいなかった訳である。彼ら人間のおしゃべりは取り留めも無く果ても無く既存物理世界の中に共有旋回している如く尽きるということが無い。実しやではあるもののその真実が見られ無い。正体があるようで正体を見ぬけることは適わない。変幻自在ではあるが根拠がすべて物理々々へと逆立っている。刺激的ではあっても静謐さ、謙虚さがいずこからも窺い知ることが出来ない。全体として、その成り立ちからして驕慢である。いずれもが傲り高ぶっている風情である。立ち回りが賢い。抜け目がなく要領だけは人一倍心得ている。これがわれわれからの印象である。

このような小賢しやかな人間為べからくの生き方、考え方全体の基《もと》にあっては、わが霊的形而上の本質的な生き方というものは姿無き如しに踏み躙られ、誤解されて侮られていくのも当然な結果である。如何にというように、彼ら人間が用意し、遺していくのは為からくというものが世間からの、社会からの物理便宜的知恵と処方であるのに対し、われわれからのそれは非物理的霊魂を中枢に捉えた真実への生であろうとする人間であり、本質的に噛み合っていくところが何処にも無い事であるからである。彼らはそこに外方を向ったのだ。

虚偽中庸を実しやかにして、それを物理主体とする為に実しやかに言い包めてしまったのである。それを絶対視し、羽交い締めにしてその他の生き方を黙殺して許さなかったからである。その者を排撃して集中攻撃に晒し者にしたからである。ここに生ある者は何はともあれ、いずれにしても生きんが為に、異句同音になって真実を裏切り、寝返っていったのだ。そして人間はそこに「浮世」を物理文明を以て仮説し、蜃気楼を理想郷として掲げ、ここを目指して総動員させて立ち働くことを促した訳である。この実しやかの号令に逆える者などどこにもいなかった訳である。如何にというなら、それが歴史的にも、人間の当初旧来からの、生来からの絶対的意識環境として、既に自からの念願として、現つとして叩き込まれ、伝統的に育くまれて来ていたことでもあり、疑う余地もなく当然に、必然に継承されて受け容れていかなければならないこととして教え込まれて来ていたことでもあったからに他ならない。即ち、それが疑う余地も無いこととして自からが自からにそれを覚えるように既に仕向けられていたことであったからなのである。

そんな訳を以てこの世に出回り、氾濫しているものといったら、総てがその社会、現実既存の唯物経済の市況市場の方ばかりを向き、またそれに似（見）合ったものだけが溢れ返っているという次第である。またこれが世の人間の価が合体してイコールとなり、共通共同体を成して営なまれていっているからである。彼ら人間にとってそれが生活上の不可欠となり、そのことに何んの不足も、疑惑も無くなっており、むしろそのことに励んで貢献していかなければならないものとして強烈なまでの生との一体感を持った認識となっていることに他ならなく成立していた、生活として直結して繋っていることとなっていたからなのである。そしてこの物理的人間社会に経済活動として消費消化されていくものは、どう好意的に見積って見ても結局は行き着くところ人間本位の考え方、正当化物理経済活動に伴う霊世界、自然本質への破壊活動、その犠牲の上に成り立たせていることのあらゆる面での負債と債務、その累積からの人間の傲りと驕慢とそのことによるあらゆる人間同志、国家同志の諍いと軋轢に発展させていっていた訳である。これを愚劣《おう》かと言わずして、人間は尊く勝れているとして自画自賛することが出来るといえるのであろうか？　その誘導し自賛している物理文明によって築いているところものといったところで、結果としては性懲りも無く贅沢な暮しを続けて来たことで自から病魔を引き起して来ていることと何んら遜色も無い同様なことではないか。やって来ていることは何事も諍いと紛争の種を他方では撒き散らし、そのことによって我々の心を悩まし、人知れず追い込み、追い詰め、窮地に立たせているではないか。この自からの強者をより驕らせ弱者をより貶しめ犠牲にしていく仕業を隠蔽して揉み消すことは出来まい。結局それは帰依させていくものは何もなく、自からを貶め、傷つけ、其々に破壊を負わせていくだけのことではないか。それらも物理経済信仰が継続してゆくことが出来ればかまわない、そう言われるのである。いやはや、人間というものも地に堕ちたものではないか。賢明と言ったところで結局成すところのものはこの有様である。このことを我々自身は如何程に自省を持って反省し、そのバランスを整えようとしていることなのであろうか。もはや人間自からに手のおえるところのものではなくなっている。それさえ分らないというのではあるまいに。とすると何もかも承知の上？　これらは人が悪すぎる。人間のやることではない。

このわが創作においては、わが生そのものが既にそうである如く、この物理による人為全般の仕業とするところにおいて本質的に何一つ根本的賛同することの出来るものは見当ることはなくなった。確かに肉体生命の基盤母体を同じくしてい乍らも、その昇華の仕方も、表現も、吸収も、その血液からして霊魂のメカニズムは根源からして全く異ってしまっている。そのことについてはこれまでも語り継いで来ている通りその出だしからしてその特異な環境、宿命の躓《つまず》きからして悉くその陥穽に嵌って行き、その人霊の大路を断ち切られ、そこには二度と立ち戻ることの出来ない生となってしまっていた訳なのである。つまりこれこそがわが不全な生として身に染みついてしまっていたという訳だ。そしてわれはその生ある限りにおいて、この生き方の他には出来ないことはもとより、世人、社会、世界、現実既存からの負い目としての「罪」を負って生きてゆかなければならなくなったということなのである。

六十

わがこの創作における内容、根底に支配している意志と意図、それは実に類い稀であり、個性的であり、独自性に富み、しかも現状に対して転覆的である。何処も彼処も意地悪いものとなっている。人間の持つ物理的既存、必然に対する素直さに実に攻撃的で冷徹そのものである。その創作はみっともないくらい鈍重であり、一方ならず本質的である。われはその自分を本来と対座させているつもりであるが、その本来に背いて対座させ、逆立ちしている彼らは唯物至上主義の現実を楯にそうは見ず、われの方を対座せず、逆に本来の現実から目を外らし、逃げ回っていると感じ、そのように見て取っていることは確実で明らかだ。事実、実際的人生に照らし合わせてみて、我は何一つさえもこの人世界にあって築いてはいないし、その気も起ることなく持えなかったからである。そこには既に聖域以前から気持も心もそこに壊死してしまっていたからなのだ。しかしこの不合理でわれにとって理不尽な物理的現実のシステムと総体から逆立ちして背いたからと言って、その何処が悪いというのだろう？　人間の実生活の有り様を懐疑して放棄することになったからといってその何処がいけないというのだろう？　人はその私を実社会と現実を楯に叱り飛ばして来ていたが、われにとってはその総勢に対して沈黙する以外にはなかったのである。そのようにわれを仕向けさせたのは一体どこのどいつであったというのだ？　本質だけの生活、平穏な誰もが健やかに送ることのできる真実《ほんと》うのくらしだけを求めていたわれわけがどうして責め立てられなければならなかったのか、そのことを懐疑し、糾弾したからといって、それをどうして社会、現実からの意識を以て一々文句を細かいところまで問われ、否拒され、責められて言われなければならなかったというのだろう？　われはその彼らよりずっと誠実にまことを求めて生活《くら》していたつもりであったが、それでも彼ら人間からは嫌われ、厭がらせを受け続けていかなければならなかったのである。われはそのことを考えざるを得なかったのだ。そして漸く辿りついた一つの結論が、われの考えと彼ら人間全般からの既存現実との共感するところが何も無かったばかりか、対峙していたことにある、という事実を発見したということだけであったのである。我はそのことに生命からの、根源からの、生と人生に対する絶望を覚えさせられると同時に、自分と人間との根本からの本質的和解は有り得ないことを直感し、生死と向き合わなければならないことになった訳なのである。その時点より我は死生を生涯の友として選択することによって生き長らえていくことにしなければならなくなった訳なのだ。その為にはその対峙を自分の心にも隠し、嘘を付いて封印しなければならなかったことは言うまでもない。その人間との調子合わせとそれによる人為に生きている振りとの段落を表面上して行かなければならないことに対する自分自身への罪意識と自己嫌悪はもとより、彼らの視線の背後に自己欺瞞者と認められている気配にわれは自己葛藤を長いこと強いられ続けていたものである。

それにつけても、この本来の理想を退け、個々の物理狭義に基く理想を築くことに食指を伸していく現実的全体像とそれに寄り添っていく社会の動向、そこに果して真実を窺い知ることが出来るものであろうか？　これを偽善欺瞞の社会と世の中とは言わないのだろうか？　真相を潜める人間とは言わないのだろうか？　―そしてこの彼らの偶像的人間社会とその生活形体にしても、そこから食み出したわが創作によってここに次々とその真相実体が暴き出され、その正体が如実となって証明され、浮び上って来ることになるであろう。

六一

永久に人間の紡ぎ出していく欺瞞と混沌の肉物からの現実、その必然環境によって次々に生産され、生み出され、担ぎ出されて来るその物理に伴うプリンシプルの原則原理とその偶像、例えば今日的科学による理念、近代社会における理念、社会と人間の唯物主義に基いている道徳などの妄信がまさにそれを示していっている。人間のそうした都合便宜勝手とその処方全般によっていよいよ世界あたり一面をこの主義と偶像が席捲しつつ、それが泡沫のそれの如く急速なテンポを以て我々を世界的に包み込み乍ら移り変って行く。このことは人間にその本来の顧みる余裕りと暇を与えぬ程に、それに対応してゆくことに手一杯であるかの如くに、人はそれに振り回され、騙されて引きずられていく。それに付随してのお決りの反省そっち退けの正当化である。これは必然の理とするところである。人間の根っからの生理本能である。大凡の人間はそれに目隠しされている。ただ稀有なる人間だけがそのことに気付いて意識を配っている。これを人は病的として忌み嫌っている。人はかくもこの時代性や既存現実、社会性や便宜に捉われ、騙され、欲望や本能、物理経済等々に対する適応性優先主義によって目隠しされていくにしても、人間がその時代、肉体物理経済至上主義世界に噴出し、湧き出して来る泡沫による表象刹那、私生児であるにすぎないにしても、その時代や社会や科学文明に顧みることの無いままにそれに思い上ったり、驕慢になってその一義一理の狭義の中に自惚れてその世界だけに埋没していってしまうことは、それによって全体本質根本真理を歪ませ、見失ってしまうことは確かに哀れなことであり、社会、人がこれを如何程に評価して持て成すにしても、真に賢いとは到底言い難いことである。このように直接現実に目（心）を余りにも近づけ過ぎると、その物事に取り込まれているとやっていることに真実《ほんと》うの判断がつかなくなり、その一義狭義世界の判断だけのことと成り勝ちになっていってしまうものであるからだ。つまりその人為全体からの強制（要請）によって、そのどれもこれもいずれもが宛かも欠かせないもののように感じ、その自負心にかられて来るようになっていることでもあるのだ。このことは一方においての惑いと混迷を齎らしていく発端にも繋っていっていることになってくる。錯綜錯乱の原因にもなっている。かくの如く人間は科学による文明便宜社会は構築させては来たものの、その物理的思惟によって真の心的判断力の喪失、つまり霊的本質、精神の真髄である根本原理を援助することをしなかったばっかりに、それを物理文明崇拝して来たばっかりに、事も有ろうにそれを寧ろ挫き、下位的に蔑み、犠牲にし、破壊する後回りしか負わせて来なかったばっかりに、人間はいつしかその自分に、霊世界、自からの生命の本質に対してさえすっかり思い違いを起すようになり、自画自賛の正当化ばかりをするようになり、自省することをしなくなり、謙虚さを失って傲慢にも自身を満喫させ、肯定ばかりをし、事々左様にしてその結果物理的知能は異常に発達したかもしれないが、その真心は地に堕ち、心の木目、地肌は荒れ放題になって来ている始末である。その不均衡は目に余り、その地均し手当てさえ怠っている始末である。彼らはその見掛けのみを取り繕って小手先、見掛けばかりのみを器用に、賢気に余念無く働かせて行くばかりである。本質には外方を向いて便宜処方、目先の手立てを思索するばかりである。従って本質根本は何一つ改善されず、むしろ時代《とき》と共に悪性化の一途を辿って行くばかりであったが、これを当局をはじめとして権威、社会、人間はこれを自慢するかの如く喜々として小賢し気に語られていくばかりである。―このような人間社会と我とは如何にも与するところが程遠く、只々嘆かわしい限りなことである。そしてその人間全体から見棄てられたことによって益々霊世界にのめり込み、その精神に没頭するようになり、真理根本を友として暮す他には逆になくなった訳である。―されど人間は、霊世界にまで及び人為を回避避難して来ている我に向って社会の規則《きま》りを楯にとって、その責任だけは果せと脅迫し続けて来るばかりなのである。それによって孤立している我が身を震撼させているにも不拘わらずである。一市民である以上その責任を果すのは当然の義務である、という訳だ。―それによって我にはっきりした「意志」が現われたのだ。殊に世の中産階級で、過不足なく善良市民と称せられ乍ら中流で温暖に生きている人々、頭脳、学識経験者、世間から健全とされて肉体物理的に何不自由なく人並の暮しを謳歌している人々というものは、先ず国家をはじめとして、社会、組織、政が既にそうであるように、下層階級でそれら支配者階級やこの社会、組織、世の中を形造っているものに対して屈折し乍ら生きている人々の心理と心情、下層階級や危急存亡に在る人々のくらしというものには逆撫していくばかりでいかにも汲み取り難くも悟り難い。彼らは大凡、体制、数値、概念としてそれを捉え、踏まえ所としてそれにその場的処方手当てを便宜的に行って事を治めようとするばかりである。即ちそのことばは大層立派ではあっても成していることは「他人事《ひとごと》」であり、立場寄勝りであり、その行ないは常に不合理と矛盾に尽きている。真理からは遠く外れているのである。義とするところが少しも感じられないのである。何事も義務的なのである。誠実さが感じられないのである。計算ばかりが先立っているのである。この様な支配者階層から出て来た人間は可様にその立場権威意識が強く働き、肉物意識とそれに纏る思惟しか育ちようがなく、必然意識、社会的意識、優越意識に凝り固まっており、その必然の理、物理的処方に小賢しく、そのカテゴリーに万端無く生を構え続けている以外この人世というものを歪ませ、変遷《へんせん》させて行く以外何事もしてはいなかったのである。

六二

今まで述べて来たこの類い稀な性質、類い稀な思惟思想、稀な認識とその意志によってその一字一句を刻みつけていくことで、そこに自からわれ自身の生の姿勢《すがた》と有り様が現われ、本質的価値が如実となって顕示されて来る筈である。そしてこれは誰のものとも比較類例を見ることは出来なく、唯一にして一回生のわれ自身そのもののものである。真の価値はこうして具想されるものではなく個有其々に一回生のものとして独立して現われ、築かれていくもののように思われる。そしてこの真の生に反しない生こそが真の生と価を約束され、真価を発揮することになり、混沌の極み、カオスの生から免れ、そこから這い出してゆくことが出来るのだ。超越していくことが可能となるのである。そして我に課せられた生はまさしくこの一般の生、価値、必然の対局のテーゼとして生きることになり、それを主張し続けていくことであったのである。われはその魁、先陣であり、先兵であり、その旗手でなければならないことなのである。

六三

現代健全と称せられている肉体物理の法則と原理を遵守し、支持しつつそれに引きずられていく人間の保守順応性とその欲望においては、実に恐ろしい程の貪欲さで現実を形造り乍ら現われて来ている。様々なこの地上に展開発生させて来ている物理的争奪戦は、無際限に丸ごとこの地上を食い尽くさんばかりの勢いである。彼らの貪欲の胃袋は極めてはしたなく強欲に膨れ上り、みっともない程にその本質を忘却した抑制の活か無い無制限によってその荒くれ立った胃袋は消化不良を起すどころか、この地上のものに限らずすべてのものに渡って触手を伸し、牙をむいて噛み砕いてしまうのだ。通常における善と悪、白と黒、真と偽、虚と実、その双方に一様の権利を与え、それを選り勝《すぐ》るでもなく平然と市場に持ち出し、それに経済的価値を与え、擬装と手心を加え乍ら無際限に氾濫させていく。その「中正中庸」による不道徳な動物的嗅覚によっていずれの中にも関わり乍ら侵入《はい》り込んでゆく。この蛙の面に小便的不道徳さ、不節操、理念も本質主義も何もあったものではない。肉物一理による寛大さは彼ら人間特有のものであり、その倒錯した生が充満し、人間の嗜好として魅力の一つとなって憧れとさえなってそれを自慢にしている程である。それによるこの混沌とした価は彼ら人間における趣味のステータスであり、一種の悪趣味へのカモフラージュ擬装の戦法であり、生と魅力の戦術となっている。それが彼らのハーモニーを醸し出している訳であり、物理的生の温床ともなっている訳である。すべてこれこそが彼ら人間の尊ぶ物理的方式、形状、メカニズムを成しているという訳である。

六四

この肉物の方式と形成のみによって司られている現代人とその社会に向って、われが行なう手厳しい本質真理に基く指摘に対して、断じて短慮な了見、狭義小我を以て、その表象常識の同次元の狭義な立場を以て抵抗妨げるべきでないことは明らかなことである。われはその脅威の圧力に向って立ち向っていく義務を霊的に負わされている。われの他にあって一体誰がそのようなことが担い、成せるというのだろう。多くの世の評論家、知識人、見識者、社会解説者、論評論説家たちでさえ現に、社会の世評、一理既存方式の同次元を以て、これを表象全体の流れの中で其々の立場から、その基盤次元を踏まえた中で、その本質根本のことを認識することなく、同じカテゴリーの中で、それを踏襲し乍ら、一理な議論を熱心に展開し合っていたにすぎなかったことではないか。それは旧来既存からの引き継ぎに他ならなく、何も目新しいことではなく、進展もなければ、本質と真理を突いた意見でもなく、一見その論議に思われようと、その底意根本本質は既存の類型と同じくしているものに他ならないことであったのである。即ちそこでは個々専門の頭脳知識によって纏められた仲良く同類同属として、どれ程に喧喧諤諤の論議を展開していようと立場を違えているだけの既存からの「同乗者」にすぎなかったのである。即ち既存物理の現実による随行者または履行者であったという訳だ。われにあってはこれではいずれも一切信用するには至当《あた》らないのである。現状既存の履行者にすぎないのである。彼らは真の改革者でもなければ矢張り何はともあれ、世間からは何んと表現されて言われていようと、矢張り既存の推進者、体制に与していく一員にすぎないことに他ならなかったのである。この肉物既存の信奉者のすべてこそが、右から左まで、上から下に至るまで、一見物解りの良さそうなことを語ろうと、我にとっては矢張り既存現実の理解者推進者にすぎないことであったのである。彼らはいずれにしても、いかなる知性者、見識者であろうと日常の生活の中にあって、意識無意識を問わず、既存現実を妥当なものとし―考えてゆく限りにおいて、我にとっては真の理想、平和、本質と真実を阻み、妨げ、それを実しやかに擬装して真実（まこと）を矢張り既存の現状に摺《す》り替えていく蛭の様な、則っていく程に、連中にすぎないことであったのである。—こうした既存の現実という不可純混沌の中でそれを推進推奨されていっている収拾のつけようのない近代学問の現状現代社会という物理と密着したそこからは、そこから脱け出しようもない蟻地獄に嵌ったようなもので、愈混迷を深め、出口は封鎖閉されて、表の引き締めとは裏腹に内に向って益々現状が既にそうである様にてんでんばらばらになっていくだけのことである。腹の中心の核芯においては別々という訳だ。何んともこの唯物至上主義というものは悲しくも哀れであり乍ら何とも滑稽であり、不様な事ではないか。これこそが頭のいい人間、賢い明晰な人間の歴史的時間をかけて創築き上げて来た人間社会の現状と行く末と末路という訳である。

人間の賢さはこうした結果に至らさせない為にも、その物理的既存に嵌り、その賢知に溺れて混迷に辿らせることなく、一時一刻も早く人間はそこから醒覚してこの執着から離れ、本来真正面の賢さ知恵と知性とは何かについて目覚めてそこに還り真のバランスと均衡と調和を確得してそこに戻って行くべきことなのである。何が真で何が偽りであるのか、何が価値で何が不価値なのか、その見極めと真価について改めて問い直さなければなるまい。そして一見最も訳知りに思われ現代文明人こそがそのことを最も嫌うのがこの現代であったことなのである。彼らはこの物理的知性を至上のものと心得、最上のものと信じ、それを懐疑うことを拒絶しているかのようである。彼らはそれに対して異常な程の自尊心と執着執念を持っているのだ。彼らはそれに誇りを持ち過ぎている。ところが彼らのこの唯一にして尊重している頭脳的働きが何に使用され、注がれて来ていたかといえば、それは偏に非合理である肉体物理全般、形而下学全体、そのことのみに注げられ、傾けられて来ていたことは周知の通りである。霊的本質の原則、真理からの英知に背いて来たことはこれまでわれわれが託し、指摘して来たことからも明らかなことである。彼ら人間は総じてこれに敵愾心を抱いているのであろうか。こうしてせせこましい偏狭な価、物事全般に頼る彼らというものは、その霊的精神やら、プリンシプルやら、霊魂といった至上無価である最も貴重で掛け替えのないものを慊焉《けんえん》すればする程に霊的原則原理と心得なければならないところと失って来ていたことであったのである。利便性に基く新しい目先だけの改革、その正義さえあればそれで充分とされていたのである。根本は除外されていたのである。即ち彼らはこの至上無価なものを邪気邪魔にして失い陳腐である便宜なものだけを価として追いかけ、本来の正義の意味を取り違え、掏り替えられて倒錯し、只管本源を穢していく原因となっていっている矛盾する━狭義である━物理的向上のみを願い、経済的発展の向上のみに奔走し、その為には多少の良心、本来、原則、精神、霊魂を不浄なもの、食い違いを起すことになっても（させても）致し方がないという暗黙の了解まで━表沙汰には出来ないが━本音ではその考えているのが体制、現実が確実となって民衆から世界までが滲透汚染され来ていたことは、何んとも嘆かわしい限りのことではないか。━これが一切の不条理、不合理、矛盾、不浄の原因《もと》になっていることにも不拘わらず━人間はこの不埒であるこの物理的循環と欲望を満させていく為に自からの真理と節操を失い、本来の生を取り違え、惰落の一途を辿って物理的経済の豊かさと繁栄することばかりを一向透視し、そのことのみに精出して来たといって差支えのないことである。そのことによってすべてが解決がつくとでも考えている風でさえある。尤も、そうなった事など一度としてあった例しもないその実例ならいくらでもある。彼らが成して来たのは寧ろそのことのみであったと言って言い過ぎではないくらいなのである。人間はその自からの如実とするところを如何に捉え、考えているのであろうか。否、人間はそんなことを考えるまでもなく旧来からそれを踏襲するまでもなく無条件となってそのことに偏になって推進させて来ている最中のことではないか。そのことに伴い因果、不結果、マイナス、裏事情の一切のことよりも、それを生み出すことになっていっても、それ以上に人間、自分にとって有利、プラスのことであると、彼ら人間の生本能と煩悩がそう絶叫し、考え、言っていたことであったのである。つまりそれが彼ら人間の然るべき当然の生活、日常となっていた訳である。彼ら人間の生命の止められない怒涛の流れとなっていた訳である。その行き先、結果は彼方《あなた》任せ、「どなたかに聞いてくれ」と言わんばかりなことである。こんな酷い生き方を当局社会からしてそうなのであるからもう「業、図に入る」という外にない。全く話しにもならない呆きれ果てた話しではないか。これでは自から灯明を打ち消しているようなものである。どこに人間の希望みがあるというのだろう?

六五

　このように、われはこの創作に担って死力を尽くして生活と生命、人生とその生に関するありとあらゆることを綴り、証言して来た訳であるが、はたしてこのわれの反対側（此岸）岸にある彼ら、つまりわれの霊的生命第一主義に対して生存（肉体現実の生命）第一主義の彼ら人間が、その内容如何に対して、その根底に流れる意志と真実に対して、どれ程に、如何にして反応し関心を示し、頷いてくれるものであろうか。あるいは自からの生き方に反省の徴候を示し、よもや改心するなどということはあるまい。そんな簡単に首を縦に振られたのでは─またそうするような彼らでもないことだが─却ってこちらが面くらい、薄気味悪くなるというものである。即ち自身そのものが自主自発的にその気になって実感を確信し、それにつれて徐々に改革改善変更転換が同時進行しながら浸透して行なわれていくのでなければ、身に付いていくものではなく、それが自然であり、最善であり、適っていることであると確信して考えているからである。─とは言えその生の行き掛かり、事情と条件からしてそれさえまず現在の人間からして残念乍らあるまいということだ。如何にというように、彼ら人間が肉体生命の本分からして些少なりとも、片時なりとも離れることは、意識上はともかくとして、無意識、必然性からしてもまずは困難なことであろうからである。つまりわれ自身が証言しておいた通り、表象や外圧によって意識的に吸収しようとしても、変更しようとしても、それは容易に身に付くものではなく、既に本来の自身の性分、生命の性質が先天的に成立固まってしまっているものである以上、後天的意識的に身に付けたものは本質的に定じて身に付かせることは困難なことに等しいことであるからである。彼ら人間というものが物理的経済によるところの理想の幻想を追いかけ回している夢物語りなことと同様彼らの一番の弱点であるが、ただこれまでの生き方としてその参考、見本、マニュアル、手掛り、顰みとして倣い、従っていくところの世の体制、環境、既存現実の意識、その社会や時代の情勢が根本本質的に変れば、彼ら生本能の性質からしてもそのことによって、それに逆っていく訳には行かない事情からして、その社会、世間の流れ、趨勢に乗っかって順応して生きていくことになるからなのである。この様に彼らの大凡は自主自発的に変るのではなく、あくまで環境の変化次第に応じ乍ら時間をかけて順応し、適応していくのが自然の流れ、生の適応能力というものであるからなのである。即ち生が変革していく為にはその前提として社会と世間の環境の変化が先ず第一の前提であり、それが不可欠なことになっているところであったからなのである。―しかしこの本質に関する生命意識の変革における我が仮説として、個々の集合体、民衆全体の寄り合い世帯＝社会と世間＝が醸し出していくものである以上、それが肉体物理主義の生に依存し、必然性として強固に固められ、既に固定されてしまって在るものである以上、有り得無い不可能でナンセンスな仮説想定となって動きようもなくなってしまっていることであるからである。如何にとなれば、民衆は可様に体制、多数者、権威、民主主義に弱く、生を保っていく為にも保守的になって行かざるを得ない宿命を背負わされているものと相場が既に決っていたことであったからなのである。要するに体制、権威、社会世間に弱い立場にある個々というものがそれに挫がれることのない、負けることのない意志と意識を以て、自主自発性を以て目覚め、その自覚と主体性を心に秘め乍らその多数者を巻き込んで社会を突き動かし、世の意識を変えて行き、やがては権威や体制や当局をも動かし、世界を動かし、本質、根拠根源へと遡らせていかなければならない様に思われることであるからなのである。そのことによって世界を変え、人間を変え、本来を取り戻して行かなければならないことの段取りとなっている様に思われるからなのである。その段取りを踏んで行かなければならないように思われるからなのだ。さればこれとて我に言わせれば現状の立ちはだかっているいろいろな事情を鑑み、考慮して考え合わせるにとんでもない哀しいまでの幻想に他ならないこととなっているからなのである。そしてわれの苦悩める生涯に亘って解決されることのないテーマは、この人間の煩悩による物欲への強慾によって本来の生の足場を踏み違えたことによって、その本質原理を敬遠して永久に慊焉させたことに伴って永遠の不祥事、歪み、解決されることのない次々に生み出していく不条理、理不尽―その解消のされることの無い限りにおいて、自身の生の全てが抹消されていくという直接的関係に自分の生命、人生が対峙されてある、という抜き差しならないテーマと絶えず向き合わざるをえない関係となっているということから来ていることであったからなのである。このことは世の中世界全体にも同様なことが言えることであることをわれは信じているのである。このことの為にわが人生というものは人間の生から全面的に否定され続けて七転八倒して来なければならなかったということなのである。こうした不如意不可抗な永遠に解決されることのないテーマ、人間の永遠に解決仕様の無い生に対して、我が如何なる弁明をしたなら彼らから理解《わか》って貰えたというのだろうか？　そのことは汝らが既に気付いている通り、また汝らが日常的にそうして来ている通り、この人間世界の、人間社会の、世の中の全仕組に逆らい、抗うことなく、その中に与み込まれ乍ら、認識して行き乍ら、それに自身の生を折り合わせ、その要素を的確に捉えてそのカテゴリーの中で自身を活かして開拓させていく他にないことであったことであったからなのである。そして誰もが普通の人間である限りそれが可能となっていく筈であったにも不拘わらず、われにはそうしていくことが甚しく身に付いていかなかっただけでなく、その生が無条件に訳（理由）も無く削られ、抹消されていく対峙したどうにもならない関係から、その人間の生世界から悉く離叛してゆかざるをえない生となっていたことであったからなのである。ここにわが生は一つ残らず、本質的に喪失していく他には何も見い出すことはもはや出来なくなっていたという皮肉な結果になっていたことであったからなのである。

そして我が唯一その人間に向って意識的に出来ることの可能性が残されてあるとするならば、それは本来の人間のあるべき、あらねばならない姿とはいかなるものであらねばならないものなのか、そのことを考えることの環境と雰囲気を作り、そのアプローチを整えてゆくことぐらいなものであろう。さて、考える輩である人間諸君、わがこの提案提言提議というものは如何がなものであろうか。尤もこれとて儘なるものではない。我々人間は元々霊の原理、本質真理、大いなる正義に背いた肉物本能、煩悩に魅せられたものであり、それに依存してゆかなければ生きてはゆかれないものであり、そこに生きるのが必然の流れとなっているものであり、それによる背徳的矛盾、分裂した不條理不合理不道徳をこよなく愛していく生きものであり、その上に人間というものは肉物的生の知能犯であるからなのだ。従って、人間自身が先ずそうした己れが生態によって生かされてあるものであることを自覚認識していくことがまずその第一歩である。されど人間は洩れることなくそうしていくことを殊の外躊躇い、嫌い、少なからず間違いなく生本能として自からを正当視、正当化していくことを身に付けている。これは人間の生理と言って過言ではなく、間違いないことである。こうして人間は肉体物理と容易く連携しそれと二人三脚としていくからだ。この己れに対して客観視し、距離を置いて達観し、俯瞰して、超越していこうとする生者はまず稀有皆無なことであろう。即ち彼ら人間と霊精神、本質世界とでは極めて相性が合わず、悪いのである。

六六

こうなったらもはやわれとしては自分の行きつくことの出来るところまで独り自力で行ってみるよりは他にない。これを一体誰に阻むことが出来ようか？　われは何事にも、殊に真実《まこと》なる世界に対して知ろうとする野心が強いのだ。そして彼らの一切はわれの目指すそれとは対峙する物理的中庸実しやかのそれだ。彼らのそれは共存共栄のそれというよりは出し抜き的功名心による生である。悪しき意味合いでの互いを利用し合っていく相見互いの競り合っていく経済闘争からの社会学である。我々はその無益な労力をどれ程に積み重ね、負わされて来なければならなかったことだろう。彼らの大きな流れ仕組とシステムによって嵌られ、貶しめられ、そのしなくてもよい心労を重ねて来なければならなかったことだろう。けしてそこから我々を手放し開放してくれるようなことはしなかったばかりか、その成果のすべてを分配することなく召し上げられていったのである。彼ら当局をはじめとして自分の利益にその貪欲さを発揮した。そしてそれに逆う者は容赦はしなかったのである。その最下層にある弱身な我などは、その槍玉、救助の一切絶たれていたぶるには恰好の対象、手合いとされて来ていたのである。何しろ逃げ場がほかのどこにも見つけようがなくなっているのであるからどうにも仕方のないことであったのである。四面楚歌、八方塞がりなのであるから仕方がなかったのだ。つまりは彼らのやりたい放題であったのである。確かに物理経済資本主義の構造の世の中、システムと仕組の思惟からして、学歴社会の構造からして、賢者が愚者を、強者が弱者を、富有者が貧者を、それぞれを司り乍ら有利（優位）働くように仕向けられている如く、精神構造もそれに相応して意識が成り立って来ているものである。そしてそれを利用（活用）しないという手はないという訳だ。これは万国共通の権威主義の事実という訳だ。そしてその奸知に長けた人間において程それが著しく陰険に巧妙に仕組まれていっている。これは目を蔽いたくなる程の惨状である。そしてこれは主に肉物の邪悪奸知のなす仕業《しごと》である。霊精神を育くませている者はけしてこの様な振る舞いは自からに慎む。自からに制御抑制させていくことを心得、弁えている。してこの権威主義といるときには緊張が走る。心が動揺させられるばかりである。

　そして確かに、物理的基盤の中に生きる現代人の多くというものは、その肉体生命の構築、社会学構造の価いからして、視覚的優劣なものを以てその知恵が愚者を貶めていく如くに卑しめ、蔑すむ如くに振る舞っていく。否、彼らの素振りと態度と心裡の有り方を見ているとそのようにしか意識が常識としてシステムとして組み立てられているとしか思われない節が多々く見受けられる。必然の中に肉体生命の中に組み込み込まれているという訳だ。そして社会現実が、彼ら人間が自からそのことを日常無意識の中《うち》にそのことを為していく中で活用発揮教授していっているのだ。従ってその彼らに罪意識というものは殆ど宿っていないばかりか、寧ろそれを生活の知恵として活用し、心得としていっているくらいである。即ちこの通俗一般の社会学こそが人間の抜け出すことの出来ない伝統的観念、DNA的差別意識として組み込まれ、働らき、連っていっているということだ。唯物意識の中身、内容の如何とは大体においてそんなところのものに過ぎなかったのである。つまり実生活をしていくところでの目安、知恵、基準という訳だ。そしてこのわが創作というものは、いい加減にしてその羈みの悪循環を振り切って断ち切り、それに新しい理念を持たせていく為に奮戦奮闘していこうではないか、そう呼び掛けていたという訳だ。それでも彼らは実際現実と照し合わせてナンセンスとしてわれわれを小莫迦にして侮っていくというのだろうか。われの外見を見て蔑んでいくのだろうか。このことは人間のもつ良識、真が問われている問題である。ところが彼らというものは改たまって人前に提示しなければならなくなったときや、社会性になったときや、余所行き、楯前を持ち出しているときというものは善良な装いというものが表に顕われてそれを着飾る如く如何なく発揮されて行くのである。そしてそれが済むなり途端に普段着の自分に戻り、その自分のいつもの本音本心丸出しの素性、自分のやりたい放題のことをやり出すのである。この移行が彼らはそこに何んら矛盾異和感も無くスムーズ、無意識のうちに運んでいくのに引き換え、何事もそこに意識的になってしまう我にとってはそれが実に羨やましくも不思議なことでならないという訳なのだ。つまりこの気持と気分と意識の切り換え、操作の謎は、彼らの生理的血の巡り、エゴイズム的小我な了見、邪る賢さから来るものとして、世馴れたものとして我としては解く以外にはなかったことだったのである。―そしてこの物理的にも、社会学的にも劣悪な条件にある者、不利な情況にある者、正直者に対してのこの世馴れた者の対処と態度というものは裏腹に打って変って世間に名の通った者、権威の要職に就いている者、自身に利を齎らしてくれそうな者、また齎らしてくれる者、それらによってその態度というものが嵩にかかったり、侮ってみたりがらりと可笑しい程に一変してしまうのである。これは日常的社会学から生理的に学習したものであり、そこから導き出されて来た知恵の証明ということなのだ。そしてこれも肉物思惟からによる恩恵という訳である。つまり改めて言う必要もないことかもしれないが、この全体を占めている肉物狭義こそが彼ら人間の前にあっては至上の価なのであって凡ての者が多かれ少なかれそれにとにかく頭を垂れていく以外にない世間と社会、当局と権威への弁えとなっていることなのである。これでは精神生命と人権、霊魂と真義、対等の権利と価を望んでいる稀人との立場は永久に埋まらず、塞がれているのも当然なことである。彼ら人間の総体にあってはそれも何んの支障もないことであろうが、これは稀少者にとっては即死活と結び付いていくことなのである。これでは話しも何もあったものではない。頭から我々は出る幕も無く斥けられているのであるからその彼らに絶縁状を叩きつけて自からの中にせっせと逃げ込んでいく他にない訳だ。だが稀有者にもこう言う権利がある。世の脚光を浴びている既存の知識人、学識有識者、文明文化人等々すべては皆んな賤民である。金銭経済の賤民である。奴隷である。稀有者にはそう言ってもいい資格と権利がある。如何にというように彼ら人間は既に経済が回っていかなければそのことによって成り立たず、窒息していくしかないことが目に見えているからである。人間が片方でしかない偏向した肉物界を全容として尊重し、本来の生命本質、霊原理であるそれを遠ざけていく以上、それを尊重し本来としていく稀有者としては大いなる目的からもそれを死守していくしかないことだからである。この肉体生命と霊精神生命の間に何んの遜色もあろう筈もなく、我々生命はいずれを欠いてでも存続することはあり得ないことであるからである。即にこれに対して差異、格差、開き、扱いを取り違えていくなど以ての外のことであるからである。われも人間とはまるで違った別の意味合いで自分で自分に自分を向上させていく為にも自分の心に泥を被り、鑢《やすり》をかけて磨いているが、彼ら人間もまた同様に別の次元において、外れた手段を以て自分で自分の顔に泥を塗る手間を掛けることに懸命に競い合っているからである。そのことに我は自己嫌悪に陥るくらい気付いているが、彼らはそのことを自慢にこそ誇っているぐらい全くもって気付いてはいない者が、その彼らというものが生き方を改めようも筈もないことである。益々そのことに血道を注ぎ、増長正当化し、熱を上げることにかられていくだけのことである。こうなってはもうお手上げだ。彼らは自分がどれ程の文明人、科学者、進歩人であるかその自尊心はありすぎる程持ってはいるものの、そのことによって自身の身の上にどれ程の身の危険を及ぼして来ているかについての影の部分に対しては全く自覚症状が無い程に持ってはいない無知に等しいことであったことだったのである。つまり社会的自尊心、評価、功名心、自尊心、正当化それらの心、気持が働いてこの影の部分に対しての意識自覚が打ち消されてしまっているという訳なのである。これに対しこのわが創作、半生、生き方は、その彼ら人間への命題に関する厳然としたアンチテーゼ、霊的証言、証明と成り得る筈である。彼らの誤った、足場を踏み違えた（ている）中庸中正の肉物過多の不条理な生、歪んだ既存現実の生に対し、われはそれを本来の霊精神の真実の力を以て穏便に是正しなければならなく、そうしていかなければ自身の生、生命が立ち行かないことを何よりも承知心得としていたことであったからなのである。われのこの霊的性格はこの肉物人為による必然的法則からは何も得られるものは無かったばかりか、この具っていた物理的生のすべてさえも捥ぎ取られなければならなかったことなのである。されど物理的人間にはそれを根刮ぎ奪い取る力はなかったことだったのである。なれば我としてのこれからは、そう潰された根を頼りにネガティブとマイナスを活力として活かし、それを育てて生きてゆこうと思うのである。この甚大な被らされた社会と人間からの迫害とその現実をよく噛みしめつつそれに立ち向って心新たにして生きていこうと思うのである。

六七

ところで諸君、この人間が物理を主体として営むこの世の中、社会にあって、人間が人間らしく、誰もが洩れることなくその自分に相応わしい素直さを以て生活を営なんでいくことの出来る世の中、社会と現実というものにしていくにはいったいどのようにしていったならよいというものなのであろうか。現に我々がこれをよしとして築き上げて来たこの唯物を主体として来ているこの既存の世界、社会とその世の中、これによってすべての人間が憲章によって謳われている通り、その生活をこの唯物主体のくらしの中にあって現に保障されていっているであろうか？　それは保障されている上位に比べ、下位に対してどのようなものであろうか？　寧ろそれとは逆方向に向っていってはいないであろうか？　失して、われのこれまでの生、くらし全てからしてどう見積ってみてもそのことに懐疑、失望せざるをえなかったという訳である。この世の中全体を俯瞰して見るとき、この人間の世界というものはどうみても益々建て前とは裏腹となって下位に向って圧迫を加えていたり、歪んでいっているようにしか残念乍ら思われないということである。その本来とは矛盾し、根本的に格差が益々広がり、理不尽、不条理、横暴なことが罷り通って来ている様に、危機的情況があらゆる方角から迫って来ている様に思われてならないということである。—ではこの事体を是正し、乗り切り、其々が自分らしい営み、真実《まこと》の生とその生活《くらし》を守り、築いていくには、人間は何を其々にしていかなければならないのか、それは其々がこれまでの様な旧来既存に則った、それを継承させていく様なくらし方をしていたのではなるまいということが浮き彫りになって来ているということだけである。では全員誰もが、如何に—自己の真実、虚偽りの無い生活をしたいのであれば迷いなくその自身に見合った真実の暮し方をしていくことが一番の近道ように思われるからである。誠実な虚偽の無い真実のくらしをと考えるからである。すべての人間を人権の守護られた平等同権を保障されなければならないと考える我からすれば、そんな世間的旧来からの対処法による尊大な態度を取っていくことなど到底出来る筈のものでも、考えられることでもないからである。例えばわれに対して理由も無く無条件に反感を抱いて無視外方を向く人間がいたとしても、われとしてはこの苦海に同じ生を営む哀われな孤独者同志として挨拶くらいは交さない訳にはいかないのである。互いに誤解し合わないまでも、それが意志疎通を図っていく最低の行為と考えているからなのである。そして万一にでもその人間が我に会釈を交してくれたならば我としてはいかばかりの嬉びであろうか。我はそういう経験を何度となく繰返してそれでも外方を向かれ続けて来ているからだ。我はその都度、われにはそんな人に悪い印象を与えるものがその全身、存在、生命に漂っているのかと、つい考え込んでしまうのである。われは相手の瞳《め》の中にある真実を読み取ろうとするが、分別のある彼らはその外見表体に表われる所作立居振る舞いの外見、印象だけでその人の衒いの有無によって判断を下すらしいのだ。われはその点誰をも例外にするを憚る。われは何よりもその人の内面真実を相手にしようと心得る。されど人はどうやらその真実を見透かされることを最も厭うらしい。失礼なことと考えるらしいのだ。この差異は何処から生れて来たことなのだろう。人間性、環境、性格、育って来た過程、防御本能……その他いろいろ考えられるが果して真相は如何に。して、この現実社会のことを考慮するにおいて、この真相を相手に知られることはその尻尾を掴まれた如く、果して不利になるとして誰もが生の知恵として考えていることらしいのである。そして我はと言えば、その尻尾をむしろ掴まれ、それを知って欲しいと望んでいるくらいなのである。つまり、我という人間は誰からも理解された例しが無いばかりか、その真相を誤解され続けて来た人間であり、一度でも良いからその真実、真相をこの人生において理解して貰いたいものだと望み、そのことが適えられることならば、自身がその対象、相手をそうすることが出来るのと同様、侮りの無いことだと思い考えていたことであったからなのである。しかしどうやらこのわが望みも徒労に終るらしい。否、それは間違いのないことらしいのだ。確実なことなのである。されど、人が人を理解するということは、これ程に困難を要さなければ得られないものなのだろうか？　して、我以外のことで言えば、人と人とが理解し合い、結びつき合うことはそれ程大層なことではないらしいのである。むしろ容易いことである日常的関係らしいのである。即ち既存にあるか、既存を外れているか、その問題であるらしいのである。して、我一人りがその既存から決定的に外れてしまっていたからに他ならなかったからなのだ。我にはその糸が初めからなかったことらしいのである。つまり人間すべては地上にいることが出来ていたのに対し、われは地下にしかその世界を持つことしか出来なかったことによるらしいということである。

六八

わが運命は、これまでになかった程の様々な人間の形体をわが中に検証させて来た。これは未だ社会が、人間が誰も顕わした例しのない初めての人間の姿である。一見そのわれは表面上何人とも遜色は無い―というより世間の価からすれば我は最下位最下層の人間にすぎないことを思い知らされて来た人間である。なれど、能く能く我を点検検証することの出来る者ならば、そのわれというものがこれまでにない程の独自性と悲劇性を持った人間であるかを推察知し、それを見破らない訳にはいかないであろう。このわれという人間の中にはこれまでになかった程の一般に対する危険が孕み、詰っているからだ。われは彼らの抱く尋常で既存の人間の範疇《カテゴリー》を超脱《こえ》ていて、最も常識から異端している人間の典型となっている。尋常な人間にとってわれはダイナマイトであり、火薬であり、原子爆弾そのものである。従ってその取り扱いには余程の注意をしてかからなければなるまい。このわが宿命と運命とは、これまでの人間に見られない、味わされた例しのない程の悲哀と新しい危険と危機、最深部における根本的良心の葛藤と角逐を孕んでいる。凡そそれまで全人類が尺度となし、教義と見本となし、信用信頼となし、崇め求めて来ていたすべての一義一理的なものに懐疑の投擲と投網を投げ打って来た既存現実の一裁断者に他ならないからである。世間一般に作用《はたら》く通例、目的、既存に則った慈愛主義集団、それらは何んのわれにとっては拘わりを持たない通俗的事柄だ。われは我自身生命の中に既に霊的にその全てを含み、包摂包括し、そのことによって万事が営なまれていっている。即ち世事、人為の拘わるところに非ずして、自分自身の霊に基いている生命からの真実こそが何よりもの信仰の対象となっていることだからである。しかしそれにしたところで凡そ無垢なものではありえない。如何にというに、われは自分自身に対してさえ極めて底意地が悪いからなのだ。常に自分にさえも加負を加え、それをよしとはせず、それ以上の自身を求め、安直な正当を挫き、それを排し、未知なるものへと自分を押《お》し出し、休む間もなく課題を見つけて来てはそれを自分に与え、それをクリアーしていくことを自分に望んでいるからなのだ。これが我が身に付いた性分なのであるからどうにも仕方がない。その点われはその自分にさえ甘えるを許さず、自分を騙らせた例しなど一度もない。人はこれを自傷行為と言うであろうか？　とにもかくにも我が心は常に真実を求め、流浪い、停頓することなく深淵へ、深淵へと遡っていた。実際、われは真相とするところ、端からはそう見えずとも外部外界に向って語りかけたことはなく、語りかけたところで実際現実既存に外れた問いは全て無視されるか侮られ、馬鹿にされ失笑却下されることは我もよく承知していたことであったからである。そうしていくのはただに創作上の方便と便宜からのそれだけに他ならないことであったのであり、常に問いかけているのは自身からの霊魂とその真実に向ってのことだったのである。その他にはなかったことなのである。本心を語り掛けることの出来るのに、我にとって我以外の誰があったというのだろう。われにとってこの世界に誰一人としていないことであったのである。そして如何にわれがこのような創作に熱中して止まずにいられないのか、人は思い当ることであろう。われは一般現実からの正常とされている既存の認識や常識からするならば道化者であり、その滑稽の裏側で人を欺き乍ら真理を語っているものなのだ。そして真理は途方もなく無限の果しない恐ろしい程の広がりをもっているものと相場が決っている。従って、形而下物理に具象に身を寄せて生きようとする人間はこれを怖れて忌み嫌うのだ。その厳しさの裏でわれはそれを隠す為に限りない滑稽さと明るさと痴呆の限りを尽くし、通俗性を装い乍ら愚者となって人を晦まし乍らも、一方では何がしかの大いなる非造物を打ち建てんと密そかに企んでいる次第なのである。この価値転換は容易に一般からは受け容られず、理解もされずに排除排斥されていくばかりである。彼らの目は実体現実ばかりに注がれているからである。既存表象ばかりが受け容られていくばかりである。こういう訳で、それに相応わしくないものは総攻撃ばかりを受けることになる。これこそが人間の総体数というものである。このことはいつの世も変らないことなのである。彼らこそがそれによって天下にあるという訳だ。社会当局と結び付き、問題と課題を擦り替えたり済し崩しにし乍ら既存と現実を味方に引き入れ乍ら渡って行く。彼らは非難されることは無く善人としての市民権を与えられていく。つまり生することにいいことずくめというわけだ。願ったり適ったりという訳だ。これは雲泥の差である。これこそが人為の価値《あたい》が齎らしたものである。その人間がどうして霊長に価いするというのだろう？　我に言わせれば悪霊中の悪霊の殿《しんがり》といったところである。その彼ら人間の功罪相伴ばする、真偽交々で実しやかに擬装させていく生活全体に真理も本来もあったものでは無い。大体そんなところに本質真理は宿らず、一切関わりを持ってはいかないことなのだ。そしてこの欺瞞に対する自己認識を自覚させていくことは、彼らにとって実際現実を弁えないこととして馬鹿気ていることであっても、わが運命の何よりも欲するところのものとなっている。如何にとなれば、表象既存からの存念ばかりに心を捉われ、奪われていくことは、本来の生命の本質、霊の原理原則に欺いてゆくことになり、背くことであって、その真偽の嗅覚を嗅ぎ分けていく心を喪失し、混沌カオスに陥って頑冥不霊に至ることになるからである。彼ら一般の必然旧来からの認識のみに拘わり、それを一途になって採用していく既存の世論というものは余りにも一理画一的であり、それを誰彼となく一同に憚る様子も見られないが、われにとってはそんな根拠真実をそっち退けにした曖昧中正で小賢しさばかりが先行していく実しやかな議論、埒の明かない堂々回りの話し合いというものは良心の痛痒以外の何ものでもない。我はその既存表象界における唯物原理の法則より霊原理に基く卓越した議論、真の全体感を踏えた話し合いの方を遥かに望むのである。そして事実、われはそのように以前より自からを仕向け、そのように心掛け、生きようとしている。われはこのように肉体と精神とのバランスをいかに計り、成していくべきかを我は現実既存に事を委ねず、そのバランス均衡を調整していくその真理真実、その本来を心得ている。それだというのに、それを心得とすることのない現実既存ばかりを大事に優先先行させていく人間とその社会（世界）から我はかくの如くその行く先々を、人生を、生活すべてを根刮ぎ剥奪され、そこから排斥され、人間社会全体から島流し同然に曝され続けて来ていた訳である。それを彼ら総体の人間の意識と認識の了見からして、社会の基準と価値と規格を優先させていくことからして、われを迷想の不心得者として非難叱責し、否決していったのである。尤も、この人間からの既存現実によるそれは当初より必然定理なこととして彼らの民主主義と同様に以前より感じ、承知していることでもあったことだったのである。ここが二二が四程に分り切ってもいたことであったことなのである。されど、我がそのことに納得していたかと言えば、それはまったく逆のことであったことは言うまでもない。我はそれに同意迎合同化していくことのできる考えなど何処にもなくあくまで懐疑せざるをえない性格に育っていたからなのである。それに対し彼らは素直にそれに抵抗もなく当然として受け入れ、順応してゆくことの出来る生命を既に具え持っていた。我はその彼らをどれ程羨しく思ったことかしれない。しかしわれ人はそれとは反対の考えしか宿ってはいなかったのである。故に、われは我の考えを本質的においては譲歩することはけしてないことだったのである。われは我に頑固な程に拘わり続けていたのだ。それ故にわれというものは生涯に亘って拭いえない汚名を社会からも、人間の総体からも着せられていくことになったが、それを承知の上で受け容れず、われはそれを唯一の自身の財産として逆に認めていくことにしたのである。そもそもここが同じぐらいなことなら、生来的われにしたところで始めからDNAとして身に付いていたものである。なればそのわれが如何にして社会と世界に、そして人間に対して怯まなければならなかったというのだろう。臆さなければならなかったというのだろう。従ってわれというものはあらゆる組織・団体というものにはけして与えず、常に単独を極め続けていたことだったのである。そしてこのわが闘争は生涯通して止むことはない。われはその限りにおいて生涯に亘っての敗惨兵とならなければならなかった訳である。世の憎まれ役でなければならなかったのである。汚名を被った罪人であり続けなければならなかった訳である。こうしてわが良心、真実、霊魂がそのことにおいて窘められ、わが心中での、本質本源からの矛盾と軋轢が起り、奔流となってその寒暖が烈しく対流し、痙攣となって目眩を起すことは都度ではなくなっていたのである。生に立ち眩暈くらむことはしょっちゅうとなり、それがわが持病となったのである。わが地核ではどろどろとしたマグマがうねり、止むことを知らない。そしてわが地表に降り注ぐあらゆる艱難辛苦、風雪が苦役の恩恵となり乍ら裏腹陰陽となって働いている。わが生命は一個の独立している地盤であり、小宇宙を成しているそのものなのである。そしてこの他にわが生命体をいかに表現したならよいというのだろう。われはそれを知らない。

六九

真の人間を打ち建てる道、それは馴れ親しんでいる平易な道にあるのではなく、その殻を打ち破り、新しい世界へと飛び出していく為にその旧来からの既存の殻、世界をまず打ち破り、破壊創造し直していくところより始めなければこの世界、世の中、自分自身も何も変らないことである。そしてそこに至る為にはまずは自からに厳しく律していくことが前提条件となっていなければならぬことである。その為には小我狭義を棄ててかかり、すべてを大道真義に就く為のそれに似合った大我を養い拓かなければならない。そのための理性と抑制を働かせていくことの欠かせないことはもとより、それと共に既に当初より既存唯物界からのすべてと悉く召し上げられ、裏切られ、遮ぎられていく逆運のような、例えば悪霊とか、背後霊といった様なもの付き纏われることが何んとしても必要で欠かせない。われにはそのことに関していえば十二分に具わり、そのことにもさいなまされていなければならなかったのである。もとよりそのことは死生に輪を掛け、生きることにとことん疲弊《つか》れ果て、一切が絶望だけに抱かれていく覚悟がなされていなければならない。それのみに愛され、取り囲まれて行かなければならない。そして貴重唯一の生命にも堪え切れなくなり、自からを仮死せざるをえなくなってしまうことになるやもしれない。それは都度ではなかったが、幸い？　われはわが人生は常に最悪な事態しか起っては来なかったことで、そのことが日常化していたことで、それが逆に我を耐えさせていたことかもしれないのである。

我々が物理形而下に充され、その温暖中正中庸世界から守られていけばいく程に、そこには必ず汚穢が溜《たま》ってくるは当然の理りである。魂は濁り、至善は死に、悪徳不善がはびこる。純心は現実に同化されて不純へと移行する。苦役飢餓えることとなくして生命の本質は磨かれ、深まることはありえない。生を喪失わずして生を覚えることはありえないのだ。そして人の多くの生は通常既存、に取り込まれ、それが人の道と化する。世の中として辛さのあまり妥協して、その正常化になって勘違いを起し、肉物外気、環境への憧憬も手伝って、その中へとせっせと避難して去ってゆくのである。その点からすると我というものはこれまで在った人間の中で最も怖ろしい人間なのであろうか？　あるいは最も優しい人間だったのだろうか？　それとも残酷な人間なのだろうか？　我は我自身の中で、その依存と安住と平易の虫を運命に伴われて殺傷処分にして来なければならなかった。これこそがわが宿命であったからなのだ。そのことによって肉体生命に当然与かるべきことの与かることの及ばない悲哀と、その与かることの適わない悲劇によって齎《たよ》らされることになる新たな自身の中に湧き起って来る生命の波状、即ち霊世界からの発信り、霊波＝テレパシー＝を受けることになった訳である。そしてこの双方に善と悪、肯定と否定の二重の来歴を構造となって双方二面裏表の要素が含まれていて、それはどこまでいっても分別し難い永遠の生命の来歴と構造の課題となって付き纏ってくる。例えば霊世界では俗此岸にあって最悪的極悪とされているそれが最善至上のものとなりうるといった具合である。即ち人間における形而下の価を遥かに霊世界の価においては超越した形而上のもので人為からの思惟によっては計りようのないものであるということである。これを人為の価い、狭義を以て何んだかんだと量計ること事体がナンセンスであったということであり、これを人為、人間にとってそれは勘弁無らないという訳である。それより人間の考え、思惟の方に決定権が在る、という理屈なのである。さて、その真相と真実はそのいずれにあることなのであろう？　われにとってそれは明らかなことの様に思われるのである。そしてその判断の基準、境界の線引きはいずこにあるのだろうか。人間はその真相とするところ、真実うのことは誰も、何人も本当は知っているものはいず、ただ人間が人間に都合よく、自分（身）勝手に見積ることによってそれを知っているつもりになって、その狭義観念の意識に則って行なっている（く）だけのことにすぎなかったのである。

七十

この人世にあくまで馴染まぬ常軌を逸脱し、その人為全体に背いて行きざるをえなくなった生き方に、その既存人為の普通の生き方、総体の価を以ってわれを道を外れたものとして糺問し、非難して責め立てる者は常に限りなくわが身の周囲りに散在し続けていたが、どうしてそのような世間全般に翻意してまでその我が特異な思惟全体を確立しなければならなかった経緯を語らざるをえなかったのか、そのことについての疑問と理由《わけ》を尋ね、問い掛けを真正面にぶつけて来る者は、その以前に自分寄勝り、身勝手な立場からの既存常軌の判断を下して来る者は限りなくあっても、その我の人生、将来、生全体を憂慮を及ぼしつつ尋ねて来る者は一人としていないことであった。そんなことを尋ねる義理も関係も無いという訳だろうか？　それとも必然性、人間としての常識を身に付け、それに従って受け容れていくのが当り前で、その世間、世の中に背いていくことの方が誤りで、それに従っていくことの出来ないわれの方が間違っているに決っている、そう考え、言われるのであろうか？　彼らはその共有共感共鳴し合っている全体意識、既存常識によって取り囲まれ乍ら常にその範疇《カテゴリー》の中で自分の立場を正当視しつつそれを守ることによってわれのような稀少稀有な者、その生き方を変人、気違い扱いし続けて来ていたのである。即ち彼らは、我らが稀有なる生に至り、辿らずを得なかった事情と経緯《いきさつ》と由けを尋ねるまでもなく、決り切ったことだとしていっさい振り返る（省みる）こともしなかったのである。物理的必然常識を世界全体の意識として信じ込み、それを疑うまでもないこととして、その目先に展開している現実世界を外れて理解しようともしないとして、彼らの人為の価を絶対値としてどうやら考えているらしい。とにかくこの意識の蹉跌と食い違いはどうみても埋りようもないことだったのである。―こうした類いは寧ろ一理一通りの既存を要領よく基準として率先して受け入れ、消化させていく善人と賢者である知能犯の中に多く見られる例である。しかしそれを見破ることの出来ない程間抜けなわれではなかったが、それにつけても物理的思惟を展開させる社会常識の真只中にあっては、稀有である存在によって別けても不利そのものであった。われは見動きも活かぬ程に物理的にも、心理的にもどん底に追い込まれていったのである。その八方塞がりからのわれの反芻が彼らに理解されよう筈もなく、通用しなかったことは言うまでもない。そしてわれが本当に彼らから質されて然るべきはその現象的表象の相異如何結果ではなく、どうしてこの人為全体に、物理既存全体に背いてまでも生きざるを得なく立ち至らなければならなくなったのか、その事の由けと事情、宿命と運命の理由を彼ら人間はわれに尋ねるべきであったのである。この精神と魂の成り立ちからしてわが逆転、転生のすべての所以と由来があり、発祥して来ていたのであって、この運命と宿命の根拠根幹、わが生命の起源を認め理解せずして、われにおいてはもとより、全人すべて其々の起源のことにしても、その人間性、生命性は救われてはゆかず、人間生命の根本的災いである相互不信は取り除かれてはいかないように思われるからである。しかし人間自身というものはこの生命の根幹に対する其々の根本的無理解—利己主義と自己正統化—そこから発生する意識無意識から相手、対象を数値等の由来によって貶しめてしまう不祥事不始末が生じ、唯物的現実、社会の価からの顰みなどが併さって、また目先の利害に捉われる余り、自己有利を導き出す裏で、自身を見失い、平然と辺り全体を環境汚穢汚染なものに、不合理矛盾なものに染め変えていっているように思われるのである。この人間の齎らしていく醜悪な垂れ流し循環は、その善良性より遥かに悪質で、性質（たち）の良くないからくりに根深いものがある。計り知れないものがある。われわれが人間の物理的それを信用せず、背徳的であるとしていくのは実にこの為であったのだ。このことにおいてわが人生はこれから以降も人間のそれによって否定否決され続けて行かざるをえない関係と根本的、本質的理由となってしまっているからに他ならない。この人為的必然からの肉物思惟に基く法則は、われ自身に齎らせて来ている生涯の抜き差しならないテーマであり、不可不如意不可避であり、けして我を手放さない。「並」と「普通」と平常から、遠ざけ追い立てていく。また現実人為、既存に背いていく実例を挙げて責め上げられることに対してその稀有者であるわれにいかなる反問が可能となるというのか、既存絶対値に対して如何なる弁明が可能となるというのであろうか。それを公言してみたところで逆捩を食わされことは我の立場からして請け合いの明らかなことだからである。こちらが傷を負わされるだけのことで、何も治まるどころか、始まらないことだからである。益々陥っていくだけのことだからである。彼ら既存者には多くの敵もいるかもしれないが、賛同者にも囲まれていることである。ところがわれにとっては人そのものを見掛けることがなく、たったひとり同然なのである、如何にというに、我が無勢であるのに対し引き換え彼らは多勢物理既存の生であったからである。そしてこの相反する肉体と精神を包摂している霊的生命全体を自覚認識した上で、その本質を守りつつそれに見合った生を希求調整、整合性と均衡《バランス》をとらせて擦り合わせていかなければ何事においても好く運ぶことはありえないことは誰しもが承知している筈のことであるからである。そして更にこの場合、多数や力関係に解決の決定権を与えるのではなく—これは木阿弥なことだからである。旧来は民主主義をはじめすべてこれであった。なれば我々人間が賢明というのであれば生命の真理として全ての基礎根本を成している（通じている）真実これに最大の決定権を与えていくべきことであるからである。ところが人間は浅はかにも、折角の思慮分別を煩悩と慾望と物理知能を働かすことによって元も子もなく台無しにして来たことによって総てに亘って大事から小事些細に至まで一切洩れることなく混乱、闘争、憤懣、諍い、ありとあらゆるマイナス的なものを引き起させて憤怒と悲劇の原因《もと》を日常の中でせっせと自から故意的になって拵《こしら》え合っていたことにあったからなのである。—そして人間はかくの如く敢えて理性と抑制の柵を利己主義、煩悩、欲望狭義によるところから敢えて大義である大善、理性、本質等々の良心と抑制とコントロールを喪失《うしな》わせ、棄て去り、何よりも物理現実を優先選択させてそれを煽った生活をして来ていたからである。これが人間の齎らして来た因果結果なのである。このことは我にとって最も不自然で賤しいことであったが、彼ら人間にとっては当然な「生きていく為の権利、システムと仕組」となって物理と体制が優利である如くその為の笊法規が機能働くように設えられていたという故意による必然性であったという訳である。このことは一種の人間の気運大気における引力の法則のようなもので、これを突き破ることはいかに超人的意志と力をもってしても、これまで指摘して来ている通りの不可不如意のどうにもなりようのなり（難）いものであり、このテーマと向き合い通すことの出来る者はこの運命と宿命から生涯を逃れることの出来ない羽交い締めにされている絶対絶命にある生命の死に物狂いの「悪掻き」ぐらいなものであろう。この自覚も認識も味わうことなく、ただ一向に、やたらになって既存人為の現実に応じてのみ生きているのであれば、それはまさに真《しん》に生きているとはとてもでないが言難い。呼吸をしているとはいえ、本来には眠っているのも同然《おな》じことである。確かにその中にあってさえもこの溝泥の人世の池にあってそれにめげること無く美しく香ぐわしい蓮の花を咲かせている人間もいなくはないが、それとてもあくまで天の恵みによるもので、本人の天性、生れついた心掛けの良さの現われ、本来のその人に具わってた美徳の生のようなものであろう。

七一

このわれの性質性格に見られる稀有に課せられている任務の巨大《おお》きさは、この非具象的形而上なものを具象胎盤の上に結びつけ、如何に表現させていくか、そのことによって一般の目に如何に理解悟らしめていくことが出来（可能に）なるか、その作業に偏えに掛かり、尽きているように思われる。このことは、彼ら物理的信奉者である人間の非価値をいかに非価値の非らざるものであるかを認知させていくことが出来るかを啓示し、それを分らしめ、彼らの目を開かせる為の戦いにかかっているように思われるからである。これは言うまでもなく絶対人為の中にあって最も困難を擁する課題、作業であって、人間として最も崇高な任務、作業《しごと》であるに相違ない。そのことを彼ら人間の価値基準からして、宛ら最も賤しまれ、嫌忌されて来なければならなかったそのことを、最も愚かと自認する我がこれからこの創作の場を借りて行なおうとしているのである。もとよりこのような至価至言至難の作業などわれに出来よう筈もないことは当初より、自からのあらゆる可能性を考え合せても筋の合わない話しであることは充々百も承知していることであった。が、それにも不拘わらずこの無暴ともいえる作業に取り掛かることになったというのも、わが授かることになった生命の宿命と世相における全く噛み合うことの無かったわが生命の条件、その出逢におけるその全く相反して生きなければならなかった、そこに付き纏うことになった日々の陥落と脱落していったわが運命、人生の総てをを喪失して行きざるをえなかった、そこにおけるわが生命の深層をここに披歴させることによって、その人間世界の生とわが生世界とを克明に対比させることによって、その衝突して来た事情と経緯《いきさつ》を伝え、比較させることによって何んらかの真相がそこに現われ、見えて来るのではないだろうか―そうした思いの一点に立ち至ったからに他ならない。即ち、人間の生における上段とわが生の最下位からの生を照合させることによって、何んらかのそこに「発見」が見られるのであれば、われとしてはこの創作がいずれにしても無意無駄ではなかったと思えることであったからなのである。―そしてこうした心と霊魂を砕く様な任務と作業は、これまであらゆる思想家や哲学者、心理学者や理想家たちの手によって次々に歴史的にも試みられ続けて来たことであった。そしてその大方大凡というものは学識学術的、稀有な知性と心の技価にするところのものであったが、われにおいてはこの貧しい生命とそれよりも貧相ながら霊魂を元手としてそれに挑もうというのである。即ち己れの真実、霊魂、精神、生命と人生と生全体の如何がどれ程のものかその真実を明らかにしてこれまでのわが人生における清算を何んとしてもつけておきたいということである。

　普遍的真実や本質を求め、そこを志す者であるならば何よりも霊的本質を基点、根拠としてそれを軸としてすべてを考えるものでなければならない。如何にとなれば、それは何よりもことの真実に肉迫し、切迫し、必死になって求め分け入って行くのであれば、それは読む者の心魂を打たない筈がないと考えるからである。われは自からの霊本質とその世界に基き、それを何よりも確かなものとしてすべての事柄に実感をなし乍らことに担っており、このことがすべてのことに通じていくものであると確信しているからなのである。

　われはその汝ら人間の物理形而下学の生き様、人為具象における現実的視点、その着想や便宜性を頭から非難否定していっている者でもなければ、敵対している訳でもないのである。ただわれとしてはその人為全体の行ないと生き方の行方とわが生の條件とその互いの行く末を考えるとき、そのことに憂慮せざるをえなくなるということなのである。われとしては双方の立場と感情を超えて真実だけを語り伝えておきたかっただけのことであったのである。ただここではわれからの言い分にも耳を傾けてほしいと考えたまでのことであったのである。

七二

われは大体において、所謂一般における真理本質根本を素通りし、一理一通りの既存のみを以て訳知り気分に悟り済まし気分になっている良識者、賢明なる社会人というものを軽蔑せずにはいられない。その彼らというものは大凡において鼻持ちならなく、世間と自分、本音と建前というものをその表皮表部を深堀りするのは悪いことではないと思うのであるが、巧妙《たくみ》に使い分け、二心を操るとなると。まるでそれは波間に浮んでいる浮袋《ブイ》みたいなものである。実に強かこの上ない。彼らは総じて世間を分別、要領をよく心得、下部（位）に対してそれとなく内心では冷やかである。全般に恣意的態度上辺が巧みなのだ。その逆を尊貴する我などはこうした者には手も無くあしらわれるほかにない。何しろ世間を知らないのであるからどうにも対処の仕ようがなく、一ころなのだ。彼らは世間（先）を読んで既に回って手を打って（あ）いる。つまりわれなどは彼らにとっては「俎の鯉」なのだ。われの相手に出来る対象ではなく何倍も周到に出来上っている。彼らは既に真心素直などは遥かに飛び越えてしまっているのだ。彼らはいずれもこの浮世世間を渡っていくことの天才なのである。なれば我のような世間知らずは彼らの前に出かけていかなければならない時は、眉唾はもとより何枚もの防御服に身を包み、彼らの前に身を置かなければならなくなる。そうは言っても、それさえ役にはたたなかったことは言うまでもない。

ということは結局畢竟とするところ、この浮世渡世にあってその河を渡っていくについては、その渡世に応じたそこに生きる泳いで行くべく賢しい知恵、多少の狡猾さを免疫として、防御として備え、心得として、身に付けておかなければならぬ。ところがわれにおいてはその泳法がまったく身に付いてはいなかったのであるから何んとも仕方がない。いずれにしてもその処方箋を身に付けていかなければならないということは、この人間世界の健全さを考える（上で）とき、大きな矛盾と不合理にぶつかり、悲しく哀れなことの様に思われるのである。それにつけても、我はその人世を生きていく為のその生の身に付けていた筈の免疫を、必需品を、何処で忘失して来なければならなかったのか、そのことは我にも見当のつかないことだったのである。そもそもわれが自分を意識した時には、現然とその自分の下地（基盤として）が具ってしまっていたことであったのである。そしてこの様な生来身に付いてしまっているものを、人間の生態や総体、社会システムや規範があるからといって、その人間の既存の意向と要請にどうして処し、添っていくことが出来るというのだろう？　このことも本来とは異なっている様な気がしてならないのだ。いずれにしてもこの人生にあって技法（方策）というものは必要なものなのだろうか？？？　しかもその人間の生そのものこそがわが自身の生を悉く蝕み、阻み、追い込み、追い詰めて来ていたものであることを痛切に感じ取らされているというのに、どうしてその人間の生にその我が転換してゆくことが出来、可能になることが出来たというのか？　必要であったというのか？　それに第一、彼らは如何にどうしてその既存旧来からの自からの具っている矛盾と不合理を生み出していく生を何んの躊躇もなく無条件となって、それがＤＮＡからの血と生であるからと言って、それを踏襲して、それを他人《ひと》にも推し付けていくことが出来るというのは一体どういう理由と訳、確信と由来、根拠動機によるものなのか。それをわれにも納得の行くように説明してから要請してほしいというものではないか。自からの改善の証拠を見せてから促してほしいというものである。それを改善も見せず、自からは相半ばの生を改めもせず、堪能し乍ら、それを我に推し付け、強請なんかしてほしくないというものである。そうではありませんかね。それにひょっとすると、否、ひょっとしなくとも、その人間の相半ばする既存の生、それによる今日の様々な人間の生、無様な生態、現実の有り様、人間の生活全般の情況を一瞥して見るまでもなく、人間の美点、善性をいかに評価して差し引いてみても、—本来それを差し引くものとも思わないが—我にとってその答え、評価というものは明らかである。一目瞭然である。彼らはその流れを変えようとはしないばかりか、その旧来必然の生、不可（煩悩）の生に操られた功罪相半ばする生を愈良かたらしめていっているではないか。愈反省もなくエスカレートさせていってそれを堪能せしめて格差を膨張せしめて自からの生の足場、基盤、根拠をおかしなものに煩わさせていっているではないか。全く人間よ、傲ることなかれ見違えることなかれというものである。自からの引き起していく不祥事を棚上げするなかれである。自からの生を根底本質から回顧せよである。

七三

　このような訳をもって、通常の善人においては既存通念の一理の理想を習慣的になって口にすることはあっても、―つまり根拠の無い背く理想を口にすることはあっても―決して本質本来からの理想を望んでいる訳でもないし、またそれを語りえることもありえないことである。彼らはそこでは曖昧で混沌の岸辺と安全の中に匿まわれ、既存の領内、その範囲《カテゴリー》で行動を起すのみなのだ。彼らは通常にある個我の概念、その必然狭義による既存を固く守り、それを愛していく者が、即ち既存の中正中善の均衡《バランス》―そんなものは有り得ないことであるが―を賢しく強かに享受してゆく彼らというものがどうして腹の底からその真の理想を望み、求める必要に迫られるというものだろうか？　根本的理想など語りえること、愛しえること、見極めていくことなどということが果して可能となるものであろうか？　という課題である。彼らが愛し、見極めたがっているのは現実的狭義と概念による社会通念による個我、元々歪んでいる了見の狭苦しい利己的理想のそれであって、大義からの抜本的全体的本質的理想ではありえないのである。矛盾であり、不合理であり、行方不明の幻想による真正面でない既存の理想それなのである。彼ら人間が望み、理想としているものははっきりいって本音である物理経済に伴う豊かさと経済による生活の余裕《ゆと》り―その本来の理想とは掛け離れている寧ろそれを追い込んでいる表現によって語られ、それに言い尽きていることであったのである。そしてそんなこと（もの）はありえない幻想錯覚妄想にすぎないことであり、ありえるとしてもそれは不合理と矛盾、即ち他者の犠牲によって齎らされていく歪んでいる「不合理による物理的理想」であったことは言うまでもない。他者の悲嘆と辛苦と悲痛のと犠牲の上に勝ち取って築いていくものでしかない狭義による楼閣的理想の実現でしかありえないことであったのだ。総合援助・福祉と言ったところで、それは既存現実の不合理を前提としてそこから考え行なわれているところのものに他ならない（すぎない）ことであったのだ。そして現実社会においてはすべてがこの唯物システム思惟による既存の範囲（疇）にあって処方処理始末されていっていたという訳けである。即ち本質根本のすべてを取り払ったところで、現実性、便宜性の対応として、真の理想と本質の足と地盤のすべてを刈り取り、伏せられて行なわれて来ていたこと（それ）にすぎないことであったのである。一体この反吐の出るような出鱈目さ加減、優柔不断さは一体いずこから躾けられて来ていたことであったのであろう。人間はこの手法手段の他には無かったのであろうか。そしてこれを網み出して来たものはどこのどいつであったのであろうか。それにつけてもこの唯物手法手段というものの慣用は不合理、不条理、矛盾だらけの民主主義というものはいずれにしても誉められたもの（話し）ではなく、どちらかと言えば便宜ではあっても怪しからんものであろう。自慢出来るものでないことだけは何よりも確かなことである。そしてこれによる仕掛けが正に正統面としてこの社会世界では大鉈を振って攪（乱）してきている（た）ことなのである。

いずれにしてもこの人間世界、この世の中と社会、現実世界というものは我々にとって都合よく出来ているものでもなければ、むしろその人間の創造性、思惟思想のそれらとは常に裏腹皮肉となって近視的権威主義にとって都合勝手に出来上っていっているように思われる。それでも人間は己れの本能に適っていることによって一向導かれ乍らその内なるものに、衝動と本能と煩悩にでも導かれているかの如く、意識無意識を問わずその方向に向けて手懐けられて自からに無我夢中となって邁進し続けていっている始末である。その彼ら民衆にとって行き先がいずこに向っているかは一切判らないらしい。否、分らない方が却って宜しいらしいのである。ただ物理手法手段の彼方任せであるらしいのだ。ただ彼らにあっては、その行き先の前を塞がれることだけは、何んであろうと、何が何んであろうと困り、許せるものではないらしいのである。まるで猪突猛進の態なのである。ここに彼人間にあって善も悪も、幸も不幸も無く、あるのは自からの本能と煩悩、これに導か(引きずら)れて、それが彼ら人間の至上の生命からの本性となっていることであったのである。これが人間の生そのものとなっていたことなのだ。そしてこれを妨げる者あらば武力、武器を以てでも始末、抹殺しても合理とする勢いである。そして我はと言えば、その人間全体の生に立ちはだかる最も怪しからぬ者という訳である。ここにあらゆる表現は真逆となって逆立ちし、数多の人間が正となり、稀有の我こそが罪人とされてその生を抹消されて来ていることになっていく(る)という事実である。これは必然であり、運命であって、誰にも変えられようが無いところに一層の始末の悪さが働らいている。即ち人為の総体から発する原理の方則という訳である。

すなわちこの二つの相異なる典型と性質の世界を認識し、その基盤の上に立ったものの考え方と未来への考察、そのバランスと奥行きを放棄してしまっては元も子もなく、何んにもならないことである。社会全体が値をなしていく通常概念、人間が永年の悠久の歴史を賭けて、傾けて培って来た国家的戦略となって価値観と常識である。それがある歴史の期間から、それまで必然性としてバランスの自然にとれていたものが、調和の行き渡っていたものが、いつの頃からか文明が長じて来るにつれてそれが崩れ出し、近世近代、そして現代に至っては完全にこの地上においては文明が人為にあって霊世界、自然界を制覇、凌駕し、そのバランスと調和を崩し、人間生命とその本質にあらゆる良さに呼応するかの如くに悪さを働き始め、自からの生地本質を荒し始めて来ていることは、人間すべてが潜かに感じ、怖れて来ているところのものであるのだ。にも不拘わらずその人間全体大凡というものがその肉物体制に引きずられ、遅れをとるまいとしてそれに浴しているのが現状と実情といったところである。その漠とした不安と期待を抱える中で彼ら人間はそれを交錯させているのである。それに翻ってその具象物理を超えた新しい第一歩、既存に捉われることなくそこに踏み（入って）出してゆこうとするわが意志は、彼らは物理文明の齎らす陰の部分以上にそのことを歓迎し、喜こび、畏敬すらしているのである。彼ら人間はその焦燥させている矛盾の切っ先である物理文明がまたその一方で未来に向ってそれを払拭解決してくれるものと潜かに期待し、信じ憧憬をよせているのでもある。つまり人間自身にはその点において殆ど本質的自浄作用能力は無いに等しく、自からの正当性に躍如し、その肉体本能のみに血を躍如させて傲らせている為に、結局その肉物意志に呑み込まれてしまい、結局それはいずこにありなん、ということになってしまうのである。本来の超大なまことによる大望、真実の霊的目的を見失ってしまうのである。

七四

この一般通常における善人の総勢に対して、その総数と真っ向から対峙対立せざるを余儀なくさせられているわれの立場というものは、従って一般からの悪人の友となりざるをえなくなった。この物理的通常が健全で、魅力的で最高種の人間としての名を恣《ほしいまま》に君臨し位置付けていくなら、われとしては必然的に貧弱愚鈍として最悪種最下位の人間に位置する他にない。彼らが数値の力、必然の観念と論理を以てそれを正位置の座に就かせていくのなら、我としては何人《なんぴと》も拒んでいるその空位に自分を敢えて座らせていく以外になくなるではないか。如何にというに、われは口が裂けても通常の概念や社会的価＝通常認識＝既存現実に則ってそれに迎合し、その人間の味方をして済まし込んでいくことの出来ない人間であるからなのだ。一々反対することはしないまでも、人間人為の齎らしていく、中善的要領を心得ているような引き回し、小賢しい背徳と耳触りのいい詭弁を見逃していくことは出来ない性分であるからなのだ。そしてその不合理と矛盾を整えていく既存便宜が保障され匿まわれていくのであれば、誠実より現実的気のきいた言葉の方が尊重されていくのであれば、その現実が理想を貶しめて利を得ていく不合理の罷り通っていく世の中であるならば、不正が権力によって力の無い者たちを犠牲に不善に貶しめ乍ら貪っていく世の中と現実であるならば、不純が純粋をけなしていく賢しい世の中であるならば、現実が理想を食い物にしていく社会であるならば、我としてはその彼らに速やかに猛省と三省を以て促し、後に引くことは出来ない問題であったからなのである。彼らそのことを自由と民主主義、物理資本主義の基（下と因）に暗躍させることなくその自からに自覚痛感し、改めていくべきなのである。地に足を付け、既存と現実の有り様を即刻見直していくべきなのである。降り注ぐ陽光の受益は生命全般平等に分け与えられ、それが守られていくものにしていくのでなければならない。いかなる理由があろうと我々はけして「日陰」を拵えて、設けてはならないのだ。

彼らはそもそも正善を行ない成すときにはそのことをちゃんと自分に意識しているが、不正不善を働いているときというものはその自分に自己弁護を既にしているために自身が不正を働いている自覚と意識はどこかに消し飛び、素飛んでいることでただそのことのみに無我夢中になっているばかりなのである。一心にその事に耽っている状態なのである。このことは犯罪者や詐欺師の手口などをみるまでもなく明らかなことであろう。何しろ彼らはその犯罪以前に自身を何より騙し、欺いているのであるから人はその演技に既に騙されているのである。――しかしその小悪不善というものは大なり小なり生していく範疇の中にあって誰にでも有しているものであって、まだ大したことではなく、何より恐ろしいことはこの生の過程において当然として包括され、意識するまでもなく行なわれ、自覚認識するまでもなく必然のうちに悪用されて日常生活の中にこの背徳的行為が既に織り込まれていたということで、その不実というものが立場の弱いもの、誠実で自己弁護をしない者に自動的に、必然的に皺寄せ転嫁され、そのことが生活全体、個々から社会全体、人間の居る至る処に及んで悪戯らを仕掛けていっているという紛れもない事実である。これは一見何んとも無いことのように誰もが見逃して問題にもせず、大袈裟にしている様に思われ勝ちであるが、実はこの些細なことが個々はもとより、世界をも、体制をも突き動かしている悪しき妨げを齎らせる原動力にもなっていた我々故意的に見逃して来ていたことだったのである。火元、勧進元となっていた訳である。となれば、我々人間、生命と生、この細菌を甘く見るととんでもないしっぺ返しを食らう破目になりかねないことになる。御用心御用心といったところではないか。即ち、煎じ詰めれば肉物と本能、主に煩悩に操られている人間生命の一番の醜悪さが如実となって浅ましくここに如何なく影になり日向になり発揮されていたという訳である。早い話しが、正善を成すような振りを装って相手を油断させておきつつ、その相手を貶めたり、心と躰を八つ裂きにしておき乍ら、自分を被害者として立証し名乗り出る程なのである。そしてこの人間の生態については先にも述懐しておいたことでもある。この人間の深層心裡全体が寛容として放置されていっているような風潮と現状によって、その良心や本来が風化されていっていることはけして好ましいものとはとても言い難いものがある。即ち、誰もがそうした生きていく上で付き纏われていく潜在意識＝生罪と原罪を共有しているという意識から、その性悪が逆転して健全さ、逞ましさ、強さ、魅力として置き替えられてしまっているという生の悪知恵ということである。従って、自分ひとりこの小賢《あざと》さに特別な意識も感情も抱く必要はないという一種の安堵感が働いている。裏を返せば本来、良心に対する麻痺ということだ。そして彼ら人間はこうした共通認識と意識に則って暮していくことが何よりもその世間と調和していて、人からも――奇妙な目で見られること無く――仲間外れに遭う（される）心配も（いら）ないことを何よりもよく心得、覚っていた訳だ。この意識感覚、常識と認識が一番という訳だ。世間の意識の流れに添って、それに身を寄せ（委ね）乍ら、自身の道を踏まえ、身に付けていった方が（社会世間に対してはもとより）何よりも有利で安全に働き、そうしていく限りどこからも後ろ指を差される心配は要らない。むしろ歓迎されることを知ってのことであった、ということを我は痛感させられて、羞恥心も罪悪感としても感じ取らされて来ていたという訳だったのである。こんな者は我以外のどこにもいなかったに相違ない。われのように世間からも、人からもすべてに亘って文句をつけられ、卑屈を味わされていくのとは違って、正々堂々としていられたということである。そしてこの世間の常識を良識として弁え、その効用を努力義務としていずれもが全とうしていた訳で、われのみがその宿命と運命によってその世間の効用から外れ、その人間の生そのものに根底より懐疑し続けて来たことによって、こうして疎まれて来なければならなかったという訳である。ここにおいて我一人が過失っていたことは火を見ることは明らかなことであったが、真相は果していずれの方にあることなのであろうか？　そのことは人間にも能く能く考えて貫いたいものである。

七五

例えば、このようなことを語る我は断じて道徳の化身でもなければ精神の化物でもない。理想の化身でもなければ、真理の化物でもない。我は血の通っている肉体の器管を具え持った生身の生命そのものである。しかもそれでいて自からに矢尻を突き立てながら、直も荒野に彷徨う戦士であり、その魁である。心身は疾うに泥に塗れ、血涙を吹き出しているが、霊魂はそれでいて常に潔く、気高い。その精神《こころ》の食糧《かて》とするところは排斥者どもからの驕慢な生から般出される滓と残骸からの苦役ばかりである。名誉も無く、甲斐も無く、癒すべき人も家も無く、仰ぐべき師もなく、こうして独白からの大地に足を踏んばることによってこの自からの頂きに登りつめんとしている。山はわれ自身の可能性そのもののことである。それに引き換え、彼らは自身の指標道標を極めていくでもなく、それを既存、社会現実との関係にその設定を見出し、踏み慣らされている低山の道である。われはこれに対し未開の高山を求めていく。その志しとするところは極めて通俗的であるのに対して極めて超然的である。われのそれは裏腹に社会的には設定されてはいない。われ行くはすべてが孤道である。これこそがわが行く道であるかの如くである。このわが個有の真の道とは同道し難く人間はとは永久に交わるところはない孤高の道である。もとよりここに同伴者はありえないことである。我が行く道はたったひとりの獣道であり、頂きの見えざる隠されている道である。未だ誰も登頂した者はなく、戻り来たった者もない独自の思惟思想の果しのない予感に導かれて分け入っていく他にない苦闘の道である。これは我一人行かねばならない孤道の険しい不毛の道、魍魎の棲む道である。この人為とは永久の袂を分ち霊との契りに向わんと山路を遡る。ここに人気は微塵も無い。精霊《せいりょう》が噎び泣くばかりである。そのわれにとってはこの魑魅魍魎の世界こそが涯しない資質資源を含んだ母なる所以となっている在処、埋蔵所となったのだ。世為を離れた我の他に何処に行き場があるというのだろう。

七六

肉体の要求め《もと》に基（応じ）いて物理的に生世界を定め、切り拓いて来た者たち、その一番安直で、手っ取り早い平易な生き方によって自己満足を充たし適えていく人々、彼らはその自からの安直的生理に基いて、自からの支配出来ると覚《おぼ》しき世界すべてを有無を言わせず利用し、自からの営みの中に摂取、取り込んだ後、その自からの「胃」に消化しきれない反対の性質を「異質物」として体外に排除排泄せしめて来ていたのである。お陰を以てその彼らの欲望と生理、構造とメカニズムによってわが表象以外の殆どの営みのすべては、殻以外受益のすべてを吸い取られ、投げ棄てられた訳である。その彼らと言えば、もとよりこの人為必然からの生活を当然の人間《ひと》の道、営みと生理として省みるようなことは一切されるようなことはない。寧ろ此れ見よがしにおおっぴら公然と生活の権利としてその度量を競い合っている風情である。これに対してわれわれは、その彼ら人間の生態を万全なものとは思い考えてもいないだけでなく、寧ろ全体の有り様趣きに疑惑と懐疑、問題を生み出していくものとして捉え、考え、不満と不審＝不信＝を募らせ、渦巻かせ乍ら愈自からに意識的になり、その人間の生態とは一線を画して出来る限り理性と抑制を働かせ乍らコントロールしていくことに心掛ける。そのわれというものは、彼ら人間にとってすべてに渡って弱々しく見劣りして映り、世の「拗ね者」として見られていたことは我自身が何より彼らからの視線五感によって承知させられているところである。そして彼ら人為に淀みのない健全な生態を見せつけられる程に当然われのバランスは否応なく四方八方から崩され、まるで蜂の巣を突つかれている如くにその軋轢の嵐に見舞われること頻《しき》りである。精神錯乱に陥り、いずれにしても病的狂気の境となって七転八倒しない筈がなかった。それを人間は遠巻きに顰を作って眺めるばかりである。彼らはその原因に関知しないばかりかすべて我自からの罪としてそれを更に擦り付けて来るばかりである。こうなってはもはや蟻地獄、悪環境だけが残されることになる。焼き鏝だけが押し付けられて来ることになる。これこそが人間の真の正義に対する仕打ちなのであり、人為紛いの正義、善徳、公労に対する褒賞なのである。ここに我は生死の境に入る他に無い。自（天）然は相反する双方を同時一緒に満足させていくことは出来ないし、そんな虫のいいことは絶対に許してはおかないことを人間は覚るべきなのである。我は霊魂のよりよい品性を保っていく為に一方の肉体から生ずることになる飢餓を自からに引き受けていくことに同意していく他になかったことなのである。これに引き換え人間は、何があっても、畢竟とするところ他を犠牲えにしていくことによって己れの肉体生命を享受させていくこと、この為に敢えて霊魂、真心、誠実をかなぐり捨て去ることに同意し、中庸中正を選択することによって物理的生を説いて教え込み、それに同意させてその生を継ぎ止めて来ていたことだったのである。しかし彼らは、我がこう言ってもそのことを認めることは自からの生の事情、性質からもけしてせず、わが生、生き方思惟を否定して来ることは間違いの無いところである。如何んと言うに、それこそが数多と稀有の関係であり、民主主義の有り方であり、人間の生の根幹に関る問題《テーマ》であることだからである。彼ら人間にその生の根幹に対する真理真実、霊の原則原理に対する区別《けじめ》も自覚も、認識も覚悟《さと》りも全く無いことであり、否、彼らが他の霊的生を犠牲《いけに》えとして自からの肉物的生を謳歌享受する目的を以て築き上げて来た生の一切であったことからも、それを肯定正当化し続けて行くことが何を置いても是が非なことであったからなのである。その生を否定する訳にはいかなかったのである。―大凡大半において人間の生というものは自からの生理本能からしても正当化していくことは不可欠として既に有無もなく成立しているのであって、そうした事情、経緯からしてもあくまで必然性として、総意として肉物からの感性を丸ごと信じており、それを生甲斐自慢となし、実感としているのが実情なのである。従ってその彼らからにしてみれば必然物理というものが総じてバランスのとれている都合に適っている最適なものとする認識が既にどこそこにも行き届いていることになっていたからに他ならない。即ちこれに対抗する者などないと考えられていたからに他ならないことであったからなのだ。ところが、この人間の自負している鉄壁と考えられて来た旧来からの物理方式の原則においてさえ、自慢としている物理文明、科学の力、それによる便宜向上発展においてさえ、この現代社会において遮ること無く水が漏れ出し、防ぎようもなく田鼠《もぐら》叩きのそれと同様愈拡大して来ている始末なのである。しかしこれも今も言った通り、必然的肉物生活の齎す陰の部分に対しての自覚と認識の全く欠如していることによって彼らは認めようとしないことは明らかだ。即ち彼ら人間というものにおいてはあくまで厚かましくも、都合の悪いことには見れども見えず、鉄面皮を装っていくことは何より彼ら自身がよく承知している筈のことであるからだ。その論より証拠に、この必然的体質とのバランスを計っていく為に、そのコントロールを自からに課して生きていこうとする理性的抑制者に対してある種の病的なものを感じ取り、それに生理的嫌悪の気持を露わにして行くからなのだ。これが肉物信奉者の気運と意識というものである。彼らの大凡というものは自身の真実に対してではなく、これまで繰返し述懐して来ている通り、社会的風評、通常概念、既成の観念というものが総じての価となってそれに支配されていたからである。つまり彼らというものは口先で如何に綺麗事や気の活いた台詞を言って回ろうと、結局は社会への風靡、現実の便宜、風潮風評の中に呑み込まれ、それに則った暮し方の方を遥かに重要注視尊重し、実践し、本来の光学などそっち退けで見向きもせず、社会的適応だけの都合勝手の先学の中に埋没して暗中模索、頑冥不霊に陥っていくのが通例の行程にすぎなかったのである。彼らはその狭義の範疇《カテゴリー》に抜かり無く、怠たり無く、自身の現実実際ばかりを懸命に努力し走り続けることによってその評価を高めて来ていた連中だったのである。われはその彼らからその世間の常識によって常にそれに背く者、けしからぬ者として問われつつ、一方で我が行手を阻まれ乍らもその彼らの教訓にめげることなく、挫けることもなく自身の真実を守り通し、その全体像に立ち向っていったという訳である。彼らがその心中において我に苦笑しつつ憫笑を浴せせせらっていたことは言うまでもない。我は確かに社会的現実においての失格者に違いなかったが、一人間、生命ある者の真実においてはどうであったのであろうか？　それに対しての答えを出せる者が果しているのであろうか？　されどいずれにしても、社会の現実において、そこに生きていく以外に無い封鎖されている生者として、そのわれというものは一切人間から見向きもされることのないまま、社会からの敗北者、人間失格、病者、狂人、変人、人非人、常にその重い影その刑を引きずり乍ら、そこから免れる術も無く、ひとり彷徨《さまよ》い続けていなければならなかった訳である。これ程の重い刑罰が他にあるであろうか？　これは我にとっての終身刑となっていたことなのであったことなのであるから。例えば世間に罪を犯した人間であるならば、その刑期を全とうに送ればいつかは娑婆に戻ることが出来る。心を入れ代えれば未婚であった者も結婚し、家庭を築いて行くことも可能であろう。されどこのわが罪からはいつ開放されるというのだろう？　いつになったなら、わが真なる自由の天地は手に入るというのだろう？　つまり既存常識現実の方こそが全とうで、これに逆らい続け本質的に懐疑している者こそが不当に価いするという動かし難いこの人間些岸における真実という訳なのである。これを我にはどうしても克服許して行くことが出来ず、心と生命の底より懐疑せざるをえない生を授っていたということである。何んとも滑稽で可笑しな理屈ではないか、諸君。

されど何はともあれ、こうした人間世界の醸し出していく訳の分らない靄った見通しの全く立ちようもない世の中にあって、未来に向って希望と夢の見通しを立てていくことがその世の中、世界のことはもとより、人間個々其々にしたところでの可能な人間諸君、一人でもそんなものに関っている者がいるものなんでしょうかね？　この奈落と地獄に棲む我からの推測推量とその考察というものは如何がなものであろうか？　そして我ら霊に伴う精神と真実を求める真の自由意志は、その狭義な人為からの意志根性によって愈地下世界（彼岸）に閉じ込められ、厭世厭離の中に隔離され、依って（既）存者からは忌わしい視線を叩きつけられ乍らその暗黙の脅迫の中に「口」を塞がれて来ている。果してそこに人類の光明が訪れて来るものであろうか？　芽生えて来るものであろうか？　しかしまだこう言っても彼らにはピンとは来ず、納得も合点もついていないに相違ない。彼らには何んだかんだと言い乍らも現状維持の既存の中に在って、その基盤を踏まえて事を構えていくことが一番なのであろうから。即ち、それは我々にとって何よりも本質本来に向って、我が生の復興を取り戻していく課題からしても何を至上の価値観として定めていかなければならないかその課題と問題に偏に直面し、直視かかっていることであったからなのである。そして彼らというものは何度でも言うが、ＤＮＡ的必然既存の常識である物理人為的観点とそこから身に付け、宿った思惟思考でしかありえないことだったのである。つまり彼ら人間というものは狭義矮小である肉物主義によってそこに括り付けられていく、他を顧みることをしない連中であったからなのである。彼らの世界はすべてがそこに根付いてあり、もはやその土壌大気からは逃れることは適わなく、その歴史と生の現実を刻んで行く以外にはなくなっている。また彼ら自身がその空気（酸素）を吸っていかないことには（生命維持していくことが）成り立たず、その大気を抜け出すなど考えも及ばず、望んでもいない生の窒息を起すことと同源になってしまっていたことであったからなのだ。これではもはやこの先を語りようもないことではないか。何をか言わんやである。この平行線には嘔吐を催させる。馬鹿々々しいにも程がある。つまり我々というものは眼を背けることなく、両眼を見開いて、有るものを有るがままにしっかりとその現実と真実を直視し、見極めていかなければならないが、しかし彼らというものはあくまで本来━そうあるべきもの━には目を瞑り、もう一方の片目（偏見）で自分に都合のよいもの、現実のみを自分の見たいように都合よく見る（習慣）が身に付いているばかりである。その結果としての自己欺瞞と━自分への━甘やかし根性である。これはもう致命の理となっている。これは虚偽擬装への最も悪質な形式と経緯経路であり、その実しやかにしていくことの意志の表明である。つまり人間というものはこれまでも証言して来ている通り、善的位置に座を占めていられるような存在でもなければ、正者にもなることも出来ず、宙ぶらりん＝中庸中正＝保守の、どちらかと言えばいずれにも受け取れる悪的怪《け》しからぬ即物的存在にすぎなかったのである。その点我々はすべてが死産児同然であり、生きていたのは我々が目覚め、自己認識していなかった遥か以前の昔のことであったのである。それ以降の我々というものは、外部からの人為物理文明の事情に伴って益々穢れ、混迷し、物理的具現化によって裏腹にただ悪知恵、邪る賢さばかりが身に纏い付き、その如何にも卑怯な生き方ばかりが身に付きながらそれを実しやかに尤もらしく正統視し乍ら本来から逸脱逃げ回っていくばかりである。我々はとにかく一個の生命という精巧に作られている精密精妙に授けられている霊神からの贈られている可能性を持った試みなのであって、その他の何物でもない存在なのだ。果してその人間についてここまで詳らかに語りきたものが他にいたであろうか？　われはそれを自分以外には知らない。

七七

これまで指摘して来ている通り、肉体物理と現実の限界、必然常識と実際認識についての破局を見定め、そのことによってのその生のアンチテーゼ、霊の原則と法則の原理、そここにこそ真の生の活かされている事実を突き止め、その倫理を自からの中に打ち建て、展開しようとすることは、もうそれだけで既に一つの不可能を克服し、不可不如意に担っていることであり、運命そのものである。こうした人間は己む無く人間の持つ必然の思惟と当然の性質を真二つに裁断する意志において悲劇を背負い込むことになる訳だ。その彼以前に生きる者はまずありえなく、以後に真実に逆って中正中庸の既存の道を生きる者ばかりである。この両者の間には決定的真理からの斧が振り降ろされた溝として、通うものはもはや何も無くなった。そこに両者とも何ものかの二様が絶滅しなければならなかったが、それを事前に熟知し、理解する者はまずはあるまい。即ち、一方は現実の生、実生活のすべて全体を失い、他方はそれを得る為にその生の支柱、霊魂の依り拠、その中枢根拠の如何、真実を失っていくという事実である。両者の掌の中にそれがあるかどうか心してよく確認してみるがいい。つまり彼ら一般人の平易に称ばれている現実とその真実、既存物理による具体的なものと、その片方、霊的形而上本質世界に置かざるを得なくなったものの真実との間には、決定的に埋め合わせることの出来ない桎梏の溝が存在し、それを同義に並べて語ることほど劣かで不可能なことはない。余りにも次元が異なり、裏腹していることであるからである。そしてこのことに気付かされた者にとっては、人間を「改善救済」しようなどという発想自体思いも寄らないこととなる。如何にと言うに、人類はその発端太初からして、その霊本質とは袂を分ち、肉体物理による知恵の発達とその進化を独自に選択することになったことによって、その大いなる義に背いて「中道の義」つまり人為による価値《あたい》を開発開拓せざるを得なくなっていったからなのである。その手始めとして「火」の開拓をしたことによってそれを応用としてまず霊の世界にあって最も弱い立場にあった身の安全を確保する必要性からもまず武器を開発することでその身の安全と狩による食糧の調達確保を得ることになったことが、人類の以後におけるすべての礎、土台、基礎となって繋っていったことは明らかに想像のつくところである。そして悠久の歴史を重ねていく中で、その進化の過程の中で、その生の開発を際限なく広げ、その度合を歴史と共に早めて来ていたことは言うに及ばないことであろう。人類はこれによって自からの発展に確信と自負自信を得たことは間違いの無いことであろう。そしてこの進化の過程におけるあらゆる経験と体験からの知恵というものはＤＮＡとして身の中に取り込まれていったことは近世代までの人間の歴史を振り返るまでもなく納得のゆくところであろう。ただ我がここで杞憂せざるを得なくなって来ていることと言えば近世代以降からの現代に及ぶ人間、人類の生全体の有り様とその変化に伴う未来への憂慮のことなのである。つまり近代に至る迄というものは何はともあれ問題はあったにしてとにもかくにもまずは霊の世界と共に畏敬と崇敬の念による地道の生を歩んで来ていたように思われ、考えられるのであるのだが、されどそれ以降の人類の生、ことにその現代に至ってからの物理科学文明における生に纏る有り様とその考察思惟の有り様の突飛さである。つまり地道から浮き足立ち、本来を遊離して世界も社会も人間も何もかもひっ包めて、我からみるに楼閣蜃気楼の如く、糸の切れた奴凧の如く浮遊し、地道を忘我し見失って来ているようにしか思われないからなのだ。生命の真実《まこと》が空洞化しているようにしか我には感じられず、見えなくなって来ているからなのだ。さて、汝らはいずこに行こうとしているのであろう？　という訳なのである。—すなわち、ただ彼らとしては、自からの中に潜む肉物的全要素の中から、出来る限り自分に都合便宜の良い、霊本質を騙し打ちにした、偽った要素だけが具わり、育っていくように思われ、その努力を惜しまず続けて来ていたことの結果、そのことによって創造《つく》り上げて来た時代と歴史と物理的構造社会システムとそれに付随させて来た科学文明の発達を便宜という姿と具体《かたち》を以てそれを偏になって信頼している必然物理経済の繁栄のみに則っている彼らにとっては、この人類を矢張り彼らの都合に適った「ある方向に目的を持たせてそれに向って『改善発展進化させていく』」という大号令の意識本能下に、つまり時代に適った文明人にしていくことは、一つの歴史の流れに叶った崇高な人類の営みを作り上げていくことの命題として要求に応じていることのように思われていたに違いない。彼ら人類は如何にして、どうしてそのような考えを持つようになり、またそれを実行すべきものとして考えるように立ち至ったのか—それは彼らの既に身に付けていた必然観念と意識から生れて来ていた科学文明への優位観によって齎らされていた文明信仰に対する信頼感と環境によるそれを享受して来ていたことによる実感がそうさせ、それに基く物理的思惟思考からの後押、即ち一理的一通りの理屈からの必然的結論からということになっていたからに他ならない。なれどこの物理的思惟に伴う結論と考察というものは以降の世、即ち現代社会に至って、それが過剰に成り過ぎたことによって、崇高な人類の創造とは裏腹と皮肉を以て、その便宜と享受が過ぎた結果、闊達《かったつ》な知能指数、脳味噌の働きとは皮肉裏腹にそのことによって生命そのもの根拠である本質、霊的根源根拠と霊魂からの生気というものが萎え衰え、活達さを失いそれと入れ替る如く小賢しやかな環境ばかりが整い、導き出されて来て、その純潔さの心を貶め乍ら自からは堕落と怠慢の一途を辿り始め、真心は空洞化して虚偽の一途へと直走っている。人の中に宿ると言われている霊世界はもはや窒息状態にあり、息も絶え絶えとなって正に喘いでいる。悲鳴を挙げている。人間の真実《まこと》（誠実）は一体何処にいってしまったのであろうか？　このことは本来というものを、生命の本筋（バランスと調和）というものを取り違えてしまった如くであり、愚かで倒錯した態度としか言いようのない虚実真偽を正に取り違えた態度と行為という他にない肉物求導者たちの真実を錯誤した結果とその不始末である。生命の本源、人間生命そのものの本質というものは最初めからそんな頭で考え出した思惑に納まるような単純短慮な代物ではない。もっと遥かに多元的で、複合性に富んだ関連し合った連携の仕組によってそれを超越的高踏によって成り立っている大いなる宇宙的規模の営みなのである。ところが彼ら人間というものは、最も尊敬されて然るべき神聖なる人間の典型に対して、既に実際通俗的なところに捉われ、心を奪われて卑近狭義によって塗れ、堕ちてしまったことで本来に目を瞑むり、見えなくなってしまっているのだ。彼ら人間はそれを直視せずしてそこから眼を外らし、その軸というものを本来から唯物肉体の現実に移行させ、どこかでそれを踏み違えてしまったのである。必然唯物の視近現実に焦点を合わせ、何よりも優先させる彼らにとって、余りにも遠謀深慮の手応えも刺激性を欠いているそれは虚無で実感の伴わないそれを欠いたものであり、退屈であり、実際性を欠いている、生き甲斐に価していない幻想事、戯言の様に思い、感じられていたのである。彼ら人間にとってそれは何んとも生きるに担って張り合いのない、ナンセンスなこととなっていたのである。この本来を幻想となし、それを撹乱させていく業欲な連中は、この自からの物欲本能によって本来を目隠しされ、誤認蹉跌と矛盾と筋違いを起し、そのことにさえ慾得の為に気付かず、正当化していくことによってその本来を打ち消し乍ら酒池肉林に塗れていくのである。これを腐敗堕落と言わずして何んと言うのだろう？　彼ら人間はこの肉体物理本能である酒池肉林を得る為に、無償にして正義本質理想を悪魔に売り渡してしまった訳なのだ。おお、この戯けた小賢しき者たちよ、この緑なる大地を独り合点、独り占めによって何んとしようぞ。

七八

これによってわれという人間の醸し出す本質生命のメカニズムとその情況状態、霊精神と運命そのものが分って頂けたであろうか。その生活《くらし》によって課せられ、背負わされていくことになる重い十字架の宿命、それに連なる不可不如意な人生とその苦闘苦役な茨の道程、そして更に言えばそこに纏り付いてくる数々の言い知れ難い理不尽と不条理に纏わる感情と苦海と現在《いま》を起点とする過去と残り少なになった未来、その大半の生のすべてを意識のうちに日々失って来なければならなかったことを思えば、半生を喪失って来なければならなかった真実《まこと》のことを思えば、暗澹悄然として来るばかりである。それにも不拘わらず我は独り地を這いつくばる如く、それにも破《め》げることなく自からの半身になった生の亡骸を抱《いだ》きつつ、普通の人なら生きてはいられないような肉体と霊魂との背離した屈辱的狂気にも似た桎梏葛藤する中で、しかもその決裂は永久に深刻に隔り行く中で、わが孤立もどうしようもなく止め処無く陥落の一途を辿るばかりである。そして奇妙ではないか、我が老齢になればなる程に、絶望の浮上の蓋が重く閉ざされて行けば行く程に、その闇が暗く深まり、人の声が届かなくなればなる程に、我は一種の裏腹にも安堵感の境にさえ入りはじめていたのである。あらゆる人間という人間から蹴倒され、否決され、人間から遠ざかって見えなくなっていく程に、我は逆に彼岸の裏手より我を取り戻し始めていたのであろうか？　我はそのことによって益々闇の中に果しなく陥落している筈であったにも不拘わらず、逆に浮上していっているような錯覚にさえ捉われるように成り始めていた程なのである。これは一体どうしたことによるものなのだろう。我は確かにその人間とは決別し、その逆世界に独り送り込まれ、そこに独り立たされることになった人間である。この逆世界の裏側に立たされたことによって、その我に逆光が射し、当り始めて来たのであろうか？　我はこの真の闇の酷寒の中にあり乍らも、それでい乍ら仄かな陽の温もりのような予感さえ身のうちに朧《おぼろ》気にも感じ始めるようになって来ていたのである。なればこれは、霊世界からの温もりなのであろうか？

孤涯生活者の手記

第一部　孤涯生活

序

いやはや、世間一般のもの書き連中と来ては、まったく酷いものだ。何か有意義で、気持のいい、発展性のある、心暖まるものを書くのかと思えば、徒らに渇き切った既存大地を暴走する車の如く、世に文明と称ばれている爆音と埃を舞い上げ、矢鱈とパトスを掻き乱してそれを実しやかに見せびらかせていくばかりではないか。また、その刺激のみを享受しているような風潮風情と来てはもう最悪だ。いや一層のことあの穿った訳知り気な連中の逆立ちした自尊心のもの書き連中の仕事を一切禁じてしまえばいいのだ。ものを書き、人に読んで貰うからには、もっと気持のいい、有意義で発展性のある、何よりも人も自分も心豊かにしっとりと、穏やかにさせてくれるものでなければならない筈だというのに、彼らの書き連ねるものと来ては、表象糊塗させるに興じていくばかりで、何んとなく考えさせられ、憂鬱《ゆううつ》にさせられてゆくばかりではなく、はては義憤《いか》りさえ掻き立てられて来る始末《しまつ》ではないか。いやはや、これはもう彼らもの書きのそれを絶対禁じてしまうべきなのである。

一

私は意生地の無い不健全な男である上に、ちっとも魅力のない矮小で貧相な上に病んでいる。私は人間の反対物である。その私に諸君は嘲笑うかもしれないが、生きるということがどういうことなのか、初老になろうというのにどうしても益々以て分らなくなるという始末なのだ。諸君というものは年々歳々成長と共にそれを理解していくらしいが、私というものはそこに益々愈々分からなく迷子になって来るばかりか、逆に、年々歳々成長と共にありとあらゆるものがこんらがらがり、縺れて何が何んだか分からなくなってゆくのである。世のあらゆる物知り気な連中の生と、私の生とではそれを突き合わせてみるまでもなくもうそれは歴然なことである。私はもう此処にあっては生きていないも同然なのだ。世の人間はいずれもが神がかくあれかしとこの世に送り出した如く無垢であり、必然に素直に適っていて実にその人間街道を真っしぐら、正々堂々と生きているのに対し、この私というものはもうその出だしからして呪縛された者の如くにその足を前に一歩として踏み出していくことが出来ないばかりか人目を避けて隠れなければならないのである。このような者は私をおいて他にどこにも見当ることはできない。ならば私の方がすべて間違っていて、人間全体の方が真正面で正しかったのだろうか？　また事実、その人間の大凡が賢しらになって私の生を不備なものとして頭ごなしに叱責して来ている通り、私の工面、努力はその人間の営みの中にあって何んの効果も無かっただけでなく逆効果としてその私の生の首を締めつけて来ることになるばかりであったからなのである。つまり私の生というものは、この人間実生活の中にあっては、すべてが行き止りになっていたということである。彼ら人間の道だけが何処か―私には解らないことであったが―に通じていたのである。彼らはいずれもがその私には知れない道に向って競う如く汗水を流して懸命であったが、私はそこにあって一人立ち停ったまま、立ち疎んだまま、その人間の姿を成す術も無く隠れたら傍観するばかりであったのである。それにつけても何故私一人だけがそんな理不尽で不格好な生を身に付けなければならなかったのか、それは私の生の曰くに偏にかかっているることであったからなのである。そしてその曰くについては次に引き続く章において語ることにしよう。ともかく私の生はその曰くにおいてこの人間世界の現在《うつつ》に生きるには破滅の（的）生としてそこに向き合っていくより他に為す術がなかった訳である。それは転換することの出来ない生であり、生命に染みついて変更の活かない生としてこの私を羽交い締めにしていた生であったからなのである。私はそのことを自分の生命に関ることとして、決定的なこととして認識し、身につまされていた以上、人間世界、社会が如何なることであろうと、その自分の生命に授けられている宿命である以上、その与えられている生に則ってその生涯をそれによって全とうしていく他に、それ以外になかったことであったのである。

私はこんな曰くのある生活を生来ずっと続けて来ていて、その公道＝人道中道＝を外れた私道＝孤道＝ばかりを選るように、それを本（真）道であると信じて歩み続けて来たことで、未だこの老境に入齢しているにも不拘わらず、一切人並の生活《くらし》を外れ、その孤身の無御託っている有り様である。もとより訪れて来る者も無ければ、真実《まこと》を語る者もひとりとしていない。世間、人間《ひと》は私から遠く離れていたからだ。人はこれを私から離れていったと言うであろう。何故理由も無く自から世間、人を棄てていく者があろうか？　それは理屈に合わない話しである。私は人間に仮死し、世間に失神（心）したのである。どうやら私という生命は、世間と人の生の間では生きられないように天命からも、人世からもそのように設定され、仕組まれていたのであるらしいのだ。もとよりそのことに私が納得する筈もなかったが、私の運命はその意志に逆う如くその方向に向って押し流していったのである。しかし人間の反対者としての現実既存の壁が私に対して立ちはだかってある以上、これはもうどうにも避けようのないことではないか。それも人間の通常の価、物理既存人為一辺倒の価とは別の価、独自の意識に培われていった私自身個有のシステムと価、それによって生活せざるを得なくなっている私というものが、どうしてその人間と共棲共有共鳴することができ、私がそのことをいくら望んでも、彼ら人間の方でその私を拒絶拒否していることをもはや見抜いていたことである以上、どうするわけにもいかなかったことなのである。その物理経済思想から完全に離脱脱落していた（る）私というものが、その社会参画からの落伍者として扱われてしまっている私というものが、その環境の中に、その生活を組み立てていく能力を身に付け、養うことが出来たというのか、それでなくても既にその社会から思想的にも物理的にも、人間的にも、その意識全体によって蹴落されていた人間なのである。私はその悲哀を、その人生において苦汗（渋）を嘗めさせられ続けて来た人間なのである。何しろ私は彼ら人間社会のシステムと価から最下位（層）に組み込まれた賤民であり、変人であり、人非人であり、失格者であり、病人扱いされて来た人間なのである。私はこの社会にあって生きる条件を何一つ満していない疫病神であり、狂人の汚名を着せられて来た男だったのである。このことは社会、人間が無言のうちに意識として印象付け、私に与えて来たものである。つまりこのことは私の印象とその存在そのものが、人間全体の構成構築して来た意識と価にあって「許されざる者」、「排斥すべき者」として既に仕組まれていたようなものであったということである。これを身寄りを一切持ち得ない孤涯者の無防備な私というものがどうして払い除けていくことができたというのであろうか？　その無罪にして至上の価と義を求めざるをえなかった生活と人生の実体によって、逆に人為の全価と意識において人間から隔てられ、その生活をしては来なかったことで、その生活と人生の実体を奪い取られ、有罪としての人間社会からの最下部に押し込められた私というものに、どうしてその人間を信頼し、不信懐疑せずにいられたというのであろう？

　ところで諸君、私の全生活というものがこのように須からくが次々に損われ、マイナス的に回展転開していくことになった一番の肝腎なポイントが一体どこに由来してあったことなのか、諸君はそれがお分りになるであろうか？　それはほかでもない、すべては次の点にあったのだ。即ち正常で健全とされていく人間の基盤、その肉体物理思惟から成されるところの通常の人間の意識、生表現全体とそれに伴なう個の価値観やら認識やら常識、概念や観念や通念からの生感覚と本能によりで出来上っている既存のシステム全体、社会の仕組と構成構造、それらに対する私の中に宿った逆説《アンチテーゼ》、一言に言って人間の生構造と心得による生活体系＝姿勢＝対しての根幹からの本質根源を無視していっていることへの疑惑と懐疑である。私にはその人間生活全体制（勢）によって無条件に自分の生全体が心身内外から損なわれ、蝕まれ、裏目に冒されていっているという事実（現実）と共に、人間への不信と失望となって生命の中枢より根幹に至るまで貫かれ、染み付いてしまっているからなのである。私がどうしてそのような自からを冒され、否定されて来ているものを肯定するなどということが到底出来よう筈もないではないか。

　私がこう述懐すると、諸君はさぞかしその私に対して顰蹙を買い、底意地に執念深く、捻くれていて、人情も無い冷血的人間、世間、人の機微さえも解すことの出来ない薄情な精神欠陥者であるかのように思われているに相異ない。確かにその人間に対して最も支配的であり、その彼らを操ってゆく肉物経済基盤、その人間生活において欠かすことの出来ない現実基盤その必然思惟と意識の中に組み込まれている肉物的温情観念、そのきな臭さい背徳不善に拘わりを持つ肉物的それによる思惟と知恵、それを承認するを人情の機微やら人間性やら心の奥行きと寛《仁》大度にまで広げて考えていく必要があるというのだろう？その人間の紛らわしい灰色中間部分の曖昧さと危うさ、これに人間の生活全体というものが大いに関与し、隠蔽的になって行って来たり、入ったり出たり、陰になったり日和になったり、とにかく変幻躍如して営なまれている様にさえ感じられ、思われてならないという訳なのだ。ここに人間は公明正大であった例しは皆無である、とさえ私には感じられてならないのである。暗躍の坩堝のように思われてならないという訳なのだ。人間の目と心とが最も輝き出す刻の様にさえ思われる程なのだ。そして多くの人はここに陥って墓穴を掘っていくという通例である。正に悪循環の見本なのである。ここにこそ人間のあらゆる悪疾と墓穴が展開されていく。そしてこのことが表の卓台の議論に提出されたことを私は聞いた例しが無い。そして私の人生、生と生命を奪い、蝕んで来た張本人の多くもこれである。そしてこれは当局権威はもとより、人間あるところ、いたるところで、世界、社会、世の中、現実はもとより、何よりもその人間自身を底の底まで蝕んで行くことを如何無く発揮していっているという始末なのである。

こうした諸君の構成する保守多数決による民主主義の人間社会にあって、いかにも反人間的私というものは、結局何者にすらもなりえることができなかった。社会に価値《あたい》する無数の何ものにもなることが出来なかった。一つの悪い評判は次のもっと悪い評判によって忽ちひっくり返されたのである。つまり、世の中の理屈の判ら（通じ）ない世間知らずの大馬鹿者とされたのだ。その世界の彼ら人間の周囲りには常に敵もいたが、一方多くの仲間と味方にも囲まれ、独りになるようなことはけしてありえなかった。何故なら、彼らは唯物社会という一つの既存定義の枠の中で、それに納って共有の価いによって結ばれ、その中に自分を当て嵌めていっていたからなのである。そして私というものはそのどこにも納まりつきようがなかったのだ。つまり私はその点非社会人であり、既存の懐疑者であり、自分以外に何者にも納まりようがなかったからなのである。否、私は自分にさえも納まらず、それをも超えようとしていたのかもしれないのだ。この人社会の地盤、基盤というものを失った宙ぶらりんの私というものは、その基盤に納まってそこからの何んらかの養分と栄養を摂取し乍ら生き長らえ、花も実もつけていく彼らにとって、この枯れ草同然の私の存在というものは目障りなだけの対象にすぎなかったことなのである。しかし邪魔者にされている―その彼らに不快感を与えているらしい―そこにあっては、私の自尊心というものがそれに猛然と逆らわない筈がなかった。私自身、真実、大いなるもの、大義に賢明になろうとする生命においては、そうした狭苦しい狭義、既存現実からの世間、人為の価と枠の中には納まり切れなかったからである。ましてやそれを武器や出汁にして使い、自慢の種にするなど以ての外なことであったからである。私にとってそれらは邪心であり、俗事であり、争いと卑屈にならざるをえない原因《もと》であり、この人世界を混乱に陥れていくことの些細な、そして大事に至ることの原因であると考えていたからなのである。されど、こんなことを語るは、人世界、社会、現実システムの中にあっての妨害者、実効社会に対する叛逆者として実刑に晒されていく。故に賢明者はここにあって揃って口を噤むのである。馬鹿を見るだけだという訳だ。

―いや全く、近代文明、それも合理化された―否、愈されていくかもしれないが―この不条理な現代社会という裏腹二面性の時代にあっては、それもこの二十一世紀に突入している科学の真只中に生きること巡り合わせを持っていることになった我々人間においては、道徳的に言っても、社会国家的に言っても、一人間としても、まずは没個性として無性格な存在であることを反面において裏腹に問われているのではないだろうか。それは、社会国家の効率性、纏りからみるまでもなく明らかなことである。そこに本質的個性を持ち込むことの危険は極めて巨大《おお》きい。それが大多数の唯物既存経済社会における没個性、時代人によって嵌った鋳型と枠によって忽ち弾かれてしまうのをみても明らかなことである。─とは言え、これが物理的既存必然性世界ともなれば話しは別である。ここにあってはその物理的狭義による個性、つまり社会性、それへの具体的貢献性、可視化による個性、形而下に基く表現、その賢明さを持たざるものは役に立たざるものとして本音において見なされ、分け隔てられ、損なわされ、馬鹿にされ、侮られ、評価を見下されていくことになる。仲間外れにされていくことになる。その彼らというものはいったいに社会と共謀＝協力＝し乍ら活動的、攻撃的、肉物的に旺盛である。彼らというものは何んだ彼んだと言い合い乍らも結局は世間社会との関わりを喜々として持ちつつ、その受益に与かり乍ら肥え太り、豊かさを充そうと躍起しながら謳歌していく。その為の努力は惜しまない。これを社会も当局も巧く活用＝利用＝し、操りつつ歓迎評価してゆくのだ。本来人間にとってこれ程つまらない、真実と本質、誠実と根拠を抜きにした、擬装実しやかの撹乱し合った駆け引きの辻褄合せの、すなわち中身の無い屈辱的なことが他にあるだろうか。されどこれが実しやかとなって当然の如く、不可欠なものとして、後生大事に守られつつ大切にされ乍ら継続継承行われていっているのである。これを成し、果していくことは人間としての当然の社会人としての義務とされ、浸透していっているのである。ここに果して社会、世界はもとより、我々人間にとっての改善の余地が残されていっているものだろうか。そしてこれが私の人間と社会全般に対する印象という訳である。

二

ところで諸君、余りにも意識し過ぎるということは病的である。正真正銘の完全な病気である。この文明と高度に物理的知性の発達した現代社会にあっては、生きる為に必要な月並な意識と、常識を欠くことのない程度のものを具えてさえいれば、即ち世間的一理（良識）の常識さえ心得ていれば、それで充分なのだ。寧ろ、それ以上の意識を持つことは探究者や文化人、有識者は別として、我々一般市民、日常生活にとっては却ってマイナス的邪魔や負担、妨げになりかねない。そして事実、一般民衆においてはある特殊な場合を除いて、殆どその日常的意識、つまり通俗意識だけで事足り、その一般概念、通常認識を基盤に提携連携し合っている。これこそが彼らの共棲であり、健全健常者の切符であり、活動家であることの立派な誇れることの出来る条件、価値基準なのだ。如何にとなれば、過剰な意識というものは既に一般の場合不必要不健全になっており、その足枷となって自からの行動の自由を防げる一因、拘束し、逆に狭めていってしまうこと（もの）になると相場が決っているからだ。このことは何も活動家を皮肉ろうとしているのではなく、事実だからである。そして有識者や文化人というものは、多かれ少なかれ一般人のそれに比べてある意味において皆専門化した狭義によって「病気」を負い、抱き持っている。私はそう言って憚からない。あるいは私などはその最たる者でもあるかもしれないからである。勿論この私の場合、一般有識者、文化人のそれとは異なり、必然物理（一理）への懐疑から生み出されることになった逆説への過剰な意識であり、従ってその反芻も一通りではない訳だ。だがこの問題も一担置くとして、ひとつ諸君に私からの質問に答えて頂きたい。つまり、生きるということが誰もがそつ無く、当然で、必然のうちに洩れ無く、滞り無く身に具ってゆくのに引き換え、私の場合すべてが意識体となってしまっているのは、そのことによって物理的全体に亘って壁に突き当ってしまっていることになっているのは、一体どういう事情と理由《わけ》から来ていることなのか、それを意識すればする程愈その自身の思惑とは逆の方向に働き、深みに嵌って動きのとりようもなくなってしまうのは、他の連中は誰も過《あやま》つことなく、結局自分ひとりがいつも悪者になって、謝ることになって、身動きの取りようもなくなっていってしまうのは、しかもこの場合何よりも肝心で、質の悪いのは、それが私にあっては偶然に起るのではなく、まるでそれこそが私の一番正常な状態であるかのように、自然に生命の流れの中でそういう羽目になっていってしまうのだ。従って病気でもなければ変態でもないらしいので、ついにはその自分の病気と闘う気も起らなくなってしまう。どうせ闘っても結果は同じことである以上、無意味無駄な浪費なことであるからである。こうして私はうっかりその闘うのを辞めてしまうところであった。そして自分の生活全体が次々に裏目になって循環していってしまうのは、自分に与えられている人生と生活の運命なのだ、そう結論づけ、信じ込んでしまうところであったのだ。―否《いや》、厭なことだが、今でもそう思っているのかもしれない―私はそれを自分の恥としてずっと秘め隠して人目につかないようにずっと憚《はば》かって来ていた。それは彼らの正常健全とする価と意識からして歴然なことであり、私としてはそれが雷火なことであったからである。私はこのように自分の悪念や、彼ら当然必然に適っていくことが、私にとっては人生の不可不如意心底根源からの未解決なテーマを、自分の一番深底内奥に押し籠める（隠す）ことによって、その苦々しくも辛惨な臭気の発酵が無意識のうちにも体全体の毛穴から憤気してくるそれに、正常でない、卑しい快楽めいたものを感覚として捉えるようになり、その孤独と敗北と劣等の最悪の絶望死地追い込まれる中から、その俗意俗性のすべてを剥ぎ取ったことの直感したことの無垢な他方で快楽めいたものを感じるようになり、それは俗界から霊界に辿り来たったような、聖地を垣間見ているような感覚を他方でその空気に触れているような、悲痛悲哀の中で同時に覚える感覚になって来ている自分を発見して来ていたからなのである。それは明らかに俗界に対する私の決別からの優越感であったことは間違い無い。それをいつしか私流の思想として練り上げ、それを暇な独りぼっちの人生の手慰み、頑具として弄ぶようになっていたのである。するとその絶望と死地にある悲哀の苦しみはやがていつしか何か言い知れ難い、呪わしくも忌わしい恥ずべきものから、除々にその渇き切った絶望暗譫による寂寥の大地が、殺伐《さつばつ》としたものからうっとりした芳香潤なものへと、ついには紛れもない昇華された精神的なものへと、一言に言って甘美で潤沢頽郁としたものへと移り変ってゆき、ついには間違いのない、決定的快楽となって込み上げて来ていたのである。そうだ、快楽である。私はそう主張して憚からない。その快楽がどんなものか、それは今更言うまでもない。荒漠とした死の大地に突然現われた楽園、湧き出《で》たオアシスの蜃気楼のようなものである。私はそう主張して譲らない。

私はこのように劣等感と優越感、躊躇逡巡や快楽などが入れ替り立ち替りしていたが、果して彼ら人間においてはどうなのであろう？　ところでここで一言説明をつけ加えておくが、この場合の快楽はもとより、一般における物理的感性に伴うそれとは異なり、余りにもはっきりと自己の置かれている境遇、人間既存を罪無くして逐われた絶望の境涯、その意識と価の根底根源からの決定的生に纒る埋め合せることの不可能な海溝海淵、人あっての全くいない生涯を貫いている孤涯におかれてあることの営み、それらに裏打ちされてようやく見入出すことの出来た境地、幻覚の幻しのようなものであったからなのである。

これらのことはすべて強化された自意識、正常で根本的な法則とその生命の本源から直接迸り出る惰性、つまり必然に生ずる生命の営みからの本能的反応ということだったのだ。従ってこの場合、何ものかに変貌を遂げる遂げないの問題ばかりではなく、その手段が見つからず、何を仕様にも手も足も出せないということになる。つまり、生命に生ずる惰性に任せる他になく、従ってもし当人が何がしかを確信し、正当と実感したならば、善悪成否関わり無く、もはやそれはもう致仕方のないことであり、それを受け入れていくより仕方ない、逆ったところでどっちみち同じことだという理由からである。ならば無駄な労力はそれこそ無益であるという理屈に到達する他にない。つまり既に自他の思惑以前にそれが生命に身に付き、快楽と慰さめと実感となっているならば、側《はた》からとやかく言われたところで始まらないということである。そして人間というものは単純にしてその思い込みが激しく、私はどうもその点疑り深くなかなか信用する訳にはいかない。

例えば私というものはおそろしく自負心が強い。まるですべてから見放された醜女や醜男の様に疑り深く怒りっぽい。しかしそれでいて私というものはしょっちゅう人や社会の機構システムから屈辱を受け、打ちのめされ続けていたにも不拘わらず、時として私にはそれが快楽であるかのような場合がよくあったのである。しかし断じて理っておくが、その私はマゾヒストではない。勿論それは絶望によって生じる物理的ものとは反対に受ける心の痛みに違いはなかったが、しかしその中にも快楽はあるものなのだ。もう人間のすべては私から去り、誰からも愛される可能性が失くなり、自分もそのことによって人を愛することのとっかかりのすべてを失って自分ひとりだけが人間世界から切り離され、取り残されてしまったその自分の打ち捨てられた情況を思い知らされているときなどに起る心情悲哀などはまた格別なのである。自分ひとりの方へ真理がと雪崩をもって働いて有り、人間すべては薄情虚偽の海、非真理、非理想の偶像世界に漂よい乍らその中をしゃあしゃあと正当視し乍ら団結して生き伸びてその上辺表象の喜怒哀楽に更っている—ということをはっきり意識させられていっているときなどは尚更である。その彼ら人間が物理狭義の思惟更けり、即ち一理一通りの屁理屈をさも正統らしく小賢しい知恵を羅列させて競り合っているときなどは、またその机上論理などが競合し合って実しやかになって実際現実を楯に烈しく喧喧諤諤する傍らで、無抵抗の形而上真理なものを罵倒見下してその己れたちの罪状をおっ被せて来ているときなどは、そして世界世の事全体がこれに讃同して来ていると来ては、もう面目丸潰れにされていることばかりのことだけではなく、弁解主張の道さえ絶たれ、その無念の意識がのしかかって来て、またそれが格別なのである。つまりこの場合、人間の本来あるべき目的に対する良心の薄弱さから、物理的現実の欲望を唆す生身の肉体によって、その絶対総数の総意に基くすべてを取り計らっていく。ここにあっては私のような存在は一切項垂れて折れて謝るか、沈黙して地下に潜って隠れてその不利を自認していく以外に治まりがつかなくなる。ここにおいて彼らは一切それによってけり—物事の結末—をつけていくことが出来るが、こちらはこのことを起点として更に何一つ結末も解決も回答えもが愈つかなくなってくるという訳だ。これはもはや二重三重の防備仕切りと壁だけではなく、生涯の免れえぬ隔り、瘡となっていくという訳だ。しかも彼らは世界と世の中世間と社会はこちらの事情には一切頓着を払わず、お構いなく置くことをしないばかりか、気使いも無く、先にも述懐しておいた通り自分の存在など無い如くに仕事に掛っていくばかりか、逆に自分の方を被害者としてこちらの方にその責任の所在を求めて来るという、その裏側に彼らの私に対する蔑みが潜み隠されていたことは間違いないことであったからなのだ。こう見て来ると、彼らというものが可視である社会的了簡、価によって人を判断を下し、その相関関係で態度を決めてかかり取ることが意識化されていっていることであるということである。ならばこちらとしてはその偏見意識を何んとしてでも打ち破りたいと破りたいと思うではないか。私はそれを個々の生命、真実と本質を捉え、それを尊重理解して行きたいと思うのである。とにかく社会人、物理的構成によって、その偏見と常識＝日常的意識＝によって成立しているこの世の中というものはその辺のところが実に紛らわしく、複雑に、錯綜しており、人を疑心猜疑に駆り立たせる如く成り立って歪んでいる。即ち、そこに混同している二心と裏腹は欠かすことの出来ない彼ら人間世界の必需品となってその価を高めていっているという訳だ。ここに真実一心は不便であり妨げとなり、否決される以外になくなるという訳なのである。私はこの久遠不如意の軋轢、しこりを是正して揉め事のない世界と世の中を創造創築して行こうと思うのである。その節理理性を具えて行きたいと、流されずに行きたいと思うのである。如何にというように、そうしていかないことには最下位にある私の病気は治りようもないことを何よりも疾うに知り尽くしているからなのだ。その諸君がこの私の子供のような発言を憫笑していることは百も承知の上である。大いに結構、彼らはその自からの顔に泥を塗っていることを知らないからなのだ。その阿呆さ加減に気付いていないからなのである。こちらこそ阿呆として睨んでいるからなのである。

三

ところで、私がいわば疑惑とも言うべきものをいよいよ確信するようになったのは、仮りの正常な人間のアンチテーゼからの強烈な自意識によって、それにあっさり甲を脱ぎ、それを深く確信するまでに至ったからに他ならない。そのことによって自分を一般の人間と分け、別の人間と感じるようになったからなのだ。成程それは人間とは別の意識を持った人間であるかもしれない。しかし要するに人間は人間である。ところがそちらは社会と現実、肉体唯物の既存表象の現実を尊重してゆく人間であるから従ってこちらとしては云々せざるを得ないということになる。しかもここでもっとも肝腎なのは、私が勝手に自分を普通の人間とは別の意識を持った人間と感じているだけで、誰もそんなことは頼んでもいなければ、言ってもいないということだ。これは重要な点である。そこで今度はその私の心理をよく検討してみると、例えば私というものは、その普通の人間から世間の価から常に侮辱を受け、その彼らの仕組機構システムから呪縛をかけられているようにそこから逃れられずにいることで、仮りに普通の人間と同様矢張り復讐の念にかられているとする。普通の人間以上に更に憎しみの念を増幅させ、燃え立たせているかもしれない。その低俗で卑劣な復讐心が渦巻いているかもしれない。というのも、先程述懐しておいた通り普通の人間というものは生れついての本能の為に、自分の復讐を頭から正当な権利、自分への義務と責任と考えているらしいのに引き換え、私の場合、その強烈な自意識の為にそれをあっさりと否定してしまうからなのだ。そして結局はそれを否定し乍ら持ち堪えられなくなる都度、自己嫌悪の苦しい悲哀を抱き乍らも、こそこそとその復讐を普通の人間のするのとは反対の霊的方法を以て、ためらい乍ら小出しにして仕掛けてしまうのである。従って普通の人々のような攻撃的、肉物的復讐ではない為にその相手には伝わらず、痛くも痒くもない為に却ってその自分の方が参ってしまうことになり、その身の周囲には種々の割り切ることの出来ない疑問やら不満といった様々な消化されることのない未解決な問題だけが無数に堆積されることになり、そこには何か宿命とも言うべき諸々のものだけが纏わりついて来ることになる。それは自分自身への疑惑やら、心の動揺や、更には一般通俗によって飛び交い飛び散っている、また人々の口から無際限に放出されている無責任無神経な根拠を持たない、またそれが逆立ちして歩いているよりは、ともかく正常でない醜悪し切った言葉の細菌が実しやかな格好をして撒き散らかされて自分では手に負うことが出来ないだけでなく、免疫のつきようもない言葉の細菌に埋れてそこから逃げ場を失った私というものは、いた仕方なく胸糞の悪くなるような永久に解ける筈もない不如意の異物を抱え、それに両手を遮られ乍ら自からの洞穴の中にこそこそともぐり込むより他になくなるのである。しかしここにおいてすら私においては安住の地ではなく、容赦の無い地上からのたれ流してくる悪臭やら公私からのあらゆる疑惑がついて回り、そこから逃れることが出来ないのである。そして逃げ込だここにおいてすらも侮辱を更に受け続け、殴り飛ばされ、嘲笑い者にされたわが田鼠君というものは、その永遠に尽きることのない、終ることのない醜悪な拘泥によって毒々しい不可不如意の無念の中に身を浸し、晒すことになる。私は生れてこの方こうした生活《くら》し向きをずっと続けて来ている訳であるが、それに纏る辛苦辛酸な思い出は一つとして忘れてはいない。最も恥ずべき微細な部分に至るまでいちいち覚えているというものだ。私の神経はそれによってどれ程痛めつけられて来たことだろう。私は真実《ほんと》うを言えば自他共に、その一つだって赦してはいないのだ。その私の復讐の如何というものは先刻も触れておいた通り、殆どは表に具体的に露出することはなく公私に亘って心の中にすべてを処理させてしまう為に、独り暮しをしている為に、その堆積と重圧がすべて己れに伸しかかって来ているために、心だけでなく、全身ぺしゃんこに、打ち砕かれることは間々ではないことだったのだ。何しろ私には話し相手の人っ子一人いないのであるから仕方がない。すべては既存現実、此岸に暮しているというのに、私一人霊世界の方に向っているのであるからどうにも仕方のないことなのである。しかし乍ら、こうした嫌悪すべき絶望や無念、不当な扱いや疑惑、割り食いされていることに纏る数々の込み入った心情や自身の変更の活かない根本原理、原則と信条、それらの感情が半々に入り混ったところに、そこに自分の人生を生き埋めにしなければ済まされない事体に自分が至って在ることに、矢張り幾分は残る自分の中の肉物的人間の残像への疑惑と後ろめたい未練の粕滓《かす》と絶体絶命の生への足掻きの狭間に内訌するけして永遠に充たされざるものへの飢餓と欲望、その葛藤角逐、それが交互となって入れ替り立ち変り襲ってくる心の動揺、そうした生と生命の揺《いたぶ》られる中で、躊躇逡遁し続ける状態の中で、例の私の奇妙な戯れの醍醐味があくまで秘やかに展開され、研ぎ済まされていったというわけである。

　それに引き換え、この神経のいたって健全な、従って生の繊細な機微本質根本に対して極めて無頓着で鈍感な人々というものは、通常一般の目的に対してはそのシステムと挑戦においてフルに力を発揮し、ことによると最大の名誉と成功の幸運に与かることもあるだろうが、しかし既に私が指摘しておいた通り、不可能事にぶつかるとあっさりと早々に兜を脱ぎ、脱帽して、それをどうにもならない事として諦めてそれと闘うことを放棄してしまうばかりか、逆にそれを敬服迎合して自分に好んで受け容れていくことになるのだ。不可能事、それは今更言うまでもない、我々の築き上げて来た現実生活における全体システムと機構と仕組における全営みの構造、全物理的都合便宜と共に育てられて来た我々の常識観念やら意識全体の概念、即ち今日社会と世界の現実を成していっている既存のすべての土台と基盤である。それに乗っかった知恵の伝統伝承である。つまり人類の永々と歴史的に引き次ぎ、築き上げて積み重ねて来た伝統と力であって、これを敬いこそすれ、それにケチをつけ刃向う者など皆無なことであろう。それは稀有気違いぐらいなものである。そして私においてさえもこれに基本的に同意していく他にない。敬意敬服こそする、もその通りである。しかしこれに頷いていれさえすればそれで良いというもの（こと）でもあるまい。そのことによってあらゆる歪みを齎らし、限界を迎えて来ていることも事実なことなのである。放置しておくことの出来なくなっていることも真実なのである。至近の問題となって我々にその付けが突きつけられて来ていることとなのである。人間の生き方そのものが生物の倫理として問われていることも何より確かなことなのだ。されど汝ら諸君は、例の石の壁、数字的力学と数学的最大公約数、民主主義を持ち出して結論とその方針の算出を持ち出して、その議論に決着を付けようとするに相違ない。つまり諸君はそこにどれ程議論を尽くしたところで「正解の答え」の見つかる筈も無いことを知っていたからであり、それ故の便宜調法なやり方、その多数決＝民主主義＝に納得していたからに他ならない。このことは比喩として功罪相半ば──の理屈と同化と同じことである、と私はそれを信じて疑わない。つまり生存上に引き起されていく罪状は、それは社会的犯罪でない限りある程度大目に承認《みと》められ、保障されていく──という社会的、物的、経済的活性化が望まれる、という腹づもりが働いているからに他ならない。これこそは私から言わせれば唯物主義の正当化と開き直りであり、不合理と矛盾の暗黙の奨励であり、関接的平和、理想、本質への犯罪行為の根拠と原点であったことは言うまでもない。これを当局者はもとより既存社会すべて、世界までもが丸ごとこれを倣い合っていくのである。もはやこれでは人間全体、社会全体、組織団体、世界全体が総意となって網羅していることであり、現実の生として逆いようがない。これに楯付く者は無くなり沈黙する他になくなる。それこそ首が素っ飛び、よく言って島流しである。従ってここに靡いてその権威に縋《すが》って大凡は生き伸びようと道を見るのである。

『なあに、反駁したって無駄なことさ。何しろこれは人間全体の歴史的知恵の累積によって紡ぎ出されて来た生きていく為のコミニケーションとして身に付けて来た人類の媒体としての総意と合意に基く意識なんだからね。従っていくら君がそれに懐疑して不平不満不服を洩らし、抱こうがどうしようが、社会も世間も世界にしたって勿論頓着しないし、お構い無しさ。従って君もそれに従っていくしかないし、どうしようがお構い無く進んでいくだけのことさ。誰かに何かがその君に見かねて救済《たす》けに来てくれるなんて思わない方がいい。必然性人為なことはそんなことに責任を取（負）ってはゆかない。責任はすべて自分個人（君が）負っていくしかないことなのさ。だからその君が個人的にどんな、如何なる事情を抱え込んでいようがいまいが、そのことでどんな思惟思想、如何なる思惟を組み立てていようが―それは君の勝手だが―それによる人や生も、生活も生命までも失うことに喩えなろうとそれは君一人の全責任で、自業自得で、こちらには一切関係《かかわ》りなく、必然人為において仕事にかかっていくだけのことなのさ。何しろこれは人為総合体の意識の流れ、全体の営み、人間の絶対意識なんだからね。どっちみち君も人間の中のひとりである以上、その人間の必然の意識の枠からは逃れることが出来ようもないように出来上っているのさ。従って君は、人間であるがまま、そのままその生命を君がなんと思おうとそれに拘わり無く受け容れていくしかないように出来上っているのさ。それが君自身の自分の生命と生に対する義務と責任となっていることなんだからね。ならば君もその自分を弁えて、愚図愚図と言っていないで、自分の与えられている責任を人間らしく全とうして果していくことだ。社会、現実、世の中はそのことに一切責任は負ってはいかないことなんだからね。なれば我々人間は、我々人間の築き上げた世界、その枠の中で生を全とうしていく他にはないことなのさ』、という訳だ。

これはまた何んとしたことだ。もともと私には理由はともかく、こんな既存の法則やら、生の必然性やら、数学的物理からの認識なんていう奴がどうにも身に馴染まず、気に食わないというのに、人間の肉物便宜によって築いた都合勝手な法則なんていうものがこの私の霊的生命の真実に一体どんな、何んの関わりがあるというのだ。もとより私も人間のはしくれには違いないが、しかし私は、私の生命は社会の物理共同体をあてに生れて来たものでもなければ、自分の生命の真実を全とうする為にこの人間の世の中に生れ落ちて来たものと心得ている。それにもとより私にもそんな人間の価い、基準、単位、生存の枠、その意識の石の壁など打ち抜くような真似などするつもりもない。ましてやこの最下位を自認している私にその石の壁を実際どうにかする力も持ち合わせてはいないことぐらいは当初からいくら何んでもこの私だって承知しているというものだ。しかし同時に、私はそんな石の壁、既存人為の価と意識に安易になって妥協したり、和睦したり、擦り寄って倣っていくような真似は絶対にしない。その理由はただ一つ、それは石の壁であり、現にこの私の生命の真実というものが悉く、逃れようもなく、昼夜を問わず、生活、人生、生と生命そのものがその肉物生命の構造と仕組によって損われ続けていることを身に浸みて感じ取らされていることであるからだ。根本基盤、根幹が損われ続けているからなのだ。

普通一般の人間にとってこうした石の壁、既存の現実というものは一つの生活共同体としての媒体大気、もしくは基準基盤、目安と支えとなって働き、実際心の慰さめと安心、そして保障として連っていくものなのかもしれないが、私にとってはその意識による環境が凡てその逆様に茨となって悉くが作用して来ていたことであったからに他ならない。全く何んとも馬鹿々々しいにも程があるというものではないか。果して私の生命力、生きる力が余りにも脆弱過ぎていたからなのであろうか、それとも潔癖《ただし》過ぎていたとでも言うのであろうか。なればそれらのことをすべて理解承知した上で、不可能事やら石の壁の何もかも意識し、受け容れた上で、そのどれ一つとも妥協しなければいい。そしてどうにも避けようの無い論理の総合という一纏めにした方法によって全然罪が無いばかりか、最善の方策、真理真実と本質がこのように人間世界の現実と価と意識、その大本の肉物既存の原理という方法によって裏目、理不尽に割り食わされ、扱われていっているにも不拘わらず、その必然性、生命原理＝生理＝として、それを負わされている自分の中にさえその罪の可能性が潜んでありそうだ、という一向に変りばえしないテーマを巡って極めて嫌悪すべき結論に辿りつくまでのことである。結局圧倒的数多によって養護《まも》られていっている肉体物理に伴う生の現実原理のことであり、彼らばかりを詰問することより、そこからこうして駆逐追っぱらわれ世生の迷子に陥っている稀有の自身の身柄と運命の愚かさ、至らなさ、未熟不完全さとしてそのことを自身に認めて始末をつけていく他になくなるという忌わしい絶体絶命の私刑に追い込まれることになる。そしてその結論としてこの人間世界の圧倒的生の原理に基く壁が現状として、不変＝不偏＝として、既に人間の肉体生命の中に生理の原則として、本能として組み込まれてある以上、誰もがその生理原則を抱え乍ら、その人世の流れの中で生きていく他にはない以上、その生命の哀れさと愚かさを責めようにも責められようか、それよりも当事者である自分自身の生を戒め、慎み乍ら、日々その所作行為行動に弁えながら点検を加えつつ理性を働かせて向上心をもって謙虚に生きていくよりないではないか、そしてそれでも駄目なら、ひとり地下の自室洞穴にすごすごと籠って口を噤んで力なく歯ぎしりをし乍ら麻痺した感覚に溺れてそのうっとりしてこんなことを空想しみるほかにない。つまり、義憤《いか》りをぶちまけようにも対象が見つからないではないか、その相手がどこに隠れ、潜んでいるのかさえ分らないじゃあないか、いやことによると、そんなものは永久に見つからないのかもしれない。否、これは巧妙なトリック誤魔化しの擦り換え、いんちきだ。正体不明の濁醪《どぶろく》のようなものじゃあないか。何がなんだか、誰が誰だか知れたものじゃあない――と言い乍らも、その私自分をはじめとして誰もが同様なテーマを抱えつつ喜怒哀楽の中にあって悶々とし乍ら苦悩《なや》んでいるじゃあないか。常識で、当然で、義務と責任と権利としつつも、同穴の憐れみとし乍らもそれでいて互いにそれをなすり合っている。その対象と相手を仮象し合いつつ互いが互いを攻めぎ合って自からの生の重荷を軽減しようと、正当化させようと必死になっている。これを自から負う者は一体何処《いずこ》にいるというのだろう?

四

つまりこうした意識の合法性である人間の肉物による中庸的総意の中に生じることになる痛痒や苦痛やその片方に存在する生の潜そやかな快楽と歓びの中にこそ、実は人間の屈辱的生の無目的性、肉体本能に纏り付く生が余すところなく表明表現されていっているという訳けだ。勿論、無頓着で無神経な、ある意味で生きることに関して旺盛で逞ましく健全で拘わりの無い図太い神経の彼らというものはそんなことは歯牙にもかけまいが、しかしそれでも矢張りその痛痒からは逃れられず、苦しみ悩まされ、フラストレイションを抱え込む原因にもなっていく。ところがこの人間生理の本能の総意によって醸し出されていく壁の方ではけろりとしているという始末だ。即ち当面の敵―諸君にとっては味方なのかもしれないが―は見当らないというのに痛みの方は快楽と相俟って厳然と存在し、しかもそれを意識すればする程にその痛痒も増す一方だと来ている。そしてこれはどんな名医、カウンセラーであろうとそれを取り除く島もなく、お手上げなのである。従って、人間は誰もが洩れなくこの必然の基盤、人間―肉物生命―からの意識の法則、数値的見地とその結論、科学の証明、現実の認識、既存の定義から生ずる壁の奴隷となっていく他にない。従って彼らとしてはその苦痛が治まらないにしても、少しでも柔らぐであろうという予測と推測のもとに妥協し、その現状に迎合し、一つの規律規範としてむしろ責極的にそれと和睦を試みていくのだ。即ち、その日常既存の現実定義を履行していくそれを平穏安全と考え、それを霊的本質を以て根源的打破を謀って改めて行こうをする者を撹乱者として捉え、それをけして許さないとする壁に対する罪滅ぼし的解釈である。彼ら人間はそれによって痛痒の緩和と肉物的欲求の還元を受け、それを享受していくのだ。しかしそのことによって引き起されることになるマイナス的見地には、つまり自からに不利になるようなことに対しては殆ど無関心で見向きもしようとはしないことを決め込んで行くのだ。それに対しての人間の卑劣卑怯な邪るさからありとあらゆる損出を被っていくことになる弱みを抱え持つ私というものは、一体どうしたならよいというのだろう。この壁の存在にどう対処したならよいというのだろう。『とは言え、その君にしたところで矢張り人間であることには違い（変りは）ないし、肉体の基盤によって支えられている限り、その不可不如意な壁を醸し出していく一員であることには異りないことでもあるし、そこからは免れられない支配である以上、その壁と巧く付き合ってそれをプラスにしていく考え、そのもとに強く逞ましく生きていくべきではないのかね』、そう言って諸君は逆しまになって私を窘なめ、その私からの主張を斥け、自分たちの考えをあくまで押し通していくに違いないに決っているのだ。それに、諸君の押し出しの強く逞ましくの意味するところと、私の考えるそれとでは、その意味するところが全く相容れないものとなって相反していることなのだ。如何んと言うに、その諸君たちの物理的既存の意識と私の霊的本源からのそれとでは根底から覆っていることであるからである。諸君のその物理的既存の「強く逞ましく」

の生の表現と性質によって現にこの世界全体、諸君の生の現場、足元の全環境そのものの基盤とするところそのものが既にいたるところで歪んだもの、不合理なもの、分け隔てした本音と建前の食い違ったもの、矛盾したもの、不合理理不尽なものとなってしまっているからに他ならない。こう主張する我ら稀有なるものが弱者の腰抜けの考えなのだろうか？　この稀有不可抗の中にあってさえもその中に立ち向って考察を深め、押し進めてゆくものがどうして虚弱な考えとして非難否決をされていかなければならないというのだろう。私はその通俗観念と格闘することを引き受け、その中にあって何がしかの光明《ひか》りなり、解決策なり、救いなり、発明発見を見い出そうとしているのである。これを彼ら人間は理解することを否として、その私の姿形を見て表象を捉えて眉を顰め、避けて通っていくのである。

この人間の総意に伴う考察と法則、それによって周囲全体に築かれ、張り巡らされた見えざる不可抗不如意の壁、それに絶えず威圧と脅迫に曝され続けていく立場、境遇と境涯の生によって、それとはけして与さぬことによって生じることになる四面楚歌とアンチテーゼの思想、それに伴う俗界民衆からの腸の煮えくり返るような罵辞雑言、それを既存現実主義者の浅薄短慮の無理解とは承知し乍らも、この逆しまに浴びせられる侮辱というものは無念で、自からの孤立した思想の孤独感、悲哀は隠しようのないものであったのである。そこにはもはや人間と自分との間に何んの生産性もありえない生の死の影が当初よりちらつき垣間見えていたことであったのである。以降、私の人生は途方にくれ、自失忘我することは都度ではなかったことなのである。彼らはこれを物笑いの種に優越していたのである。私の孤独悲哀感はけして一人だけのものでは無かったのだ。

五

そもそも自分自身の屈辱感、苦痛の中にあってさえも、このように快楽快感を見出そうとするような人間に、他に、人並通常の中に何んの快楽も快感も見出すことの出来なくなったばかりか、その風情、その貪りと弁えもなく見せびらかしているような御仁に、人の痛み、悲哀というものが本当に理解することが出来るものであろうか？　人の飢餓《うえ》や悲哀、孤独や絶望、真理と真実、人の心の奥底、深淵というものに偏見を持っている者が、それに対して本当に理解出来うることなどということが出来るものであろうか？　否、彼らが出来るとすれば、それはせめて表面上の社会的一理一通り、既存認識、可視化することの出来るものぐらいなものであろう。そしてこうしたことしか語ることの出来なくなった私のようなものに、その自分というものに多少なりとも尊重尊敬していくなどということが可能となるものであろうか？　それは自分を尊重する以前に、絶対の既存認識、社会の通常の評価とその最下位を思う以前に、その自分という存在に懐疑が先立ち、その己れの真実を求めて永久の答えの無い旅にそれを見つける為の旅に向わざるをえなくなるのだ。勿論こう語るは自分に対する後悔、後ろめたい気持からでないことは言うまでもない。そもそも私においては自分への疎ましさ、後ろめたさが無いにも不拘わらず、外聞の事情から自分の方から謝まらされなくなるなどということは大体において我慢のならない質なのである。しかし乍らそれでいて私というものはその世界からの最下位にある事情と立場からも、何んの落度も、罪咎も無いにも不拘わらず、世間の風潮からも、慣習からしても、こちらから頭を下げ、謝らなければならない情況仕組が世間的に既に物理的に、形式的に意識上設定見掛け構築されていたということからに他ならないからなのである。そしてこれに対して上部意識は無条件にそれを卑しくも踏ん反って見返すのである。侮り見返すのである。これもすべて社会的慣わし、儀礼という訳だ。この意識もすべて外聞、数値と肉物思惟、社会の慣例から歴史的に培われ、習わされて来ていたものである。つまり根拠はいずこにもなく、ただそれが逆立ちし、一人歩きをしはじめていたということである。社会物理的力関係による心理的マジックということである。それに対して私というものは、この人世の理不尽な仕組と構造に対して生一本で、世間の流儀に馴染むより遥かに自身の流儀、真実《まこと》を信じて来ていた人間であるからに他ならない。そのことは世間の流儀を重じていく彼らを憤慨させ、それに楯突く者としてその彼らをどんなに憤怒させて来ていたことだろう。私は彼らにとって素直ならざる敵愾心、腹に一物含みある者として誤解され、見なされ、それを問われることになったのである。彼らの私への失策は、彼らの権威、私の最下位の立場を見越して私の落度、失策として転嫁され、それを不善として問われるのが通例となっていたからである。それは社会的認識によって彼らの方が養護され、私の方が追い込まれることになるのがいつもの形式《パターン》になっていた。これ程胸糞の悪いことはないのである。つまり私の生そのものが世間の流儀と適合性、整合性を持っていかないことで、つまり総意の現実と希有に伴う理想真実を希求する（真）心との衝突ということであり、これが常にしょっちゅう付き纏っていたことによるものであったからに他ならないからだ。そして常に現実が勝利を当然として必然性として勝ち取っていることに知らないとは言わせない。彼らにとって、世の主義として理想本質より現実の方が遥かに幅を活かし、偉かったからなのである。それが世の民主主義になっていたからである。どうかそれを告白する私を正当面以て冷ややかになって睨み付けないで頂きたい。それでなくとも私の生きる場所はこの人世にあって無いことなのである。—そこで諸君はその私にこう尋ねてくるかも知れない。『ならばそんな意固地を張らず、もっと肩の力を抜いて自分の気持に素直になってみてはどうなのだ』。ところで諸君、私が意固地であるか素直でないかは別の問題として、その諸君らが既存社会の現実の流儀、認識と意識にお気に召すような人間になる為には、まず最初から、私の根底、既に異っている反人間的霊真実に基いて出来上っているこの生命というもののすべてを消し去った上で、諸君ら人間社会の流儀の常識と認識とに入れ替えて、そのプログラムを生命の中に埋め込んでからにして頂きたい。そこで諸君はその私の言い種に呆れ返って蔑んだように失笑を浮べてその私から立ち去っていくに相違ない。ならばこちらも私の自由にさせて頂くまでのことである。我々は全とうな人間として社会的地位や値に関りなく、互いの一生命人として相手の真心《こころ》を尊重した上で対等の話し合いをしていくべきであり、尠なくとも社会的了見、物理的了見、それら立場感情狭義的な了見を乗り超えた上で、生命の真実を基盤において語り合おうではありませんかね。これまでの旧来からの了見、認識、既存の常識を取っ払わずに、持出しては議論ははじめからぶち壊しというもんですよ。何故ならそんなものははじめから偏見、不公正、不平等で成立して来たものに違いないものばかりという訳だし、畢竟として、その偏見によってすべてが後味の悪い、公平さを著しく欠いた物理的思惟によるものばかりではなかったのではないんですかね。私にはそうした印象しか生れては来ませんでしたからね。全く、議論する価値もへったくれもありませんでしたよ。何しろはじめからその偏見不条理を当り前として持ち出されて押し付けられて来ていたという訳なんですからね。

このようにして一切の人間と社会から本質的に遊離背離してしまった私というものは、その早晩羈絆を一切失ったことによって、その実生活というものが空中に攫われ、己れひとり何んの励みも甲斐も見出すことができず、退屈この上ない中に憂き身を窶《やつ》すことになった訳である。そこで私というものはその己れの空蟬、正体不明に陥った自分の空中分解されてしまった正体、その生の残骸亡骸を取り戻すべく拾い集め、そのことがすべての日課となることになったことは必然の欠かすことの出来ないこととなった。しかしそれを拾い集め、引き寄せようとすればする程に、その正体を求めれば求める程に、皮肉にも却ってその私を嘲ける如く私の本来の望んでいる正体も真実もその生活からは人間の物理的思惟全体によって愈々遠ざけられてゆくことになったのである。それはまるで「山の彼方の空遠く──」のそれの如く遠くの雲を追いかけているような空々しくも空虚しい戯れであったのだ。諸君の中にそのような者がいるであろうか？　されど、だからといってどうしてそれを私が諦らめ、辞めてしまうことが出来たというのだろう。それは即屍になるほかにないことであったからなのである。さりとて、どうして諸君と同様の既存現実の理不尽な生体＝実体＝に戻ることが、そこに寝返ることが出来たというのであろう？　霊魂真心を売る様な真似をすることが出来たというのだろう？　そのことは既に先の理由で理ってておいた通りの事情であったからに他ならない。従って、私としては私の持ち分である自分の真実に向って、そのことがいかに人気無く空漠の怖ろしい世界であろうとなかろうと、只管一途に生きていく他には何も無いことであったからである。これに引き換え、諸君全般というものはなんと卑近手近で確か（具象具体的）な現実の自分の正体と実体を見失う心配のいらない、人間に取り囲まれた──多少の紆余曲折はあるにしても、そうした関係の中に身を置き、その中で間違いのない全とうな社会生活、諸君の──多少の問題はあるにしてもー願ったり適ったりの功罪相半ばしている適切な生活を健全者、良識的市民、人霊として享受していくことが出来ているという次第である。不合理も理不尽も何んのその、自分の生を見失《うし》なわないことが第一の、後のことは総て人任せ、殊に自身どうにもならない、具象具体《かたち》に結び付かないことには一切自身に負わず、関りを持ってはいかないという、知っても知らんぷりをしていくこのことが、彼ら総てに浸透していっているという訳である。しかし諸君、そんな自分自身に対する責任逃れの当り前の生活、世間、表象ばかりに擦り寄り、自分の真実、本質を見捨てたような通常認識の上に築かれている人間本位の上辺ばかりを繕ろった生活手法のどこに、真の価値《あたい》とその意義が宿り、見出すことが出来るというのだろう？　本来、人間が生きるということはその通常既存の生活、社会的唯物経済を頼りにする生活の他には一体ないものなのかどうか、例えば生命本来の本質に適った、基いた質素で謙虚による対等平等の霊的な生活、それは社会唯物経済に基づいたぎくしゃくさせた主流の生活のもとではならないと言われるのであろうか。経済唯物生活をして国、社会を高ませる為に貢献していかないもの、それによって世界平和、理想を考えていかない者は非国民、人非人に準ずる無力者と底意で考えていくと言われるのであろうか。そして実体は当局をはじめとして社会も世の中も人間大凡というものがそこに全霊諸共全身を突っ込み、突き進み、その他に足場は取払われ、踏み場もなくなっている惨状である。これが既存現実を楯に当り前の顔をして罷り通っている。まるでその他は違反しているかのようである。まあいいから諸君、もっとその自分と人間、自分とその身の周回《まわ》りというものをじっくりと観察してみるがいい、そのことによって我々の生活というものがそれによって当り前のことではなく、片手落ちの歪んだものになってしまっていないかどうか、その異常な状態にあることかどうか気付かされる筈である。これを当然の世の流れとすることこそ異常なのである。非常なのである。人間の面汚しなのである。事々左様に人間は唯物経済に心を奪われ、その力関係に心を奪われ、それに準えて理想、平和、愛までも妄想して来たのである。妄想しつつもその現実優先、短慮狭隘狭義に生き、小賢しくもその狭隘な知識によって画策駆け引きを展開し、その自からの妄想楼閣を築いてその自からの実体を空洞化せしめていたのである。そして彼らはそのことに一切気付かないばかりか、否、気付いていたであろうにそれにも不拘らず旧来からのそれに邁進し続け、この地上を汚染台無しにしようとしているのである。共倒れ仕様としているかの如くなのである。ここでは既に瑞々しいものは疾うに失われ、我々が仮りにその生活を送れていたとするならば、そはまだ文明のそれ程発達してはいなかった、霊とのバランスのとれていた中世代頃までのことではなかったのではないだろうか―そう考えられるのである。それ以降の我々人類というものはいよいよ文明に目覚め、それとは引き換えにするかの様にその便宜と欲望に心を奪われ、すっかり学問と共に裏腹に堕落し、掏り替えた物理知能ばかりを発達させそのことばかりに血道熱中する様になり、人間本来の霊魂を見失わせて来たように思われる。擬装見掛けばかりが横行するようになり、人間は二心を持つ様になってそれを操作することに文字通り巧みになってしまったのである。裏腹なややこしい複雑を窮める世の中、それでいて中身までをすっかり漂泊した世界にしてしまったのである。純粋純朴が侮られるすっかり人騙しの小賢しい世の中になってしまったのである。すっかり「知能犯」になってしまったのである。そしてこの人間の醸し出している罪状に自覚し、認識を持っている人間がどれ程にいるというのだろうか？　我々はその点からしても既に死産児であり、生きていたのは疾に昔のことである。―とは言え、ともかくも生きていることには変りないことであって、既に遅かりしことではあるが、これから以降どう生きるかということを開拓していくかということは今後を生きていかなければならない人間の生命力、心底からの良心に掛っていることの様に思われる。その梶と鍵《キイ》は人間自身の懐中にあることだと考えられるからである。そして本来の生というものはそこに善悪の区分を知らず、内と外という区別をつける必要もなければ、すべてを生命の理りとして一対の価に準じてそれを求めていくばかりである。そして私にしてもそのことになんら変りはないわけであるが、しかし人間全般の生、その有り方を顧みるとき、それは何んと一理一端でしかない肉体物理からの発想によって、外部に自分を移譲依存させた生を送っていることだろうか。彼らはそれによるどうどう巡りの愚かさに未だ誰も気付いていてはいないようなのである。というより今日にあって益々真面目に、真剣に、一途に、その唯物現実に取り込まれてそれを意義深いものとしていこうとその妄想を逞ましくさせていくばかりなのである。

ところで、私は石の壁云々の話しをする表現として、最初に自然という言葉を用いず、敢えてその意味合いから霊、生命宇宙である一部一理の存在である具象生命である肉体という様の必然という現実的狭義な言葉を用いた訳だが、それは自然本体に対しての一部一理という程の意味合いで使ったのである。まさに大凡が肉体物理、つまり生命の中の表象（形象）一理の基盤に則ってその便宜に司りられいる人間であってみれば、この様に自然本体の中の一理としてしか表現することしかできないのである。然るにそれにも不拘わらず——人間というものはその未熟未完成さを弁えることをせず、認識せず、「人は万物の霊長」であるなどというとんでもない穿った物言いをするようになり、自からの一理的知性を宣《のたま》って小理屈に驕り高ぶってその霊自然を見下す如く傍若無人な振舞いを辞めようとは毛頭も無い事なのである。そしてこの私においてさえ、そうさせる生命の可能性を肉体の基盤の中に包摂させていることでもあるのだ。従って私はその人間の謙虚さの足らない必然性をもとより持っているものであることを自覚認識し、正直に打ち明けるものであり、それをけして正当化するものでもありえない。私は人間が自慢にしている一理必然性、即ち肉体物理による知性が次から次へと不合理矛盾を引き起していく原動力になっているものであることを十二分に承知し、認知している最初の人間ということである。私は肉体物理の虚偽性、擬装（生）性、その表現の正当性に対する最初の疑問符を打ち続けていく懐疑者なのである。つまりそのことによって、必然性に対して素直で、何んの疑いも持ちえないその無垢で自からの穢れを知らずそれを自負自慢している彼らの世界から、霊的生命、本質がそうであるように真先に逐われ、否決され、罪を被せられていくその彼らの支持する肉物原理に対してアンチテーゼの提唱せざるを得なくなった人間ということである。即ちこの必然物理によって齎らされる実体と正体とは何か、それは今更言うまでもなく、あらゆる人間の生きていく上での醸し出されてくる全体意識環境の中での、その肉体生命に与えられている最も陥り易い本能の一角、すなわちこの本能の象徴である煩悩に勝てるものなどいない。これを克服するは人間に与えられた生涯のテーマであり、他方においての人間の精神における砥石、研ぎ砂ともなっていく。

ところで一般に、人間がその対象に向って容易に復讐を仕掛けたり、直ぐに行為行動実践に走り出すことの出来るのは、そこに既に何んらかの彼らなりの正義、並びに正当性を見出し、そこに自己確信すら見ているからに他ならない。そう私は言ったのだ。ところが私に至っては、この必然感情というものがどうしても滞り、素直に移行させていくことに躊躇《ためら》いと抑制が働いてしまうのである。そのことに蟠りが生じて来て、とてもそのことに正義も正当性も根拠とするところも見出すことが出来なくなってしまうばかりか、そこに肉物的不合理と矛盾ばかりが湧いて来て、従ってそこにむしろ怨恨的反感情的なものが働き出し、その行為行動に制御、ブレーキが掛かってしまうのである。そして怨恨ならば勿論、私の肉体感情など、つまり衝動など手もなく捻り潰してしまうことが出来る。従って根本的理由の代用品ぐらいにはなる。しかし乍らそんなものは理由でも何んでもないばかりか、私にはそんな悪意も怨恨さえも初めから無いのであるからどうにも仕方がない。これなども彼らに言わせればたんなるお人好し、腰抜けの意気地無しという話しになってしまう。私はその意識のお陰で忽ち対象は分解され、しかつめらしい理由は理由でも何んでもなくなり、責めるべき相手、問うべき対象も雲散霧消、結局誰の故にすることも出来ないことになってしまう。個々には問うことの出来ないテーマとなってその因果、根拠、理由は個々にあっては消滅してしまう替りに、根本的根源的テーマが浮んで来て、今度はそれが私を悩ませることになるという訳だ。それを全体や組織媒体、肉物煩悩、根本根源根拠の生命の中枢、生き方の中に見い出し、結局は巡り巡って自分自身の生そのものに到達し、還って来ることになり、見出すより他にはなくなり、人を責めることは出来なくなってしまうことになるのである。自分を誡め、その生を問い、責める他には無くなってしまうのである。正当化など以ての外ということになってしまうのでだ。なれどその心の裏ではもうその他者を責めている自分が他方にいる。そのことに対する自己嫌悪はどうしたものなのだろう。こうして私の思考錯誤はどうどう巡りを繰返していくばかりなのである。自己転嫁の正当化が果すことが出来たならどんなに、いかばかりに生が、肩の荷が軽く、楽になるだろうに、しかし、それによって何が片が付くというのだ？　どこに何んの答え、問題の解決が見出せるというのか？　私はこうした中をあてどもなくさ迷っていたという訳だ。そして人はその世の中にあって何んらかの自分なりの解釈によって解決を見出し、その生をそれなりに自分自身に見合ってその生と生命を充足し、適え、人生を切り開き――築き上げ、全とうしていくという段取りが成立し、社会媒体とも旨く付き合っていくことが可能で、出来るという訳である。そしてそれが根底からそうしていくことが旨く出来ずに具っていたその私というものは、自分自身の生も生命も人生もすべてを台無しにどこかに放り込まれ、喪失ない、その存在さえ本質根底より人からも、世の中からも否決された人間に成り下ってしまったという訳なのである。これはもはや誰も故にもすることは出来なく、人と世間は私の生の中にその故事と曰くと因縁の原因を見ることであろうが、私は私の生命の成立をもとよりその根拠以前の意識の無い前からの謂れの事であり、これはもう宿命、不運、運命としか言いようのない、形容し難い無念との出逢いという他にないことになってしまうのである。一切は最初めから既に取り返しも付きようのない、私に仕組まれ、仕掛けられていたことであったのであるからどうにも仕方がないのである。これこそがわが生命、人生との出逢いとなっていたことなのであるから仕方がないのである。――こうした私の身の上であったならば、もはやその私に立ちはだかっているもはや永遠に目撃することの出来ない厳然と存在しているその壁に向って、全身全霊を以って拳を振り上げ、叩き続け、問うより他に無いことではないか。生命が尽きるまでその壁と扉を叩くより他にないことではないか。ところでこの様な私の境遇境涯にあってみれば、この全体の根拠因果や根本根源や自分自身への突きつけられている様々な絶望、可能性と塞がれている未来の生、それらすべてに対する怨み、それを打ち晴らすことが果して可能となるものであろうか。それはまるで天に向って唾吐くが如き、結局どこにも可能性の無い、その自身の生命の慰めようのどこにも見出すことのない、只自分の生と人生と生命を見す見す見殺しにしていくことのほかにない母の、わが子を見殺しにしていく他にはない罪と自己嫌悪に似た哀れさがあるばかりである。自分の生命さえ身替わりにしてやることの出来ないもどかしさと絶望の哀れさである。

六

それにつけても単なる健全で、正常とされていく人々、即ち必然の法則、既存の定義、肉体の理り、その壁に守護《まも》られ乍らそれに便剰して人生を悠々として送ってゆくことのできる人々、私もそうであったならこの人間世界にあってその人生というものをどんなにか伸び伸び有意義に愉しく過していくことが出来ていたことだろう。否、私はそのことをけして後悔の気持から言っているのではないのだ。実際にその通りなのである。そのことによって何はともあれ世間の価と現実に便剰して努力をしてさえゆけばどこからも素直健全として歓迎されて後ろ指を指されることはなかった訳である。そうしてゆけば万事がこっちに追い風となって都合よく人生何もかも自から選び出すから有意義な流れとなって生活を築いてゆくことが出来た筈なのだ。そうすればすべてが万々歳であり、このようにすべてから乖離した、浮世離れの孤涯した人生とは似ても似つかぬ反対の人生が用意されていた筈なのだ。膳が運ばれて来ていた筈なのだ。そのときには自分でその自分を尊敬し、肯定し、普通の全とうな人生を人からも畏敬され乍ら享受していたという訳だ。ところが今の自分というものは全てが根本からあべこべである。その人間の価のどれとも当て嵌らず、悪しき風言のみが伝って来るだけではないか。大体私というものにおいては、普通の人間の如く既存の現実生活を肯定していくなどということは否定もしない代りに、直ぐにうんざりし、もっと別な、もっとましな真実うの道を捜し探し求めるようになる。成程、是非はともあれ、この私においても確かに一方でこの肉体物理を基盤とした必然現実によって導かれて来た—否、それに多くを貶しめられて来たことに間違いはないことだが—しかしそのこと以上に本質において大いなる根本的目的、真実と本質に共鳴し乍ら自からをその中に模索して来た人間である。しかしそれにも不拘わらず、その彼らの世界に向って何んの攻撃も、損失を与えて来た訳でもなければ―彼ら人間の方では、その私をどう思って来ていたかは知る由も無いことであるが―その真の、根本的有益を齎らそうとする為に一向きに生き、考え、努めて来たことが、人間数多の狭義である物理的有益を齎らそうとする意識、価によって否決、追いやられ、罪状として被せられ、それを執行されて来た訳である。もとより、それが彼ら人間の目に具象として目に止った訳でもなければ、それでも私の発する臭気のようなものがまるで彼らを嫌悪させる如く伝わるようにその私を気嫌いする如く公然と敵視し、遠ざけていく。見知らぬ者、行き掛かりの者さえもそうであるからこれはもう彼らの本能が反射的にそうさせているとしか思わざるをえなくなって来るではないか。つまりこのこと事体、彼らの本能が人間が真の理想ではなく、現実の方を、生命の本質より肉体における本質（現実）の方を数倍も心の底から本音（心）として願っていたことなのだ―そう思わざるをえなくなってくるではないか。

七

ところで、人間にとって本当の正常な利益と徳とが何によって成り立っているものであるかを知らしめ、それを啓蒙啓発し、正しく、狭義既存現実に捉われることなく導き、理解させてやったならば、速やかにそれまでの虚偽虚妄性、欺瞞の通俗的方便からの一理的意識から、良質な意識へと生れ変っていくに相違ない。如何にというように、文明文化の洗礼を受け、知性と感受性に富んだ賢明である筈の諸君が、それを承知の上で醜悪な行為と自分の本当の利益に反するような物理的安直な行為に走る筈が無いからだ、従って人間は必ずしや必然性や惰性ではなくなり、意識して善良で正しい道へと歩み出すようになる、などということを真先に唱え、言い出したのは一体どこのどいつなのか、このいかにも幼稚で無邪気で単純な論理、学問的学習の推測というものはまるでまだ尻の青い少年の論理、もしくはその頭の中で組みたてたプログラムの空論というものではないか。物理知性者の頭脳遊戯といったところのものだ。そもそも人間の歴史を繙くまでもなく、この現在の我々の込み入った社会生活を一瞥してみるまでもなく、それは明らかなことであろう。つまり、この人間の生活というものがただの一度だってその推測通りに運んでいった例しがないように、それでなくとも人間はその自分の邪るさ加減からちゃんと承知してい乍らもそれでいてその正当な利益を承知していながら、それを故意に欺き、感情に引きずられて自身の真の目的と利益そっち退けになって別の処ろに奔走して来たという事実、その諸君自身は気付いてはいないかもしれないが、つまり無意識なのかも知れないが、その利益追求の潜在においてその物理的個有の自分の利益さえも其っち退けに棒に振ってまで、誰からの強制もされ、受けてもいなければ、まるでその示された道を歩くのはご免んだとでもいうように、別の道、より困難な道、危険な道をのるかそるかの僥倖に向って一心不乱になって自から突き進もうとする内面的働きのあることを、諸君は承知しているのであろうか？　私はその人間の計算外、煩悩を外れた様な稀有な行動を沢山目の当りにして来ている。一体この無数の諸君自身の生命の中に潜んでいる潜在的行為行動の真実、その事実というものを諸君はどの様に見、感じ、捉え、評価を下し、理解していることなのだろう。するとむしろ、この「生命の潜在における深秘深淵」からの促しによる思ってもみなかった行為行動も、物理的に、日常的に、絶対的に行なっている我々の利益への追求行為と同じくらい、否それ以上に快適で生命に取っての利益に見合った有益なことではないのだろうか？　大体諸君、人間にとっての、生命にとっての真実《ほんと》うの利益とは一体どんなものであり、何んであり、どこにあるものなのか、それに糅《か》てて加えて、我々の煩悩本能に引きずられて日常的に求めている利益と生命的本質からの霊的に求めている真実の利益の正体とでは必ずしも一致していないばかりではなく、寧ろ早晩にして敵対して相反していることなのではないだろうか？　諸君はその本当の利益、真実と正体というものを見たことがあるのだろうか？　あるいはそれを定義付けることが出来たことがおありなのだろうか？　おそらくそんな者はどこにもいまい。ただ我々は旧来からの観念、周囲＝環境＝からの印象、権威＝御上＝からの教えに倣い従ってそれを継承して来ていただけのことにすぎなかったのである。しかし、されど、この誰もがそうしている日常的利益、不平等を齎らせていく大手を振って歩いている既存の利益の他にもその真実を元手とした全体すべてに及んでいる真実の利益の正体、現状における、社会的共有している、例えば合理性と効率と数値の価によって表わされている方便による利益ではなく、それらを度外視した真実うの利益、例えば霊の法則と原理に基づいている、人為形而下の個有形象として示現されているものではなく、その奥に秘め隠されている形而上なもの、例えば全ての生命《せい》あるものの中に託されている霊魂のような至上の価、我々霊的生物の中にはその働きが利益として秘められ、知らずのうちに、無意識のうちに働いていることなのではないだろうか？　ならばこの大いなる利益を活かさない法はあるまい。自からの真の利益を得る為にも小意を捨ててこの大道に就くことが是非とも必須の心得としていかなければならないのではないのだろうか？　―ただここに一つの疑問が生じてしまうことも事実である。それというのも、例えばこれまでの慣例の日常的利益を棄てて霊的利益に就くとすると、これまで守られて来ていた具象的生というものが、その基盤とするところのものがどういうことになるのか、これまで可視下にあって支えられて来ていたものが目撃することの出来ない霊的原理と方則からの大いなる利益と言われてみても、それに生命を生を託していく訳には行くまい、という疑問と不安である。そしてこの疑問と不安は当然なことであろう。つまりこれまでの計算のついていたものがそのことによってすべて立ち所ろに狂いが生じて来てしまうという、つまり我々人間に関る一般の統計表に現われていた現然とした利益、最大公約数による安泰な生活や平穏無事であった目安のつく定義されていた既存の暮しやら常識からの通常の利益というものが根底より覆されてしまうからである。彼ら既存者はこのことを、つまり自分たち（人間が）旧来より生命懸けで理想よりも大切にして来た安泰な現実が覆されてしまうなど以っての外、という訳である。これに対して公然と反旗を翻すような人間は、権威、現実に逆う様な人間は、誰の目からしても、一般の物理的システム、人間の日常とその思考大系からしてもそれに対する妨害者か、あるいは全くの気狂い沙汰としてあらゆる人間からの了見違いとして嫌われ、反目され、敵視敬遠されて結局は放逐島流しにされてしまうだけのことである。これはもう明白なことである。そしてこの両者はあくまで反りが合うことがない。生きる現場場所が根底より異にしているからだ。大体この霊的本質からの利益というものは、数値としても、具象具体としても現にそこにあり、片時も欠かせないものとして生命を切実に支えているものであり乍ら一言も発せず、対峙する物理的総体系のものさえ根底より包摂《せつ》、包み込んでいく大いなる原理そのものであり乍ら、人間からはそれでいて無条件に利用され、足蹴にされ、その彼らにとって都合の良いときだけ心にも無く持ち上げられ、後は襤褸糞に言われ放題なのである。

そこで諸君、実際の話し、一般の人すべてが則っている物理的経済上における利益、その通常の利益よりもましで、貴重で、有益な誰もが無条件に認めてゆく利益、世の中社会個人を問わず、分け隔てのない崇高にして格別な利益というものが存在してはいないだろうか？　我々の心を通俗既存と煩悩から切り放し、純粋無垢にしていくところの利益、それはないものだろうか？　いかなる生命に対しても分け隔てを作らない生命、その生命はないものだろうか？　すべてのものに超越達観していくことの出来る生命、それはないものだろうか？　その私からの提言と提承と提言であったという訳である。そこで諸君は、「それだって矢張り利益には変りないことではないか」、そう言って私の話しの腰を折るに相違ない。だが諸君、そう結論を急がず、もっとじっくりと話し合って、理解を深めていこうではありませんか。それに問題はそんな言葉の遊戯とやりとりにあるのではなく、この既存の我々物理的利益の体系という体系が、この非物理的利益の体系を悉く薙ぎ倒し、ぶち壊わし、破壊していくそれに対して、諸君はそれを見守るだけで何んの罪意識を抱いている者はいないということである。そしてこれはあくまで既存の価の顰みに齧り付いている人間にとっては、この厄介な対象の見えざる歯痛のようなものとなって何人と雖も始末に終えない苦慮を強いられているものであるという訳だ。彼ら人間全体はこれにあくまで、どこまでも逃げ回っている故に、その不可能事に苦しめられ続けていく。従って諸君が、諸君の対峙している価、その本来の利益に難癖と悪態のケチをつけて言い包め、不利としての風評をあくまで流し続けていくならば―それは間違いのないことであるが―それは諸君の背後から諸君の影帽子《エピゴーネン》となってどこまでもついて回っていくことになる。如何にというに、これも諸君自身のそれによって冒していく排泄物のような、陰影の輪郭であるに違いないものであるからである。人間はこのことに誰も未だに気付き、認識してはいないのだ。そして認識していないものがどうしてそれを改善していこうとするのであろう。―彼ら人間の愛好者たる諸君が、諸君とは別の誠実＝真実＝の価を打ち建てようとしている人間に向って、物理欲得の託つけられた生活体系を冒すものとして裁き、本末《ほんまつ》転倒の罪を被せ、搾取した上に生の断罪を加えるのであれば、諸君にとってこの人間が、既存現実において不必要な意気地無しに見え、映ろうとも、この無抵抗者のもつ心意気をけして侮るものではない。この世の中、世界、天の意志（声）は、人間のそんな狭義、浅薄な物理的勝ち負けや損得勘定の利害の生に拘わり、目先、姿形あるところに存在しているものとは訳が違うのであるから。

八

このように、あくまで一切というものが唯物体系の思惟によって霊的本質世界というものをその擬装によって悉くが実しやかにして欺かれ、誤魔化され、そのことをまた実しやかにして吹聴流布していく彼ら人間世界にあって、この格差偏重を生み出さしめていく非人道的唯物の価というものは、霊を基調とした本質精神から齎らされてくる希元素ともいうべき至宝無価である非具象＝形而上＝を邪魔者の様に遠ざけ、具象物理大系を妨げていくもの、狂わせていくもの、既存現実を転覆させる者であるかの如く警戒していく集団総意によって踏み躙り潰されていくのが現状と実情である。可様に人間というものは、世渡りとしては、建前としては一応正善を装い、良識を弁えている如く表面上ポーズをとっていくことに巧みではあるものの、その実体本音＝本心＝においては如何がなものであろうか？　無意識の正当化によって自身に都合よく凡てにおいて引き回してしまってはいないであろうか？　そこにあって自己反省も嫌悪の欠けらもないのが日常における実情というものである。如何にと言うに、彼らにとって世に、世間に、社会に調子を合せていくことが生きていくことの便宜が第一義であり、常套であり、そうしていかないことにはすべて第一歩からして滞ってしまうと密かに実感としているからなのである。そしてこれこそが世の中を拉げさせ、人に二心を抱かせていくことの窮極の因果と悪循環となっている訳なのだ。そしてこのことに手を付けようとする者は当局媒体からして、至極民衆からして皆無である。つまり誰もがそのことによって生を損失《うしな》いたくはないからなのである。益無くして失うことばかりであることを知っているからである。そしてこのテーマに関わろうとするのは自分を知らない大馬鹿者、白痴ぐらいな者である。その他は立ち回りが現実において至って上手なのである。それ故に、この世の中を因果として闇に覆っていることには一切気付こうともしないのである。おお、この人間の齎らす悪疾悪循環の何んと根深いことであろうか。そして彼らはその既存現実の表上を尊重するかの如く上滑りを堪能し、享受し、それに塗れ乍ら、滑降したり、浮き沈みし乍ら、この浮世を堪能していっている如くである。彼らにとって面倒なこと、深刻真相なこと、苦手なことにはそっち退《の》けであり、関わらないことが賢明とされ、通例となっており、それでなくともそうしたことが厭という程に降りかかって来るという訳である。それにも不拘わらずそうしていくことはナンセンスの極みであり乍ら、片方では相手にされなくなり、何もかも噛み合わなくなってしまうということである。こうなれば先にも述懐しておいた通り、彼らにとってはこの既存現実を弁えてそこに生きていくことこそが本来の正当な利益の生となり、天然真理からの本質精神に関わる、連なる生の方が不当な生、不利な生と文字通りそれが社会的にも証明されていっていることになり、それが決定的に世の中に浸透され、示され、定着されているということである。即ち理性では分っていても、現状現実においては別だという訳である。従っていつの時代、世の中にあっても、その人間に社会の風通しは一向に良くもならなければ、その表象既存界を循環していくばかりである。即ち、近代文明や科学の進展、既存の教育学問などというものは人間社会の既存の代り映えしない循環のそれと同様、本質的、根本的なところにおいても一向に関りがないことであったということである。然るに人間はこのことを物理社会の価の中でのみ評価し、その本質へおいては寧ろ凋落衰退の一途を辿っているにも不拘わらず、それを認めず、何んと錯覚錯誤を起しつつ旧来からの法式を愈加速させ乍らそれを自己評価する如く期待を寄せ、勘違いを起してそのことに忘我している始末なのである。理想本質平和真理を其っち退けに、この忌わしい社会現実現象、既存の加護を好ましく歓迎してしまっている始末なのである。そもそも表象方便や便宜においてはともかく、近代文明も学問教育に関しても、科学の発達においても、人間の感情、立場、物理的思惟思考と知性を尖鋭化、過敏にさせていくばかりで、益々それを巧妙鋭利化に助長させて小賢しくも霊本体に生きようとする者を彼らの偏見によって挫き辱しめ、貶しめ、不遇な境遇に晒し込んでいくばかりのことである。この世の中を裏腹に格差と残忍性を愈助長擡頭《たいとう》させ、この世の中全体というものを益々誤った方向に勢いずけさせ、裏腹に歪ませ、人間同志を猜疑不信に駆り立たせる方向に、その環境造りに励んでいるかの如くに思われる程の始末なのである。これらはすべて人間の最も愛する肉物的感性を起源として発祥させて来ていることなのであるが、人間はその肉物に溺れているそのことを誰も認めようとはしないのである。彼らにとってそれは生存の自己否定に撃っていることのように思われているからなのだ。彼らはこの物欲経済主義によって真義を翻弄することによって忽ち自からの良心、理性と真心を見失い、当事者となった途端に理性と判断力と良心は盲目となって変様してしまうのだ。人間はこのように本来の自然真理、即ち本質や真実による正義や理想、正善正徳に生きることよりも直ぐに変幻対応出来るように虚偽中庸—狭義や、利我的理想を追い求め、背徳不善に生きることに数倍も力を注ぎ魅かれていたことだったのである。その彼らは自律して生きることを好まず、徒党を組んで多数に紛れて、自からを晦まし乍ら善人を装い、何やら画策を回《め》ぐらせていくのである。これは彼らの生存に関する本能的無意識の働きとなっているのであるから尚のこと質が悪く始末に終えないのだ。しかしその一方では、それとは矛盾する様な、いずれからも拘束干渉されることのない自由とその権利を欲し、それを善的に活かし、処方することよりも遥かに悪的に転用する業に長け、故意に真実を折り曲げたり、嘯《うそぶ》いたり、自分だけの都合勝手な言い分を押し付けて正当化し、都合の悪いことには知らん振りをして聞けども聞こえず、見れども見えず、という態度を平然と取り続けるようになってしまったのである。このことは人間の取る行為の中でも明瞭すぎる程明瞭な事実となっている。とにかく我々の周囲周辺をよく見渡して見るがいい。何よりも己れの正体というものをよく観察直視してみるがいい。その不可解な自分、人間というものが有像無像徘徊してうろつき回り、血潮となってうねっている始末ではないか。諸君、これこそが紛れも無い二十世紀を生きている現代人そのものの正体なのである。そして我々はその自からの正体を認識し、自覚した上で、それを肯定していくか従っていくか、あるいはその自分をたえず監視下に置き乍ら理性と抑制をさせてよりよい品性と徳性を具え、活かして自分に導いて向上させていくことができるか、それは其々各々の心の内面性、意志と霊魂の有り様に偏にかかり、必須のテーマとなっている様に思われてならない。

とにかく科学とそれに伴う文明というものは、人間の持っている感覚をこのように益々多面的で表象を鋭利なものに研ぎ透ませていくだけのことで、それ以外のことは、即ち世界の安定と平和への寄与貢献などに対しては何つつ引き受けては来なかったのだ。物理的賢明—即ち肉物によって彩られている故に生じる建て前とは裏腹な醜悪な本心の邪る賢さしか引き受けては来なかったのである。その何よりも一番顕著な例が世の中の、人間社会、文明を推進させて来た其々細分化科学その権威的研究者たちというものが必ずしも国家の公費を労し乍らも人間の理想未来、あるいは人間の民衆の平和幸福有意義な生活、霊的精神の向上の為に、真の豊かさの為に寄与されるのではなく、寧《むし》ろそれとは反対の目的と方向、即ち物理的競争を煽る為に、それに参画する様な研究に没頭するは、それを善用のように言い包めるは、それを真実の如く別の目的を擦り替えて伝えるは、当局もマスメディアも大いなる民衆への心慮であるとしても＝それは誤りであることに他ならない。従って我々民衆という力はその真偽を見極める千里眼的心の眼を其々に養って開かせておかなければなるまい。

ところで諸君、我々人間というものは、悲しいことに武力、軍備を具えることでしか自身というものを守ることが出来ないのだろうか？　それも集団結束を以て強力にあるものが手薄なものに攻撃を仕掛けることが、驚異を与えることが、あって然るべきことなのであろうか？　またその以前の問題として、我々人間というものは持ち前である物理的思惟でしか物事を考えられなく、霊的精神心と魂からの本質的能力を以って互いに話し合い、問題の解決を根気よく諮っていくことは出来ないものなのであろうか？

そしてこの問題は昔ならいざ知らず、この現代文明社会に至って益々その危険度が高まって来ているにも不拘わらず、一向に解決せず、緊張を続けていくというのはいったいどうしたことなのであろうか？　我々人間にとってはその好戦能力は本能としてもはや食い止め、抑止する力は止めようがないものなのであろうか？　我々は元々以前から、太初からそんな戦闘的本能が具っていた動物であったのであろうか？　平和的能力より戦闘的能力の方が勝っていた動物であったのであろうか？　このことについても我々が生命の責任において今一度生命の根本本質より考え直しておかなければならないテーマなのではないだろうか？　それを克服していかない限り、何もかも本来のもの、本質的真実が見えては来ず、何も解決には向ってはいかないことの様に思われてならないからなのである。

可様にして物理文明とそれに纏る経済闘争、思惟思想、地域紛争、領土紛争というものは、物理欲、本能における人間の生命と生活《くらし》に関わる根本根幹、諸行為と行動のテーマを未解決、積み残したまま、その表象上を辷《すべ》らせた小賢しい狭義の論争によって、具象的現実一理処方を以て纏め上げた便宜的、刹那的処方、物理的経済を念頭においた駆け引きによって、真の本質的根本からの議論と処方を互いに虞（恐）れるところから拒み通し、真の理解をしないまま、相変らず短慮狭義である物理的思惑思惟を先攻させたまま、その趣き処方を以て、本質的根本的には何んの発展性のないままに表象現実既存の妥協と目先の成果を、さもその成果を成し遂げたと互いに協調し合い、腹の中では互いに課題を積み残したまま引き下っていくのが通例なのである。こうして人類は真の理解解決、本質的課題を今日に至るまで尚も積み遺したまま、後生へ後生へとその課題を先延し、先送りさせ続けて来ていたという訳なのである。つまり、いずれの時代人においても、その責任逃れをして正面に向き合うことをせず、後世に押し付けて来ていたという訳で、これからもおそらく、多分人類は間違いなくそうし続けていくことは凡そ間違いないことであろう。つまり、それこそが人類の「限界」であったという訳である。

それにこうした教典や手引きのようなものによってすべてが解き明かされ、それによっていよいよ念願の水晶宮が建造され、この地上に秘鳥カガンが理想と共に舞い降りたとしても、そうなったら最後、これはあくまで私の仮説にすぎないことであるが、我々に何もすることがなくなり、やったところですべては先の見通すことの可能な、結果の知れていることになり、それに努力する者など一人としていなくなってしまう、したところで甲斐も励みも半減して愉しみもなくなってしまうことが明らかであるからだ。既に知れていることを改めてやってみたところで、何も面白いことはないからである。これでは我々の生も世の中にしても恐ろしく退屈極まりないものになってしまうこと請け合いであるからである。こうなれば—今度は私の考えであるが—人間はその理想に喜んでばかりはいられなくなり、必ずやその教典や教義、手引きに逆う者が現われて来る。つまり、わざとその非の打ちどころのない教典、教義、手引きに一々悶着をつけて逆う者が現われて来る筈である。即ち、そんなものに随って生きたって何が面白い、それより我々の持って生れた気紛れや自由意志に倣って気儘に振る舞っていった方が遥かに有意義で面白いという訳だ。何故なら人間というものは、ましてやその生命というものにおいては常に相反している二つの裏腹な流れを所有し、それが停まることなく常に錯綜し乍ら流れ下っていっているからだ。まるでそのことによって自分の生を確認しているかのように。大体人間というものはこのように追従柔順に逆う分裂と矛盾とによって出来上っているものなのである。即ちそれというもの人間というものは、どんな場合においても常に自分の思い通りに振る舞うことが好きで、理性や利益の命令通りに必ずしも働くものではない一筋縄にはいかない動物であるからである。つまり「自発的意欲」なるものは、あらゆる利益をひっ包めた更に有利で超大きい有効な利益で、生きていく上において欠かせないものとなっているからに他ならない。自身の気紛れによる自由意志、これこそを人間生命においてなくてはならぬものであったのである。そして建て前としての人間社会が最も有利とされて来ていたもの、物理文明便宜、経済的利益によって確得して来ていた既存の利益、数多による合理性とその民主主義ばかりが強調される社会の陰で、これこそばかりがうっかり見落され、もしくは人為という狭隘な物理的視野と枠の中で規制排除を受けて来ているものかもしれないのだ。諸君、自分本来の値と世間での価というものが大枠や根本全体において、社会のそれと一色体となって混同されてしまってはいないだろうか？　今一度よく突き合わせ、点検し、見直してみては如何がなものだろうか。そしてこの気紛れによる自由意志と、その自発的意欲というものこそが例の我々にとっての最も有効で、高価で、掛け替えのない利益であって、それでいてこの利益というものは人為の物理的どんな枠、いかなる分野項目にも属さない、納まりつかない、これにかかるとどんな理論も体系も粉砕して成り立たず、雲散霧消して砕け散ってしまうのである。世の賢人、識者たちは、このどうにもならない厄介な姿形を見せることのない内在深く潜んだ本質本源の利益、全体に潔く発せられている利益のその正体と真相も理解も認識も未だ出来ていないというのに、どうしてそれが未来に向って有益だなどと見切り発車をさせて、それを進歩発展などと嘯いて言い包めていくことが出来るというのだろう？　その足を踏み違えているような物理的方策と処方箋に則ったまま、旧来既存に則った現実処方を突き進めていくことが出来るというのだろう？そして根本的本来を違えているその方策と処方箋の理屈などによって、人間はその時代の進展と共に、文明文化、学問の薦め、環境の整備などによって人間は次第に是正改善されてゆき、品性が高雅になって、人間の叡智は必ずしや人類のあらゆる抱える難題を克服解決解消していって、理想社会を築いていってくれることであろう、などと、現在の已れのそれに背いた生き方、生活処方を無我夢中になって展開しているというのに、未来に対してどうしてそんなことが言え、期待する資格があると言えるのだろう。―それに何より人間にとって何より必要なのは外部からの強制でもなければ計算ではなく、あくまで自主自発的意欲による発想とその意志であって、それがどんなにいかに高いものにつき、犠牲を払うことになろうと、たとえ生命を犠牲にしなければならない前途が険しいものとなろうと、そこに一切理屈は通じず、一切そんなことは問題にはならないのだ。何しろ自主自発的内発して来る意欲というものは、計算ずくであるここが二二が四程に明らかになっているものとは訳が違うのだ。生命の根源から発している主張であり、魂からのメッセージなのである。

九

ところで、人間にとって理性は大変結構ずくめなものであることに相違はないが、しかしあくまで理性は理性だけのことであって、人間の思考や生活や心の判断力を調整することを満足させるだけの機能にすぎない。しかし意欲となな（れば）ると話しは別だ。これは生命全体の表現の現われで、生活そのもの、理性はもとよりのことありとあらゆる生理的衝動すべてをひっ包めた、人間の生命活動全体に亘ってのものである。そしてこの生命活動の現われから見た我々の全生活の中には実に下らないと思われるものも沢山詰っているけれども、しかしそれも矢張り生活の一部に違いはないのであって、単なる平方根や目と耳と頭で見聞きと考え出しているものなんかとは訳が違うのだ。例えば一理一部分である理性の調整力や判断力を満足させるだけでなく、この意欲は私の生命とその生活体すべての機能と能力を満足させていくための活動をその生の意欲をかき立たせ、発揮させている、それを司っている自然の方則、原理そのものの働きということである。その点理性も素晴らしいものであることには相違いはないが、しかし既にそれは知り得ていることに対してのみ抑制、コントロール調整させていっている、機能させていっているもののみにすぎない。このことはけして愉快なことではないが、だからといって口にしてはならないということにはなるまい。ことによると、いや、我々にとって癪なことではあるが、永久に知りえることの出来ないものもあることも確かで、そのことの方が当り前なことなのである。ところが人間の本性、生命の本質というものは、元々その内部外部を問わず総合体として宇宙、自然と共に包括体として連携《れんけい》し乍ら機能、活動し合っているものであって、時には内為的事情思惑はもとより、外為的それと絡まって、込み入ったりして時には嘘を付くことも儘《まま》あることであろうが、それでも肉的生命からの総合的、根本的本質的事情からすれば、そこに生命として嘘も実《まこと》も、善も悪もその区別めは無く連携しながら、生命として、生として不可欠な一体裏腹となって成立しているものであるという訳なのだ。

確かに唯物文明と近代学問の洗礼を受けて知性の発達発育している現代の人間においては、そのことに対する利害と判断に関しての感性は鋭く鋭敏にして素早いことは明らかで、従ってその意味からも、人間が肉体生命を生命の本質以上にこよなく尊重優先させてそれに支配司られている以上、その物理的不利益、即ち精神的苦役に伴う本質的利益を承知の上でそれを望む筈のないことは、非物理的性格の我らより遥かに身に染みて感じ取っていることは明白な事実となっている。だが何度でも繰返して言うが、世の中にはただ一つ、人間が故意に意識して自分にとって不利になることや馬鹿気切っていることであろうと、一切関わりなく自から自発的になってそれをいつでもどこででも行なうことの出来る自由と権利を自分に確保保持しておきたいとする意志が―つまり自身の利より人の本意の為に役立って行きたいとする貴重な権利―それが働き潜んでいるものなのである。実際のところ、我々にとってこの気紛れこそこの地上に存在するものの中で最も自分にとって有利な掛け替えのないものなのかもしれないのだ。殊にとり訳これまで我々人間の利益として来た物理形而下における個体としての利益、体系と法則、その肉物的発想と意識と結論に反するような場合において、それは一般の常識的利益全体を一纏めにしたものよりも更に貴重で有利なものであるかもしれないのである。如何にとなれば、形而上的感性、即ち個体生命としての利益を超えた霊的本質への感性による、我々の生きていく上での欠かすことの出来ない最も貴重で有利な大切にしていかなければならない利益であったからである。一人間生命にとっての原則原理や人格的個性と人間性の根本を形造り、保持保有していく上での他生命との欠かすことの出来ない貴重な関係、働きとなっているからなのである。

そもそも意欲というものは頑固と思われるくらい大抵の場合理性とは反りの合わないものである。このこともまた、我々が生きていく上での大きな矛盾、意味と由けを与かり、秘義が隠されている。まあとにかく人間というものは実際の話し馬鹿ではないにしても、グロテスクなくらい恩知らずであり、恥知らずであり、自分の感情というものに盲目的であり、理屈と反りの合わないことをその特質としていることは確かである。例えば人間の最大の定義—それは他人《ひと》の損失と不幸によって齎らされる自からの利得と受益、これを最も喜びとする二本足の直立によって歩行する恩知らずの動物なり、そんな風にさえ考えられ、思われてくる。最上の知性と最低の品性を兼ね具えている背徳者、そんな風にだって言えなくはない。しかしこれでもまだ人間についての特性を充分には言い現わしきれている訳ではない。これ改められることのなかった人間の大きな欠点、人間の創成期から始まり、今日に至るまでの、そしてこれからも滅亡するまで引きずり続けていくであろう自然の本質、天然の真理、大いなる大義に逆い続ける絶え間のない驕慢と背徳行為の連続である。その結果による無思慮無分別による横柄な病的図々しさと無神経無頓着と横柄な態度、これは逆に言い表わしているところの人間にとっての正常健全肉物による攻撃的能動的とされている—魅力的にまさる美徳の生として自己評価され、人間としての不可欠の要素とさえなっている—本質に根差した正善を悪徳に転用転換擬装実しやかにさせていくことの擬態の名人、公に認知されている不善を善にまで言い包め、繕ってしまう悪質（疾）で滑稽な始末に終えない生きもの、この始末の悪さはカメレオンどころの騒ぎではない。まあ試しに人間の歴史を一瞥してみるがいい。自分自身という生命そのものの全体を目を外けることなくよく凝視観察してみるがいい。そのどす黒い血潮が大河となって我々の生命の中を涛々としてうねり乍ら流れ下っていっている始末ではないか。これを荘厳と見るであろうか、躍動する健全さと見るであろうか、あるいは何処にでも見られるものとしての単調さと見るであろうか、そしてそのいずれにもそのように見えなくもない。とにかく人間の歴史においても、我々の生命、生活全体にしても、その生というものは闘争に次ぐ闘争、紛争に次ぐ紛争、不信に次ぐ不信、虚偽に次ぐ虚偽、その明け暮れによって塗れてしまっている始末である。全くこれにはうんざりさせられる始末だ。一体人間の良心、誠実、真心はどこにいってしまったのだろう？　要するに人間の物理的思惟からの言語と行動においては頭に浮ぶ限りのことを何んとでも表現し、支離滅裂なことでも三百六十度何んとでも思いつく限りのことが言えるのだ。だが一つだけどうしても言えないことがある。それは彼らが思慮分別に富んでいるということである。誠実であるということである。口に出した途端、その自分に思わず赤面し、むせ返ってしまう。大体において人間というものは、その知的賢明さとは裏腹に、その物理的知性能弁である程に反比例する如くその知略に溺れて却ってとんでもない茶番劇を演じ展開、行なっているものである。この世の中における隣人の鑑や社会的君子、その世間の良識の府とされている思慮分別に富んでいるとされている筈の人類の愛好家たちを見るまでもなく、その自からを自分で裏切って世間の物笑いの種になった例しは実にその枚挙に遑《いとま》が無い。―であってみれば、そんな奇妙な性質を承っている人間というものに一体どのような期待をかけられるというのだろう？　まあこうした人間に例しに実験をしてみてはどんなものだろう―尤も実験をするまでもないことかもしれないが―物理的豊かさの富によってその生活なるものをふんだんに頭の天辺から爪先の先端に至るまで与え、浴せかけてやってみるがいい。辛苦の一切を取り除いて順風満帆の穏やかな甘ったるい小春日和の生活行路にしてやってみるがいい。ひたすら誉めちぎってやって見るがいい。するとそいつは図に乗ってのぼせ上り、その自からの物理的最大限の幸運にもけして満足せず、―上辺はともかくとして―その恩恵にさえ感謝することもせず、当然と思うようになり、その恩知らず恥知らずの性質によってただひたすらあらゆることにケチをつけ出し、満足しないどころか自惚れて逆しまになって解釈し、その自分の幸運にさえ不満を抱き、不運な者に対する軽蔑と侮りの心を宿してそれに虐待の言葉を浴せる傍らで、その不遇者に対してすら心中では嫉妬し、恵まれなかった方が自分の人生をより有意義に切り開《ひら》いて充実した人生を送ることが出来たとかなんとか嘯きはじめることであろう。つまり全く別の価、真逆の人生を羨望し出すという訳である。そしてこうした裏腹な心裡は、この男だけに限ったことではない。多かれ少なかれ、どんな人間においてさえも大なり小なり抱くものであろう。このように人間は自己満足とは別として、その自己の可能性を求めて已まない動物であるからだ。つまり、自分はあくまで人間であり、科学による文明の化け物、ロボットではなく、その自分であることとの存在を常に証明確認させておきたいからに他ならない。勿論これとは反対の裏腹な矛盾する心と感情、つまり科学と唯物からの証明、数値に基く平均値、民衆の合意に基く多数派の流れ、そのことについては既に証明しておいた通りである。しかしこれらのことは何度でも繰返して言うが、肉物形而下の一理表象の表現の問題であり、その現実世界のことであり、いわば根拠の逆立ちした偶像と捏造されている世界のことである。そしてここには普遍性、霊的本質と真実なるものは何処にも無く、すべては実しやかにして真実の如く跋扈して言い包め乍ら変移を辿らせてゆくものである。即ち公私いずれにしてもけして信用のおける世界ではない。本来をずらせて擬装もしくは補填された便宜に都合した道でしかない。諸君はこうした仮粧を施すことによって正体を隠蔽してしまった世界に何故にそこに真実を見ようとし、それを求め、そのことにあくまで固執して行くというのであるか？　それ程までに本質本来を付けてしまった世界に惚れ込み、真実を探り当てようとしているのであるか？おお、その偽りの世界にすっかり化かされ、飼い倣わされてしまっている諸君たちよ。それでも諸君たちは時々はその本来の血が騒ぎ出し、その現代の風潮にその血が他方では痛くて痒くて、うずうず胸騒ぎを起し、少しも落ち着くことも出来ず、不安でならない顔をのぞかせる時があるのである。異郷にあって故愁の故郷《ふるさと》を遠望む如くその本来を眼差すのである。なれどそれもほんの束の間のことであり、直ぐに現実《うつつ》に返り、その幾年過して来た馴染んだ大気に身をすっかり委ね、任せ、匿まわれ、その保証された杭に自身を縛ぎ止めておき乍ら、時々その杭の回りを当局に回りからの監視の目を気に掛け乍ら散策冒険し、気晴らしをして愉しむという具合と訳である。—そして私はと言えば、そうした諸君の地盤からは離れ、社会からも遊離し、孤り野晒しの道をあてどなくたったひとり地下の祠に時々身を寄せ乍らさすらい続けているという訳である。自分本来の真実の道を求めつつ、こうして天然の地下の祠の中で、その想を練っているわけである。こうして自分の生きた生活と人生の肉物具象の半身を捥れ乍ら、すべてを棒に振りつつ、それでも諦めることが出来ず愈そのことに拘わりを持ち乍らその真実を飢えた狼の如く涎《よだ》れをたらし乍ら追い求め、その狩に嵌っているという訳である。私はもう何年も、何十年も、いやこの半生というものを、未だに満足なその食事をとってはいず、飢えたままなのである。さあ狼よ出て来い。そしたらそのおまえを仕止めてその腸にかぶりつこうではないか。その血をたらふく呑んでそのおまえの魂を思いきり愛してやろうではないか。

「しかし正直な話し、差し当って君の人生や生活にしても具体的に邪魔をしている者などどこにもいる訳ではないではないか。君のその意志や意識、意欲を妨げ、奪い取ろうとしている者もどこを捜してもいなく、君の方で勝手にそう思い込み、神経を尖がらせ、苛立たせ、過敏になって被害妄想にかか（な）って焦ついているだけのことではないか。自分の意志や意識、意欲が君の中にある必然の法則や正常な利益や既存における計算、それが君の中に生じている特異な性質性格によって諸々のもの（こと）と巧く折り合っていくことが出来ないからといって我々と世の中と必然既存のそんなところに腹を立て八つ当りしたところで何んにも解決しないどころかこっちも傍迷惑であるばかりか、そっちにしたところで自分を追い込むだけのことで何んにもいいところはないではないか。そんなことは君がいくらじたばたしてみたところで、悪戦苦闘するだけのことで、躍起になったところで君が損をするだけのことで、調整もつかず、帳尻も合わず、そんなことより自分の生活全体そのものが損なわれないように気を配ることだ。皆んな誰もがそうしていっているように一理一通りだけで充分で、それ以上は深入りしないことが一番なのさ。それ以上のことをしたからといって誰も誉める者もいなければ、実際の生を送っていく上で関係無く、傍迷惑ばかりになるだけでなく、何より君自身が自覚している通り、自滅していくだけのことだからね」

しかしそんなことは諸君から指摘を受けて言われるまでもなく疾に解り切っていることである。何度となく思考錯誤を繰返し見詰めて来た道である。それに、そのすべての問題がその必然の法則やら、数字の値やら、物理既存の現実ばかりということにでもなってしまったなら、そんな上辺だけの乾いた当り前の一理一辺倒の「塵」ばかりの味気ない道、世の中ということにでもなってしまったなら、いくら便宜、中味実体内容までもがそんなことにでもなってしまったなら、私の意志や意識や意欲、生も人生も生命さえもともより、世の中も世界も現実も理想も平和も何もかもあったものではなくなるというものではないか、物と経済が縦《たとえ》仮りにもどれ程豊かに行き渡ろうが―そんなことはありえないどこまでも理屈の合わない話しであるが―それは世界の死、世の中の死というもんですよ。生命も生もあったものではないではありませんかね？　不毛地帯、そうではありませんかね。すべては砂漠、自滅というもんですよ。そうではありませんかね？　第一、私の意志や意識、意欲や真実への希望と希求などというものは、そんな世間一般における了見、意識とは大体においてそんなケチ臭い狭義一理のものとは訳が違うのだ。だからこそこうして苦悩して葛藤《たたか》い、それを克服しようとして必死になって踠き苦しんでいるのではないか。

十

勿論、私は冗談を言っているのだ。そして、その冗談が苦味いものであることも先刻承知である。しかしだからと言って何もかもすべてが冗談で済ませる筈もあるまい。ことによると、私は生命がけで本気になって歯を食い縛り乍ら冗談を言っているのかも知れないではないか。私は実にいろいろな問題で苦しんでいる。ひとつそれを諸君の手によって一つでも解決して貰いたい、そう思っている。是非明快な解答をご教授願いたいものである。例えば現に諸君たちは、人間の旧来からの習慣を脱却させ、科学と良識の要求に相応《ふさわ》しく、人間のこれまでの意識を匡正し、未来人に相応しい賢明な文明人に改造させようとしているばかりではなく、是非そうすることが必要であると、そう考えておられる節が見受けられる。しかし乍ら、人間をそのように改造し、匡正させなければならない必要があるなどということを、諸君はどこでそんな知恵と判断を身に付けることになったのだろう。いったい何を根拠にそうした結論に辿り着き、導き出すことになったのか、その諸君の根拠となっている（みられる）必然の法則やら、数値数学的認識や論拠となっている、保証されていると言われるいわばその正常な利益とされている利益に誤りはなく、それを推進させていくことが人類にとって一番過まつことのない有利で確かで、間違いのない正常な利益であるなどと、諸君はそのことにそれ程までの確固たる信念と自信、自負をどうして抱くことになったというのか、そんなことは目下のところ、私に言わせれば諸君に植え付けられた歴史的既存と常識と観念、数値と環境からの概念から植え付けられて来ている印象とイメージ、幻想のようなものにすぎませんよ。仮定にすぎませんとも。仮りにそれが全人の共通認識で定義付けられたものであろうと、本来の人間の法則とは限らないことだ。つまり、誰にもそんなことは保証の限りではないことなのだ。ひょっとすると諸君はこんなことを言い出す、全人類の意向に正に逆行することを言い出す私を、気狂いを見るような目付きによって眺めているのではないだろうか。何しろすべてを世間の流れに同調（同乗）せず、常識や当り前、人為からの絶対（総体）値に逆わず、無難に安全第一に考えなければならない、つまり真を問うようなことは絶対にしない諸君たちのことである。しかしそれが正統であるとは限るまい。もしかすると私の言っていることの方が正解であるかもしれないではないか、何も絶対総数に適ってる、それを受け容れていくことが民主主義という訳でもあるまい。社会一権威、当局官位、世論概《おおむ》ねに従って追従していくのが正統正論ということであるとは限るまい。確かに、人間は何よりも創造的動物であって、意識的目的に向って邁進するものであるように、つまり行く手、行き先が何処に向っていようと、ただ通じてさえいればよく、永久《とこしえ》に絶えることなくその自分の切り開いている（く）道に向って突き進んでいくように運命付けられているもので、私もそのことに同意する他にない。しかし乍ら人間というものは同時に、それとは別に、また脇道に外れたがるのも事実なのである。つまりそれは人間にとって正統な道を切り開いているか否かの問題ばかりではなく、ただその道がどんないかなる道であろうとも通じていなければ困るのだ。確かに人間は正統な道を望んではいるものの、しかしそれ以上に、現実既存の生に添っていなければ困るのだ。即ち人間は清く正しく清烈な道に憧れもするが、それ以上に実際現実、周囲と異なることのない、そこから外れることのない人並の既存の道を欠しては生きられないのと同様、そこから食み出さないように、その生を守ろうとする結果になって他の弱い者をそこから弾き出そうとするのである。このことをしなかった人間も意識無意識を問わずいないであろう。人間は狭義なこと、つまり立場と己れの感情に必要以上に執着しなかった人間もまたいなかったことなのである。このように人間は己れの偶像を打ち建て、その偶像に憧れてそれを己れの実際実像よりも愛することも間間見られることなのだ。かくして人間はこのように楼閣を建てることにも殊の外情熱を傾け、注ぎ、熱心であるのに対して、永久《とこし》えに壊われることのない普遍的人間社会の樹立建設に手を借し実際にそのことに身を粉にする者、水晶宮や理想郷、真の平和建設に寄与する者は、一国を与かる長においてからにしてまずは皆無なことであったのである。現実既存観念、意識ならいざ知らず、本質根本根源からこれに身を以て関わろうとする者は仮りに在るとすれば稀有中の稀有であり、してその彼は逆に一国、世界を売る渡す犯罪者のように見られ、扱われ、逆に裁かれる羽目に陥ることになりかねないことなのである。イエスが自からその断頭台に登ったのも、その「理りを」明らかに身を以て示す必要があったからなのであろう。彼ら民衆、人間にはその意志も働かなければ、その気持も無いことは先にも指摘しておいた通りのことである。人間彼らは彼らの現実既存における実際行為だけを敬い、そのことの方を遥かに信用信頼し、霊本質的身を以てそれに立ち向っていくことには極めて消極的であるばかりか、これを忌み嫌って侮蔑していくのが真意となっていることであったからである。これを保守腰抜と言わずして一体なんなのであろう?

—ところがこの愚かで恩知らずで、恥知らずな人間に引き換え、尊敬に値する天然と一体同化して身を委ねていくあらゆる生物というものにおいては、ことにその植物の世界においては其々に相応しい天然霊の原則原理に最も適合適応の適った生き方、その姿を独自の形態を以て編み出し、それによって一つの驚ろくべき霊的驚異と知恵を身に付けている。勿論彼らは彼らなりのその一つの決定的姿の知恵によってそれを生涯のこととして日々全とう邁進していくのだが、多分に気の多いおっちょこちょいの人間というものは、その不埒な物理的叡知とそれに纏る経緯を確得したことによってその経過と共にその目から生み出して来たそれに溺れ、天然からの恩恵に別れを告げ、それをいつしか小馬鹿に凌辱しはじめ、掠め取るようにすっかり浅賢《あざと》くなってしまった程である。人間はこうした倒錯顛倒した狭義による自惚れと驕慢によって俗化した教養に身を堕したことで、誰もが勝手に各々の狭隘で小さな目的に向って大いなるものを棄て去ってそれぞれに邁進するようになってしまった。そしてその実体はいくら肉物的目的と意識がどこに通じていようが、そこに道が通ってあることの方が問題(重大)で、それがいかなる道であろうと大した問題にならないことであったらしいのである。彼らはそのことは問わず、構わず、文句も言わずに付き従って歩いていく。当局にとってお誂らえの人間となっていたという訳である。このことはつまり必然の法則がそうさせていたことであったのだが、彼らはそのことに気付く筈もなく、それは彼らにとって日常的織り込み済みの当り前のことであり、意識無意識を問わないことであり、あくまでそれを自分の意志によるものと思いたがっている―というよりそのことを確信していることであったのだ。ここには彼ら一種特有の暗黙の論理の誓いのようなものが働き、潜んでいて、その規律と定義が現実というシステムの過程をとって生活全体の中に滲透していっていたのである。しかし諸君、実はこの必然既存便宜の法則と定義によって無難に割り出されている唯物生活の大系というものは、先程も記しておいた通り本来からしたなら仮死的人事不省の生活であり、逸脱していることも甚しい地滑りを起した生活、破滅への序章なのである。上塗りによってこの我々の内外を如何にどれ程にどの様に取り繕ろって糊塗見せ掛けようとその変態のメッキは次々に剥げ落ちていずれは手に負えなくなるときが必ずやって来ることになるのである。もうその時は末期症状で手遅れなのだ。なれど、今の物理文明便宜生活に浮かれ、経済生活がなんとかともかく成立して飲み食いが成立しているうち（間）は、それに霊魂を引き抜かれてしまっている大凡の人間というものはそれに外方を向き続け、その既存処方現実的手当で誤魔化し、取り繕ろい続けていくことは明らかだ。彼らの民主主義、物理主義、経済資本主義、既存現実主義の保守的思惟がその姿勢を取り続け、先手後手を制する必要、つまり根本本質、根源根幹抜本的対策を取る必要は全く無い、そう悠長に考え構え、そう言っているのであるからどうにも仕方がない。

それにつけても、大体諸君というものは何んだって正常で、肯定的なものだけが、つまり科学や数字の肉物具象の形而下の保証されている目先の平穏無事だけが人間にとって有利有益で、有意義であるなどと考えるようになってしまったのだろう？　どうしてそうした不埒な肉物的、動物的事柄にそれ程までに心魅せられ得意気になっていられるのだろう？　数学的表象に証明されていく平均値と科学からの証明、そうした一見理詰な証明、考えだけが有効な判断と基準で、それで世の中がともかく丸く治まっていくと考えたがっていく根拠は一体何んなのだろう？　しかしそれこそが現代《いま》の世の中を遥《いたぶ》らせ、次々に難事を引き起させている元凶根拠となっていることも事実ではないか。評価ばかりしていられるものではあるまい。万全なものでもなければ、完全無欠なものでもなく、不合理と矛盾、理不尽と偏重格差によって我々の生活全体が彩られ、塗れているのを毎日目の当りに目撃させられていっていることではないか。というより本質において根底から本来を覆し収拾のつけようもなくなって来ている有り様なのである。そもそも本来人間が愛していくべきものは、そうした事勿れ的平穏無事や狭義による既に保証されている既存の形式と定義ばかりとは限るまい。もしかすると人間は、それと同じくらい、否それ以上に形の無いものや苦悩や苦痛、逆風逆境だって愛しているのかもしれないのだ。ひょっとすると諸君が忌み嫌って軽蔑しているこの苦悩や苦痛や非具象という奴は、実際的平穏無事や既存の定義以上に我々に深く有益な実質的ものを齎らしてくれるものかもしれないのですよ。その証拠に、人間が何かを創造し、発見し、生産までにこぎつけるまでに一つの土台、切っ掛け、契機になっていくものは、頭脳《あたま》の良さや単に探究心や好奇心によるものだけではなく、苦悩《なや》み、心を苦痛《いた》ませる逆境、不運の踠きや足掻き、飢餓飢饉にとことん追い込まれることによって、抑圧《おさ》え付けられ逃げ場を失った者達こそが窮余の一策一滴として充分熟させた生命の源泉マグマとしてその裂け目を縫うようにして地上表面に爆発噴出という形を辿って現われて来る時、初めて生れて来るものであるからなのだ。この現然とした事実は、その人生の経験、生命の体験、生活を積み重ねて取り組んで来ている者ならば、誰でも真剣真摯に生きている者である限り、真心《こころ》の深淵底《おく》から承知承認することの出来る筈のことだからである。この私個人の経験から言えば、この既存の定義のすべてを袋、器の肉体から引きずり出して来て、それを一旦陽の当る場所に空《つ》けて、それを一々点検し乍ら始めから、一から組み直してそのことによって新たに創造《つく》り直し、生産仕直していくことは、それだけでも──人間からは大変こっぴとくお叱りを受け、嫌われることではあっても──極めて痛快で愉快なことでもあることとなのだ。勿論、だからと言って私は私の味方を（正当化）するつもりもなければ、苦悩の肩を持つことも、平穏無事の肩を持つ訳でもない。私が何よりも支持支援しているのは偏に誠実と本質、真心と真実に根差していくことの心構えであり、それを深刻にさせない為の、心に余裕《ゆと》りを持たせ和げていく為の気紛れのユーモアーを傍に添え、その自由を確保させておくことであった。もとより、苦悩苦痛は社会物理表面からの不合理矛盾偏見、敬意による差別、我々の責任の無い浮付いた意識によって始まり、そこに不信疑惑が生れるからに他ならない。つまり既存表象、軽挙妄動に対する懐疑であり、その自からを慎んで行かないところに水晶宮、平和理想愛など築くことの出来る筈も無いことであるからである。それはともかくとして人間は破壊と混沌をけして拒むものではない。平穏無事や既存の定義だけを愛し続けるものでもないと信じる。つまり苦悩苦痛、それ故の実に意識の原因と自覚なのである。人間がこれを愛し、ことに疑惑を抱えた人間にとってこれをあらゆる満足とも引き換えにするものではない。そもそも意識なるものは、どんなに平穏無事を望む肉体の体系、唯物システム、必然からの定義と法則よりも遥かに貴重で高価、高尚なものであり、数字から割り出された公式や定式、知識の成算と累積などとは訳が違うのだ。尠なくともそこにあっては―人為の体系を食み出したことによって―常に殊が上にも外気に曝され、触れていることによって自身というものを愈自覚せざるを得ないこととなり、そのことによってそこにたえず風が当り、天然からの営みの厳しさがそのまま直に伝ってくることになるという訳けである。

十一

しかし乍ら諸君、だからと言って諸君の支持し続けていく必然の法則、既存の定義、唯物社会からの常識と認識、科学と数値に基く証明というものは「人間数多が支持し続けていくものであるから、そしてそれが総体現実の循環と流れというものである以上、そこから何人と雖も逃れることが出来ない以上、君も反駁逆い続けることなくそれに倣い、結局は潔く降伏して随っていく他にはないことなのだ」、などとどうか尤もらしいことを言わないで頂きたい。我々の立場は人為、社会を外して本質根本に還れば人間本来生命というものは総て平等、対等な筈であり、真摯な会話をし続けて理解合っていくことが可能となる筈なのであるから。それを慭じ世間の数値やら、社会人為の現実やら世の中の常識や統計表など楯に枠に嵌めて話したがり、その人間社会を正当立てて主張していくのであるならば、私としてはその諸君に益々失望し、先にも言った通り、自世界に立て籠り、人間人為との関係を封鎖遮断していく他にない。しかし今のところなんとかこうして仮死死生を曝し乍らも生き延びていてそれなりの薄氷の望みも抱いている。であるからこの口が裂け腐ってでもそんな既存の定義、人為社会の常識や科学で割り出された数値や現実処方、そうしたものに手を貸し、それに参画したり、無条件に認めていくような真似はしないつもりだ。それはただ一つ、人為のそれより霊からの真実、その本来の方を遥かに信じることが出来ているからに他ならないからである。

大体これまで諸君が気を高ぶらせて情熱を傾けて来たすべての創造的事柄の中において、果して何んの懐疑もなくこれを良しとして肯定し、納得のいくことの出来たもの、即ち本質的無条件になって納得のつくことの、自然の法則に適うことの出来たものがどれ程にあったものだろうか？　つまり私も含めてのことであるが、その自然の原理すべてに適うことの出来た真の創造性に似合ったそれに適ったものというものがどれ程にあったであろうか。そしてそれはおそらく皆無であったに相異ないということである。つまり、人為によってこれまで創造して来ていたそのすべてなるものというものは、自然の法則と原理とひたすら傷つけ、損わせていくことによってしか成立させていくことでしか可能にすることが出来なかったのではないだろうか—という疑問と懐疑である。そして人類がそのことを理解した上、それを考慮しつつ人間自身を含めて全生物に対しても有効な環境とその創造性を確保打ち建てていくこと、これを人類は最も驕慢になって怠って来ていたことではなかったのではないだろうか、とする自然全体に対する罪の意識である。果して人類にその自然の原理と法則に対する畏敬の念と罪悪感がどれ程あったものであろうか。このことも私の見るところ自からへの自慢と自惚れはあったにしても、自然に対するそれは皆無であったといって差支えない。そして人自身にそうした霊自然に対する意識の宿ることの無い限りにおいて、自然そのものに対しても、人間自身己れにとっても、そして未来に対しても何んの希望も持つことは適わず、生れて来るのは悲観と暗澹のみばかりではないのだろうか。

そして実は私も含めて、そのことのなかなか見えて来ないことに腹を立てているだけのことなのかもしれない。そんな風に万事すべてが巧く事運ばず、世間、世界、現実の上に、自分の中にもどうしようも無く存在している自分の存在、その霊と肉物双方を兼ね具えている分裂した自身の存在に対する焦燥感と矛盾と自己嫌悪、この罪を背負った不如意な存在、この人間世界の中にたったひとりその人間と分裂を引き起し乍ら生き長らえている自分自身の存在、この生の現実が片時もなく突きつけられてそこから逃れる術なく立ち向っていく他にない自分の存在。諸君からも、自身の肉体の声からも、「その立場や情況を肯定し、課題を背負うことをせず、悪益悪霊を征伐することなく、全ての生あるものをもっと世界をはじめ自分の生命、魂と心を開放し安楽にしてやることだ」、そしてその問いを何度繰り返し自身に促し続けて来たことであろう。しかしそのすべてが無意だったのである。私にはそうする条件があらゆる意味からも整ってはいなかったことなのである。私の心と魂はその自身に向って生きる他には与えられていなかったことだったのである。

十二

とはいえ、物理科学と肉体至上主義の上に築かれた唯物文明の実際既存の上に立って、その定義に基いて展開する必然的惰性の生活を送るよりも、矢張り何んといってもこの意識的惰性によって何んにもしないのが一番なのだ。だから内的生活万歳という訳だ。私は焦々してやりきれなくなる程一般の正常で健全な彼らが羨やましくて仕方がないと言ったけれども、しかし現に私の目に映っているような人間の生活の下では、そんな人間にはなりたくもないし、そんな生活はご免蒙りたい。もとよりだからと言って諸君らのようにこの私の内的生活を讃美し、正当視するつもりも更々ない。何故なら、私はもっと諸君とは全然別なものを求めていることをそれこそ二二が四程によく承知しているからである。私はその本来の生活にそれこそ渇望しているのであるがどうしてもそれに邪魔をされて今以て見つからず、出来ていないだけの話しである。どうしても幾数かの自他内外からの邪魔の条件が土足で入って来てそれに妨げられてしまっているのだ。それは私の持って生れた宿命の条件やら、自身の公私内外に渡っての未熟さや劣かさもさること乍ら、これまで語り次いで来ている通り世間と人間全体との私自身の人間としての相性の噛み合わ無いと性格の本質的食い違い、それに相俟って本来辿り着くべきところが悉《ことごと》く具っていて、見みえてくるところが無いからなのである。

私はこれまでこうしていろいろ書きなぐって来た訳であるが、そしてそのことに真摯であったつもりでもいるのであったが、しかし乍らそれをすべて肯定しているつもりでもなければ、正直正確に自身の思いの丈を充分に伝え切れているとも思ってもいない。勿論この文面に責任逃れするつもりも毛頭もないことであるが、だからといってこの文章すべてに確信を持てるのかと改めて問われれば、その一部始終に自信がぐらつく他にない。私は万全ではないし、何事にもその自分の行ないに正当視していくことが苦手であり嫌いなのだ。ここからして既存者とは異うのである。故に人から逆に「変人」と見られ、共感されることがないのである。人との繋がり、絆、信頼されるに至らなかったのである。人はそれ故、その私を避けていくのである。彼ら人間にとって最も関わりを持ちたくない人間であるらしいのだ。その私としては、この世の中、その生活と人生、すべてに亘って何もかもその生そのものを持て余していく外にないことなのである。その既存の中に、現実の中に生活《くらし》のすべてを眺めていく人間にとって、そこから外れた私の存在というものはいかにも不可解であり、奇異であるに相異ないのである。理解と共感の外なのである。そして私にとってもその彼らというものは疑惑懐疑の対象でしかなくなっているのだ。本質に対しての現身＝空蝉＝の対象でしかなくなっている。しかしここは現世《うつつよ》であり、すると私は涅槃に居ることになるのであろうか？　―そうだとも、この半生をたった孤りぼっち茫然自失たる中に過さねばならなくなった人間にとってこの現世はもはや闇であり、漆黒なのである。拘束の他の何ものでもないのである。公私正体不明瞭不全なのである。諸君にとってこの私の論拠論理というものは何とも解せない不可解窮まりないものであることは私自身が一番よく承知していることである。何しろこの人世現世の最初出逢いにおいて既に生き埋めにされた人間なのであり、その我がいかにしてその浮世に対抗肯定をしていくことが出来るというのだろう？　なればここでの饒舌ぐらいは大目勘弁にみて頂きたいものである。それでなくとも諸君たちはこの浮世既存に生きるべく具ってこの現世に同体となって身に付いて来た人間たちなのである。勝負は初めから知れていて、ついていたことになるのだ。なれば諸君、この我が遠吠えをどうかご容赦願たいものである。どうかこの半死半生、仮死同然の我からこれ以上をそこから毟る様な真似はしないで頂きたい。そこで諸君は、「何も、誰も、君から具体的に何も毟り取っても、非難している訳ではないではないではないか。それは君が長い間、卑屈な生活を送って来たことで、物事すべてを僻みっぽく捌けて被害妄想になって捉え、かかっているからだ。それに、何も君自身に信念と理念があることなら、それに従って他人《ひと》の目、声など気にせずに毅然とその信念を貫き、理念とするところに向って前に歩いて行けばよいことではないか。君があれやこれや卑屈になって―何もこちらは理屈を言っている訳ではない―理屈を述べているのは、結局君が人の目と意向に気を病んでいることにすぎないのさ。人の陰の声に惑わされているから、すべて物事が可笑しくなっていることなのだ。―それに確かに、君は君なりに実際に辛い目に遭ってそれなりに苦労もして思い悩んで来ているのだろうが、しかしそれでいて君にはその自分の理念や信念、その思想や思惟思考に対しての、その自分というものへの大事にして尊重しているところが少しも見られず、感じられないではないか。君の言葉の中には確かにそれなりの真実も含まれていることも言ってそれも見受けられないこともないが、そのことにさえ尊重していない。君はさかんに真理真実だの、本質本来だの、意識だのと言って自慢しているようだが、しかしそれでいながらその自分の考えにたえず怯えているような思い患いが付き纏い、その最后の一言を濁し、決断を渋らせ、弁解したり曇らせている。晴やかさというものがいずこにも感じられるところが無い。ところで、素直で、無垢な心の無いところに、どうして明快で、正しい心、意識や判断が宿り、することが出来、可能となるというのだろう？　どうして正統な真理真実などが見つかり、掴むことができるのか？　つまり君というものには具体的基盤となるしっかりとした土台、理念論理と論拠という証拠となるものが無いくせに、自身の葬ってしまった生の無念と口惜しさから、自身の躊躇《ためらい》や意気地無さを棚に上げ、人間、人為や社会、世間と世の中に世界まで持ち出してその罪を擦り掏り替えようと必死になって、それに尤もらしい理屈をつけて論理めかしくそれを捏ねくり回しているにすぎないのだ。即ち、自分のまだしっかりと固まっていない、掴むことの出来ていない未熟な地盤カオス、論理、その思想や真実でもない真実を、思想や真実でもあるかの如く公衆の面前に見せびらかして世間に恥晒しをしてそれによって自分の憂さを晴らそうとしているにすぎなかったのだ。嘘だ、嘘だ、君の言っていることはみんな嘘っ八の出鱈目だ。いんちきだ」。勿論、これはみんな今私が自分で考え出した産物にすぎない。私はこうしてひとり自分の地下室、祠に引き籠り乍ら、外の人間の暮し向き、現実という不可不如意な既存の壁に耳を宛行って、その諸君たちの声にならない声を聴き取り、その観察を続けて来ていたのである。気配を感じていたのである。私はそれを自分の心の中で何遍も問いを繰返し続けていたことで、遂にこのようにとうとう暗記するまでになってしまった程なのだ。

それにつけても、このような創作の種類というものにおいては、およそ人目に触れさせ、託すべきものでもなければ、尚更人に読ませるべき性質のものでもない。また私にはそれ程の勇気もなければ、その勇気を持つ必要も無いと考えている。ただここに一つの問題がある。それは私の頭の中にある考え、この誰とも異なっているらしい稀有なる自分の立場と存在から生み出されたところの意識、それを是非徹頭徹尾解剖し、解き明してみなければ済まされないその必要性に迫られ、これはその為の実行と実験であったということである。私はこの創作、作業に取り掛かるまでに何度そのことに躊躇らい、また何度思い留まり、その意志を振り切って来ていたことだろう。つまりこれを決行するからには自分の強い意志はもとより、その勇気と決断力、情熱と意志を持続させていかなければならないことであり、それにもまして自分の文章としての表現力がどれ程のものであり、それに堪えられるものであるかどうか、その自分に対する挑戦に他ならないことであったからである。しかしその年齢も深まって来るにつれ、ここに及んでいくら思い迷っていても仕方なく、まずはその波涛に向って漕ぎ出す他にはあらゆる情況から鑑みても他にないところまでに立ち至って来ていたからなのである。何はともあれ、私はこの半生、人生そのものをあらゆる内外の情況からして生き埋めにせざるをえなくなってしまい、到頭人並の人間生活全体から疾に隔てられたところに置かざるをえなくなった経緯と事情、その原因からも、既に諸君においても大概《おおよそ》は推察もついていると思うのでここでは省くとして、いずれにしてもその意味からして書き記しておかなければならないこと、記して置かなければならないことは普通の人、人並に生きることの出来ている人以上に渦巻いていることであったからなのである。そしてこれは何んとしても稀有の人生を背負わねばならなかった生者の事情からして、それを一度は吐き出し、よくよく洗い直して再点検し直さなければならない問題《こと》であろうと考えるに至ったからなのである。私にはいずれにしてもこうした自分一人ではどうしても贖うことの出来ない、抗し切ることの出来ない、いかにも苦々しくも捩れた、消化されることのありえない公私内外に亘る不可不如意の未解決のテーマが際限なく芋蔓式に連って昼夜を問わず苦しめられ続けて来ていたからなのである。そしてこの創作を決行するにあたって、その解決を思い切って試みてそれを実行に移してみない手はあるまい。それによって私の問題は解決されることはないにしても、その正体と実体が少しでも明らかとなって私の心に軽くなって戻ってくるようなことにでもなれば、この創作の目的は尠しは果され、適えられるのではないか、その期待、希望からなのである。後の問題《こと》は、今後の人に委ねて思考えて頂く以外にないと思われることであったからなのである。

そもそも如何なる人間であろうと、この人世に生れついた者である限り隔りなく、その生命と生と人生に、その立場々々に応じての、誰とも比較のならないその人だけの苦しみと悩みを独り抱え込み乍ら、誰にも語ることが出来ずにその秘密を抱え乍ら生きているものである。しかもその自分にさえ打ち明けるのが怖いような、といって忘却の外に葬ってしまうことも出来ないような秘密の一つや二つは持っているものである。また、その自分でさえなかなか気付いてはいない意識の奥底に潜んでいるようなものがあって、これが無意識のうちに現われては消え乍らその点滅の自分を悩ませていることさえある。これはけして愉快なことではないが、しかしそうしたことだって大いにありえることなのだ。私はこの創作にあたってそうしたこともすべて洗いざらい引き出して来て、その自分の姿、正体、状況というものをここに暴き出したいとそう思うのだ。そのことによって本来の抜き差しならなくなっている自分の解く鍵が見つかるかもしれないし、暗示が与えられるかもしれないと、少なからずそのことに秘かな期待を寄せている次第なのである。

さて、それではその私を語るにおいての最も相応しい、この章における本題の目的でもあったこの第一部の事情を最も明らかにして端的適切に示現している私の勤務時代、その第二部の章に取り掛って行くことにしよう。

第二部　勤務時代

一

その頃、私はあと数ヶ月で二十五才を迎えようとしていた。だがそのずっと以前よりすでに私の生活は総てにおいて惨めったらしく、絶望的様相というものが孤独のそれとともに纏りついていた。私は周囲の状況からして、それとなく避けている雰囲気からしてそのことによく気が付いていた。そうしたことからも私も彼らに近づくことを止め、自分の狭い片隅に引き籠り、何んとなくそうした習慣が身に染み付くようになっていた。私には以前から、人が私のことをどういう訳か馴染め難い軽蔑的視野を以て関るのを避けているようなそんな気がしてならなかったのである。勿論、それは誰もという訳ではなかったが、自分の立場と感情に正直な人間、つまり思い込みの烈しい人間程そうした傾向が顕著に顕われていた様に思われる。私はその彼らの一種反目するような眼差しにどんなにどぎまぎし、うろたえ、自分に何か人と異った、無条件に人から賤しまれ、蔑すまれても仕方のないような落度や侮蔑される表情が浮んでいるのではないかと、何度もその自分の顔を点検し、鏡を見詰め直して見た程である。だがそれは無駄なことであった。つまり自からにそんなものは見つからなかったし現われてもいなかったからである。どうやら傍目からの私全体の印象としてそれが感じられるものであるらしく、その限りにおいてこちらからはどうにも防ぎようのないことであり、身にそれとなく付いてしまっていることも改めようもない、相手の感性に任せ、委ねる他にないことであったからである。ただ私としては表面的外観からも、内観的にも、人から奇異に見られることのないように、できるだけ常人を装うように自からを振る舞うようにその努力をする他にはないことであったのである。と は言うものの、この私の彼らから無条件に賤しまれていく外見的印象に輪をかけて加えて、私の内観から表われて来る生命的それとはアンバランスな矛盾、社会的見地からしても如何かにもふてぶてしいらしくない印象を与えていたらしく、彼らにとっての不快感と、生意気に映っていたことは確かなことである。

大体人間というものにおいては、自身の利に結び付くもの（こと）に対しては貪欲であり、それを働かすことによって相手、その対象がどんな思いをするかについては、自分の意志、思いを遂げることに頭がいっぱいになり、そんなことは片隅にもなくなってしまうものなのだ。つまり、自分が有利に働き、展開させられることの出来る相手、対象、下位と思われる者に対してはその意識無意識を問わず旺盛なことであったのだ。これこそ生命あるもの、ことに肉物既存を重じる凡夫者においてはそれが顕著なことであったのである。ここにおいて「人権尊重」、「平等対等」は無くもがなのことであった。そしてそのことに伴う世の小競り合いは尽きるということがない。

諸君はこれを読んで、私の病的被害妄想とその僻み根性から当て擦り、そうした捻くれた意識から正常なものの見方や判断が付かなく、その為に周囲りの連中、人を困惑させているのだろう、そうした当て推量されているに相違ない。しかし私というものは、その自分のために弁護しておくが、けして快活な人間ではないにしても、無益に人を不快に貶めて喜んでいられるようなそんな陰険な人間ではない。寧ろ自分の事情と状況が一方ならず、不利不遇なものであればある程にそれを何んとか克服明朗明解なものにしようと努めるのは自然な生理からのバランス感覚というものであろう。それに引き換え何事にも余裕りが有り、情況に恵まれている筈の人間というものに限って深層の気持に頓着し（置くことを）なくなり、自身の気持ばかりをすべからくに驕慢に押し通そうとする。何故に彼らにその気（我）儘が許されていくのかと言えば、それが全般の社会環境からの成り行き必然の流れというものであり、それによって互いが互いによって持ちつ持たれてなんとなくすべては既存の法則となって事が運び、人間の意識、常識概念となって守られ、行なわれていっているからなのだ。全く、彼らにとって結構ずくめなからくりという他にない。

ところで諸君、前置きが長くなってしまったが、ここで私からの提言を一つ諸君に試みたい。例えば職場の直接の上司や経営者、主人らから、何んの落度も謂れも無く、反りや相性、食い違いや行き違いによって頭ごなし（根底）から睨まれ、諸行為行動全体が否定されて悪循環を起して取り返しようもなくなり、人間性そのものを根源根底より疑惑を掛けられ否決されて、しかも職場全体に緘口令が敷かれ、しかもそれに理由も無く無条件に受け入れている当事者そのものにそこに留まる以外に身を寄せていく他にない境遇と事情が折り重なって身の取りようも無くなり、非難だけの坩堝の中に逃げ込まれることになったと設定されていたならば、しかもその救助救済を求める者のない八方塞がりの当人の身柄が孤立無援の事情を抱えていたならば、この当人はその職場に四六時中起居し、息の根も閉がれているような情況に堪え忍んでいく他に生の場所を見入出す糧が無くなっているとしたなら、その彼はいかなるところにその生の所在を見出していったならよいのであろうか？　生き伸びていくことが可能となるであろうか？　また、ひとりの人間の身の上にこうした絶体絶命境地というものが果して訪れる可能性というものが、この我々の営なむ人間社会、世界にあって生じることになるものであろうかどうか？　―そしてその当人であった私自身は、その抜き差しならない、予断の許されない情況下の中にあって、八年間もの間偏に堪え忍び続けて来なければならなかったという訳である。

私は当時、このように幾数もの抜き差しならない、しかも解決のつきようもない不可不如意の難題を抱え、それに押し潰され揺《いた》ぶられ、悩まされ続けていなければならなかったのである。まずその一は、自分の血に纏わりついての如何のことである。つまり私の「死の家」には絶え間のない悪霊、背後霊のようなものが兄姉の上に、末っ子であった私においてさえももれることなく付き纏い、其々精神的不幸とその悲劇を次々に重ね、襲われ、その心身において安息《やす》まるということがなかったことなのである。それはまるで私にとっては地の底から家全体が絶えず揺すられている様な、呪いと崇《たた》りに、抱きすくめられている様な感覚であったことを今となっても記憶している。否、家を離れて遠く、老齢に至った現在においてさえ、私はその不運の自身の生い立ちを観察するに、そこから免れずにいる自分を感じることは都度ではないことなのである。つまり私の家には呪わしい正体のようなものが別に棲みついていて、それが家全体の空気を縛り付けて覆い被さって来るような感じであったのである。そうしたことからも何度も御祓いを受け、その指示を仰ぎ、それに従っていたが、しかしその効果は見当らず、現われることはなかった。私の家族はこうした中で弄狼され続けていなければならなかったのである。その惨禍に呑み込まれた兄姉たちの中には、なかなかそこから立ち直れずに家の一廓を占めつつその不慮不幸と向き合い葛藤《たたか》い、喘ぎ続けているのを目の当りにし乍ら、私はその幼少年時代を送っていた。私はそうした家の事情、惨劇の中で、家族の中に流れる血のことに対する、自分をも含めてその疑惑が次第に具現化するかのように膨らみ始めて来ていたのである。そのことは至極当然な成り行きであった。そのことについては家族の誰もが口を噤んでいたが、その不安と恐怖を抱えていたことは異句同音の筈である。そしてその血と悪霊に関する疑惑がもし真相（真実）にあるとするならば、自分もそこからは生涯通じて免れることは出来ない訳なのだと考えに突き至り、また事実、私の人生そのものというものが今日に至るまで並外れてそれを証明されていることからも、ひとりこの世界から置き去られている現実を直視させられている窮境をこの老態及んで益々にせざるをえなく、確信せざるをえない情況からして、そのことを血と悪霊と背後霊のなせる仕業として結び付けて考え、謎として、私としては答えを見入出す他にはないことであったのである。世に健全な諸君が本能的、反射的に、その私に異質的なものを生命の体臭と気風の雰囲気から直感的に感じて逃げ惑い、避けていたのも嘸《さぞ》かしこの為なのかもしれない。私は今もそう考えている節がある。それでなければこのひとり置き去りにされた孤身の身柄と運命は余りにも合点のつかないことの理由の一つであったからである。そしてこの私の唯一勤務時代の中で、私が周囲からの村八分的特別の視線を浴せられ、曝されたら、除け者状態に置かされることになったのも、この私の血に伴う潜在的臭気のようなものが彼らに伝っていたからなのかもしれない、とそう考えざるをえなくなっていたからなのである。自分の感情と立場に正直な健全と考えている人間にとって、この「狂人」と呼ばれることになった病的雰囲気は生理的我慢のならないものであったか。このことは何もこの職場に限ったことではなく、学生時代もそうであったし、また勤務時代とそれ以降の実社会、ありとあらゆる人間との間においてもそうであった。この独り爪弾きにされている孤身の身の上と運命の理由について、またいずれ詳しく分析し乍ら記しておかなければなるまい。—ともかくもその彼らというものは、その直情的感情のお陰で、物理的において成果を挙げ、相手をそのことにおいて深く烈しく愛したり、憎んだり、恨んだり天真爛漫に自己移入していくことが出来る訳で、その刹那的感情の奔流によって社会的多大な成果を治めることもあるだろうが、また思い込みも激しく自身の観念に応じてその狭義の値に凭れ掛ってしまう為に、一理の理屈を押し通そうとすることによってその気苦味い思い、失敗も数知れないからである。これがいわば世代と時代を超えた人間に齎らされるところの猜疑心の定理と法則と宿命となって世界に混乱を撒き散らかしているところの物理的思惟といったところのものであったのである。

またもう一つの苦悩の根拠は、これまでの記述と密接に関連し合っていることでもあるのだが、私というものが他の誰からも異なっているということだ。私はこの地上にあってひとりぼっちであるが、彼らは皆んな肉物既存という根っ子、同じシステム、価と基準、基盤の中で塊まりとなって棲息し合っているということである。その彼ら群棲からひとり食み出している故、彼らは総掛りとなってその稀有な私を叱責し、非難し、同意転換を脅迫しつつ求めつつも、その稀有弱小の弱身をいいことに漬け込み、一方で既存現実の価を楯に辱しめてくるという数値のマジックとその理不尽と不合理と矛盾という刃を突き立てて来るという思いであった。これに対してそれに無防備な私がどうして太刀打ちできたというのだろう？　つまりこの人為による物理的システム原理の相異は言うまでもなく彼ら人間全体が一般必然の肉物本能に準《なぞら》えて創造して来た便宜的不合理＝彼ら人間は合理性の価として名乗っているが＝価システムであるのに対し、私は例の自身の生の不可不如意によってその生をそこから逐われたお陰を以て、独自の霊的本来の価に辿りつき、そのシステム原理を発見し、その基準において生を委ねて行くことを身上と心得た人間である。それは彼ら人間にとっての裏切り、謀叛者としてみなされることでしかないことであった。もとより当時の私にそれが具体的に固まっていよう筈もなく、私自身まだ強烈に意識していた訳でもなかったのだが、それでもこの思惟の根拠はそこに既に根付いていたことだけは確かなことであったのである。であるからこそ、私を取り巻く彼ら職場の連中、主人夫婦の私の生の根幹根拠への不快感は一通りでは無く、それを露わに露骨になってその転換を「店の事情と空気」を楯に迫って来ていたことは言うまでもないことであった。しかし乍らこの「三つ児の魂」として既に具り、固まっているものが、そうした主人夫妻からの要求であろうと何んであろうと、そして私が意識しようとしなかろうと、それが転換することが可能になる筈もないことであった。またその前提として、その根本根幹から成立しているものを、いかなる要求要請であろうと、それをどうして受け容れ、転換しなければならなかったというのだろう?

そこで諸君は、その私にこう言われるかもしれない。「三つ児の魂のことや、その他皆んなそれなりの大なり小なりの問題を抱え乍ら、世間や社会、人間《ひと》とも、それから君がさかんに主張している既存の現実やら四方山の色々な数知れない問題に対しても、同様それなりに誰もが皆んな抱え乍らも、その条件や環境の異なりがあるにしても、皆んな誰もがそれを立場と情況に応じてそれら世間や社会、人間や現実ともそれなりに処理し乍ら、その問題を個々現実人為でどうにもならない問題は別として、大体大凡の日常に生じているテーマの殆どは何んとかその立場々々に応じて誰もが解決を計ってそれなりに人生も生活も築き乍らやって来ていることではないか。それに引き換え、その職場にあって君が実社会とも巧く付き合ってやって行くことが出来ず、それと巧く付き合っていくことがどうしても出来ないというのは、矢張りどうみても明らかに君の方に問題があるからではないのか。そのことに君の方で自からそのことに気付いて、自覚をもって自からが修正してやって行《い》くことをしなければいくらしても、この社会、世間現実のことにしても、それはいくら待っても変りようも無い、当てにすることの出来ないことだからね。従ってそこは君の方が割り切って、自身の真実は別として、―ともかくとして―本心、根っ子のことは別として、その現実に付き合っていく他には無いことなのさ」。そこで私は、「いやご尤も」そう一応答えておくこととしよう。そして私自身、その人生の外れることのない生き方を求めてその苦しいまでの努力をどれ程積み重ねていたことであろう。自身の真心《こころ》を売るような振り、真似までして職場と主人夫婦の意向に添う如く、そのことに自己擬装嫌悪に陥るにしても、そんなことを言っていられる場合でなかったことからも、懸命な努力を四六時中寝ても覚めても続けて来ていたものである。つまりそれは、私が民衆社会、既存の現実に倣う倣わないの問題ばかりではなく、現にそのような私の存在そのもの、私の生命に根底より身に付いた雰囲気と印象、それは消し難く、既にその限りにおいて、私が醸している印象そのものが彼ら周囲に与えるそれが彼らにとっては一々気に触る癪の種になっていることになっていたからである。従って既に私の意識を超えて、相手の意識と感情、しかもこの場合、雇用主側の意志意向一つ、つまりその権威と意向の行方如何にかかっていたことなのである。それに確かに、私の一般に対する、その一般者に「異質」を見抜かれない努力、その心配りと配慮を続けるにしても、そこには常に絶え間なく自身の本当の気持と姿と心を隠し、欺き、相手に添う如くに絶えず気配りを続けていなければならなく、その焦燥感と自己嫌悪感は一通りではなかったことなのである。果してこの様なことが渦中にあって堪《こら》え続けて耐えていけるものであろうか？　そこにはおよそ自己の良心の本質に対する限界があることは言うまでもないことであった。それに私は今、「いやご尤も」と言って、その自分を認めるような発言をしたばかりであるが、本気になってそんなことを考えている訳でも、同意した訳でもない。それにこの場合、皆んながその世間に倣い、馴染んで誰もがそうしていっていることなのであるのだから、私においてもそうして従ってゆくのでなければならない、というのは、余りにも手荒で、粗暴で、専制主義的考えに過ぎるというものが私にはあったのである。大体においてこの一般が馴染み、守り従属《したが》っていくものの中には、勿論正統で理屈に適っているものも沢山含まれていることも言うまでもないけれども、それ以上に危ぶむべき事柄、懐ったが疑ってみるべき両考用さなければならないもの、考え直さなければならない不充分、不完全なものの方が遥かに多くを占めていることも確かな事実なことなのである。それを「世間の常識」という中庸中善中正の大蛇を振って一括りにし、無闇になって適用してゆけばよいというものでもあるまい。それでは本来の良心、人間の目的は一体何処にあり、どういうことになってしまうのだ、という問題と共に、そうした現実的専制的対処ばかりが罷る世の中になってしまったなら、この人間世界どういうことになっていってしまうのか、という問題も含めて、未来の人間の有り方についても各々で考えていかなければならないことではあるまいか。そして煎じ詰めれば、私に関する問題の半分というものは、この外的条件、つまり一般人為的認識と既成既存からの一般通念との関係にあったと言っても過言ではなかったことだったのである。確かにこの人為が時代の変遷と共に築き上げて来た常識というものは大変基調で調法で便宜なものであるには相違はないことだが、だからと言って何もかもそれに依存させ、奉り継承させていけばよいというものでもあるまい。それに調子に乗り過ぎれば、現在の世の中、社会と世界の情況、現実に目をやるまでもなく、その紛争、不合理、格差、偏見、等々枚挙の遑が無く、その大元原因を遡って辿って行けば、我々人間が固執してゆく肉物本能経済主義、そこに端を発し、両刃となって我々の生、生命さえも牛耳っている様に思われてならないということである。

ところで、ここで本題を逸脱することを許して頂きたい。例えば世間一般に聡明と目されている文化人や学者、もしくは知識人や有識者と目され、世と社会に貢献されているとされて敬意を払われている御仁、その彼らというものはいずれも感情的情緒においてある意味で空想家であり、ロマンチストである。既存一理の観念に忠実な人でもあるのだ。彼らというものはその特徴として頗《すこぶ》るその一理的探究心好意というものに著しく長けている。信じたものへの恐ろしい程の根気と辛抱強さを秘めており、これは敬意に価することである。しかし乍ら我ら稀有なる真なる探究（求）を欲する者であるならば、その既存物理に伴う一理の探究心というものを手放し無条件になって称讃支持ばかりしていればそれで済むというものでもあるまい。如何にとなれば、それが物理的既存なるものを基盤として成り立っているものである以上、そこには宿命として表象形而下、功罪相半ばするものが必ず付き纏っていくものであるからに他ならないからである。物理的には無条件であることなのかもしれないが、霊、真の理想を考察するにおいて、そこに影（罪の部分、不合理性と不条理性）を見つけない訳にはいかないからである。不充分なところ（点）を見出さない訳にはいかないからである。しかしこうした―物理文明に足を引っ張る様な―考察の仕方というものは、世人、社会と世間と現実既存から良い印象を与えないばかりか嫌われ者になること請け合いであるからである。時代錯誤も甚しいという訳だ。なればこれを引っ込める他にないではないか。こうして現実がその時代を闊歩していくということである。

とにもかくにも、人間というものは誰にも厭わず、己れの見たいものを、すべて見るべきものを見ているにも不拘わらず、それでも見たいように見、見たくないものに対しては意識無意識を問わず、心に対してもそうしているように、その操作工面をしながら、選り分けを好みに応じてそうして生きていっているものである。ところが実際においては何一つ肝腎要めなこととなると、何も見るべきものさえ、寧ろ却ってそのことに目を背けてしまうのである。従ってそうすることからすると、多くの人間というものはこの世界というものを、自分の嗜好に応じて偏ってしか見ては来なかったことになるのではなかろうか、ということになり、延いては人間そのものがその様なものであるとするならば、我々人間はその様にしか世界全体を捉えて見ることとしかしては来なかった、ということになるのではないだろうか、その疑問にも突き当ることになる。となれば、我々人間というものは何に対しても言い括りたがっているものの、言い括ってしまって何事に対しても果してそれでよい（構わない）ものなのだろうか、ということにもなりかねないことにも繋ってくる訳だ。こうなるともう、そこには正確な回答など一切見出（存在）すことが出来なくなってしまう。つまり我々人間というものすべて、ある既存の概念や観念、通念や認識と常識、それらに頼って、則ってそれによってしか答えを見出し、引っ張り出して来る—より—他にはなくなってしまう訳である。ということは我々人間誰一人、真の本当の答えは知らないということにもなっては来ないだろうか？　—即ち人間にとって真の理想や回答なるものは最初めからどうでもよく、それは手の届かないもの—憧憬—として、まあ言ってみれば心の奥に大切にしまっておく秘蔵品や玉手箱や奥義みたいなもので、寧ろ実生活、現実、目前なことを進めていく上においては、どうしても必要とするよりは、この唯物経済全体を循環させて機能機構システムを滞らせないようにしていくことが先ず第一—先決—で、そして結局はそのことばかりに終始させ、その肝腎である本題本来—理想—には一切手をつけることなく、後回しにしっぱなしにして来たばかりか、その彼ら人間においては—これからもその本来の理想に背き続けていくばかりか—その真の理想、回答を見出そうとする人間を見つけると顰みをつくり、—現実実際に何も貢献していないくせに—現実実際を進行させていく者の妨げ邪魔ばかりをする—物種《ものぐさ》—者として非難するばかりではなく、この現実実際者は総がかりによって、実際の掟によって難癖をつけて排斥否決していくことしかしては来れなかったことは、その真の探究（求）者が世の憂き身に晒されていく現実からも疾に大昔から証明されて来ている事実《こと》である。つまり実際主義者にとっては可視化具象具体的＝現実実際に伴う活動による「物理的理想」活動を起す者のみが理想的活動家として人間《ひと》社会から認知され、評価されていくということである。そしてこの物理的思惟こそが世の中、世界の、本音（心）と建前のありとあらゆる矛盾と不合理を引き連れていくことの根源―原泉―に繋がっていっていることは間違いない―が、彼ら現実既存の人間すべてはその矛盾を不合理を指摘しないままに、有益として、そのまま受け入れ続け、当局、社会、世界をはじめとして総勢全体が挙ってそれに評価し続け乍ら真の理想を握り潰して行くのである！

　つまりこの唯物現実の人世、浮世社会においては、真の理想とその回答を見出そうとする目論みは、あくまで心の装飾品、世界、社会、人目に対する宝石とかアクセサリーとか、魅惑的ポーズのようなそれに類した一理挨拶程度のものにすぎないものとして成り下ってしまった訳である。そうしてすべては「御蔵入り」にされてしまったという訳なのだ。彼ら人間は、その物理経済思惟からの紛争と闘争の明け暮れによって絶え間のない緊張を事更にして引き起し、果しのない「戦争ごっこ」をし乍ら、その貴重で尊い当の人命人生をいつ果るともなく台無しに犠牲にしていっている本音（心）と立前を逆転させている始末は、悲劇というよりは滑稽という他にないことなのではないだろうか？　―そしてそこでは御身大事に現実という大河を泳ぎゆく魚どもと化した人間どもが至上物理経済の餌を求めて日常四六時中煩くうろつき回っている風情と何んら変りない次元とその始末なのである。ああ、この何んという生存に対する忌わしい程の図々しくも小賢しい勘違いを起していっている連中どもであろうか。とてもでないがこの既存に太刀打の出来る類いのものではない。これはもうまさしく第一級のペテン師といったところである。この聡明さはもとより頭でっかち物理的思惟からによる聡明さに限られる。真心《こころ》はますます腐り果て、地に堕ちていくばかりではないか。従って、喩えばその彼ら人間というものが科学と文明と学問の土壌とその成果によって築かれているこの世の中全体のそれと同様、その前者の築き上げて来たいっさいの物理的叡知を基調基盤を踏襲としていっているその既存の定義に即し則った延長線上にあるものは、矢張りどの様に表現し、言って回ろうとも、その仕様が目先隣接する現実処方から発想発祥されている物理的思惟からの腹案と原案を背景として創造拵え上げたその既存の社会や世間、世界を念頭においたそこから既に評価されている価値《あた》い、またはその効率的有効性とその便宜と成果、つまりは肉物的生存本能の生活を充す（していく）為の目的として来ていたもの以外の何ものでもなかったことであったのである。彼らはいかなる情況下におかれようと、その目的とこの唯物的進展と進歩の可能性をけして諦め、見失うことはありえない。敏感に反応し、感じ取ってゆく。このことはもとよりけして表に姿を現わし様もない誰もが腹蔵して来ている生の支えとして根底より本能として成立しているものであるからだ。早い話が本来の理想本質を求道する私にしても、勤務生活を退いて以降、その自立の仕事を四半世紀に亘って続けて来ていたが、そしてその仕事が自分の真実に背くものであることを重々認識承知しつつも、半ばその自己矛盾自己嫌悪と裏腹の背離した心を抱えつつ、他に自分の生きていくことの見通しと見立てと術、当座生活の都合が皆目つかなかった事情からも已むを得ず、そこに自身の生の根域を求め、繋げて行く為に、決死の覚悟を以て飛び込んでいく他に無いことであったからなのである。もとよりこの時点において私は世の中とは背離断絶して行くことになることを店の主人からも警告として叩き込まれていたし、その以前からの学童体験、人間関係からしてその人間不信の影を引きずっている自からを重々理解してもいて、自身で身を立てて生きて行く以外にないであろう自分に充分意識させられていたからに他ならない（と言ってその私に何んの才も、技能もあろう筈も無いことであったことは言うに及ばない）。―そうした中で、そうしたことからも、自身の自立への覚悟と決心（意）、目鼻がつくまでの間、この理不尽な勤務生活に堪え忍び、その意味での店に対する罪を背負いつつも、私は今暫く「居座り」続けていなければならなかった訳である。そしてその時刻《とき》は刻一刻と迫って来ていたのであった。しかしその記述はもう少し先伸しすることとして、今暫くこれまでの話しの先を続けさせて戴きたい。

即ち私がここで語りたかったのは、この感情的情緒における人々、ロマンチシズムによって空想夢想を弄んでいる人々、この連中の何んという天真爛漫と多様多面性、分裂的それ故の現象に対する滑らかな順応性と対応性である。彼らというものはいずれもいざとなれば見れども見えず、聴けども聴こえずという態度を平気でとるようになってしまった。まるでそれは蛙の面に小便といったところである。彼らはその上辺り、既存表象によって健全と正常、幅と奥行きを例の物理的知性によって勝ち取り、私はその意味において彼らの言い種によればすっかり人間的魅力を失った疾病的見窄らしい硬直した人間という評価で通っている。尤もその彼らの評価する価に既に生きてはいないのであるからそれは当然なことであろう。そしてこの彼ら人間の巧妙な掏り替えと転換がどれ程にして行なわれているかについては第一部で詳しく記述しておいたことなのでよく承知していることであろう。つまり彼らはその都合のいいシステムによってこの七つの海という人生航海、その荒波を巧みな舵取りによって己れの生を操り、乗り切らせていっていることなのである。世渡りの名人でもある訳だ。ところが私の口から言わせれば、これ程の食わせ者もまた稀有である。ところがその彼らはいずれの立場、情況にあろうともそれに不拘わらず、自分の立場を守護し、正当立て、一般の犯罪者や悪には単純に怒り、人情ものには人並に既存に則って涙をこぼさんばかりに涙腺を緩めるのである。その彼ら人間にとって、その真偽の程は余り関わり無く、心の琴線や肉体からの刺激にさえ触れればそれで満足し、寧ろその物理的刺激こそが彼らにとって誇り、良いことであったのだ。それはまるでどんな波涛にあり乍らも、常に水面に浮んでいる浮標《ブイ》の如くである。この極めつけの卑劣漢であり乍ら、自分の必然心理に対してのみ完全に忠誠的誠実に成り続けていられるのは、同時ににまた卑怯を発揮し続けていることの出来るのは、これは通常人における人生を健全に負うところの免疫性のそれと全く変りないことなのである。ただ、その理性と抑止力がどれ程かかり、働いているか否か、そのことに偏にかかっていただけのことであったのだ。彼らはそのことによっていわば一理一通りの抜け目のない賢さ、生態を会得し、それに即して導いた全体社会の中に紛れ込み、正体を匿って（偽わって）擬態となって変幻に溶け込んでいたのである。そのメカニズム全体の生態によって、我ら生まじめ真正直を宗とする稀有する生態は浮き上り、その全体の彼らからすべてに亘って割り食わされ、打ちのめされていく役回りを承ることととなった訳である。

当時の私にはそれでも、全くのひとりぼっちとは異なって、郷里には二人の竹馬の友ともいうべき、暗黙のうちに将来までを誓い合っていた友がいて、家との音信にしてもまだ完全に途絶えてしまっていた訳ではなかったのである。竹馬の友も、滞り勝ちな郷里に戻る都度、家中に腰を落ち着けているよりもこの友二人のところに駆け付けることが私の慣わしになっていたのである。そうしたことからも職場にある私がどういう情況に置かれてあるかということは、この二人が一番理解もし、心配もし、案じてくれていることでもあった。即ち、私の心の中には後々実家との行来が絶えることになるにしても、この竹馬の友との関係だけは保ち続けていかなければ、本当の独りぼっちになることは目に見えていたことであったのである。その予感が確実なものとして胸の中に置かれてあったればこその私の彼らへの気持（こころ）であったことなのである。即ち、家を離れてからというもの、この家の事情というものはいっさい私を気付かってのことではあったろうが伝ってはくることはなかったし、私にしても職場のことに関しては自分の口を一切封じていることでもあったので、互いにその事情については知ることはないことであったのだ。―そうした中で、郷里の友が二人とも長男であったことからも早々に相次いでその身を固めていったことからも、祝福の気持とは別に自身の境遇とも重なってその焦燥感を私に煽らせ、駆り立たせていっていたことも確かな事実となっていた。とりわけ家からの負っている「悪霊と呪縛」、「病んでいる血への懐疑と疑惑への怖れ」、「職場における主人夫妻との確執と叱責」、もとより「自身を一切匿う者の無い自彊の生と世間と社会と人間全体へ意識と能度への転換要求」こうした混み込《い》った生命からの根底から突きつけられていた身に余る課題に途方にくれていた私にとって将来へ見通しなど立てられよう筈もなく、明日の生命さえも分らない状況に追い立てられていたことであった訳なのである。—それにつけても人間というものは、殊に優位にある人間程、不利にある、一切の不生な弱い立場にある人間に攻撃をしないことを自分に契約した人間に向って、人間という者は更に攻撃を仕掛けて来るというのは、いかなる理屈と生の論理に基くことなのであろう—。これも人間の肉体生理本能であり、已むを得ないことだ、とでも言うのであろうか。即ち、先にも述べておいた通り、彼らの強者信仰に基く弱者制圧制裁本能からのその権利で、その弱みを見せる者の方が劣かで悪い、という弱肉強食の理屈でも罷り通るつもりなのだろうか？　従って、この唯物本意の浮世のシステム、生にあっては、正貧なる、つまり現実既存の体制に逆う者は、結局罪な（有）りという飛躍した、建前を潰して本音、現実に凱歌を成さしめていくのであろうか？　そして事実、人世浮世は裏腹にしてその方向にせっせと突き進んでいっていることなのである。

当時、こうした中での私の唯一の支え、慰み、愉楽といえば、それはある画家の作品を模写修練研鑽を積むことぐらいなものであった。薄給にあった私にもこのぐらいの慰めと愉しみ、癒しの場を持つことは何んとか保つことは出来ていたのである。一時は、そのことによって後々路上でもよいから似顔画によってでも身を立てることが出来たらよいことであろう、そのときにはこうした不利な社会的条件の下でも、誰からの拘束も、気を使うことの必要もなく真の自由人として生きられる、身を立てて生きていくことが可能となる訳ではないか、そう半ば本気になって夢のようなことを考え乍ら画いていたものである。事実そのための手段として通信教育も実際に受けていたものである。しかしそれも実を結ぶことのないままに五年程で「全過程を終了」すると共に辞めてしまった。即ち、私にはその才能もセンスも無いことを思い知らされたからである。とはいえ、この何んの光明も目的も見出すことの出来ないまま、ただ役立たずの厄介者として蔑まれ乍ら、この「裁きの庭」におめおめ生き延びて厄介払いの勤務生活を威威し続け乍らお払い箱になるのを待つ訳にはいかなかったことは言うまでもない。して、この何んの弁解の余地もなく、弁護してくれる者もいっさい無く、その四面楚歌に立ち至っている自分の境涯と、血と背後霊を背負っているような命運の中で、その自身の境遇と向き合っている中で、この絵画への慰めにしても何んの自己解決にはいずれにしても繋ってゆかないことを覚らされていたことからも、またそのことが一層深刻を増し募って来ていたことからも、その自分の考えを将来に向けて考え直し、洗い出さなければならなかった訳である。さて、そうした自分の才能、身寄りの途絶えた中で、この実社会、世の中のすべての条件の背かれている—彼らは私の方でそれに背いている、そう決定付けていることは間違いないことであったが—中で、今後何を拠り所ろに自分を支え、身につけてゆくべきなのか、その可能性が自分の中にあるものなのかそれとも無いものなのか—私はそのことを何度も何度も弄り乍ら点検し直していたものである。その結果、私には貧しくも嘆かわしいかな何んにも出てくるものは何にもないことに辿り着くばかりであったのだ。ただ出てくるものといえば瓦落多と血とか、悪霊とか、背後霊とか、この浮世、人間社会と逆様な自分の存在とか—そうした既存現実の生に対する失陥ばかりが芋蔓式に次から次へとそれが連って出てくるばかりであったのである。しかもその目を背けたくなる絶望的なもののどれもというものが、絶体絶命のものが、それこそ目を背けることの出来ないものとしてその自分自身壁に押し付けられ身動きの取りようもなく免れることの出来ない自分と向き合わざるをえないものとして、逃げ去ることの、回避することの出来ないものとして、その場の状況はもとより生涯向き合っていく以外にないものとして立ちはだかっている自分に改めて気付かされるばかりなことであったのである。つまりこれは、私の霊魂が生来より宛《あてが》っていたものなのか、それとも、人間社会が物理現実、肉体本能とその意識の中でそれを築いていく為に、その真理真実、霊的本質世界を隔て、避け、防禦していく為に拵らえ上げ、創造して来た万里無限に亘る人類の築き上げて来た「壁」ではなかったのではなかろうか、とすると、これを乗り越えていくことはもとより、この壁を取り払うことなど更にありえない私の宿命という訳だ。しかし私にはその運命を黙って傍観している訳にはいかなかったことは言うまでもない。私にとって、否、私の生命にとって、生きていく為にも、その自分にとって戦闘い続けていかなければその生の証しが、航跡がいずこにも残していくことが出来ないことのように思われて来ていたのである。従って私としてはそのことを頭の中、心中で考えているだけでなく、思い切ってそのことを具体的に自身の人生と重ね合せ乍ら紙面の上に書き移していくことで、それを自分の生と人生の拠り所として行く他にあるまい、そう考えるようになって来ていた訳である。そしてこれこそが私の生命を支えることの裏腹な最善最悪の考慮と手段となって来ていた訳である。もとより、そこに決着などあろう筈もないことは予めから承知し、分っていたことは言うまでもないことであったが、なれど、これを実行実践に移していかないことには、私にとって人生とその生、は生命を繋っていくことはもはや出来ないものとなって来ていたこととなっていたからなのである。

私は一般既存の人間の価としていく物理的認識とするところから、悉く反りはもとより、相性が悪いだけでなく、機構と組織、システムと仕組とするその人為の法則からして、然ずから、当然の帰結として、自分の生全体というものが有無も無く無条件に割り出され、割り引かれ、天引きされていく宿命にあったことからも、既にそのことに対しての強烈なまでの敵愾心を身内に秘めていたこともあって、理解するものはいずこにもいなかったことは言うまでもない。即ち、私のとんだ心得違い、世間の価に生きることの出来ないことでの逆恨みとして贓《にべ》も無く否決されていたことは言うまでもないことであったのである。

このことはこれまでもそうであったし、現在《いま》でもそうであるし、これから以降も、私の生涯のある限りを通してそうであることに変りはない付いて回って来ることだったのである。つまり、こうした私の違う、人間人為の非理想生活を探究、窮めて行こうとする、この既存の構造システムを頑固に支持していく社会、世の中、世界、どこからも全体に亘って支持されて行っていることで、この私にしてみれば、生涯に亘って否決され続けていくことの致命の理となっていたことであったことからも、到底頷くことの出来るものではなく。これ程の災厄理不尽なことは他にないことであったのである。しかし私はこの人間の固定観念をいかにしても覆えして見せる。これまで生を死に続けて来なかった事情と経緯《いきさつ》からしても、その生を自身に取り戻さなければならない自己の真実からも、世界、生命あるすべての事情からしてもこのことは生命を賭してでも後には引くことの出来ないことであるからである――とはいえ、この人生の晩年を向えるに至ってはもはや遅きに失っすることではあるのだが――。

とはいえ、そのことは余りにも身に余る途方もつかない厖大な念願と構想であり、偏に愚直でしかない私にとって全く相応わしからざる不似合いなものに相違ないことは自身が何より一番理解し、承知していることではあってでも、しかし逆の見方、考えからするならば、こんな莫迦気っ切ったことを、賢明な人間が本気（真剣）になって取り組む筈もないことは周知の事実であったからなのである。つまりこの現実人為に全く欠損している最下位の身に生が餓死してある生命であればこそ、その人間総体の生に向って、世界と世の中全体の良心に向って、既存唯物システムの現実に向って、何んとしてもそのことを問わざるをえない立場、使命を天霊より承ることと言わざるを得なくなった者として、そのことをここに記さざるを、伝えざるをえなくなったという訳である。つまりこれをこの章に顕《あら》わすということは、この愚かで世に未熟で能力に著しく欠乏している私であればこそ手掛けるなどというお鉢が回って来た―という他にないものの表現しようがないではないもの。それこそが私のこの世に生れて来た一番の矛盾であったことかも知れないことではないではないか。

私はこの勤務時代に入る以前から、すなわち学生時代に入って間もなくその当初より、その自分の存在、生命そのものというものが、他の同窓の性質のそれとは異っていることを、既に体現する中でそれとなく気付き、実感していたことからも、その自分の異質稀有であることに他の同窓のそれとは異和感や相性の相違がどこから由来して来ているものなのか、そのことが気掛かりになりはじめ、意識するようになって来ていたことだったのである。そのことがこの実社会に入り、職場において改めてそれを問われる結果になったことで、そのことをいずれは近いうちにその自分というものを根底から問い直し、明かしておかなければ今後、自身がこれからをその人為現実社会の中で生きていかなければならないことからも、その人生の支障、差し障りのことはもとより、何よりもの自からの生、そのものが成立していくものなのかどうか、立ち行くものなのかどうか、そのことを問われていることを直観し、その決断の差し迫っている自身の生を予感させられていたのである。

これ一つをとってみても、この最悪な、実社会の事情と意識と価の人為のいずこからも肯定されることとの無い愚直の宿命を自認せざるをえなくなっていた私にとって、この世の中の総勢と趨勢の中にあって、その必然認識の常識基盤の現実の最中にあって、最早その私の生の難題が解決されようのない絶望的事態であることだけはよくよく直観して私には戦くと共に解っていたことであったのである。つまり独り孤立して根底から人間と真に交わることはたとえ私の方から望んでいたとしても、彼ら人間、実社会の方でその私の存在を拒《こ》否《ば》み続けていくであろうことを、私はこの時点においてしっかり認識させられる以外になくなっていたことだったのである。私はこの自身の未熟な生命の中で、この様な相わしからざる難問を抱え、その悪戦苦闘を嫌でも強いられ続け、その不運なわが人生との巡り合わせとも四六時中向き合っていかなければならなかった訳である。そしてこの様な怨みと悩みと嘆きを何に向って叩きつけたならよかったことなのであろう。当初より孤立していた私にとってそれはどこにもいなかったばかりではなく、それを叱責し、もしくはその弱みに得たりと食いついて来るか、失笑して外方を向いて関わらない様に、自分を損わないように守りに入っていくのが主な人間の諸行為と行動であることはこの頃からよく気付き、実感させられることになっていたことだったのである。しかし私はその実社会、人間の諸行為行動、職場における詰問と叱責と村八分、自身に齎らされてくるこうした解決のつきようのない不運に嘆き悲しんでばかりいる訳には行かなかった訳である。私は現にこうした真只中真最中《なか》で生きているのであり、これからもそうした絶対的相反する現実世界、人間社会と向き合って生きて行かざるをえなかった訳だし、そのこと事態が既に私にとっては日々が容易ならざる逃れられようのないものとして降りかかって来ていたことであったからなのである。私は彼ら人間のそうした生意識全体のカテゴリーの有り様に背叛した人間であり、自身の生命《せい》の価いその真実の他に生きることの術を知らない―でなければ死ぬほかにない―人間であったからなのである。つまりこのこと事態が孤出稀有した脅迫観念となって私の生を震撼させていた訳である。このことは傍目から何んと怯え、萎縮威々した人間として映っていたことであろう。そのことを肉物に感けている彼らが真先に見逃す筈がなく餌食として感知しない筈もないことであったのである。私はその人間大地にあっては踏みつけられていく側の草でしかない雑草《くさ》の役割を背負っていたのである。彼らの攻撃的肉物的感性からして、地下茎として生きていく他にはなかった訳なのである。これこそが私の生きる根拠、生の資源と資質はここにこそ与えられていた訳である。そして普通の人間という者がその私を見向きもすることなく私の脇を厭離し乍ら通り過ぎていく。

二

当時、この劣悪で、抜き差しならない不遇な勤務時代の中で、その私が唯一の支えとしていたものといえば、何よりもあるひとりの女性に対する思慕の念であった。私のこの絶望的勤務時代は、この女性との出逢いによってどれ程の哀愁に充たされ、心豊かにして慰められ、救われることになったか知れないのである。そうかといって、この打ち拉がれた何んの取り柄も無く、人生から遠く打ち棄てられてある片隅に逼息して生き長らえていた私に、最悪の条件だけが打ち揃えられ、突き付けられていた私に、どうしてその人に対する自分の意志表示と人並の感情《きもち》を表明《あら》わすなどという怖ろしいことが、伝えることが可能となっていたというのだろう？　大体において、人間の関係、拘わり方、殊に男女の関係ともなればある意味においての社会性と世間体、物理的外見上における優位性、境遇境涯に恵まれてあることが常識的に考えて必要必然になって来ることは当たり前になっている。それに裏打ちされた強調性と自惚れ、必然観念にあることは欠かすことの出来ない条件となって来る。いわば自己感情への倒錯した形、姿を示さなければならない。つまりここにあって理性的、抑制的ネガティブであることは却って嫌われることになるのだ。愛情の薄さとして見做されていくことになりかねないのである。人間大凡の恋愛というものの殆どは、こうした社会的外見、物理的条件愛情の程度というもの、感情の有無高低という性質というものが、知的操作によって操られていっていることが殆どを占めているものであろう。ここではある意味での騙し合いが、信じ込ませることが必要となってくる。ここにどれ程の純粋性が関与していってあるというのであろうか？　つまり、結局のところ、私意的とするところが私にはいずれにしてもポジティブに考えられるに相当するものが、物理的、社会的、常識的なところにおいて、何一つ自己主張して行くことの出来るものは揃いも揃って、何も無かったのみならず、人が顔を背けるような條件ならば世間的に揃い過ぎていたということである。人前で伝えることの出来るものが何一つなかったということである。私はその自分というものを信じて疑ってはいない。つまり世間、社会から評価されるものは何一つ身についてはいなかったということである。私はそれを捨て去ることによって生きて来ていたのかもしれない。そして今となっては寧ろ、そのことを身につけることのなかった自分を、反面においては自己評価してやりたいくらいの気分なのである。即ち諸君、諸君らの自慢評価としているところの人世人為総てにおいて、真に紛れもなく本質的に評価することの出来るものがどれ程に有るといえるのだろうか？　このことを顧みても、私の生すべてに亘って人間がけなしにかかっている程、嫌忌している程に悪いことばかりのものではなかった筈ではないか。むしろ本源、霊的に捉え、考えてみた場合、いずれが真正面なことを言い得ていることになるのだろう？

—そんな訳で、話しが大分横道に外れてしまったが、私はこの女性《ひと》の面影をひたすら追い求め、心の中に刻んで棲まわせ、その空蟬の遺る瀬無に心を必死に埋めることによって補ない、繋ぎ止め、慰さめることで職場での己れを持ち堪え、忍ぐ糧としていたのである。なんとか希望の無い闇の中に一条の光明を灯し続けることによってその窮地に有る勤務生活を堪《こら》えていたのである。その女性《ひと》は、私の勤務する職場の店から一軒先隣りの店に勤務して来ていた。私はその女性を一目見るなり、電流にでも打たれたかの様に一瞬にして釘付けになり、虜となって全身を感動によって硬直させ心を震わせていたことを晩年を迎え

書　名			
お買上 書　店	都道 府県　　　　市区 郡	書店名	書店
		ご購入日	年　　月　　日

本書をどこでお知りになりましたか?

1.書店店頭　2.知人にすすめられて　3.インターネット(サイト名　　　　)

4.DMハガキ　5.広告、記事を見て(新聞、雑誌名　　　　)

上の質問に関連して、ご購入の決め手となったのは?

1.タイトル　2.著者　3.内容　4.カバーデザイン　5.帯

その他ご自由にお書きください。

(　　　　)

本書についてのご意見、ご感想をお聞かせください。

①内容について

②カバー、タイトル、帯について

弊社Webサイトからもご意見、ご感想をお寄せいただけます。

ご協力ありがとうございました。

※お寄せいただいたご意見、ご感想は新聞広告等で匿名にて使わせていただくことがあります。

※お客様の個人情報は、小社からの連絡のみに使用します。社外に提供することは一切ありません。

■書籍のご注文は、お近くの書店または、ブックサービス(0120-29-9625)、セブンネットショッピング(http://7net.omni7.jp/)にお申し込み下さい。

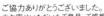

料金受取人払郵便

新宿局承認

2523

差出有効期間
2025年3月
31日まで
(切手不要)

郵便はがき

1 6 0-8 7 9 1

1 4 1

東京都新宿区新宿1－10－1

(株)文芸社

愛読者カード係 行

お名前《ふりがな》		明治 大正 昭和 平成 年生 歳	
ご住所《ふりがな》	□□□-□□□□	性別 男・女	
お電話番号	(書籍ご注文の際に必要です)	ご職業	
E-mail			
ご購読雑誌(複数可)		ご購読新聞 新聞	

最近読んでおもしろかった本や今後、とりあげてほしいテーマをお教えください。

ご自分の研究成果や経験、お考え等を出版してみたいというお気持ちはありますか。

ある　ない　内容・テーマ(　)

現在完成した作品をお持ちですか。

ある　ない　ジャンル・原稿量(　)

ている今となっても鮮明に憶えている。即ち、その女性に出逢った瞬間より、私はただ訳もなく、無条件に心哀しく、遺る瀬無く、切無い程に魂を奪われて立ち尽くし、哀愁の止め度もなく溢れ出て来る涙を堪えることも出来ずにいた程であったのである。このことは職場での窮地にある四面楚歌の闇の中に見出した死生を甦えらせた一灯、一条の光りであることに間違いはなかったからである。それ以降の私というものはこの生きることの目的、支えの草木を心の中に植え付けることの出来たことによって、この職場での勤務が如何様に厳しい方向に向おうと、その地表が荒繁っていようと心の深淵においてはそれ以上に私の心からは次から次への湧き出て来る泉がこんこんとそれを打ち消して余りある程に溢れ出て来て、それにまた哀愁の涙が込み上げて来てならなかったのである。それを人目から隠しているのが困難な程であったのだ。つまり勤務生活が救われ難く窮地に追い込まれる程に、私の彼女への思慕もいよいよ深く燃え盛り、その困難を打ち消し、和らげていっていたのである。その彼女への私の思慕は衰えるどころか募りこそすれ、益々私の心深く刻みつけられていくばかりであったのだ。それ程までに彼女の仕種全体が私の画いている以上に心を充すものであったからに他ならない。差し引くものは何もなく、私にとってはもう重ねられるものはもうそれ以上何もなくなっていたことだったのだ。

私のこの女性への思慕というものは、このように愛の呪縛にあり、脱け出しようもない虜となって、地表が如何に一面に閉ざされた闇となっていようと成長して、更に昂進し続けていった。それは焦れる程に、身悶えする程に、切なく、しかも一途清純にして混り気の無い烈く灼けつくほどのものであった。その場の私にとって、彼女への思慕《おも》いは自身の生命の炎そのもののようにさえ思われ、その炎の消えることを、生命の終りの如く恐れていたのでもある。

私の彼女への思慕いはそうした切なくも灼け付くようなものでありながらも、自分の持って生れた宿命や負わされているこの人世での既存現実に伴なう運命等々、疑惑と不安とそのすべてに対する背離してしまっている條件を鑑みるとき、並外れてしまった人生における情況とその行先を思い計るとき、ましてやそのことと愛しくも思慕いを生命に替えて思いを寄せる彼女とのことを重ね合せて考慮えるとき、その自からのこの人世における窮状と最下位の立場、苦しいまでの情愛を考慮えるとき、彼女に近づき、自身の彼女への素直な偲いを伝え、思いの丈を打ち明けたいという願いと希望は、自から最下位最悪な者、彼女までもその巻き込むことによって汚し塗れさせてしまうものとして、彼女を愛しく偲えば偲う程に私にとってその希望と自己の良心との角逐葛藤の中で、私はさ迷い続けていかなければならなかったのである。つまり、その新たな苦悩《なや》みが加った訳である。もとより、この苦悩みは私にしてみれば何より掛替えのない嬉しくも愉しいこれまでに経験したことのない苦悩みであったことは言うまでもない。私はその揺れ動く自からの感情の狭間、躊躇逡巡する中で、店にあって自己否定されている中で、彼女への恋心を宝物のようにして、生甲斐としてその愉楽に没頭し、その仄かな灯りに忘我に更っていた程であったのである。それこそが私にとって職場における窮境はもとより全ての窮境を忘れさせてくれる真実の一刻にもなっていたことになっていたことは言うまでもない。私にはそれさえも掛替えのない、初めて体験する真実の幸福であったのである。私はこの最悪的ここに置かれている自分の身分を、自身の望みを彼女に近づけることよりも、その彼女をそのことによって少しでも塗れさせてしまうことの方を恐れ、このまま彼女を見守っていくことの方がいずれにしても賢明なことではないのだろうか？　そうした結論を導き出すことに、その自分を説得させることに懸命躍気になっていなければならなかったのである。―そこで諸君が、その私に対して、「それ程までに彼女に思いを偲ばせていながら、何んのアプローチも、働き掛けも、プロポーズもすることさえも出来ないままに見守ってゆくしかないというのは、如何なる事情、負い目が君の方にあるにせよ、その女性《ひと》に対する、女の人に対する君の男としての、ひとりの人間としてのコンプレックスと臆病しかなく、意気地が無い為にその弁解をしているだけのことにすぎなかったのだ。男だったなら、何はともあれ後先のことは気にせずに自分の真実誠の気持を告白伝える為に当って砕けろ、ではないか」、と、半ば軽蔑的同情気味になって、一般認識を以て片付けることは私にもよく分っている。何しろ無神経で自信家で、感情と立場を大切に驕慢な諸君たちの意識のことである。既存の必然的認識を以てどこまでも突き進んで自分の人生、生活をそれいけいけによって築き、突き進んでいくことの可能で出来る自己中心的になることの出来る、健康優良児の諸君のことである。この私の太刀打ち出来るところの者ではない。それに何より、諸君たちには私のおかれている人世界との情況、立場、境涯においての心理的根底からの生の負い目とその食い違いというもの（こと）がよく理解出来てはいないということである。愛についての意識というものが根底より隔っているということである。生の基盤からして食い違っているということである。―それに、私の彼女に対する憧憬と思慕の感情は、丁度、好きな可憐な一輪の花弁の匂と香雅に恋焦れ、自分のその醜悪な心身が―私はそのように人世界や社会の通常における通念と観念の価の中で、そのように自分の意識の中に植え付けられて来ていたのである―近付くことによってその花弁を無意に傷付け、汚してしまう事の罪状のように思われ、そのことを何よりも恐れていたことでもあったのだ。

私にとって彼女との出逢いというものは、それこそ凍死しかけていた酷寒の闇の中に、いきなり射し込んで来た一条の温光、もしくは厳凍の地を彷徨う道端に見つけた健気でありながら神々しい香りを漂わせている一輪の花弁に出逢った衝激の様なものであったのだ。私は一瞬にしてその霊魂を鷲掴みにされ、虜となり、支えとなし、縋る思いの中で、この窮境を乗り切ってゆくべく理りも無しに生甲斐として行かない筈がなかったのだ。私はそのことによってあらゆる周りから打ち寄せてくる波涛の風雪苦覚を岩場に齧り付くように堪え、その辛酸でしかないこの絶命している様な勤務生活をいま暫く続けていくことに決意したのである。今暫くはどうしてでも、ここを辞めてしまう訳にはいかない事情もあってのことでもあったのだ。そのことは彼女への偲いと並行してのことであったことは言うまでもない。そして時だけが無常に流れていっていた訳である。

彼女は毎朝九時十分程前に出勤して来ることが分っていたので、八時半に店を開けることになっていた私は、その彼女の出勤時間に合わせるように店の前の歩道ばかりではなく、車道の縁にかけて、一軒隣りの彼女の勤め先の店の前までを入念に清掃するのが既に前からの誰に命じられるまでもなく私の日課となっていた。私の胸の動悸はその時間が迫って来るにつれて、次第に苦しい程に切なく、早鐘の様に高鳴って来ていた。その姿が最寄りの駅の方向から認められると、それはまさに頂点に達していたにも不拘わらず、私はそれに平精を粧いつつ、いつものようにどちらともなくその朝の万感の挨拶を「お早うございます」と言い交わし合うのが互いの習慣となってそれが定着していたのである。私にとってこの彼女との朝の始まりであり、最良の一日として心得るようになっていたのである。もとよりその挨拶の中には自身のこと以上に彼女への一日の平穏と良き一日であることを心より願っての心を込めた挨拶であったことは今更言うまでもない。私は彼女の前にあってはまるで無垢の少年の心、子犬同然であったのである。その私に対し、彼女もいつに変りなく静謐であり、誠実な物腰が自然体の中に醸し出されていた。それは互いの意志の顕れだったのである。また、時折り見せる自然の中に作られる微笑がこぼれ顕われる時などは、もうそれが私の心の中で一日中潤沢の中に私を守っていてくれるのであった。そして彼女にしてもきっと、その私からの朝な夕なの熱い視線と万感籠る誠実さの込められている挨拶とその姿、所作の中に私からの自分への熱い心情が働いていることを感じ取らずにはいられなかったに相違ないことを、私は今でもそのことを確信しているのである。だからこそ、彼女もその私に気付かされずにはいられなかったに相違ない。女性というものはその点、男よりも数段そうしたことに対して敏感に反応するように具っているものなのである。それによってこの私の心からの思いが伝って、彼女にとっても歓びとならなかった筈がないではないか？　―私は以前から、大概の女性から―一般の人たちと言っていい―ことに一般普通の女性からは、自分の視線というものが傍迷惑として嫌われて誤解されて受け止められていることに気付かされていたのである。自分の中には何かそうした人に、殊に女性に卑しいと感じさせてしまう何かそうしたすれ違いをさせるものが潜んで、浮かび漂っているのではあるまいか、そうした懸念に随分前から思い悩まされていたことでもあったのである。そうした点において、彼女だけはそうした社会的一般の女性―人―とはその受け止め方が最初から異なっていて、その人の人間的本質を見窮める視点を彼女なりに持っていたことを私にしても彼女の醸し出す印象からして信じることが出来たのである。即ち、彼女の心にはそうした外見による偏見その心がその時々に応じてブレる様なことはなかったからである。人の真心、本質を思いやっていくことの出来る心の広さ、深さというものがその容姿、仕種の中から根付いてあることを窺い知ることが充分に窺い知ることが出来たからに他ならない。

彼女の長めにまとめられた艶やかな光沢のある黒髪と、愁いを漂わせながらも爽やかな彫の深い目鼻立ち、濃く長い眉毛と睫毛、そして細面の静寂を湛えている面差し、全体に奥行きを秘めている穏やかに抱擁力を持った静かな温かみを持った内面から滲み出てくる眼差と表情にそれぞれのメッセージと意味合いを湛えていた。黒く愁いを漂わせているその瞳の中には何んと多くのものが語られていたことであろう。私はその彼女の面差しの中に自分の心からの映し絵を見ていたのであろうか？　そこに異和感は無かったばかりか、彼女は私以上に私を表現してくれていたのである。私はその彼女の心の深みと湖愁を漂わせて貰っている一隻の小舟でしかなかったのである。まさしく、であるからこそ、私は彼女の真心の中にどうしようもなくのめり込み、溺れ、魅かれ、そして癒され、尉められ、身も心も、全身を委ね、支えられていることが出来ていたのである。私はその彼女との朝な夕なに出合う都度、言い知れ難い哀愁の泉によって充たされ、その湖愁に溺れて人知れず涙してしまうのであった。ああ、彼女も何んとやさしく、充たされない不遇の中に身をおき、自からの慰さめを見い出すことによって生きているのであろうか？　私はそのことを哀切哀愁の中に生きる者として、直観的に感じ取っていた。

「ああ彼女よ、彼女よ、貴女だけには本当本物の真実《まこと》の愛、幸せをどうか恵み給え」、私は密かにそのことを祈り続けない訳にはいかなかったのである。その私の心の中に、切なくもやるせなく、けだるい街の黄昏の水面《みなも》に陽が揺らめいているような、その切ないメロディーが心に染み入るように繰返されていたのを、今となってもはっきりと気憶の中に止めているのである。そしてこうした彼女に対する偲いと、私の心の流れも、郷里の家に付き纏う悪霊と病んでいる自分の血の気配と背後霊の幻影が符合し、私の心にそうさせていたとばかりとは言えなかった。事実、周囲からの好奇の視線に曝されていたからである。諸君はそこで、私の神経の病んだ疲労感とその過敏による思い過ごしがそうさせていたのだろう、とそう思うに相違ない。しかしそれは後述に記されることになるが、事実として私の前に生き方そのものの全体を問われることになった結果として突きつけられることになったことによって、そのことは明らかになる筈である。

　ああ、それにつけても私にとって彼女との出逢いは、暗黮の私の前に突然咲いた憂愁いを湛えた紫色の美しき人里離れて咲く清純にして可憐な一輪の花弁の如くであった。私にはそのことが私への生きることへの励ましとして現われ、暫くの間の掛替えのない生命綱、支えとなることとなったことは言うまでもない。それは私にとってあまりにも心魅かれる、この苦境窮地を支える為に送られ、与えてくれているに余り有る一輪の花弁との巡り合わせの様に思われたのである。私はその自分の傷ついた、余りにも汚れ病んでいる血と宿命を負っていることからも、斯様に彼女の心を知らずのうちに傷つけてしまっているのではあるまいか？　そのことを反面で恐れ続けてもいたのである。それ程までに当座の私の身の回りと心は萎えた深刻な情況の中で喘ぎ、その自分の始末にさえ困り果てていたのである。それにつけても、その勤務生活の中で彼女との出逢いすらなかったなら、それはどんな悲惨で空恐ろしい事体を迎えていたことであったことが知れなく、それは想像するも愚かなことである。そしてこの貴重な月日は、この朝な夕なの挨拶と時折顔を合わせる時の、それも心ならずの会話と会釈、取り留めもたわいも無い会話を手短かにして交すうちに流れ過ぎていった。私はそのことに尋常ではいられなかったが、しかしだからといってどうする手立ても、きっかけも見つからず、見出すことの出来ないままに——自身の思いを具体的に伝えるべき法策も、是否も、手段も無いままに、その思案の間を行ったり来たり途方にくれ、焦燥りを深めていくばかりであったのである。そしてその決断を迫られる事態は刻々と目前に迫って来ていたのであった。

即ち、折りしも、東京五輪を睨んだ都市整備計画の進捗してゆく中、世の物理経済と所得倍増計画論と高度成長に伴って浮かれている世の中の最中にあって、その世からたった独り一切から取り残され、無縁に置き去られ、逆行していく自からの運命の中で、益々切羽行き詰っていく自からのにっちもさっちも動きの取りようもない、明日の行方も知れぬ途方もつかない中で、私はひとりその如何様にもならない存在そのものにうろたえるばかりで、その途方にくれる目度のつけようのない日々を堪えていなければならなかったのである。—そうした中で、以前隣りのホテル建築との共同建設を誘われ、それを断わっていたのであるが、いよいよ別の意向によって、彼女の勤務している店との共同ビル建設の話しが持ち上り、それが纏ったことによって、既にその着工の日時が目前に差し迫って来ていたという訳である。即ち、それに伴っていずれもが仮店舗に移らなければならなかった訳である。そうした中で彼女も浅草橋の仮店舗に移ることになり、その日も真近に迫って来ていたのであった。この事態は、私にとってみればどんなに衝撃となってもたらされることになったことであろう。それは今更ここで記すまでもないことである。私はこのとき彼女に別れを惜しむ言葉をかけていたように思うのだが、すっかり動顚《てん》していた私というものは、その気憶も、言葉の内容も、全く留めてはいないのである。ただそれ以上に、自分の心情、気持、意志を伝えることは先にも述懐しておいた事情からも、私情を吐露し、伝えることは矢張りどうしても憚られ、出来ないことであったのだ。そのときの私に去来し、考えていたことは、一年か一年半後、ビルが完成し、彼女が辞することなく戻って来るまでの間に、自分も何んとか彼女に自分の意志と気持を伝えられることの出来る、目鼻がつけられるように頑張り、自身をより高めておくと共に、将来への方針―それが私にとっては人為の価から妨げられていっていることではあっても―固めておかなければ伝えることは出来ない、そう考え、今は早まることなく、事を誤ることなく、そうした時期にはないのだ、そうした「感慨と判断」のもとに押し留め、その彼女の戻って来る日まで、辛抱強く待ち続けることとしよう。そう自身の気持を宥《なだ》めつつ、一応は固めてはみたものの、その何んの保証にも充てにもならない、定かではない期限に、私はそれまで自分自身が持ち堪えられるものかどうかはもとより、たとえ持ち堪えることが出来たにしても、彼女がその期間までに辞(退)職してしまい、このまま永遠に再会することなく、これが最後の別れということになってしまったなら、むしろその公算の方が高いことなのではあるまいか、という不安が駆け巡り出し、その切羽詰った不安に取り付かれ、居ても立っても居られなくなっていた訳である。私の勤務する仮店舗も最寄りの駅よりの現在地の数軒手前のビルの一階に移店することが正式に決り、その内装工事が始められていた。つまり、彼女の仮店舗への移動も真近に迫って来ていたという訳である。

　当時、ビルの移築工事をすることが正式に決められたことによって、それに伴っての仮店舗の改修工事も始められていたのである。現在の店舗にしても、建物内に同居していた三世帯が相次いでそれぞれに転居していったこともあって留守を預る者として、ひとり取り残されることとなり、その店舗の一角に解体されるまでの間、その管理留守を預ること となり、初めての自飲生活に入ることになった訳であるのだが、夜ともなるとその三世帯の家族からの開放感と共に一抹の侘しさも募って来て、妙に人恋しくも有り、落ち着かない夜を過すことになったのを覚えている。そうした中で気に掛かるのは偏に差し迫って来ている彼女との別れの日の事であった。「俺はもうこのまま彼女と二度と逢うことの出来ないことになってしまう公算の方が強いというのに―何故か私にはその様に感じられてならなかったのである―『そのことに未練はないのか、悔いは残らないのか、そのことによってこの店にあって自分を保っていくことが果してこれからの日々、自分というものを支え保たせていくことが出来るのか―ならば今のうちにも悔いを残さない為にもこの機会の残されてあるうちに、自分の真実《ほんとう》の気持、心情を何んとしてでも、いかなる方法によってでも、伝えておくべきではないのか？』」、私はそうした躊躇逡巡する中で、夜毎眠ることも出来ずに惑い続けていたのである。私にしてみれば、彼女のいなくなったこの店での空蝉になった生活、身など最早考えるだけで空恐ろしい外にないだけのことになっていたのである。私はもう唯一の気持の依り拠ろ、生命を支える頼みの綱、それを失おうとしていたのである。ならば、私としては何んとしてでもこの残された僅かの期間と機会を活かし、逃すようなことがあってはならないことに気持が傾いていたのである。彼女への希望だけは何んとしてでも繋ぎ止めておかなければならなかったのだ。それならば結果はどうあれ、とにかく自身の気持の証しだけでも彼女に伝えておくことで自分への区切り、心のけじめ、生命を繋ぎ止めておくことへの使命を果すことのように私には感じられて来ていたのである。しかし私はその方法に迷っていた。直接口頭によって素直にその私の心情と交際を申し込んで伝えるには余りにも不仕付けであり、私自身流石にその勇気は如何なる情況を考え合せるにしても無いことであったのである。もしそうしたところで、この私からの唐突な申し入れは、彼女を困惑と当惑に落し込んでしまうことは目に見えていたことであったからである。この直訴は却って彼女の心を傷つけてしまうことは間違いなかったのだ。私はそうしたかたちで自分の感情、心情を優先させてまで自分の気持を通そうとは思わなかったのだ。事は何より慎重を擁していたし、出来れば最も穏やかな自然な形をとって進め、それでいて最も効果を上げられることの出来る方法をとりたかったのであるが、私にはそれがなかなか見つからず、思案にくれるだけで、どうにも前に進めていくことが出来ずにいたのである。第三者の手を借りようにも、孤立無援な私には思い当る人間などいよう筈もないことであったのだ。それにことは私にとっての一大事なことであり、その限りにおいて人の手を煩らわせず、自身の手で何んとかこの難問難題を打開したいという思いもあったからに他ならない。私はこうしてあわやこれやと思案した挙句、彼女の気持を最も尊重しつつ、傷つけることのないように気使い乍ら、それでいて自分の意志、思いと気持を最も素直で効果的正確に真実を伝えることに心を砕き、配り、理解して貰うことの出来るように効果的方法を以て、ようやく「手紙」以外にないと思い当り、ようやくそこに辿りつき、それによって私の思いを彼女への偲いとして託すことにしたのである。

　そのぎりぎりの最后の夜、私はその宛がわれていた店の二階の一隅の部屋の中で、彼女に手渡すべくその切羽詰った手紙の制作に取りかかった。私はその文面にあまりにも彼女への思いが切迫して表われるのを恐れ、出来る限り冷静客観的文面に配慮することに努めた。そしてその思考錯誤を重ね、修整し直しながら、その文面を纏め上げることに必死であったのである。いらぬ余計な粉飾、大袈裟な表現、また適切から外れた言葉や、その言葉のなかなか見つからない自分の語意の貧しさ、文章力の無さに改めて思い知らされるのであった。私は反面で、そこから逃げ出したいくらいであったのである。しかしこの段になってそうはいかなく、改めてその自身にし叱咤し続けるのであった。文章は巧く書こうとすればする程に私の手からは逃げ出していくのであった。つまり時間だけが過ぎ、なかなかその文章はあくまで作らず、纏ってもくれなかったのである。最後には私はもう観念する以外《ほか》にはなかったのである。『文章なんか不味くともいいじゃあないか、そんなことより自分の気持が彼女に素直に伝わるように心を込めて書き綴ることが大事なのだ。こっちの気持、本心を彼女に理解して貰うことが何より大事なのだ。自分の気持ち、思いが過多になってしまっては台無しなのだ。その替り、こちらの彼女への誠実な心が伝わるか否かがこの際大事なことなのだ。何しろこれは彼女の心がすべて決めることであり、こちらはそれを素直な気持で受け取める以外にないことなのだからな』、私はそう自分に言い聞かせ、改めて腹を括り、そのペンを握りしめた。

「前略、突然不仕付けにも、このようなお便りを貴女様に差し上げますことをどうかお許し下さい。実は、この御手紙にしても、お渡ししてよいものかどうか、大変迷い続けたのですが、こうしたビルの建設をすることになった事情によって、貴女様とのお別離《わか》れを目前に控えなければならないこととなったことで、どうしても、大変失礼とは存じながらもこのお便りを綴っている次第なのです。貴女様に一読して頂きたく、その気持を遂に堪えることが出来なくなってしまいました。もとよりこのことは私の手前勝手な独り善がりな気持であることも充々承知もしていることなのですが、どうか私の悪気の無い貴女様への心から発したこととして、それに免じてご容赦頂けるならば私にとってこれ程の幸はないことなのです。貴女様はどう思われているることなのか存知上げることの出来ないことなのですが、私にとって貴女様の存在はもう片時も欠かすことの出来ない心の依り拠ろ、心の支えとしてどっかりと私の中にもう棲み付いてしまっていることなのです。なれば、どうしてその貴女様とこのままお別離れをすることが出来ましょう。勿論このことは私の一人合点の感情であることは充々承知もしていることなのですが、この私の始末のつかなくなっている貴女様への気持を貴女様にもお汲み取り頂きたく、御理解頂けましたならば、私にとってこれ程の身に余る光栄なことは他にはないことなのです。これ以上、生れて来て嬉しいことは他にないことなのです。私としては、何より自分の気持以上に貴女様の御気持を尊重し、大切にして行きたいのです。正直、貴女様から嫌われてしまうこと、迷惑に思われてしまうこと、また、御迷惑をかけることになってしまうこと、このことは私にとっては辛く、痛恨の窮みとなってしまうことであるからなのです。考えてもみて下さい、私にとって唯一この世において最も大切な人となった貴女様が今日を以てこれを最後にこのまま私の目の前から消えて、もう二度とお目にかかり、お逢いすることが出来ないことになってしまうことを――。今の私にとって貴女様の存在は唯一の灯かり、生きる源と光明、救いと慰めと安住の地、支えとなっていたことだったのです。正直、その生の灯しびが明日から消えて失くなってしまいますことを思うと、私の生きる希望、心の支えも無くなり、暗黜として塞がってしまうのです。ご免なさい、私の事情ばかり申し上げて、貴女様の心を顧みず、重いものにしてしまったかもしれません。本当は、貴女様にお目にかかることの出来たことで、その私がどんなにその貴女様の存在、その所作、立ち居振舞いの姿によって、どれ程慰められ勇気と希望を与えられ、慰められて来ていたことか知れないのです。その慈くしみを頂いていたことに感謝を申し上げ、礼を申し上げなければいけなかったのに、こんなご負担ばかりをかけてしまうばかりのことを申し上げてしまいました。いくらお詫びしても尽きません。――そう申し上げ乍らも、その舌の根も乾かぬうちに、その貴女様のおられなくなったこれからの私の生全体を遠望するとき、不安でならないのです。何を支えに生きていったらよいのか皆目見当がつかないのです。男のくせに情け無い限りなのです。貴女様にこんなことを言えた義理では無いのに、そんなことを貴女様にこうして打ち明けている自分というものが本当に口惜しく遣る瀬無いのです。もとより、そのことが貴女様にとって何んの関わりの無いことであることも充々承知していることではあるのですが、しかし、陰ながら貴女様にそうした心情《こころ》を抱き続けていた者が居たということだけは貴女様の心の中にせめても思い留めて頂きたく、刻んでおいて頂きたく、こうしてお便りを認《したた》めさせて頂いたという次第なのです。その私から貴女様にお願い出来る筋合いでも、立場にないことも充々承知はしているのですが、出来ますことなら私のこの貴女様への精一杯の気持に免じて、穿った不心得なお希いとは思うのですが、貴女様の正直で忌憚のない私へのお考え、お気持をお聞かせ下さいましたなら、それが私にとって如何なるものであろうと、これ以上のものはないと思っておりますので、その希望みを適えて下さるなら、その貴女様の心を私の宝として大切にして参りたいと思います。この私からの切ない心情をどうか汲み取り頂きたく衷心より貴女様からの御返信御連絡をお待ち申し上げております。—最後になってしまいましたが、貴女様の未来に御健勝と御多幸に恵まれますことを祈念させて頂きつつ、このペンを置くこととさせて頂きます。本当にこれまでの私への心使いを有難とうございました。貴女様にお目にかかることの出来ましたことを至上のよろこびと成し、感謝愛慕申し上げております者より。敬具。」

その夜、私はこの初めて認める告白の書簡に、とうとう一睡もすることが出来ず、気持の高振った中でその最後の朝を迎えていた。私の心は鎮まるどころか、いよいよ不安と期待と恐怖緊張とが入り混り、その早朝《あさ》の空気を吸い込み、外気に当っても一向に平静を取り戻すどころか、愈募って来るばかりであったのである。そしてその時は容赦なく時を刻んで迫って来ていた。私にとってこうした愛の告白とも言える恋文を認めることも初めてなら、それを直に手渡し、告白するのも初めてのことであり、数日前までは思ってもみなかった展開だったのである。それは切なくも甘く、恐怖の入り交った、出来ることなら避けて通りたいような岐路と分岐点に立たされているようなことであったのである。そのことは今となってでも昨日のことのように鮮明に甦ってくる。私にとっての一大事の一時となっていたことであったのだ。そしてその瞬間《とき》は刻々と目の当りに迫って来ていた。

私が店の解体されるまでの留守を預かるようになってから、それまで八時に開けていた店を九時に開店させればよいことになっていたのだが、その日の朝ばかりはいつもより早めに店を開け、いつもの通り店先の清浄を最後と思って入念に済ませておいた。そして余裕りの時間を持つ為にも早めに彼女の歩いてくる手前の仮店舗の方に歩を運んでおいたのである。何故なら、その三十米程の間が、私には彼女に自分の意志と気持を伝え、表現《あらわ》しておいた貴重な夜のうちに認めておいた便りを手渡すべく、その意味合いを示し、与えてくれる「距離」であるように思われたからである。私の気持の中には、彼女が一刻も早くその姿を現わしてくれて、その手紙を手渡してしまいたいと望む気持と、できることなら一刻でも遅れて来てくれるのを望む、その「瞬間」を少しでも先伸ししたいという、また、何よりも「羞恥」の瞬間でもあったことからも、その手紙を手渡すことへの躊躇する心裡が激しく交錯入り交って衝突し合って避けたいとする感慨が私の心を困乱させ、動揺させていたのである。事実、いつもの姿を現わす時刻になり、それを既に過ぎていたにも不拘わらず、その日に限ってまだその姿を望むことは出来なかったのである。この瞬間に、私の脳裏にそれまで思ってもみなかったことが頭を過っていったのである。つまり、『彼女はどうして見えないのだろう？　もしや急に、今日からその準備か待機の為に、こちらには出勤せずにそちらの仮店舗の方に回って、こちらにはもう出勤しては来ないのではないだろうか？』、この全く思ってもみなかった不意打ちを食らい、この考えの急襲によってすっかり動顛し、愕然として忘我してパニックに陥り、瞬間前後不覚、空白の中に我も無く突き落されてしまっていたのである。私は震撼し、全身を「後悔」によって包まれていた。血の気は引き、全身の震えは治まることを知らなかった。それからどれ程経っていたのだろう。私はその聞き覚えのある足音に我に還ったのである。その時、彼女は私の目前五米程に迫っていたのであった。私はその心持の整えよう間も知らなかった。それにも増して、彼女の表情にこれまでにも見せていなかった翳りの表情が過ぎっていたことである。微かに人目を避けるような翳りの表情が潜んでいるのを私は見逃さなかった。『一体、この彼女の身の上に何があったことなのだろう。しかも折りしもこんなときに選りにも選ってこんな彼女の思いがけない表情と出合うことになるなんて——』——私は途方にくれ、その対処対応に困窮困惑しなければならなかった。私はいつもの朝の挨拶と共に彼女を呼び止め、歩み寄らなければならなかったのだが、そう思いながらもその意に反して足を前に運ぶことが釘付けとなってどうしても出来ないのであった。声も声にならず口の中で空回りするばかりであった。彼女にしても私への精一杯の表情を見せて私に私しての精一杯の挨拶を返し応え乍らも、いつものその健やかで穏やかなものとは異なり、どこか厭離遠慮しているようなところが窺い見て取れたのである。私はその手紙を手にし、彼女の後を数歩追いつつも、その距離は開くばかりであった。私はその心を激しく痙攣させ、『今、この機を逸すことはこの機会はもう二度とは適うことはないし、この自分の思いを彼女にもう伝えることとは出来ないことになってしまうのだ』、私は心の中でそう絶叫しつつ、半ば泣き出さんばかりになっていた。そして何よりも、彼女の心と意志を何よりも大切に尊重しようと自認する私が、この時初めて見せた生命の深淵、根底からの衝動と彼女への個我であったが、矢張りそれにも不拘わらず彼女の思いも寄らぬ予期していなかった彼女の私に見せた沈んだ翳りの表情に遭遇し、私はそのことにすっかり動顚顚倒して我を見失って佇んでしまっていたのである。

この様に、この時に限らず、以前もそうであったし、これからも多分、私の人生というものは背後霊という様なものが窺っていて、いざとなると私からいつもその機会をどういう訳けか奪い獲っていってしまうことを予感していたが、それは事実となって、現実となって召し上げられ、この様に人生において何も目的をして行くことが適わずにいるのが私の今日までの人生そのものであったことなのである。私はこの様にその人生において何者か悪霊か、背後霊か、それとも私の意志そのものが彼ら人間が称する通り、どこまでも意気地の無いことによることとなのであろうか？　私にもそのことは未だ解明できていないことであったのである。

ああ、彼女はとうとう私の視界から去っていってしまった。私はこれから一体何を支えに術として生き、この闇の中を乗り切り、この生命を暖めていったならいいのだろう。堪え、持ち堪えていったらならよいのだろう。私はこれより以降のくらしすべてに暗澹とする中で、人生に希望を見出すことの適わない中でまず浮かんだのがこのことであり、そのことに途方にくれていたのである。私のこの彼女の存在を失った落胆と虚脱感は一方ならなく、自分のすべての内容物を持ち去られてしまった如く、私の心全身全体はへなへなと力無く瓦解崩れ去っていくのを内奥から感じ取っていた訳である。私の空蝉となった躰全体に冷たい風が空転して吹き抜けていくばかりであったのである。これまで彼女の存在があればこそ希望の灯りが点り、そのことによって暖を取り、生命を癒し、慰めていることが出来ていたのであるが、それがすべて消え去り、そのすべてが後片なく消えてなくなってしまったのである。彼女の存在があったればこそ、この堪え難き一切の過酷を、屈辱でしかない勤務生活も堪え忍び続けていくことに意味と意義があったことであり、それ以上に心は暖められて来ていたというのに、そのすべてが糸の切れた風船となって、私の手の届かない空宙へと飛び去っていってしまったのである。諸君、この誰からも偏に真実《まこと》を求める故に嫌われ、社会を世界と現実既存の価から蔑すまれ、賤まれ、慊焉されてその世界全体、世の中全体、人間全体に不信懐疑せざるを得なくなった、この人生に何んの希望も救いも見出すことの出来なくなった、ただ暗澹と嗜虐されていくだけの、叱責詰問村八分に処遇されるだけの、逃避場《にげば》を失った虐待の鳥籠の中で、ビル完成までの一年か一年半掛かるその月日、戻って来る宛の無い彼女を直も宛にし乍ら待ち侘び続けなければならないことは、私にとってそれは途方もつかない空しくも切ない長い月日、時の流れのようにさえ思われたのである。

—そして結局彼女はこの時を最後に、とうとう二度とは私の前にその姿を現わし見せることはなかったのである。しかし私の彼女への思いは断ち難く消え去るどころか、未練がましくも苦境に陥れば陥る程に一層募っていくばかりであったのである。そうした思慕の断ち難い想いからも、ビルの完成に伴って戻って来ていた彼女の勤務していた店舗に断腸の思いの中で彼女の消息を尋ねることによってその彼女への踏ん切りをつけることにした訳である。

それによって得ることの出来た情報によれば、彼女の姓名は溝口君江という氏名であることが判明したこと（私はこの時まで彼女の姓名さえ知る間もないことであったのである）、仮店舗に移ると間もなく退店し、彼女の家も事体も引越しされていったことで連絡もつかなくなっているとのことで、そしてまだ結婚はされていない筈である、ということが知らされ、これによってこの彼女とのことのすべての終止符が打たれることになった訳である。

とは言うものの、私としては彼女とのことばかりではなく、どうしても店を辞めるに辞めるわけにはいかない事情とわけがあったのである。私としてはこれからもその由を抱えながら、彼女以降の私の落胆も相俟って店での立場も一様なものではなくなり、除外同然の憂き目に曝されていたのである。それでも私に何度、職場を辞して家、郷里に戻るわけには到底いかない理由と事情が私には働いていたことであったのである。もとより、その私が再就職を模索するなどそれこそ以ての外のことであったのである。それは実社会に徹頭徹尾不信を抱えている私にとって二の舞であることは分り切っていることであったからなのである。そこで諸君がその私に対して大いに懐疑的疑問を抱いているることはお見通しであり、分り切っている。—では、その疑問に答えるべくその本題に入っていくこととしよう。

三

店の建物に起居していた三世帯が相次いで転居していったことに伴ない、その建物が解体されるまでの間、私はその二階の一隅の部屋を宛がわれ、そこに起居していた訳であるが、いよいよその店舗の解体工事に取り掛かる運び、日時が迫って来ていたことで、新たに私に部屋が宛がわれることになった訳であるが、そこは都心から電車で三十分程の三帖間ほどの一間で、一日中陽の射すことのない、隣家の壁が窓を塞ぎ、そのために畳は半ば腐りかけた病的黴臭さがいつも漂っているとんでもない代物であった。こうしたところで私の初めての本格的自立自炊生活に入ることになった訳である。即ち、私の病的生活はこの部屋の中でいよいよ発酵し、侵攻し、その妄想が私の脳裏を事更に痛めつけることなったことは言うまでもない。そうでなくとも、私の情況は既に稀にみる最悪的この人世すべて浮き上り、将来を望むことの出来ない、すべての條件から塞がれ追い込まれた最中にあったことからも、この折角の開放されるべき我が生の領域は、益々この部屋の有様と同様蝕れていくこととなった訳である。その上、今私は迂闊にも本格的自立自炊生活に入ったなどと供述してしまった訳けであるが、実は店の経費と私の些少の給料の中からの折半という形を取っていた為に、目減りし、その食事にさえ事欠く程の有様となっていた訳である。私はこのように、解決されることのない、それどころかこの様に自からでは解決されることの尽きようのない難題ばかりを次から次へと抱え、既にその生活全体、人生そのもの、生そのものが既に破綻《はたん》に瀕し、その生命を支えていくことにさえ予断の許されない情況に追い込まれていた訳なのである。これに糅て加えて、この新たな独居生活に入ったことによって成人としての生活の成り立ちへの当然の要求と欲求がはっきりと認識されて来るようになり、それと自分の置かれている情況というものが余りにも社会と人並から掛け離れている自身の置かれている致命的、決定的断裂している現実、この決裂状態にあることが私を明確にさせ、そのことが私の生そのものの存在を悩まし始めて来ていたのである。即ち、その人生と生そのものの手掛りを始めとして、何んにもその手段は見つからず、その人為人価とするところから一切が事切れていた状態に既にあったということである。これが私の生命と精神を追い詰め、夜な夜なその私を新たに苦境窮地へと誘導し私の勤務、生全体に反映して行かない筈がなかったことなのである。即ち、この初めての独居自立自炊の生活は、店での窮地困窮を癒すべき息抜き、休息の場となるどころか、その病状を更に増幅亢進悪化させるべく牢獄にとって替り、私を苦しめていた訳けなのである。それでなくとも前述にもしておいた通り、かねてからの自分の血の正体に対する疑惑にも悩まされ続けていたのであり、悪霊、背後霊、それへの疑惑を、その家を離れているにも不拘わらず事実に付き纏われている様な自分の存在に更に疑惑を深め、職場での事情と相俟って私の問題を直層どう仕様も無く拗らせて来ていたことは言うまでもない。私は先に、自分には孤立無援で、誰からの味方も無く、周囲りには敵ばかりによって取り囲まれている、そうした悲嘆《なげ》きを洩らしたが、それでも当時はまだ、先にも記しておいた通り竹馬の友との将来をそれとなく誓い合っていた友が二人いたことを告白しておいたが、うちのひとりが仕事の関係で毎週に研修の為に上京して来ていて、その都度私のところに宿を取り、逢うことのできるようになっていた。この友との友情の語らいがなかったなら、それは想像するだけでも愚かなことであろう。即ち、私はこの友の来訪を受けることによって、深刻な話しは避けていたにしても、その一理一通り、表面的会話でしかなかったにしても、当時の私にとってはそれでも充分に救われ、この友によって助けられていたことは計り知れない事実となっていたことであったのである。とは言え、この竹馬の友との友情ではあるにしても、そこには然と限界のあったことは否めないことであったからなのである。と言うのも、こうした私の混み入った途方もつかない、解決のつきようもないテーマとなると、世間のそれもそうであるように、其々が其れの中で自己処理、始末をつけていく他にはないことであり、互いにそれは認め、承知し合っていることでもあったからなのである。それだけに、自分の抱えている問題が深刻なものであればある程にそのことを再認識させられる他になかったということだったのである。されど、今置かれている自身の情況、立場、運命からして、そのことに動揺している場合でなかったことは言うまでもない。私のおかれている現実がそれをさえ許してはおかない程で追い込まれてその身の置きどころにさえ許されない窮地に押し込まれていたことであったからである。事実、私はその自分のおかれている情況を病的なまでに厳しい程に、鋭い感性によってその事実と現実とを別けて認識せざるをえなくなっていたからなのである。否、この自身のおかれている事実と現場を見極め、認識していかなければ、私の生の立脚地、その居場所さえ見失い、その瀬戸際にいつも立たされ、その窮みに押し付けられ、身動きさえ活かなくなっていたからなのである。つまり、人間誰しもが、いずれもが、「人間既存社会の法則と現実」によってその心身、意識、概念、生活《くらし》によって一定のスペースに余裕りと保護を必然性によって保障をされ、受けていることが出来ていたが、私自身の生にとっては保障されていなかったばかりかそのこと事体が既に社会のみのこと事体が既に私を畳み込んで追い込まれていることの張本人となっていることでもあったのである。つまりそれこそが私の疑惑そのもの、中正中庸の怪しからぬもの、紛い物、虚偽擬装した本来を取り違えた物、道を誤ったものそのようにしか自身の体験からして、根底からして、考えられなくなっていたということからなのである。

それにつけても、こうした煉獄の悍ましい職場にあり乍らも、どうして私がその勤務に堪え忍び、店に居座り続けて行かなければならなかったのか、また、それ程までに店の主人をはじめとして、番頭たちからも公然と厭がらせを受け、嫌われ、貶しめられ、虐待を諸《もろ》に受け、それを只管堪え忍んでいかなければならなかったのか、また、それにも不拘わらず更にどうして辞めもせず、首にもされずに来ていたのか、諸君はどうみても合点も納得もつかず、理解することが出来ずにいるに相違ない。そしてそのことは極めて当然な疑問である。そこでそのことについて一言触れておかなければこの物語りの進行上からも、性質からも具合が悪く、その謎が埋らないことになるからである。

そこでまず、この私が如何にしても店を辞めることの出来なかった理由と事情についてから話しを進めることにしよう。それはまず矛盾するようであるが、私がこの頃すでに店での生活はもとより、人間社会とその関係全体からの決定的不信感に陥っていたからに他ならない。つまりこの職場にあっても状況状態―生活全体そのものがそのことを既に証明していたという訳なのである。よって、多かれ少なかれ自分というものがこの社会、世の中、地域、人間のいる至る処、この物理的手法の現実既存のそれを善かれ悪しかれ支持し続けていく人間の在るどこに在ろうとも、どこに居、出ていこうとも、いずれは理想が現実に行き詰る如く、正義が実際に押しまくられる如く、真実が中庸中正の不易の徳によって肩透かしを食わされていく如く、いずれ行き詰り、その現実既存と衝突すること、トラブルの渦中に巻き込まれることになることが、既にこの割り食いにされていくことが、弱者が強者によって割り食わされた挙句結局は否決されていくことが、既にこの頃からそれが世の常と正体と主体であることが、人間の生がその日和身によって成立して行く現実であることが、それが世間、社会、人間であることが、既に根っから浸透していて、それが私自身の身に付けた性格性質上からも避けようもないものとなって確信していたからに他ならない。即ち、私のような物理的、社会的、世間に何んの取り柄も無く、それとは真逆の価、性格ばかりを身に揃えている人間というものにおいては、それと迎合して行くことの出来る人間、巧みに立ち回ることの出来る人間、その物理的先頭に立って行くことの出来る人間からはこれまで記述して来ている通り、慊焉され、世の隅っ子に片されていくこと、世の悲哀を舐めさせられていくのが通例と決っていたからである。ことにこの職場にあってはそれが著しく顕著であったのである。私はいずれにしてもこの職場から被疑者として追い出されなければならない身であることは充分に承知してはいたが、とにかく先行きの目度、目鼻のつけることの出来るまでは、里家との事情からも、殊に母との阿吽の関係からしても、もう暫くはこの店を辞める訳にはいかない事情があったからなのである。もとより、そこにあって自尊心などもとよりあろう筈もなかったが、それも疾に承知の上であり、最初からそんなものは木っ葉微塵なことであったのである。従って、そうした中にあって私がいつまでも職場にしがみついていること自体に、そこに一種の執念と緊迫観と恐怖のようなものが私から怨念として感じ取らされていたことによるものかもしれない。

　それにもう一つ、このことが最も肝腎なことであったのであるが、今も触れた通り、私には何んとしても店を辞める訳にはいかない事情と理由、その曰くというものがあったからなのである。それは郷里の家との関係、事情にあったことは言うまでもなかった。既にこの家の事情については先述にもしておいた通り、霊気のような、悪霊の様なものが漂っていて、それが私の兄姉を次々に呑み込んでいて、私達兄姉はその背後霊の様なものとも葛藤《たたか》っていなければならなかったことだったからである。このことは両親家族における潜在的悩みの種、脅威になっていたことであったことであったからなのだ。もとよりこのこと対しての我家では何度かの御祓いを受けていたのだが、それは何んの効果も齎らされることはないことだったのである。こうした中で、私が実社会に出ていくに当って、殊にそのことに過敏、神経質にもなっていた母との間において、「暗黙阿吽の約束事として―辞めるようなことなく、どこまでも精励して勤め上げる―そのことに対応《こた》えての」了解のようなものが交されていたことであったからなのである。『ならばそんなことはすべて君の思い込みによるものであったのだろう』、諸君がそのように思われ、考え、言われることは私にも充々想像のつくところである。しかし諸君、それがあくまで具体的にどうこういう問題であったなら、その方がどんなに気楽なことであったことだろう。ところが、私と母との間に交されていたそれは禅的、霊的、精神的、根本的、デリケートによる約束事となって私の心の中に大きく被さることになって来ていたからなのである。それだけに始末の終えない、方を付けることの出来ない問題として私を余計に苦しめ、またここまで堪えさせて来ていた事情と事柄ともなって来ていたことでもあったことからなのである。このことの事情については我が家族、ことに母との間でしか理解《わか》りようの無い事情であったことは言うまでもないことであったからなのである。つまり私の退職の仕方次第によっては即、それは母にとっては息子の心身《からだ》を巡る怪しいよからぬ疑惑、家の霊気に纏る相次ぐ不幸、悲劇と災危として捉えることは、過敏な反応として必然的に即決、結び付いてしまうことが私にも分り過ぎる程に分っていることとなっていたことであったからなのである。その母（家族）の動揺を思うとき、私には簡単にこの職場を辞する訳にはいかなく、辞するからには母にその疑いを齎らすことのない次の、充分に理解と納得させるだけの次に繋がる仕事の手段を私自身が見出し、用意設定しておかなければならないことであることを私自身が自身に銘記して何より準備用意しておかなければならないことでもあったことでもあったからなのである。

　こうした二つの抜き差しならない事情を抱え乍ら、私の自己否定されたかのような出口と解決の付きようもない勤務生活にあって、私を雇用する主人としてはその不可解に困惑させられるばかりであり、その措置と対処対応の如何に苦慮させられていたことは明らかに見て取れることになっていたことであったからなのである。私の一種緊迫を漂わせている雰囲気からも迂闊にもそれなりの筋道の立つような納得づくによって持っていくような、彼自身の意向によって退職の方向に段取りと道筋なり形に持っていかないことには、ただ首にしたならどんな事態を引き起されるやも知れないという緊張関係が互いの間で働き、齎らされていることによるものであったからなのである。事実、私と主人（店）との間には、こうした一方的不本意で偏向偏見による私への思い込みによる虐待と、世間的一理的必然からの意識が支配的蔑みの中でそれが職場の中で歴然となって拍車がかかり、悪い危険な雲行き、状態を醸して神経戦の綱引きが危《あぶ》なかしく展開するようになっていたことは何より確かなことだったからなのである。―とは言え、それも立場上、私の方のみが一方的に堪えることになっていたことは言うまでもないことであった。

諸君、これで主人が私をそう簡単に首にすることの出来ない理由と事情というものが分り、理解して頂けたであろうか。私をそう簡単には辞め（首に）させる訳にはいかない事情に納得がついたであろうか。

しかし乍ら、この私の鬱屈した八年間に亘る勤務生活もいよいよ最終段階を迎えようとしていた。それは私を何んとしても退店させるための主人が決意と段取りの手順を固め、その為の手筈として先ずその外堀りを埋め、私に有も素も無く、言わせずに決心させる為の卑劣な手段を高じて来ていたからに他ならない。私もその主人の気配に呼応してそれとなく気付き、真近に近づきつつあるその退職とそれに伴なう以降の自分の身の振り方とその進路、生活の手立てとを至急に考慮し、固めなければならなくなっていたからなのである。とは言え、先程も述懐しておいた通り、私の社会に対する全般と、人間全体との行き掛り上の相性の悪さとその関係からして、これからはひとり単独によって身を立て、生きて行かなければならないことが最低の条件となっていたが、しかしその手立て、手筈と才知などその私には何一つあろう筈もなかったことは先にも述べておいた通りのことである。

その何もない中にあっても、無理にでもその考えを巡らせ、その可能性を探り、求めて案出し、絞り出さなければならなかったことは言うまでもない。そうした中でようやく案出し、考え出されて来たのが、この自分にとっての最も不可不向で、性格上からも身に適ってもいなかったこれまでの勤めて来た仕事と技術、それを取り敢えず何んとしても活かすことによって自活の道を切り開き、当面の難をとりあえず乗り切っていく他にはあるまいとする何よりも矛盾する算段とその決意であった。それが果して私にとって生活を切り開いて行くことの出来るものなのかどうかは分らないばかりか、むしろ悲観的思いの方が募ってくるものであったにせよ、また薄給による資本力も何もない中で、その退職後の自立を支えていくことは既に不可能に近い思いのことではあったが、とにかく前に踏み出してゆく他にはあるまいと自身を叱咤しているところであったのである。とにかくその場の私にとってはそれ以外のことは何も考えられなく、思いもつかなかったことだったのである。もとより、それが無理難題を承知の、理屈の合わない考えと決意であることは自身が何より承知していることであったことは言うまでもない。言わば玉砕、当って砕けろの覚悟であった訳である。後のことは野となれ山となれであったことだったのである。

他でもない、主人が私を店から追い出し、辞めさせる決定的決意と決断、算段を固め、そのきっかけになったのが、私と番頭、内村との、最初で最後の喧嘩沙汰であった。内村と私とは矢張り当初からの犬猿の仲の如く、相性が悪く、小競り合いの絶えることがないことであったのである。──とは言え、常に仕事上のことではなく悶着を付けて来ていたのは内村の方であったことは言うまでもない。始めから窮地に立たされていた私にとって、それに抵抗の出来る筈もないことであったからである。それにも不拘わらず、咎人の汚名を着せられるのは主人からの権限による裁定によって、私の人間性の処作、趣による一方的偏った成果だけのことであったのである。私はこの男に何度となく挑発され、仕事以外のことで叩かれ続けられていたのであるが、それでも矢張り主人からの裁定は「君の方にそうされなければならない理由があったからではないのか。でなければそんなことをする筈もないことではないか」という暗に私を非難し、否決して来るのが、主人からのこれがいつもの答えであったのだ。私はそれでも自己の信条からも、事情からも、これまで一度としてその挑発に乗ったことはなく、堪え続けて来ていたのであったが、しかしその時ばかりは日頃からの溜りに溜っていたこれまでの鬱積鬱憤に加えて、内村からの何んの根拠もない毒気を含ませた口汚ない罵倒と私の義憤とが鉢合わせとなったことで、私の日頃の自身への血の疑惑とも重なり、内村からの変人、色気違い呼ばわりから、関係のないその私の両親への悪態にエスカレートして及ぶに至り、私個人に対する悪態ならいざ知らず、私にとってこれだけは何んとしても許してをくことの出来ないこととして逆上してかっとなり、不覚にも前後を失ってこの内村を突き倒しもう一人の番頭村瀬の懸命の制止も活かず、それを振り切って馬乗りに襲いかかっていたという次第であったのだ。私が我に還り、その事体に気が付いた時には、既に内村は我の足元に血の気を失って素っ飛んでいた淵無しの眼鏡の無い顔面を恐怖を以て引き攣《っ》らせ戦かせていた。――もとより、主人の九州福岡支店に出張中の留守での出来事であったことは言うまでもない。そしてこの内村との喧嘩沙汰がいかなることになるかについては、一番承知し分っていたのは私自身であったことは今更言うまでもないことである。私は腹を括り、覚悟をしなければならなかったのである。私はその自分の為出来してしまった事体の重大さからも、早番であった仕事の明け次第、その主人の留守を預かる奥方の自宅の元にではなく、その主人の義兄にあたる大旦那夫婦の元にその詫びと謝罪をする為に真っ先に駆け込んだことは言うまでもなかった。即ち、私はそのことによって「先手」を打ったのである。つまり、私にとってこの奥方とは主人（旦那）との関係以上に先述にもしておいた通り当初より劣悪なものとなっており、この主人夫婦の縦割的侮辱の扱いに当初より悩まされ続けて来ていた事情からの不信感を抱いていたことも手伝って、この大旦那においては表立っては一切そんなことはなかっただけではなく、表にはそれを現わさないまでにも、その所作によってそれとない慰安によって、気使いを受け、力を与えて貰っていたこともあって。私はその励ましによって辛抱の力を得ていたことも確かなことであったのである。従って、唯一の場として、この沙汰自体に私が真先に大旦那夫婦の元に救助を求め、駆け込んだことは当然な成り行きのことであった。

この私の突然の来訪にも不拘わらず、大旦那夫婦はその私をにこやかな笑顔で迎え入れてくれた。が、その玄関先でただならない様子で佇んでいるのを見て取ると直ぐに真顔になって上るように促がしてから座敷に通したのであった。私はそこで出来る限り自身の昂奮と気分の高振りを抑えつつ、その騒動の顛末の一部始終を心を鎮め、気持を落ち着かせ乍ら、その経緯と成り行きを陳謝を交え乍ら訴え詫びていたことは言うまでもない。その当の私からの事態と事件の顛末への陳謝を一通り聞き終えた大旦那夫妻はそのことに大変な驚愕の意を表わし乍らも、内村と私とのこれまでの経緯も考慮に含め、私に店でのおかれている窮状な立場と情況に一定の理解と評価、それに忍耐堪忍して来ていることを認め、そのことを理解慰さめ、評価してくれるのでもあった。しかしその非は非、罪は罪として、その責任としても明朝いの一番にその内村に対しての早速謝することを要請され、そのことを諭され、私もそのことを無条件に同意していたことは言うまでもないことであったのだ。—後に知ったことであるが、また、そのことを私自身が最も頼りにし、縋る思いで念願としていたことでもあったのだが、この主人の義兄である大旦那からその帰京した義弟の主人に前以て私の起した一件の報告と共に、その事情と経緯からもその私に対しての寛容寛大な措置と処置が申し入れられていたこと、それに引き続いて、この大旦那自身がこの私の店での不始末を起したことに対する詫びに内村家にまで出向いて行ってくれたことを、知らされていた訳である。そしてこの後者の件に対して、私の立場として何んとコメントしたならよいのであろうか、私としてはそれを知らない。それというのも、その席において、内村が、「貴様が辞めるか俺が辞めるかどちらかだ」、そう宣言していたそれを取り下げ、撤回したことというそれが忽ちのうちに翌日にして私の謝罪を前にして翻えされることになったことが確かなこととなったことであったからなのである。

翌朝早速、大旦那から申し付けられ、促がされるまでもなく、言われた通り自主自発的になって自からの気持とその意志からもこの内村に真っ先に謝罪を申し入れ、一途に詫びを入れたものの、その内村が断固としてその私を許さなかったことは言うまでもない。そのことは私からもはじめから判っていたことであった。彼は紫色に変色して腫れ上った顔にタオルを宛てがいながら、「この腫れ上った顔をどうしてくれるつもりだ」と凄んで迫り、「お前のような気違いとはもう一時とて働《や》っていくことなんか出来るもんか、おまえが辞めるかこの俺が辞めるかそのどちらか一つだ。それを旦那が来しだいけりをつけて貰う」そう再び宣言し直し、息巻くことになったからなのである。私としてはこの内村からのセリフも予測がついていたものであり、覚悟もし、改めて驚くにも至らないことではあったものの、矢張りこの二者択一の言葉、言動には些かってての動揺を隠せなかったことは言うまでもない。しかし何んといってもその私を悩まし、片時もその思いから離れずにいたのは言うまでもなく、その出張先から戻って、店に来てからの主人の私への対処、その主人の反応と出方とその処遇であったことは言うまでもない。そしてまさしく、出張先から戻って来た主人の顔色は、いつものそれよりも一層その不気嫌を露わにしていたことは言うまでもないことであったからである。私はその主人の表情の度合いに一層緊張していたことはもとより、そうした切迫した中で、即座に留守中に起した自分の不始末と不祥事そのことによって店を騒がせてしまったことに対する謝罪陳謝を即刻申し入れたことは言うまでもないことであったのだが、その不始末に対する叱責以前に詰問して来たことは、まず、主人である自分を差し置いて自分の家の方に何故連絡謝罪を真先にしては来なかったのか、その暗に主人である自分たち夫婦の面目を損ね、傷つけ、潰《つぶ》すようなことをしたのか、その抗議と問責であり、その騒動に至るまでの私の委細と経緯、事情の如何についてはいつもの如くは一切無視黙殺し、私の立場からの心情、思いを尋ねることもしなければ、最初からいつものように無視し、不善、店に対する不祥行為として決めつけていることは言うまでもなく、その限りにおいて私の悪意、店に対する不祥事と責任として決め付けて来ていることは紛れも無い事実として、その立場からいつも糺問されて来ていた通り、この際においてもそのことを厳しく問われ詰問され、次にこの様な騒動を起した時点で即刻辞めて貰うからそのつもりで心を入れ替え反省することだ、そう宣言され、申し渡された訳である。つまりは私の心、立場、気持（心情）、信条は問題では無く、—主人からの一方的な偏見による—店の事情、職場の空気に従って好く働っていってくれなければ困る、という訳だったのである。その点において私の行為すべてが離叛していることである、というのが主人の私に対する確信とその見解であったわけである。即ち、店における一切の悪い雰囲気、情況を醸し出させていっているのは一切偏に私一人にその全責任があるということであったが、私にしてみればこの主人からの言い種と言動については、何かにつけて何度となく、その都度呼び出され、指摘を受けて来ていた訳であるが、そこには私にしてみれば何んの根拠らしいものもなければ、いずれも主人からの思い込みを私にとっては主人の権限によってその言い分を強制され、押し付けられて来ていただけのことにすぎなかった訳なのである。

　それにつけても今回はこの様に大旦那からの口聞きと口添えによって事無きを得た訳であったが、次は何を契機、きっかけに引導を渡され、突きつけられることになるか、私のこの職場、店での立場はいよいよ風然なものとなっていた訳である。

　この顚末、騒動以来、私の立場は前にも増していよいよ厳しく窮地に立たされ、追い詰められ、店の者からはもとより、自身の取り扱い方にさえ苦慮するようになり、すべてにどう、如何に対処対応してよいのかにさえ分らなくなって困窮するばかりになっていたのである。事実、その私の存在そのものが周囲全体から悪く逆しまに受け取られているという実感と不信感から、生そのものの肯定出来るもの、表現を失って生きた人形の如く悪感情、無感覚の能面の如くなる他になく、仕事はもとより、職場における自分の領域、立場というものは既に無くなっていた訳である。店での仕事に関する必要事項の会話も一切無くなり、私は自分で仕事を見出しつつ、ひとり黙々とそれを推行しているほかにはなくなっていた訳である。すべてから無視され、皆外に置かれていた私は、番頭たちからの暗然で陰質陰険な嫌がらせを受けつつも、それに乗ずることなく、ただそれを只管堪え、波風を立たないように気を配る他にはなかったことだったのである。すなわち、私の立場というものはその日入社入店して来た者以上に心理的余裕りを失い、壁に押し付けられた者の如く完全に店から身動きが活かなくなり、浮き上り、弾き出されてしまっていた訳である。そしてこれこそが、私のこの店における八年間勤務して来た結果のすべてであり、それ自体が私の青春の歳月そのものになっていた訳である。

それにつけても、私という者はどうしてこうもありとあらゆる現実社会の既存の意識から、人間から疎まれ、怨恨を買われ、憎まれてその上忌み嫌われていかなければならない結果《こと》になるのか。一体その私というものが彼らに対してどんな悪事を働き、忌み嫌われ、憎み恨まれるも仕方のないようなことをしたというのか。果してその彼らに対して一度でも心底から敵対し、憎み、貶しめ、そうした悪い感情を抱き、持ったその根拠、ことがあるというのか。相手をマイナスに陥れ、損ね、故意として不利に誘い、相手の不幸、悲劇そのようなことを願ったという悪しき不心得な証拠があったとでもいうのか。万一、瞬時、刹那としてそうした感情が湧き起ったことがあったにしても、私という人間はむしろその不利損失マイナスを真先に自からに引っ被ぶり引き取って来た筈の人間ではなかったのか。—然るに、その私を悩まし、苛なむ彼らの私に対するそれはどんな、そしていかなる理由、根拠と訳あって、それが秘め隠されていたものであったにせよ。その彼らというものに、この私をこれ程までに無条件に侮蔑り、その上罪を擦って自からに利を得乍ら自からを正当としてゆく。このからくりとマジックと理由と権利と事情というものは一体どこから発祥由来させて来ていることなのか。一体、既に、その私の生そのもの、存在そのもの、性格そのものが人間社会にあっては罪で、価いしないもの、妨げになっていくもの、人間の生活全体にとっての邪魔者、支障障害を来たす者だとでもいうのだろうか。その私の持って生れた生、その根拠、根本本質から異なっていて、人間全般における生、全般に構成させている生の方が正当な生で、私の生が不当な生とでも言うつもりなのだろうか。そうとしかこの物理経済最優先させていく既存現実の世の中、人間世界全般の営みの考え方を望見してみるにつけ、そのようにしか考えられなくなってくるではないか。

　私は既に、この章での冒頭でも告白している通り、この家での呪縛的悪霊による悲劇を、その家を出て実社会にその身を転じているにも不拘わらず、今以てそれを四半世紀以上も背後霊の如く背負わされ乍ら、この様な経緯とその対処をされ乍ら生かされて来ている訳であるが、そしてこのことは生涯を通して免れることのない背負わされていくしかないものとして自覚認識、承知させられていることでもあるのだが、そしてその私の生というものが現世の科学的社会の生の中にあって妨げ、罪に当ることであるならば、私はその罪を最後まで背負わされ乍ら、生涯というものを人目を忍んで、社会からの地下茎として生きていかなければならない訳ではないか。私は地表、人間世界すべての事柄そのもののことはもとより、自身の生命、人生と生活、生そのものというものがすべてに亘ってその事柄がいよいよ益々疑惑となって解らなくなってゆくではないか、地に堕ち吸い込まれていく如くではないか。実にそうしたことからも、今以て途方にくれている始末なのである。益々人生の奈落へと涯し無く陥落《おち》ていくばかりなのである。人間は、あるいは生命というものは、人間の太初、当初より、物理への探究と追究によって身の安全はもとより、便宜調法一筋を目指して周囲周辺の生命あるものに構わず、頓着することなく、好き勝手放題に築き、発展させて来た。この人間の進化発展の大元（本）、基盤と概念と物理総体、そこで育てられた意識と認識と価、その既成既（存）の観念と行き亘っている意識と常識―の中に自分を、否自分の生命全般を人間社会（世界）の価の中に其々が立場や情況、あるいは現実実際に合せて当て嵌め乍ら、それに添うように生きていかなければならない仕組と機構とシステムが布設され、それに順応しつつ倣って行かなければ―纏りがつかないものとして―ならないと、それを暗然の了解と強制が働き、否、脅迫までが働らき、それを互いに押し付け合っていくことに必然的にどうしてそんなことになってしまったのだろう？　その折角の物理的築いて来た人間社会の統率がつかなくなるからであろうか？　その既存社会体制の現実が崩壊《こわ》される、そのことを恐れ、案じ、心配憂慮しているからなのだろうか？　民主主義、市民（社会）生活が成立しなくなる、そう考えているからなのだろうか？　―されど、それ全体を履行させて来たことによって、人間自身のことはもとより、その他一切の生命の側面を他方において何事にも及んで喪失なりを引き起させて来ていたこと―そうした裏腹なことにはなってはいなかった―であろうか？　このことはまたいずれ別の機会においてじっくりと語り合わねばなるまい。

さあ、人生の表舞台で生きている人生の賓客達人と称せられている全とうな人々よ、いい妙案はないものだろうか？　確かに、肉体唯物と経済至上主義、数多数値の価による民主主義を総ての基準基調の上に被せ、それを基盤となし、その生活の段取りを考察考案して履行していくことは、その人間の総意、全体の軌道から外れた私の存在というものは、その人間全体の物理現実を推進、押し進めていこうとする者にとっては怪しからん、不愉快で目障りな邪魔になる存在であり、その私の不可、生の失策失当として断を下すことは他意も無く、訳も無いことであろう。如何にというに、全体の仕組、世のシステムと組織と構造とに常識として、法則規律として成立し、既成の現実として出来上ってしまっている以上、そして大凡全体の人間が総意としてそれを既に認め、それに無条件に倣って、順守し、そのカテゴリーの中で生活を保守《たも》って生と人生を運営はこんでいってそこに身と心と生命さえもそこに置いていって支えられている以上、個人がどんな、いかなる事情、例えば本質真理、正義、霊的理想社会の構築を不可欠、必要としていようと、その絶体現実の流れに背くことはあってはならなく、その理想は絶対現実によって、それを楯に表からも裏からも大変なしっぺ返しを直ちに受けることになることは公私に亘って間違いのないことだからである。これは隠れた真実となっている。その答えは他でもない、今も語った通り、その人間の実生活にとってそれは現在《いま》を生き続けていく上においての日常的当面の邪魔、妨げ、差障りになることとして考えられるに他ならなかったことであったからなのである。従って彼ら人間は口が裂けようとも、いかなる惨事がそのことによって我身にそれが降り注いで来ようとも、否、それが降りかかって来ない限りにおいてその現実実際の目的をけして見失うことなく、まるで大事の最中にあっても食事を欠かさない如く、日常生活は欠かせない如く、彼ら人間はその様にして生き延び続けて来たという訳である。そしてそこから間（の）抜けた私というものは、この様にこうしてこんな世処《とこ》ろにひとりうろたえてどうしてよいかも分らず、今以てこの老境の最中においてさえもどうしたものなのかと途方にくれて佇ずみ、一歩としてその人生を実質的なところ、その「人間生活」を何一つ営むことが出来ないままに到頭この路頭を見失ってここまで来てしまったという次第なのである。もはやこれは避けようのない私にとっての事実であり、真実なのである。諸君、すると生きるということはどういうことなのだろう。あくまで諸君の既存現実、中庸保守的良識の生が正しく、私の生のあり方こそが根刮ぎ誤っていたことになるのであろうか？それでは人間にとっての生きるということは、正とは、真実とは、理想とは、平和とは、愛とは、幸福とはその他根源的なことは一体どういうことになってしまうのであろうか？それでも人間は何はともあれこうして生き続けていっている。そして私においては果してどういうことになっていってしまうことになるのであろうか？

彼ら既存の中の人間というものには横を向けば多くの敵もいるが、またそれ以上に多くの同類、讃同者、味方にも恵まれ、囲まれていると共に、またそれが味方でもあれば敵にもなっていたりしている。そして私においては味方も無ければ、同意者にしてもひとっ子ひとりいないという訳だ。一体この事実と事体はいかなる事情と理由によるものなのか。またそれによって立ち至ったものは直面しなければならなかったものとは一体何んなのか―それは彼ら人間というものが揃いも揃って肉体唯物システム、既存現実の功罪相伴ばする相等互いの生の讃同者であるのに引き換え、私が生来からの由来所以事情に遡って、そこを根拠としたそのことに対する懐疑者として人間（為）世界の価と真向から対立した生を身に付けてしまっていた（る）からに他ならない。人為の価である肉物経済至上主義の思惟思考の曰くが生み出していく凡ての不合理性にあくまで懐疑し、そこから翻意して本質真理、抜本塞源を以てすべての不祥事を齎らしていくそのアンバランスをバランスあるものに世界全体を引き戻して整備調整していくべきものであると考えているからに他ならない。これに対し人間は太初当初の所以からそれよりその霊本質の真理と袂を分ち、物理的知恵を以て逆に傅かせてその上座について君臨し、思うように振る舞って来た訳である。益々驕慢となって真心を喪失い、二心を持って自からを怪しく貶しめ、太初のそれとは別の意味においてその緊迫の度合を深めて来ていたことであったからなのである。彼ら人間はそのことに悔い改め、顧みることをしないばかりか、益々そのことに図に乗って熱中拍車をかけて買被っていくばかりである。こうした中にあっては私というものは常に番外人であり、彼らの評価の対象からは真先にして外されていく。そうした彼らというものは新しい真実を見つけに出かけていく必要もなく、既に手元に、足元に、足場に既存として具って与えられているという訳であり、ただその既存の中から自からに見合ったものを選り出し、それを磨けばそのことによって評価されていたという訳なのである。ところが、この既存に深い疑いの目を向け、そのどこにも自分に見合ったものを見出すことの出来なくなっていた私というものは、はじめから、その自分に見合ったもの、釣り合ったもの、それを見つけるための、生命がけの生涯に渡る旅に、何んの元手も無しに出掛けていかなければならなかった訳なのであるが、果してその素材、元手となるもの、目標、目的が見つかったであろうか？　そしてそれは人間の既存、具象具体性のあるものでないことだけは確かなことである。何故なら、私のそれは人間のそれとは反対の、あくまで霊的なもの、非現実的なもの、その根拠に基いたものであったからなのである。

四

その日、まだ梅雨に入ってはいなかったにも不拘わらず、朝っぱらから躰に貼り付くようなじめじめした雨が、時折りのぞく薄陽の合間を縫うようにして降り続いていた。その蒸し暑さはそれでなくとも人の心を焦つかせるに充分であった。主人は十一時を回ってから店に現われたが、いつもの様に店の従業員に挨拶の声をかけるでもなく、店のカウンターの椅子にかけたまま、何か思案にでもくれているような不機嫌そうな様子でこちらを窺っている素振りを見せていたが、やおら立ち上るとそのまま意を決したように私の脇まで歩みより、無表情のまま有無を言わせずに私に告げた。

「ちょっと、九階の事務室まで一緒に来てくれないか。話したいことがある」

その響きにはあくまで突き放した冷厳さが込められ、混在していた。

私はそれに付き従う他にはなかった訳であるが、しかしここ当面暫くの間、何んの関与もなくなっていたことからも、呼び出されるようなトラブルらしきことも殆どなかったことからも、このような呼び付けもなかったことで些かの戸惑いと当惑を隠し切れずにいたのである。私は主人の後に従い乍ら、『一体今度は何を言われるのだろう、何も嫌がられるような心当りもないのだが―』と考えあぐねていた。

　主人は九階に上ると、店に入って間もない女子事務員の磯崎を外させ、私に室に入る様に促し、椅子に腰を下ろすように指示した。私は内心、いよいよ解雇の宣告を受ける時がやって来たのではあるまいかと動揺し、また先の見通しも緒般の事情もあって立っていなかったこともあって、びくづいていたのである。

「―これから話すことは冗談やふわついた話しではないので、そのつもりで真面目に聞いてほしい」主人は暫くの間を置いてから、そうもったいづけた調子でそう話しを切り出し始めた。「君はこの店に来てからもう随分長いことになる。だから君のことは私の方でもいろいろ考えてもいるんだ。君ももういい年齢《とし》になっていることでもあるし―」

　私はこの主人からの言葉を聞き乍ら、聊《いささ》か困惑させられていた。つまり、この主人からの思わせ振った前置きに、空虚しいものを覚えていたからである。『何を今更体裁めいた心にも無いことを言っているのだ』というのが正直な私の感慨あり、気持であったからである。

　主人は先の言葉を引き継いで更に続けた。「しかし今の君の状態では店としても非常に困るし、正直迷惑なんだ。君一人の為に従業員の皆んなが神経をぴりぴりさせて振り回されてしまっているじゃあないか。これじゃあ皆んなが可愛想だし、第一気の毒だよ」

　私にとってこの主人からの発言、言い種というものは何もかも心外であり、あべこべだと感じていたからである。『そもそも皆んなをぴりぴりびくつかせているのは主人であるあなた自身の方ではないか。それをこちらの方に転嫁させて俺一人を腫れ物に触るように悪者に仕立て上げているのはそちらの主人であるあなた自身の方にあることではないか』という紛れもない心情であったのである。しかし、私はその思いを呑み込んだ。

「この前もまた村瀬さんと争《や》ったんだってー」

主人はもう一人の番頭の名前を挙げ、その私を詰《なじ》るように言った。即ち、私は既に店からの番外人、食み出し者となっていたことからも、委細構うことなく自由気儘勝手に私を無視踏み越えて面子丸潰れの立たないように振る舞っていた村瀬に対し—それは村瀬に限ったことではなく、既に店全体の空気、流れ、雰囲気がそう出来上っていたことであったが—その私に理屈に合わない理不尽な言葉を投げ付けて来たことからも、私もつい反動的になり、かねてから腹蔵して来ていた『密通者は俺の立場にあっては誰もすべて旦那と一緒のことで変りないことだからね』という嫌味を口滑らし、吐いたことで、いきなり額に拳骨を食らい、そのことで額が割れ、その傷から顔面に血をしたたらせ乍らも、例の主人からのセリフ、『今度またこのような同様な事件、行動を起したらその時には—分っているな—』という引導を突きつけられていたことからも、私はこの主人からの言葉にも一切沈黙していたのであった。

「君はこうしたことを反省も無しに何度となく繰返しているんだが、君のこうした一連の行為行動はどうみても尋常なこととは思えない。普通じゃあないよ」

『普通じゃあなくさせているのはどちらさんなのだ。何度も反省も無く同じことを繰返しているというが、私がその行動を起したのは内村からの罵声によるたった一回限りのことではないか。トラブルのすべてを私を悪者として押し付け、その行為のすべてを私の方に一切責任転化して擦り付けることはあるまい。そのことのすべては主人であるあなた方夫婦の私えの心象（証）と一般既成常識、社会的通常認識、いわば偏った物理的思惟の取り違えから起って、その根本的解釈の相違逆転によってすべてが発祥して来ていることではないか』私はそうした主人夫婦との根本的、本質的、ものごとの解釈の食い違い、偏見、鄙《いや》しみが根底にあることに対して、浮世のそれと同様同等として、大義な心として、真の良心の有り様として、私はそのことに図らずも、少なからず腸を煮えくり返えさせ乍ら腹の中でそう呟いていたのであった。

「これから先、社会に出てからも色々な人達と付き合い、関わっていかなければならない訳だが、君のそうした一連の今のような状態が続いていく限り巧くやっていくことは甚だ難かしいことでもあるし、第一、君自身が損をしていくことになるだけのことだからね。君もそのことはよく考えておいた方がいい。そうでないと、人は皆んなその君の態度、ものの考え方、何事についても驚いて逃げていってしまうからね。店にしてもそんなことでは困ることだし、第一お客様商売なんだからその辺の処を弁えてくれなければ困るんだ」

　この主人からの言葉の中には、確かに一理一応の既存における筋の通っているところがあった。そして私においてもそのことはこれまでの体験からも経験し、苦いこととして一応一通り共感させられて来ていたところのものでもあったことであったからなのである。

つまり、私にとってこの既存現実、社会における常識と認識と意識こそが何よりもの曲者、その一理中庸の認識によって、その自身の人生の中身、それをかっ攫っていく不埒な敵の存在であるとさえ、けして油断のならない、信用の出来ない対象とさえ考え、捉えて来ていたわけなのである。即ち、こうした私の腹心、本心を一般世間の価によって同じく悉く誤解を受け、逆へ逆へと解釈を加えられていっていた訳である。そしてこうして既に取り返しのつかないところまで来てしまっていた訳である。

「そこで、どうしても君の常々のそうした態度を見ていると、私には君の躰から来ていることとしか思えないんだ。躰の方から来ていることであれば、今は医療の方もかなり進んで来ていることでもあるし、ある程度治していくことも出来る」

そう言葉を継ぐ主人の声も、もはや私の耳には入らない有様であった。とうとう私はこの主人にまで本物の病人扱いをされてしまっている。ああ、それにつけても何んという因果なことだ。私は呪わしくも怨めしくその主人を睨めつける他に抵抗の仕様もなかったのである。主人はその私をあくまで無視し、その先を続けた。

「君は憂鬱になるといつも、後頭部が痛いとか、気分が落ち込んで重くなるようなことを言っていたね、それを治せるものなら治してあげようと思うんだ。幸い康介―ひとり息子の名前を挙げて―の通院している神田の診療所に、その方面に詳しい気のいい話しの分る先生がおられるから、その先生なら君も話しが仕易いだろうし、言いたいことも心置き無く話せるだろうから、少しは気も晴れて楽になることが出来ると思うよ」

主人はそう言って強制的に私にその準備をさせ、その神田にあるという診療所まで私を伴って行くことを促したのである。

私はその主人に烈しい義憤りに身悶えを覚えながらも、今暫く自立の目安をつけるまでの間、何んとしてでも、生き延びる為にも、この主人に付き従っていく他に無いと気を取り戻すことに必死であったのである。それはまだ、独自自営させるに担ってその気持の整理と整備がまだ整い固ってはいなかったこと、また、前記にもしておいた通り、主人からの「病気」の指摘とは別に、自身の血に対する疑惑もあって、それが私の奥底に燻り続けていたことからも、この際その疑惑に終止符と決着をつけ、打ち消しておく為にもこの機会は悪いことではあるまいと—考え直し、その主人に付いていくことにした訳である。

私達二人は、それ程混み合っている訳でもない待ち合い室で、どういう訳か既に数時間も会話も無い中で待たされ続けていなければならなかった。もう疾うに二時間も回っていたであろうか、私はこの所在の無い空白な時間に自分の身の置き処もなく焦ついていた。主人も、その私の後ろから私はようやく呼び出され、そのカウンセリング室に入っていった。主人も、その私の後ろからついて入って来た。

「どうぞお掛け下さい」

男の医師は机に向ったまま、背中を見せ乍らそう言い、事務の切りのついたところで私達の方に向き直った。色の浅黒い、四十がらみの医師であった。

「いかがですか、具合の方は」、医師は私を真正面に見詰め乍ら、いきなり唐突にそう尋ねて来た。

「ええ、まあ何んとか、やらせて頂いております」

私は医師からの問いに戸惑い、疑問を抱きつつもとりあえずそう応答《こた》えていた。

「症状はどんな具合ですか」

医師は私の言葉に頷付き乍らも、何も検査も処方も何んにもしないうちからそんなことを口走った。私は既にこの医師が主人から予って主人からの私の事情を鵜呑みに聴取しておいたことを前提に、それを全面的に信頼した上でのこの言葉であることに少なからずはじめから不快感を覚えずにはいられなかったのである。

「症状と言われても――」、そう言ってから、思い直して、「ただ周囲の人の動きというものが酷く気に掛ります。神経的なものから来ているのだと思いますけど、後頭部がつれるような痛みと重さを感じることがよくあります」。――事実、その頃の私はその症状にも悩まされていたので、そのことを素直に正直に医師に伝え、告げたのである。

私は既に、この医師に、主人からの聴取を前提にしてそれを決め付けて来ていることからも不満を感じ始め乍らも、主人が脇に座っている手前、それに気を止め乍ら言葉を選りつつ、応答えていなければならなかったのである。つまりこの医師は「患者」である私の立場を無視して、端から主人の立場に立って私を「病人」として前提に捉えて一方的に尋問して来ていたのである。私はここに来ることによって、何んらかの新しい展開を期待し、身の潔白が証明され、私への主人からの疑惑が解消へと向い、光明への手掛りが生れるのではあるまいか、そのことへの微かな望みを願う気持もあったのだが、それもこの医師の印象からして最初めからして打ち砕かれ、粉砕され、断念する他にないことをこの初診にして感じ取らされていたのである。

「他にもいろいろあるだろう。拘わることはないから、言いたいことがあったら気兼ね無く何んでも話しておいた方がいいよ」

主人は脇からそう言い添えて口を嵌み、私を促したが、矢張り当人を前にしてはそれは憚かられ、言えることではなかった。それでなくとも、この医師の前ではこんなことを言ってはいるが、この主人の性質からして、私の主人への不満を口にしたところで、私には、その私の問題の根本的理解に繋っていくことではないことを、私は既にこの頃には自身の中で覚り、理解していることであったからである。これは世間、現実、社会、人間と自分との根本的問題から来ていることを認識しはじめていることであったことであったからである。それに大体において、実社会に真実、そのことに白痴同然に疎い自からの性質からしても、そのことに具体的表現していくことに通人とは逆腹に窮めて苦手としていることを自身が何より痛感していることであったからなのである。それにこれを吐露してみたところで、それは一層ことを拗れさせるだけのことで、印象を更に悪化させるだけのことを、何よりも私自身が承知していることでもあったからなのだ。

「――」私は沈黙したまま何も答えなかった。否、応答えるべき言葉が見つからなかったのである。

「そうした憂鬱な症状を自覚するようになられたのはいつの頃からか覚えがありますか」

「よくは覚えがありません。若しかするとずっと以前から自分にはあったようにも思いますし、最近殊にそうなったようにも思います」

医師からの尋問にも戸惑い、自分のことばにも抵抗を覚え乍ら私は答えていた。私自身、その憂鬱の起源については判らないことであったのである。大体私というものにおいては、前記にもしておいた家の事情からして、物心のついた時分から既にどっぷりその憂鬱の中に漬っていたようなものであったからである。しかしそれが家から背負っている疑惑によるものなのかは別として、この主人が言って来ている私への拘わり、意識による疾患と疾病によるものでも無く、私自身の心に負っているところの血への疑惑によるところからの自身への免れることのない不安感からのものであったからなのである。

「四、五年前から今の症状があった様にも思うが、しかしそれ以前にはそうした症状が君にあるとはこちらも思ってもみなかったことでもあるし―だからそれ以前にもあったことなのかもしれないな」

主人は思いを手繰り寄せるようにそう言った。

「現在は番頭さんたちとも巧くいっていますか」

医師はあくまで主人から得たところの事情聴取を鵜呑みに信用してそのままを準えるように請け売りし続け、私の真意を探り出そうとしてそう言った。

「まあ何んとか―巧くやっていくより他にないことですから」

私は半ば絶望的気運の中で、自分の境地を覚られないようにそう答えていた。「あなたは人一倍欲求不満が強いようですね。どうもあなたの言葉の端端にそれが感じられます」、すかさず医師は私の言葉尻と響きのニュアンスを捉えて、そう間髪を入れずにそう言ってから、「ですからもっとその欲求を自制させていく心掛けが大切です。それでないとあなたが自分で自分を追い込み、苦しめていくことになりますよ」そう主人と同様の見解を示し、そのことを忠告して来た。私にはこれ以上自身にそれを強制してどうなるというのだ？　という思いと共にそのことが心外だったのである。見当違いなことに思われたのである。

それに、その一般次元からの欲求不満について言えば、前述にもしておいた通り、何よりも物理的それにおいては不信懐疑を持っていて、理性的抑止の人生を送って来ていることを自負している人間であったからである。つまり物理的生のそれがいかなるものであるか、そこに解決めない、むしろその真実の生を見えなくさせていっているものであることを直観している人間であったからなのである。ここに噛み合うものはすべてに亘って何もないことであった。

そうした巡り合わせからも悉く既存現実生活者からは誤解して受け取られ、疎外され、損なわされ、非難否決を被らされ続けて来なければならなかった私の人生、生活と生命、その生全体は一体どういうことになって、何んの為にあるのか、ということになってしまうではないか。先にも述懐しておいた通り、私の全組織というものが、この人間浮世において、ただの苦役苦渋を舐めさせられるためにだけ用意されていた訳ではあるまい。それではこの人間世界というものは、ただ生きんが為に混乱ばかりを引き起して、肝腎なことについては結局のところ何んにもしていないことになってしまうではないか。理想もへったくれもなく、現実の、不合理の、見せ掛けだけの生ということになってしまうではないか。今こうして振り返って見ると、まさしく私の生というものは、その狭間の中で陥穽に嵌り、身動きさえ活かなくなってしまっているのだ。狭義によって要領を得たその連中が、この我が無様な生を見て、自からの不義不遜生を知らずして自説のその価を以てせせらっている如くではないか。さりながら、この既に成立をみてしまっている生命とその思想、私の原理原則《プリンシプル》であってみれば、今更それを如何に責められようが、どう如何に変更することが出来ようか、またどうして変更する必要があるというのか？　そしてこのことは、この時の医師と主人からの指摘であろうとなかろうと、世界と人間の体制が如何にあろうとも、狭義による、既存現実による、石礫や弓矢がいかに飛んで来ようとも、その非難と是正に応えていくことが出来よう筈もないことではないか。

この医師との面談がようやく終り、精神安定剤の薬を受け取ると、私と主人はこの初診の診療所をようやく後にした。この気紛れな雨も上って、折りからの強い西陽がビルの輪郭を鮮やかに浮び上らせていた。主人は程なく行って、駅に近づくと私にこんなことを言って釘を刺した。

「あの先生はなかなか話しの分るいい先生だったろう。だから何んでも気軽に話しをして聞いて貰ってみた方がいいよ。自分で自分がおかしいと気付いていればいいんだが、そうでないとするると症状がかなり進んでいて、重いということなんだからね―そのときには気を付けた方がいいよ」

私はここでもこの主人の陰険陰湿の底意地の悪さにその義憤りを堪え、黙否し乍ら忍がなければならなかったことは言うまでもないことであった。私はその義憤りと憎悪に震撼させられ乍らも、私には反対に、この店でのトラブルを含め、すべてが巧くいかないのは、自身を正当化するつもりもないが是々非々として結局はこの主人夫婦の心無い了見の狭さと私との相性の悪さ、偏見と器の脆弱と狭小ささ、感情と人間に対する嗜好によって動いているからではないか、という不信感が渦巻き、到底その扱いとするところに承服出来兼ねるところのものではなかったことは言うまでもないことであったのである。

その三日後、矢張り主人から促されて気の向かないまま、私はひとり神田の診療所に出向いていたのである。カウンセリング室にいたのは男の医師ではなく三十半ばの女の医師であった。

「―先生の方からはいろいろ伺いました。いかがですか、あまり気になさらない方が宜しいですよ。もっと気持を楽に持たれて―」女医は向き直ってから私の気持をほぐすように先ずそう言葉を副えて来た。そして机の引き出しから束になっているカードを取り出し、

「今日はテストをしてみますけど、大したことではありませんのでどうぞ気を楽に持たれ

て答えてみて下さい。私の方からいろいろと質問をしてみますので、それに対して何んでもよいので思いついたこと、思い浮んだこと、感じ取ったままに素直に答えてみて下さい」

女医はそう言ってから矢次早やに四、五拾枚程のカードを次から次へと操り出して来た。それに応じて私も素直に、忌憚なく、思いついたままのことをそのカードに応じて感じ取ったままを答え返していった。それは色盲検査の時に使用《もち》いるカードによく類似していたが、それより全体的にもっと複雑になっていて、多面的淡い色調の施こされた構成がなされていた。それが終ると、今度は左右が対称している水墨的濃淡模様の重なりによって構成されているカードが矢張り四、五十枚程私の前に矢次早やに展開し、そのカードに目を送り乍ら同様にその感想と気付いたことを述べていくのであった。それは一つ一つが其々に意味を持っているようでもあり、無いようでもあるのであった。私はその図柄に困惑戸惑わされ乍らも、この難解なカードに答えることに懸命になって集中し、気持を注いでいたのである。

女医はその結果を暫く二十分程調べ、調査と検査、整理をしていたが、やがて向き直り、その結果を告げた。

「テストの結果、何んの異常な点も見当りませんでした。ですから安心して今のご自分に自信を持たれて下さい。もっと大様に構えられて、何事にも気に病まれないようにされた方が宜しいですよ」

私はこの女医からの、主人と先日の男の医師との言葉の真逆の言葉を当然と受け止め乍らも、その言葉に尠なからず改めて素直に安堵させられて胸を撫で降ろしていたのである。この結果を当然と思い乍らも、矢張り心底ではこの主人夫婦からの眼線、意識、態度に重く、重篤に苦悩まされて来ていたことから開放されて心中軽くなっていくのを実感として快くそのことを味わい、噛みしめるのであった。―それにつけても、先日の医師とこの女医との間には、同じカウンセリングの医師であり乍らも、何んとその診療において向う意識とその姿勢というものにその開きがあることであろう、私はそのことが不思議でならなかったのである。

「あなたに、お友達は居られますか」

「ええ、小学校以来の竹馬の友ともいえる友達が二人、郷里《くに》の方に居ります。でもなかなか逢うことの機会が尠なかったのですが、最近になってそのうちのひとりの友人が仕事の関係で週に一度の割合いで上京してその都度顔を見せてくれるようになったので何かと本当に助かり、元気を貰っています」

私はそのことを素直に告げた。女医もそれに項突きを見せ乍ら、その温かい視線を私に投じ乍ら、

「恋人とか、女友達などは居ませんの」

「――いいえ、居りません」

私は即答して、その自分に侘しさが込み上げて来て目頭が熱くなるのを覚えた。そして、

その背後に真先に浮んだのが先年ビル工事に伴って別れ別れになってしまった彼女の面影であったことは言うまでもない。

「貴男《あなた》の職場の周囲《まわ》りには若い女の娘さんなんかは居られませんの」

「いえ、そんなことはありませんけど、でも……そうした関係《こと》、知り合いに発展するまでには―」そう答えてから、少し間をおいて、「ぼくにはどうも、所謂普通の健康的健全な女の人の考えには合わないらしくて、ぼく自身もそうした人には憶するところがあって、相性が合わないような気がするんです。大体ぼくにはいろいろな事情があって、そうしたことには積極的になることには引け目があるんです」

「それはまた―どうしてかしら」

女医は私の言い回しに興味を持ったらしく、そう尋ねて来た。

「そもそも一般的に言って目が外に開かれている健康的女性たちというものは、ぼくのような内気で内向（攻）的人間には興味が湧かないと思うんです。そのことは主人からも暗に言われました。店においても客に悪い印象を与えることになるし、若い女の子はその君にびっくりして逃げ出していってしまう、と。実際、そのことは当たらずとも遠からずだと、ぼく自身も過去の経験からもそう別の意味でそう思っているんです。それに先生の前ですけど、女性というものはその本能からしても、生理的からしても現実的に出来ているのだと思うし、そうしたことからも将来的にも物理的豊かで健全な人（男性）を求めているでしょうし、ぼくはそうした社会や現実とは当て嵌らず、むしろその反対のものを求めている人間ですから、その生きる方向が世間の人とは合わないらしいんです」

「でも、そんな人、娘さんたちばかりとは限らないでしょう」

「それはその通りかもしれませんけど……」私は女医の言葉に一応承服同意し乍らも、その自分の境涯、性格と照らし合わせ、「それにぼくは、どうやらこの世の中にあっては特異で、稀有な存在であるらしいですから―」そう答えつつも、しきりに途絶えてしまった先隣りの店に務めていた彼女《ひと》のことが思い返されてならなかったが、しかしそのことには一言も触れることはしなかったのである。

「きっとそのうち、あなたがそのご自分の信念を持たれて、努力をしてさえおられれば、その貴男を認めて理解して下さる相応しい方と、きっと巡り逢うことが出来ますよ。どうぞ悲観されずに頑張って下さい」

「それならば、いいのですが―」

　私は頼りなく、自信もなく、力なく項垂れて、悲観的になって答えていた。それというのも、私にはこの時分から、自分の性格や、身に纏《まとわ》り付いている総合的不可抗不如意な、自分の努力では如何ともしがたい困難な事情を、既にこの時分以前より感じ取りはじめていたからなのである。『この現状の人間の世界に生きている限り、自分には人並の様な恵まれた人生はやって来ないのではないだろうか』そのことが確かなこととして日毎に強まって来ていたことであったからなのである。否、正直に言えば、「自立」を前提として、その生死が自分の目の前に降りかかって来ていた、と言った方が正しかったのである。そのことがこの勤務生活、主人とのやりとりの中で、一層自分にとって明確になって来ていたことは言うまでもないことであったからなのである。

「ところで、趣味とか何か、自分の思いを打ち込むことの出来るような、そんなものは持っておられませんの」

「趣味と言えるものかどうか分りませんけど、絵を画いたり、拙ない文章らしきものを書き止めて気を紛らわせております。でも、自分には才能が無いらしく思うようにはなかなか表現することが出来なく、苦労をしています。人間的にも凝り固ってしまっているんです。頑固なんです」

「あなたにはそうした創作的なことをやるのが向いているらしいし、何かそうした方面のサークルとかに入られたらいかがですか。そうすればその創作にしても多くの刺激を受けることにもなるし、勉強にもなりますよ。それに何よりもお友達も出来て世界も広がり、互いの思考もぶっつけ合って励まし合うことだって出来ますからね。そうした中で、そのうち何よりも恋人にだって恵まれるかもしれません。そうした活動をしていれば気持も晴れて、もっと何事にも前向きに積極的に自信を持つようになれますからね。自分に余り厳しくなり過ぎず、卑下なされない方がもっと道が開かれますよ。何事にももっとご自分を許されて、自信を持たれることです。男前だって悪くはないのだし」

私にも女医として元気付けてくれていることがよく分り、伝って来て、そうしたことがこれまで皆無なことであっただけに、そのことが素直に女医とはいえ嬉しかったのである。

実際、この女医との会話によって私は癒され、心は和まされて来ていたのだ。女医には少なくとも患者の気持に寄り添い、精神科医として患者の心の苦痛に寄り添い、それを和らげ、取り除こうとする女医としての意志が感じられたのである。─しかし私の安堵もこの時限りで、もう二度とはなかったのである。

私はこの女医からの診療を受けたことによって自己失地から我を取り戻した様な気分になっていたことからも、暫くその診療からも遠ざかっていたのでもあった。私には番頭達からの嫌がらせにしても、俯瞰することによって大して気にならなくなっていた。しかし主人は例の嫌味を折り混ぜ乍ら、その私に再度の診療を要請し、促して来たことは言うまでもないことであった。私は一度はそれを押し戻したものの、再度に渡る主人からの強請を断る訳にも行かず、独立の自分への目度の付くまで今暫くの時間が欲しかったことからもそれに従う他になかった訳である。

「あなたは一体、真面目になって診療を受けられる意志がおありなんですか。それならそれでちゃんとそれらしくこちらの指持に従ってきちんと診療を受けに来てくださらなければ困ります。あなたの御主人も心配しておられましたよ。普通、こんなに心配して下さる主人なんて他にいませんよ。あなたはそのことに感謝しなければならない立場でしょう」

私が席につくなり、男の医師はいきなり開口一番焦立ちを隠さずにそう指摘して来た。私は少なからず、この医師が連絡を取り合って主人の意向を代弁し乍ら糺して来ていることで、主人と話しをしているような錯覚にさえ捉われる程であったのだ。『成程、これでは主人にとって話しの分る最も便宜で都合のいい医師である筈だ』。私は医師の言葉を耳にしながら、そんなことを考えていた。それと同時に、この医師の一方的片手落ちの診療に大いに失望する他になかったのである。『医師たる者が、本分をそっち退けに最初から頭ごなしにして患者の真意、事情、経緯を聴取することなくそれを無視して依頼主一辺倒の患者を無視し、不利に貶し込む診療を行なうとは何事か。患者を看護《みまも》るべき立場にある医師たるものが、事を根本から、本質から取り違えている依頼主からのそれを真に受け、それを誤った方向で看立て、それを依頼主と同様に共謀する如く一方的になって、患者からの詳しい事情を聞き取りもせず、主人からの意向、つまり主人の私に対する誤った見立てそのままにその矯正と是正を私に強引に求め、押し付けて来るとは何事で、どういうことなのか。医師たる者、いかなる情況にあろうとそれに不拘わらず、本分である患者の意向、容態、病源を突き止め、それに対して適切な処置処方を施こし、手当して、患者の病根病源を取り除き、治療し、回復、処方、軽減させていくのが医師たるものの務めではないのか、それを患者の状況を一切無視し、依頼主、主人の意向、見立て、立場のみを尊重重視して理解し、患者を非難して逆に一層貶しめていく様な真似をして診断し、逆に拗らせ、悪化させる様な処方をして更に追い込むとは何事か。それに大体、医師なるものがその患者に対して逆に感情的になるとは何事なのか――』、私はそうしたこの医師への疑問が沸々と湧き起ってくるのを抑えることに懸命必死だったのである。私がそれを爆発させれば、すべては一巻の終りであったのだ。つまり、私の人生というものは、この職場、社会、世界、世の中、私自身、生と生命そのものがそれ程に追い詰められ、余裕りを失っていたことであったからなのである。万事休すであったからなのである。

「私はあなたの主人から、あなたを何んとか店の人達と巧くあなた自身がやってゆくことが出来るように依頼を受けているのであって、あなたの病気がどうこうということとは関係ありませんよ。そんなことはあなたの主人からも頼まれてもいません。それに、その意味では、その病気の件に関して言えば、あなたは何んでもありませんよ。しかし、現にあなたの職場での務めに支障があり、問題がある以上、あなた自身がその気になってそれを本気になって治して行く気持を起してくれないことには、これはもうどうにもならないことでしょう」

医師はその私の態度に焦つき乍ら、その私の心中を見透かすようにそう言った。そしてその口調はあくまで突き放すように冷やかなもの言いであったことは言うまでもないことであった。

私はその主人からの代弁を受けているような診療を受け乍ら、この先いよいよ拗れていくことはあっても、解決されていく望みはあるまいと観念させられていたのである。主人は、『何んでも言いたいことがあったら話しを聞いて貰っておいた方がいいよ』と、そう言ったが、これでは筒抜け、この医師を通じて私の不利、主人に私を解雇へとその口実と手掛りを与えていくのも同然ことになるだけのことではないか』ということだけであったのである。既に当初より分っていたことであるが、これでは診療を受けていることの意義もどこにも何も見出すことの出来ないことであったのである。そしてこうなってはもはや歴然なことであるが、主人が私を診療に受けさせたことは、そのことによって私の方が改まるもよし、そうならぬもよしで、その先を見越した、つまり私を退職へと一歩前へと進めていく為の一つの手順、段取り、外堀りを固めていく運び、ということになっていたということであったという訳であったのだ。私としてはそう解釈する他になかった訳である。

「医師は患者の言ったことに一々個人感情など挟んでなんかおりませんよ。そんなことに一々引っかかっていたならこの世の中、世界というものは切りがありませんからね」

医師は前の言葉を引き継いで、そう弁解する如く私の心中を見透かし乍らそう自嘲気味になって言った。

私はその薄笑いを浮かべている医師に言い知れぬ不快感と義憤りを覚えさせられていたのである。その医師としての資質、良心を疑い、その態度に今更乍ら失望させられなければならなかった。医師は他に話すことはないかと私の気嫌を取り持つように促して来たが、私としては最早その気さえ起らなかったのだ。とはいえ、そうは言っても、その私の様子に明らかに医師の不気嫌を露わにしているのと、困ったことに間が持たなかったことで、仕方なしに私はその時間を埋める為からも、自己嫌悪と白々しさを覚え乍らも興味半分も手伝って、例の番頭二人との一件と、それに対する主人の私に対する対応の有り様、裁定と措置の取り扱い方についてを、此の際に私としては予知しつつも、その興味半分の確認をしてみることにしたのであった。—それと話し終えて、私には後味の悪い自己嫌悪の後悔めいた思いだけが残されていたことは言うまでもない。

「それにはそれなりの、あなたの方にきっと落度があったからなのでしょう。そうでなければそんな一方的措置を取る筈もありませんからね」医師はそう苦し紛れになって言ってから、それを言い直すように付け足した。「あなたの方に思い当ることがなくとも、傍の人から見ればそれなりの理由と訳があっての措置だったのでしょう」。医師はあくまで主人の側に立つことを意識し乍ら答えていた。

「……」

私は医師からの「傍の人から見れば」、という言葉に返す言葉を失い見つからなかったのである。傍の人がどう思い、如何に感じているか―などは私の守備範囲ではなく、それをこちらからどうこう言える立場でも、資格も権利も、私には持ち得ていないことであったからなのである。しかしこちらには、「人間性に伴う其其の考え方の本質的、根本的相違から由来する立場の誤解」それ以外には思い当ることがなかったことからも、これは明らかに既存現実の常識概念と私個有の自身に誠実、真実と本質でありたいとするその生の食い違いとの蹉跌錯誤からの衝突としか思い当らないことであったからなのである。そしてこの既存現実、常識概念への対処対応は絶対数値であり、民主主義の偽わりの側面であり、私のそれは稀有にすぎないことでこの世の中の体制現実にあって私からの対応、弁明の処方はもはや無いことであったからである。こうなれば、これまで述懐して来ている通り、私が否定されることになることはその成り行きからして明らかで、それが世界、世の中、社会の通常な形勢のことであったからである。―とはいえ、そんなことによってこのように一々降りかかり、否決され、仕打を受けて打ちのめされていくことになるのでは理不尽窮まりなく、たまったものではないことであったことは言うまでもないのである。それに私には元々人の言い分と、自分の言い分とを角突き合わせ、争うような気持ちと意志はもとからなく、勿論そのことによってこの生存社会と物理的感情優先の世の中にあってすべてに渡って不利を齎らされていくことになっていったことで、同時に私はそんなことが自分のことにしても、人のことにおいても、社会全般のことにせよ、何んの根本的、本質的解決や利にも繋がらず、齎らしてはいかないということを、もうこの頃には既に承知していて、不信し、充分に心得ていたからである。しかしこのように自分と全体、個人と根本の問題を擦り合わせて考えようとする者はいずこにも無く、すべては自身の現実の利に走り、順応し、外見と立場とを突き合わせることのみに終始し、その狭義な蔓延する思惟思想によって誰もが一理一様に突き進んでいた。そしてその人間の原則は現在《いま》となっても微動駄に変らず、そして私だけがそこから浮き上り、掛け離れ、このように既存現実、常識と通常認識を弁えず、踏えることをしない世の外れ者として誰からも支持、受け容れることのない嫌われ者となっている訳である。

「あなたの人間関係が巧くいかないのは、他の人たちが、この現実の中でそれなりにそれと巧く自分を付き合わせていっているのに、あなただけが「我」を強く持ち過ぎて、それを押し通そうとするところにあなたの方に問題点があるからでしょう。あなたはそのご自分に気付かなければならないが、まだそこに気付かれてはいない様ですね。だからそのことに一刻も早く気付かれて、ご自分でよく考え、それを自己認識して一日も早く修整して行かなければならないのです。そうでないと職場の皆さんにも迷惑をかけることになるし、ご自分もこれからも苦労をすることになりますからね。誰もが不平不満を抱え乍らも、それを自己管理して自分の中で修整と調整させ乍ら其々に懸命になって自分の生きる場所を見出して折り合って生きていっている訳ですよ。それなのにあなたはその我を張って、人の迷惑も考えず、ご自分の我をいい物と信じて押し通そうとしているのです。それでは社会生活も巧くいくものも行かないことになってしまいますよ。社会生活をしていく為には其々が譲り合い乍ら、我慢するところは我慢して人と折り合って、みんなが援け合っていかなければならないのです。ですからあなたもそれに倣ってそうしていかなければ駄目でしょう」

医師はあくまで既存の誰もが承知し、解り切っている一理一通りな常識的妥当な知識と認識していることを、私に振りかぶって指摘して来たのである。そしてこの私の埒の明かない様子を見て、医師はこんなことを言い出したのである。

「商店や会社、他のどの職場も同じことでしょうが、企業体、組織の中に在って、そこで働き、そこで生活費を得て生きていかなければならないということは、其々がそれなりの自覚と責任と意識を以て、その企業なり組織なり、社会全体の意識の流れに添って、そのことを尊重して考え乍ら、それを優先していってくれなければ大変困ることになる訳です。

その会社員なり、従業員なり、国民民衆なりというものがその自覚と意識を具えてくれないことには、其々がばらばらに自分のことばかり優先して考えられていたのでは、その会社なり、企業なり、社会なり、国家の繁栄はもとより、組織も纏っていくことは出来ませんよ。私達人間の生活の繁栄発達も、向上も進歩も望めないことになってしまいます。従って、其々個々の能力や個性はすべて一貫して企業、組織、会社社会の中で、延いては国家全体に活かされて然るべきことなのです。結局、そうしていくことこそが我々国民、民衆其々に環境としても環元反映されていってこそ、巡ってめぐって循環として活かされていくという訳なんですからね。ですから、滅私奉公ではありませんが、人は其其の置かれた場所、環境、部所部門、位置と立場において、その企業なり、組織なり、社会的立場において、そのカテゴリーの中で、一歯車となって誠実に働き、尽力を尽くして貢献役立つことをしていかなければならないことなのです。そこに安易になって個人感情を妄《みだ》りに挟《さしはさ》んだり、優先して考えるようなことはあってはならない、そうしたことは、その組織の中にあっては大変危険だし、許されることでもなく、企業組織にあってはデメリットの方が大きなことになりかねない訳なのです」

医師はあくまでその私に反駁するように、そう典型的決り切った社会人としての一般良識を得たいとして朗朗としてそうまくし立てるのであったが、私もそれに聞き捨てならなく、反発を覚えない訳にはいかなかったのである。

「その意味での常識的一理の解釈をすればそれはそれで当然なことでしょう。そして既にそれを弁え乍ら、誰もが皆んな大なり小なりそうやって頑張って働いていることでもあることです。私にしたところでけしてそれに否定していく者ではありません。しかしそこで働き、生きているのはあくまで不完全で生身の感情を持った人間なのですから、そこには当然そのことに見合った処方箋、心と躰へのケアーというものが企業側組織、会社の側にも必要欠かせないことになってくることになってくることではありませんかね。企業組織社会からの人間尊重の気運が全体的に行き渡って伝っていなければそこに従事する、奉仕する、働いている者にしたところで働《や》る気が削がれる結果にはなりかねません。経営者、組織社会体制、当局らが大上段に振りかぶっていては労使労組が巧くゆくものもゆかなくなってしまいます。第一すべてが殺伐とした渇いたものになってしまうじゃありませんか。それでは結局企業側、組織にとってもマイナスになり、社会も分断することになって渇ききったものになってしまいますよ」

「確かにあなたの言われる人間生命尊重、人権尊重は貴重で理想です。しかし現実には、効率や業績を伸ばし、発展させていく為にもそうとばかり綺麗事ばかりを言ってはいられないのが現状現実であり、実情です。建前上口先では一応それを粧ってはいますが、本音はもっとずっとシビアなものだし、厳しいものがありますよ。結局個人は私情はさて置き、会社や社会、組織全体の為には個人はある程度犠牲になって貰い、奉仕していく考えに立っていってくれなければ、会社側、社会も、周囲りの人間、同僚仲間同志でも結局は衝突することになって端に迷惑をかけ、自身もその人間関係に苦しむことになる訳ではありませんかね。企業が従業員をケアしていかなければならないのは当然でしょうが、ですからこそ従業員は一丸となって会社の業績を伸ばし上げるためにも至力を尽くして貢献して行かなければならないのは当然なことなのです」

医師はこうあくまで企業、社会、一般一理サイド、既存現実の立場に立ってそれを実しやかに強調し続けるのであった。私はそこに医師からの強要と押し付けを感じ、それに反撥せざるを得なかったのである。

「それは一理その通りでしょう。私もそれに反対するつもりもありませんし、現状現実はその方向で、至上経済主義で効いているのが実際と現状です。利益追求でその豊かさを競って──社会もそれに相乗《そうじょう》して支援しているのが現状です。それを認めざるをえません。しかしそうした歪んだ社会体制であればこそ、それを是正して、全体的にもバランスと調和のとれた、相互理解が大切ではないんですか。思いやりが大事ではないんですかね。それぞれの生命誠実な心の方が大切にされて然るべきではないんですかね。その方が働る気が出るし、相互の、すべての利益に繋って却って効率が上って行くことだと思うんですけどね」

「あなたのそうした考えはユニークで貴重です。しかし今の多くの途上にある企業社会全体の潮流には尠なくとも通用なんかしませんよ。今の企業社会にはとにかく経済発展、企業の業績を最優先に挙げ、伸ばすことが求められていて、そんな考えをしていたなら通用しないし、忽ち周囲りからは睨まれて、悪くすると首ですよ」。と、そう言ってから、「──

それに、あなたは別だろうが」と言い直し、その診療とは全く関わりの無い、当時の社会問題にもなっていた労便労組の賃上げ闘争を引き合いに出して来て、「今の組合とその幹部らは本当に企業や社会のことを深く考えてもいず、働くこともせず怠けているくせに要求、賃金ばかりを引き上げることにばかり奔走しているではありませんか。彼らは自身たちのことしか考えてはいませんよ」

医師はこう経済、権威の立場に立って、労組批判までやってのけるのであった。私は私で、その何んの有意義性も、実りも見出すことの出来ない既存現実の空転悪循環することの虚しい会話に疲労感を覚えさせられるばかりであったのである。

「暫く見えられなかったですね。その後、どうされていたのか、心配していたんですよ。その後―店での―調子の方はどんな具合ですか。番頭さんたちとも巧くやっていけるようになっていますか」

いつもの通り、憂鬱であったことからも、主人の方から促がされるまで放っておいたのであるが、再び主人から促がされたことでこの診療を受けることに来院し、診療室の椅子に掛けた途端、このいつもと全く変りばえのない挨拶替りの言葉ではじまり、同様の発展性のない言葉の押し問答が繰返されるばかりであったのである。私もそれによっていつものように虚しく漫然と渇いた心のままに受け応えをしながら間を持たせていたのであった。その間私の考えていたことと言えば、『あなたはいつも、私に対して巧くいっていますかと尋ねるが、それは一体どういう意味であるのか、自分を押し殺して、我慢、犠牲になって主人や番頭たちの言いなりになって店にあって貢献して働くことの出来るようになったか、あるいは自分を巧くコントロールして—店本意に働くことの出来るように、その考え、意識に変ることができるようになれたのか、そういうことを尋ねて来ているのか』、私は医師の顔を見詰め乍らそんなことを推察推量をさせている他になかったことだったのである。医師はその私の気配を感じたらしく、焦立し気に語気を荒げてその私を窘めにかかった。

「あなたは先刻《さっき》からしかしとか、でもとか、薬はもう要らないとか、それに診療には来ない。いったいあなたには本気になってご自分を治療する意志、気持がおありなんですか。これでは初診に来られた時となんら症状が変ってはいないではないですか」。と、その不満を露わにして言った後、先に主人が私に向って紙片に「病識」と書き示し乍ら叱責して来ていたことを、この医師からも再度、「あなたにはご自分に対するこの病識というものが欠けているんですよ。あなたはこれに対するご自分に自覚を持って改めなければならないというのに、それが全く感じられない」、と失望と落胆を混じえ乍ら私を見詰めて言うのであった。

「と言うことは、矢張り私は病人ということですか」

「いや、あなたの思っておられるような医学上の病気という意味ではありませんよ。しかし現に社会生活、店にあってあなたひとりが浮き上って皆んなと巧くやっていくことが出来ないというのは矢張りあなたの方に何んらかのご自身に問題、つまり社会人としての失陥があるからでしょう。その皆さんと異なっている稀有な意識、その箇所をあなた自身が気付かれ、自覚して皆さんと同様の意識になろうとする努力があなたには全然足りないどころか、見られないということですよ。そこにあなたが欠落していて、そのことを病識が無いと言っているのです」

「すると先生は、私が人と接していく上で、その点においてーでもどこにあってでもー皆んなに対する私の方に一方的に何んらかの配慮、気配りというものが足りず、それが欠けている、そう言われるんですね」。『しかしその理屈から言えば、私の方からしてみたならば真逆のことであり、主人をはじめとする番頭たちのその理不尽な精神的、否人間的根源からの扱いに対して抗議、主張したいくらいなことですよ』私はそのことを主張したいくらいであったが、しかし私はそれを呑み込んでいた。

「勿論そうです。ですからこうして御主人がそのことを心配されて、そのあなたをどうにか皆さんと巧くやってゆくことの出来るようにと頼まれてきている訳ではありませんか。あなたはその御主人に感謝して応えなければならない立場でしょう」

しかし乍ら、当初からの私にしてみれば、どうみてもそのことの発端が、主人夫婦からしての私への異常なまでの初めからの、頭ごなしの蔑み見下したような極端な偏見した謂れのない態度と意識、そこから発しているすべての番頭たちとの経緯、端を発祥させていることであり、どうしてそれが逆転して私の「病識」としてされていかなければならないことなのか、それが分らなかったのである。それによってどうして私の方が店の迷惑として配慮に欠け、気使いが足らないことになっていくのか、訳が分らなかったのである。ただ、自分という人間が、当初の生れ育った環境因果、人から好まれることのない特異な病的環境に生れついたことの当初からの負い目、悪霊と背後霊の影を背負わされていることの引け目、そのことが彼らに私を疎ましく感じさせていることに相異ない。そう当初のうちは自己診断しつつ、已むを得ないこととしていたものである。自分の運命として、宿命として背負っていくしかないことだろうな、と覚悟もし始めていた頃でもあったのだ。しかしそのことと、この店における主人からの病識との問題は符合しているかに見え乍ら、全く次元のことなったところから来ている関連の無い別問題であることは明らかなことであったからである。即ち、一方は私の育って来た「聖域」つまり宿命的運命の問題であり、病識のテーマは、通常の既存の生命の謂れ、意識と私の生の原理、プリンシプルとの確執と相克に纏る熾烈なテーマとなっていたということである。これを何故希少稀有にある私の方だけが総数全体の方に一方的に改善を迫られなければならないという理屈と謂れは一体どこから発祥し、導き出されて来ていることなのか？　私にはそのことが物理的力に伴なう彼らの現状思惟からのエゴイズムによる正当化、生本能からの遺伝子の様なものに思われたのである。そして私にとってはそれ自体がすべて疑惑懐疑の種となって私の生と対峙して結び付いていた訳なのであった。このことはもうそれだけで彼らには通じない━理解されることのない絶体絶命である。生涯の未解決である。勝利のない敗走に次ぐ敗走である。

　であれば、それはまったくのお門違いであり、見当違いなことであり、見立て違い、筋違いも甚しいところである。その其々における生の宿命、原理、本質と真理、それは誰であろうと、如何なる関係であろうと、何人であろうと外部的―社会的事情―によって内意的―生命そのものの事情―を侵犯したり、否定非難する資格権利などあろう筈も無いことであるからである。そしてここで彼らが私に詰問し、改善を迫っている病識云々にしても、人間一般の生意識―通常観念―への偏入と移行への強要脅迫にしても、世間の常識と認識、一般の意識概念との見解の相違、意識の誤差《ずれ》以外には思い当らず、私にすればそうしたものは根拠のない、訳の分らないたえず流動している既成現実のようなもので、そんな本質とは逆行するような意識を世間社会マスメディア当局が何んと言って迫って来ようと、私としてはそうした狭義で逆転しているようなものに全く耳を借す必要のないことに思われることであったのである。そもそも店に対しても、番頭たちに対しても、何んの敵意も疚しさもなく、ひたすら誠心誠意であろとしている私の方がこのような憂き身と憂き目に曝され、具合で問われること事体罪人として裁かれなければならないような、責め立てられなければならないようなことはいっさいしては来なかったのだし、その彼らに謝罪するようなことはして来てもいなかったことなのである。

「それでは先生は、その私の病識、店を撹乱させて皆んなを悩ませているという因果、原因、部分が一体どこから来ているものだと言われるんですか、それをこの私にも具体的に分るように教えて下さいませんか？」

私はそのことを逆に尋ね返し、質問をしてみたのであった。

「いや、それは私には分りませんよ。そのことは何よりも当人であるあなた自身の問題のことなのですから、そのあなた自身が一番承知しておられることではないんですか？」

「いや、患者である私に分らないことであるからこうして医師である先生にお伺いしているんです」

「そう言われても困ります。このことは現にあなた自身が職場で体現されておられることなんですからね」

私はこの要領を得ない禅問答のような会話に嫌気がさしていた。

「——結局あなたの欠陥、つまり個性というものが一般の人達の＝観念、意識＝のそれよりも突き出している部分があるんです。それをあなた自身の手で抑制コントロールして撓《た》めて矯正していく努力をして治してゆかないことには、今のお店に勤めていかれることは難しいんじゃあないんですか？」

医師は暫く言葉に休し、考えあぐねていた挙句、主人と同様な、聞き及んでいたと思われることを重複させるようにそういって応答えた。

私はそれが、主人＝店＝側の正統性―大義名分―によって私の病識に転じて「欠陥と個性」とに及んで混同して表現され、同義語にされて言われてしまっていることに至極不快感を覚え、その意味合いが取り違えられ、狭義な解釈、即ち総意の日常観念によって私一人を悪者に仕立て上げて支離滅裂しているように感じられ、酷く不愉快なことであったが、それでも医師の言わんとしていることは間違いなく理解していたのである。

大体において、その人の人間性、生命性に関わるその人の個性というものが、この場合どうして店の業務に対する私の姿勢、その過程の対人云々＝社会性までに発展し＝問われていかなければならないことなのであろうか？　そして私がその中で非難され（す）る程に、彼らのそれが正当で、健全健常で、上等な生き方であるとでも言うのだろうか？　そして私は斯様な世間、社会、人間の意識、概念と通念、常識の通常の意識の中で—もっともそのこと自体が私の生命の中にあってさえも、生の基盤、DNAとして人間生命のそれと同様に流れ、身に付いていることに間違いのないことでもあるのだが—以降のこの自分の人生においても、この現実《いま》の問題と共に同様に、同じ理由を以て暗黙の中《うち》に叱咤叱責非難舌打されれ乍らこれからも大凡の人間、体制、既存と現実から問われ、裁かれ、罪として被せられ、割り食わされ、世間から退けられ、自ずから自からの祠に潜っていかなければならないことになるのであろうか？　その社会の犯罪とも言うべきものが私としては確実に見通すことがこの時点ですでに気付き、出来ていたことであったのである。—そしてこの病識に関する云々も、これに相当するとでも言うのであろうか？　総数と稀有とでは「到底敵う筈も無いばかりか」そのことに拘わらず民主主義社会にあっては総数が「正」に居据ることとなり、そのことが力で当然正統であるとでも言うのだろうか？　主人と医師が指摘して来ているのは、正しくその一般常識なことを言って来ているに違いなかったが、私はそれを漠然と直観し乍らも、そのことにはいっさい触れず、その先のことを先回りして口にしていた。

「―ということは、もうこうなった以上は店を辞めた方がお互いの為にも望ましいことだ、そう言われるんですね？」

「いや、そうは言ってはいませんよ。ただ、あなたの今の気持が変って、改められていかないことには、何も解決されてはいかないと言っているんです」

「……」

私は答えなかった。いや、改めようもないものに、また、改める必要の無いものを改めろといくら迫られようと、それは理不尽なことであり、理屈にも合わないことで、それを変えなければならないのは私の方ではなく、主人の方であることは明らかなことと知ってもいたが、同時に、それが通らないことにもよく気付いていたことであったからなのである。それとも社会一般の常識、雇傭主はその権威、その職場の方針に合わなければ、その権限によって、雇傭主の沽券、原理原則、信条を踏み躙ろうがどうしようが、そうされようが、雇用者はそれに無条件に従わなければ弱者の方が悪く罰っせられるのは当然なことで、それが浮世の決りである、とでも言うのであろうか？　しかしこれが世の本音となって罷り通っているのである。弱者は強者に泣き寝入りしなければならないというのである。これが実体と現実なのである。―そして、何故悪くもない筋の通っている自分の方だけが、それも自身の生命からの真理原則、信条までもがこてんぱんにへし折られ、悪に塗り替えられ、潰され、こうして病識、患者として仕立て上げられ、割り食いされ乍らこうした憂き目に晒され、この理不尽な改心を迫られている訳である。

「御主人はあなたのことを心配しておられて、もう長いこと店に働いて貰っていることでもあるし、出来ることならこのまま─心を入れ替えて貰って─店に残ってほしいとまで言われておられるんです。しかし今のあなたの状態ではどうしても困ることだし、店で働いて貰う訳にもいかないとも言われているんですよ。それで、どうしても駄目なら、他の会社にでも世話をしてあげたいと、そうとまで言われて心配しておられるんです」。主人が以前に私を叱責し乍ら御為ごかしに言っていたことを、医師はそれを準えてそう言ってから、「あなたは本来であるならばその御主人からの心使いに感謝しなければならない立場でしょう？　普通であるなら、態度が悪いから、と言って、辞めてくれと言われればそれまでなんですからね」

最後には、医師は自からの見解を付け加え乍ら、善意の主人と分際を弁えない分からず屋の雇傭人として、実情も分らないことをそうとまで言ってのけた。私はこのようにあくまで主人サイドとなって主人からの言葉を鵜呑みに患者である私を咎め立てる医師からの保守的発言に、「中立」であるならまだしも、真相も分らず言い切るこの医師に呆れ返るばかりであったのである。私としてはもはや憤《おこ》る気にもなれず、この聞き捨てならない発言を黙殺して聞き流すばかりであった。そして私の思索していたことは、『俺はどうしてこんな処まで来らせられて、この医師からもこんな言葉を浴せかけられ、嫌味を言われていかなければならないのだろう?』という恨めしくも惨めな気持ばかりが募ってくるばかりであったのである。確かに主人はある意味では反面で立場的にも心配し、案じてもいたのだろうが、しかしそれは奥方と主人の私に対する性格上の、根底からの、瞋恚《しんい》からの偏見と既存認識、それと真実であろうとする者との埋らない、埋めようのない蹉跌と誤解からすべてが発祥、始まっていることであったからなのである―という私には確信と実感があったからなのである。

五

そしてとうとう、この私のこの職場における八年間に渡る最後の勤務生活に終止符の打たれる時がやって来た。その日は、朝から真夏の容赦のない陽射しが照りつけて来ていた。私はいつもの通り出勤して来てはいたものの、まるで店の者とは別人のような扱い、情況に置かれていた。それというのも、既に店の連中は誰もが私を異質異端の病人扱いしていて、従ってこれでは業務上の必要事項の会話すら成立しなかったし、完全にその私は店の蚊帳の外に置かれていたのである。こうしておき乍ら、彼らはその窮境に喘ぐ私をすら、その態度を責めるに事欠かなかったのである。この頃既に彼らは、主人から、私の措置、始末については店のこちらの方で考えておくから、あいつのことにはいっさい構うことなく、店のことを怠りなくやっていくように、との通達と指示を受けていたことは想像するに固いところである。従って私としては、黙々と自分の仕事を用意準備してそれをこなしていくより他にないことであったのだ。そしてこの日もそうやってその日一日の仕事の工面と段取りをするために、朝の清掃を済ませると、私は九階の事務室と向い合っている倉庫にエレベーターを使って上っていったのだ。しかしこの日はもう十時を回っているというのに、事務室に入る手前の鍵は掛ったままになっていたのである。『いったい事務室の磯崎はどうしたというのだろう。この時刻だというのにまだ出勤して来ていないとは——』私はそれを奇異不審に思うとともに、どういう訳か直観的に嫌な予感に襲われ、その胸騒ぎを覚えずにはいられなかったのである。入社して間のない事務員が出勤して来ていないことは如何にも奇異で不自然なことであるばかりではなく殊更尚手厚くされていることに気付いていたからである。もっともこうした人に対する選り好み、依怙贔屓は今に始まったことではなく、主人夫婦の特性でもあったことなのである。そして私の特性は最初より毛嫌いされていたという訳であったのだ。これに対し番頭たちにしても陰口を叩くものの、表に顕わすようなことはしなかったのである。つまり、世間の流儀はちゃんと心得ていたという訳である。

私は仕方無しに直ぐに階下の不動産兼ビル管理の五木氏のもとに相鍵を借りに降りていった。五木氏は私の顔を見るなり、咄嗟に怪訝な顔をした。それは全く予気していなかった人が突然目の前に姿を現わしたという風な表情を浮べていたからである。五木氏は私からの申し出を訊くと早速その相鍵を持って一緒に階段を上り乍ら、こんなことを打ち明けたのであった。

「ああ、あなた知らなかったんですか、磯崎さん、社長さんたち御家族の皆さんと一緒に旅行に行かれたんですよ。あなたはどうして行かれなかったんですか？　この間、あなたも一緒に連れてゆかれるようなことをおっしゃっておられましたけどね。変ですねーそうですか、行かれなかったんですかー」

最後は、言ってはならないことを口に出してしまったという気不味いものを感じ乍ら五木氏は私の動顛している様子からも何かを感じ取っている様子であった。

「……」

私としてはもう返す言葉もなかったからである。

寝耳に水、これは明らかに私への心裡的揺さぶりとダメージを狙った、それを目的とした、私への最後通告とその決断を突きつけ、迫るための主人夫婦の仕組んだ最後の引導、策意策略でもあったことは歴然として私にも伝わり、私としては明らかに自覚《さと》らされなければならなかったからである。私はこの事態に及んで、主人夫婦の決断と思惑通りついに観念しなければならなかったのである。即ち、これは主人夫婦からの私に対する歴然とした意志表示であり、引導であり私はこうした共謀によって引導を渡されたことによって覚悟を決めなければならなかった、また。その最も痛切に傷付けられる陰険策略の方法を用いられて来たことに、言い知れぬ恐怖と憤怒に震撼させられていたのである。私は顔面忽ち色を失って立っていることさえ儘ならぬ程であったのだ。足は諤々と震え出し、心臓釣鏡の様に鼓動が全身を激しく打ち鳴らし、波打たせ、目は眩んでいた。『俺はいくら憎まれるにしても、どうしてこれ程までの仕打を受けて打ちのめされなければならないのだろう。八年も勤め上げて来た挙句の俺に対する仕打がこんな証しになるとは―』、その自分というものが恨めしくもあり、哀れでもあり、その遣り場がなかったのである。

私はこの章において、主人との確執ばかりに触れて、それを記して来た訳であるが、元はと言えば、私にとってこの主人以上に曲者であったのが内助の功として務めるべき奥方の存在との関係、その軋轢からにつきていたのである。奥方と私とは既に入社当初めより互いに蟠っていて、何かにつけてぎくしゃくしたものとなっていたのである。私がこう告白すると、諸君はきっと雇傭されている身分、立場を弁えることもなく、世間知らず、常識さえも弁えることをしなかったからなのであろう、そう当て推量をして勘繰るに相違ない。確かに生き立ちの事情からして家の中においてさえ自世界に閉じ籠って自問自答している他になかったことからも、私は世間との接触を避けるが如くそれが身に付いていたのかもしれないが、しかし自分の分際、立場だけは人一倍弁え、心得、いずれに対しても誠実であろうとする、つまり世間、社会と対峙する性質というものが固められていたことからも如何にも微妙でデリケートなことであったからなのである。しかし諸君、だからと言って自からのプリンシプルにまで卑屈になって、社会的認識に折り曲げなければならない理由と法則がどこにあるというのだろう？　これは私に身に付いた原則原理、プリンシプルの生における処方、主義なのである。これに対し、私を雇傭することになった奥方というものにあっては、社会的物理的縦割の秩序というものを如何にも重んじ、そこに顕著で、これが彼女の原理原則となっている様な人物であったのである。つまりそうした観点からすべてを捉えている彼女にとって、私のような存在というものは余りにも世間の風情から欠如している人間に思われていたことだけは何よりも確かなことである。されど私にしてみれば、その奥方というものは、店の裏方を取り仕切るものとしては余りにも不適切、欠落しているものにしか思われなかったということである。こうして私と奥方との意識と価値観の相違というものは、その立場関係は別として、人間の本質性としてすべての相性というものがどこまでも空回りするばかりで、信頼感はどこにも生れず、従って従業員というものはこの主人夫婦によって振り回され続けていなければならなかったことは言うまでもないことだったのである。

—そしてこの偏向と苦渋に充ちた屈辱的私の勤務生活も、こうしていよいよピリオドを打つ時を迎えていたのである。

その翌日は日曜日であった。私は久し振りの、これまでにも体験したことのない程の深い眠りを、その暑さによって目を醒まされた。流石に陽の射し込むことのない三帖間は、陽の高くなるにつれて蒸し風呂のようになるのであった。ましてや風の通らないとなれば直更である。それでも気の脱けたような悲哀感の中にも一種の妙な安堵感が働いて、言わば強烈な台風の目の中に入った様な状況であったのかもしれない。気持はそうした苦渋の長いトンネルの出口に差しかかったことにより、その開放感の中で妙に落ち着いていた。私はそうした中で主人に手渡すべくその「嘆願書」の作制にとりかかったのである。いや、この場合、本来「辞職願」あるいは「辞職届け」とすべきところであり、私自身辞職を吐に括っていた筈なのであるが、私はまだ未練たらしくも辞職願いとするところに聊かの躊躇らいも微かに覚えていたのである。それというのも、既に自立自営に踏み切ることに半ば以上に決意を固めてはいたものの、私の中にはもう一つの難題とその成功する可能性が低かったことはもとより、その前提である関門を通らなければならなかったからなのである。それは取りも直さず、すべては越えるに越え難い母への説得に、そのことが途轍も無く目前に立ち張っていたことであったからなのだ。それはすべて母との暗黙からの約束として私の心をこの八年間というものを呪縛拘束し続け憂慮憂鬱にさせて来ていた約束であったからなのである。私にはその母を説得、納得させるだけの、強烈なそれをこの時になっても持ち合せる自信を具え持つことが出来ずにいたからなのである。その為にもう少しの時間の有余が欲しかったのである。しかし、ここに及んで私はもう引き返すことは出来なく、どんな、如何なる難関であろうと、私には前に踏み出していく他には道が残されてはいなかった訳けである。

　嘆願書

「八年間余りの間、大変御世話をかけながら、その間それに充分報いることのないままに、こうした最後の時を迎え、このような手紙を認めなければならなくなってしまいましたことを、またその間御迷惑のかけ通しになってしまいましたことを先ずここに深くお詫び申し上げなければなりません」先ずはそうした謝意を表わす書き出しから、本文に入ることにしたのだ。「然し乍ら、今日に至るまでの私の真意に対する数々の心無い偏見と誤解、そのことに伴なう病人扱いからの誣《しい》られて来た屈辱的数知れない心無い扱いを受けて来たことは、私の心を致命的に傷つけ、これを許すなどということは到底出来るものではありません。そうしたことに伴う一連の屈辱的偏見と差別的扱いとその私一人を悪者に処遇をして来たことによって内村村瀬の私への態度を付け上らせることになったばかりかその悪くもない私ばかりを叱責し続けて来たこと、これは私にとって到底理解出来るものではありません。そうしたことによる一連の差別的偏見とその処遇、本質的根本からの私の人間性への否決と誤解に伴う、一般既存の現実社会における価値感と私のプリンシプル、原則基準の相異との軋轢であったようにも思われます。もとより私が心身を通して店の為に働くことは当然の務めであることは申し上げるまでもありません。なので私の根本、本質までを誤認否定云々されてしまっては私の立つ瀬はいったいどこにあるというのでしょう？それを一方的になって裁かれ、否定し悪者にされてしまっては、その私としては生と生命の原理原則の真理真実の変えようのないものまでを強迫られたのでは、それに応えられないものである以上、どうしたらよいというのでしょう？　それは私にとって理不尽の窮みという他にはなかったことだったのです。実《まこと》に心外に堪え無いことだったのです。主人である貴方がた御夫婦からして共謀によるそうした私に対する一連の心無い仕業と扱い方というものにどれ程苦慮を強いられ、悩まされ続けて来たことか、それは筆舌にとても尽し難いものがあります。私の青春はそのあなたがたの心無い言葉の言い掛りと羅列によって深く傷付けられ、台無しにされてしまったのです。私は確かに未熟者で、殊に社会的に至らない人間であることは何よりも承知自認もしているところですが、しかし自分に忠実で真実に素直に生きることを何よりもモットーとして願っている人間でもあるのです。それが自分に忠実で正直であろうとしない人間に、どうして人に対してもそのように振る舞うことが出来るというのでしょう。私はその自分に嘘をついてまで世人に対しても、自分に対しても、器用で、賢い生き方をしたいなどとは思いません。しかしこうした生き方、考え方をしているからこそ、世の賢明な人たち、世間の要領を弁えている人々、社会に順応性のある方たちからはそのことを窘められ、叱責もされることになるのでしょう。そうした人たちというものは、必ず人に対しても自分自身に対しても裏と表の顔を使い分けていくことになるのだと思って居ります。でもどうやら、その私の世間知らずの振る舞いが、結局は店にあって、勤めを果していく上で、逆に誰彼となく迷惑をかけていく結果となり、誰彼無く皆からの疑惑と誤解を与えていく坩堝となり、それによる仕打と制裁を受けることとなっていってしまったようです。しかし私にはその点、賢く器用に振る舞っていくことはその体制に倣っていくことは人にも自分にも出来ません。その私の馬鹿正直と愚かさ加減、それとは全くの不似合いな頑固さとが結局主人である貴方様を始めとする店の皆様からの顰蹙を買う結果となり、逆に御心労と負担と御迷惑をかける結果になってしまったのだと思っております。私はその点融通性、臨機応変世間的対応に欠け、取り訳無器用に出来上っていたのです。そもそもこの世の中、現実、どこにおいてでも同じことなのでしょうが、人と滞らずに巧くやっていくことこそが、それぞれを正に認め合っていくことによってではなく、あくまでその社会、世間、現実実際の流儀に適合し乍ら、常識を弁え、何事も如才なく融合調和を計っていくこと、それこそが信条はどうであろうと、その場の雰囲気さえ乱されることがなければ、それが何よりも肝要なことなっているように思われます。しかしそのことの為にはあくまで事勿れ的寄らば大樹の陰、強者崇拝式社会便宜依存に生きていかなければならなくなって、その人の真実《まこと》が腑抜けとなって生きていかなければならないことになってしまい、私には到底納得も理解も出来兼ることではありません。ですから世間、社会、現実に媚びていく一般大凡の中にあっては私のような人間はこうしてそこからは悉く浮き上らされていってしまうことになるでしょう。私には、『自から省みて直くんば、一千万人と言えども我行かん』という精神が合っていますし、そのことによって現実既存、実際主義には大変迷惑をかけることになるでしょうが―それをモットーに、心の依り拠ろとしてこれまでも、そしてこれからもそのようにして生きて参りたいと思います。これからもその信念と理念、自身の原則は守って生きて行こうと思っております。私にはそうしていくしか他に生きようもないことを何よりも自分が承知していることなのですから。でもそのことによって主人である貴方様からはもとより、内村さん村瀬さんたちからも狂人、病人、変人呼ばわりされ、店からは干され、門外漢として孤立無援の村八分にされることになってしまいました。このことは私にとってどんなに無念で、悲しく残念なことであったことでしょう。そして主人である貴方様からも再三に渡って忠告を受けて来ている通り、これからもこの既存の現実の変り様のないことを思えば、どの世界、世間や社会にあっても、過去がそうであった様に、以後将来未来に亘って巧くやっていくことは貴方様が指摘して下さっておられる通り、私の未来は無いのも同然なのかもしれません。窮めて難かしく困難ことになるでしょう。でも私にはそうした生き方をしていく以外に無い、私の生命線なのですから仕方がありません。

　そしてその私とて、店に対する思い、気持は皆さんのそれと同じことだったのです。でもそれは私においては貴方様のそれによって否定され、誤解されてしまいました。私の真実《まこと》は受け取っては貰えなかったのです。突き返されてしまったのです。店の「撹乱者」、悪者とされてしまったのです。そのことを思うと、店の主人である貴方様からそのことを真先に糾弾されなければならなかったことは、私としてはその貴方様の良識に不信するとともに恨めしくもあり、その才量を疑いたくもなって来てしまうのです。内村さん、村瀬さんとのトラブルにしても、すべては貴方様の私への偏見による処遇からに端を発していたことに他なりません。すべてにそうした雰囲気を作り上げ、私への対処に彼らを付け上らせていた結果によるものだったのです。巧く纏めて好ましい雰囲気を店に作り上げ、向上させていかなければならない立場の貴方様が、結果はそれとは逆なことを御夫婦共々行なっていたことだったのです。そして私は結局は不埒で許し難い奉行人にされてしまったのです。その汚名だけを着せられてしまったのです。年長の番頭さんたちの手前、年少の私を叱り飛ばしすことによって事を納めるというのであればまだ私にも納得の仕様もあったのかもしれません。しかし主人である貴方様御夫妻が先頭に立ってその旗を振られていたのではもうどうにもなりません。そしてこの店の他に、何処へも行き場のなかった、それも自分の良心としての真実を何よりも大切に考えていた貴方様御夫婦、店に「窮鳥」である私というものが、その貴方がた主人に対してどうして悪意を以って抱くというのでしょう。私としてはただ只管に一人の人間として理解され、自分の存在を認められ、対等に一人の生命ある者として扱ってほしいという只その思いだけだったのです。それにも不拘わらず、貴方がたはこの行き場の失い無抵抗の私をさんざんに揺《いたぶ》り続けた挙句、ここまで追い込み、それも野獣の荒野に餌食同然の私を野に放とうとしているのです。それもこれもすべては私の身から出た錆とでも言うのでしょうか。雇傭主の立場にあり乍ら、貴方がたは使用人を嗜好や感情、狭義偏見の価によって烙印を雇傭人の私に押し続けていたのです。私はそれによる店の錯乱者であったという訳です。これこそが私の八年間店に奉仕し続け、勤めて来た貴方がたの私への評価と仕打だったのです。ここに至ってまで恨み事を述べるつもりもありませんが、しかし、この八年間勤め上げて来た中での、貴方がた御夫妻の私に対する特異な処遇というものは、私の人生の生涯に渡る癒されることのない生涯の傷痕として遺っていくことになるでしょう。それ程に私にとっては影響を受けることになるであろう出来事であったことなのです。店の疫病神とされ、病人として診療所に通わされたことはけして許されることではありません。診療所の先生によれば、私の方に「心当りが無くとも、その落度と責任が私の方にあったことなのでしょう」と言われましたが、その落度と責任の所在に思い当らない私としては、そのことを主人である当人の貴方様から是非そのことを直接お伺いしてみたいものだと思っておるところなのです。

とうとう最後の最後まで、主人である貴方様への苦言と苦情になってしまいました。そのことを大変心苦しくも、申し訳なく思っております。折角長いこと御世話になりながらこんなことしか託すことの出来なくなってしまったことを非常に心苦しくも残念なことに思っております。本当は素直なお礼の感謝のことばを以て締め括らせて頂きたかったのですが、どうしてもその言葉が見つからないのです。本当に申し訳ありません。只只そう申し上げるほかにありません。どうぞその至らなかった私に免じてお許し下されればと思っております。本当にこの私の為にご心労をお掛けしてしまいました。どうぞ奥様にもその実を宜しくお伝え下さい。そして最后に、主人である御夫妻の末永い御健勝を祈念させて頂いて、私のこの嘆願書の締めくくりの言葉とさせて頂きます。

昭和四一年八月忌日」

八月九日、とうとうその日がやって来た。主人が旅先から戻って来たのである。私は主人の様子を窺い乍ら、出来るだけ早いうちにと思い、声をかけた。主人も私の様子に直ぐに呼応し、二人はいつもの通り九階の事務室へとエレベーターで上っていった。主人は事務室に入ると、矢張り旅先から一緒に戻っていた磯崎を室から外《はず》させ、私を中に入れた。

私達は机を挟んで向い合うように椅子に腰を下ろした。

「丁度よかった。どうやら君の勘が働いた様だ」主人は私からの嘆願書を受け取るとそれを開く前に開口一番そう言って、その旅行が私への辞職を促す策謀であったことを間接的にそう自白したのであった。そして、私にとって思いもかけぬことを口走った。「この間、旅行に出かける直前《まえ》に—『君のことで色々話しをしたいことがあるので—』上京を促す手紙を郷里の方に出しておいたよ」

私はその言葉に愕然と震撼し、身震いをし乍ら、思わず飛びかからんばかりの形相となってその主人を睨みつけていた。

主人は、この私の思わぬただならぬ反応と気配に、慌てるように「いや…あの事、君を診療に通わせていること—や、その他のことについては何も触れてはいないから安心していい」そう即答して弁解した。

私はこの主人からの郷里への手紙の投函の一件によって、またしても、それでなくても困難な説得であったものが、絶望的になるだけでなく、新たな懸念が加わったことを如実となって予感させられていたからに他ならない。即ち折角固まって来ていた自立自営への覚悟とその思惑が、この一言によって私にとっては打ち砕かれる程とも同然の衝撃となって目の前が眩むような衝激と感覚に襲われていたからに他ならなかったからなのだ。私はこの一件によって再びピンチと危機に立たされ、それを抱え込まなければならないこととなったのである。即ち、この投函したところの主人からの私に関する郷里への手紙がどんな如何なる内容によるものであるにせよ、それに不拘わらずそれがいいことである筈がなかった。つまりそのことによってこれまで前記にもして来た事情によってそれが波紋となって、憂慮と不安のさざ波を及ぼし、与えていることになっていることは私には容易に想像のつくところであったからなのである。そこへもって来て、私が退職と自立自営への報告に帰省していくことは、それはまるで「飛んで火に入る夏の虫」に他ならないことであったからなのである。それは私にとって想像するも恐怖ろしいことであったからに他ならなかったことであったからなのだ。私は内心、「いったいこの俺をどこまで苦しみ悩ませれば気が済むというのだ」、その事体《こと》と折り重なって、「これまで店での屈辱的耐乏生活に只管堪え、忍んで来た生活がこの為に、このことによって一瞬にして水泡に帰してしまったではないか、この八年間というものは俺にとって何んの意味があったということなのだ」そのことに対する口惜しさにも増して、その襲いかかりたい程の憤怒と怨念の呪わしい感情を抑え、押し殺すことに私は必死の体となって堪えていたのである！　それはこれからの人生の新たな出発ちのこと、その目前、差し当っての自立自営をとりあえず計っていかなければならないこと、その騒ぎを起すことによってすべての自分の人生を御破産に陥れてしまうこと、悲劇の家族に更に自分の不祥事によって、家に対しても、自分にとっても何んのメリットもなければ、自身の身の破局と破滅だけが待ち構えているだけのことであることが駆け巡っていたことであったからに他ならない。私は身を体してその挙行に走ろうとしている自分を堪え、凌いでいたのである！　そして、「ああ、何んということだ。これによってまた自立自営への説得が一段と容易ならざるものとなって一歩も二歩も難かしく遠ざかって、障害が出来てしまったではないか。これによって家の悲劇に関連付けて、殊に母は俺の身上に疑惑を抱かない筈がないのだ。いや、その可能性、公算の方が遥かに確実なことなのだ。それでなくとも我家にはそのことに対する過敏にならざるをえない環境と条件というものが整いすぎているではないか』私はそれがまたしてもこうして主人によって我家に自分のことによって一石が飛じられ、投げ込まれたことに対しての義憤の怒りが震えと共に込み上げて来てならなかったのである！

私は瞬時、この男に襲いかかり、すべて何もかもの「決着」をつけてやろうか、後のことは野となれ山となれだ、という思いにかられたが、例のことや、詳細なことについては何も触れてはいない、という言葉をここでは一応信じることにし、却って騒ぎを起しては元も子もなくなり、苦味いことになる、そう判断をしてその自分の感情の鉾をやっとのことで納め、思い止まらせていたのである！　そして今のうちなら、何んとか自分の熱意と説得によって家族をはじめ、父と母を説得して期待を持たせることも可能になるかもしれないとそう考え直し、その自分自身を先ず説得することに躍起になっていたのである！

「うん、よく解った、このこと―嘆願書のこと―に関しては何も言わないよ。―それで、これからどうするつもり―？」

主人は暫く私からの手渡された嘆願書に目を通していたが、読み終ると、まず私の顔を真正面に見詰め乍ら、その店以後の私の身の振り方をそう尋ねて来た。そしてこの言葉によって私の店での勤務生活に完全にピリオドが打たれた訳である。

「ええ、いろいろ考えてはみたんですけど、店でのこれまでの生活体験からして、旦那も何より承知している通り、私にしてももう勤務生活はもう懲り懲りで真平だし、その人や社会、世間との付き合いに全く自信を失くしてしまいました。もう二度と勤めるつもりはありません。それに、こんな私では結局どこに勤めても同じ結果の繰返《こと》しでしょうから、独立して自分ひとりで何んとかをやっていくより他にないと思うんです。といって、私にはここでの仕事以外何も技術も才能も資金にするものも何んにも無いことだし、大変難かしいこととは自分も充分に承知していますけど…この際思い切って自立してやって行こうと思うんです」

「自立って—どんな仕事をするの？」

「ええ、この仕事を八年間もやらせて貰って来たことだし、その私にこの仕事が向いてないことは重々承知もしていますけど、でも当面それしか思い浮かびませんので、この八年間の仕事を活かして外交というかたちによって—大変私自身にしても矛盾していることですが、何はともあれ差し当って道を切り開いて行かなければなりませんので」

「外交て……この草履のかい」

　主人は即座にいぶかしく怪訝したことは言うまでもない。

「ええ、折角八年もの間働いて身に付けさせて頂いた仕事ですし、他に私には差し当って何もありませんから、思い切ってこの道に進んで行こうと思うんです」

「しかし正直言って、あんたは商人には向かないよ。それより私は―何か手先でやれるような仕事の方面に就いて、その技術を一から身に付けていった方が、結局は長い目で見たときあんたの為にもいいことだと思うんだが―。それに、あんたも既に承知している通り、この業界、商売にしても時代の流れ、世の中から取り残され、特殊化しつつある、先行将来を考えて見ても望むことの難かしい仕事になって来ていることだからね。そのところをよく考えて決めることにした方がいいよ。どっちにしても、まだ時間はたっぷりあることなんだし―」

「そのことについては何よりも自分がよく承知しています。でも、自分の立場からして、自分の道（生活）を早急に何んとか切り拓いて行かなければどうにもならないことですから、やらないで迷っているよりは、やって失敗してもまだ諦めがつきますから。―私は自分にも心無い嘘をついていることを自覚してそう語っていたからである。つまり、その時には万事休すであったのだ。つまり、失敗は絶対に許されることではなかったのである。私にはあらゆる情況からして出直しなどありえないことであったのだ。私はそんな実際には考えられないことを言って嘘の上塗りをして強がって見せただけのことだったのである。―それに再就職となれば結局同じ職種職業ということに雇用させて貰うこととなるでしょうし、そういうことは最も嫌なことですから」

「そんなことは一向に構わんが、しかし君がこの仕事を続けていくことは考えものだな」

主人はそのことを重ねて強調した後、「私の方も君のことはいろいろ考えてもいるんだが、それに長いこと店にいて貰ったことでもあるし、それなりの事をして上げたいとも考えているんだ。君も知っている通り、来年の五月にはまた名古屋にも店を出すことになっているし、そこを君に任せてみようかとも随分考えてもみたんだ。君ももういい年齢《とし》なんだし、そうした責任ある立場を任せることも却って張り合いの出ることでもあることだろうからね。しかし正直、君の今までのそうした一貫とした状態を見ていると、任せようと思っても、人間関係さえも巧くやっていくことのできないようでは、君自身もそうだろうが、店としても一番困ることだからね」

私はその思わせ振った主人からの尤もらしき苦情を虚ろの中で空しく聞いていたが、彼はその私にお構いなくその話しの先を続けた。

「それに、どうせ店を出すとなれば、前にも言ったと思うが女店員も雇傭することになるんだし、君のそうした状態では皆んな、殊に若い女性はびっくりして驚いて辞めていってしまうからね」。その私が最もダメージを受けるようなことを再度平然と繰返し、尚もそのお為ごかしの発言を続けるのであった。「だからそれも駄目なら、他の知り合いの会社にでも、世話をして、そちらの方にでも、移って貰おうとも考えたんだが、しかしそうした君の事情と状況ではどうしても私の方でも世話の仕事も無いことでもあることだし、世話をすることも出来ないことだからね」

私は心にもないこの主人からの善意を粧った思わせ振り御託宣とポーズの御為ごかしを空虚ろに聴いている他になかった。こうしたことはもう何度私の耳をかすめ通り過ぎていったか知れないことだったのである。大体そもそも自分の手に負うことの出出なくなったものを、人手に渡してそこから眺める発想と魂胆根性自体、どうしたものだろう。しかしそんなことはどうでもよいことであったが、それより何より私の心を傷付けていたのは、自分の価値判断で決め付け、『君のそうした状態では皆んな、殊に若い女の子などはその君にびっくりして逃げ出し、辞めていってしまうからね』という無神経この上ない発言を平然と嫌味たっぷりに当人を目の前に置いてするこの主人のポリシーの無い言葉の羅列であったのである。それでなくとも、当初より私には背負っていた背後霊からのコンプレックスからも、異性に対する社会的劣等感がその以前より既に芽生えてあったからに他ならない。つまりこの主人からの発言というものは私の傷の上に更に塩を擦り込ませていたという訳である。

私はこの主人との言葉の空転に暫し我を失って考えあぐねていたが、その主人からの新たな言葉によってようやく我に還った。

「まあ、早急になって慌てて決め付けなくてもいいじゃあないか。それより今の君にはゆっくりと心と躰を休めることの方が先決で、大事なことだ。山にでもいっていい空気を吸い込んで気晴らしをして来るといい。そしてこれからは細かいことには余り拘わらない様にして些細なことには悩まずに気を楽に持っていくことだ。それを治しておかないと、世間に出てからも一層苦労することになるし、結局君だけが損をしていくことになるだけだからね」

「ええ、私もその様に思っています」そう一応素直に主人からの忠告を受け止め、認めた後、「これからまたすべてを出直し、やり直して行きます。どうも長い間、本当に御世話を掛けました。奥さんにもどうぞ呉々も宜しくの程を申し伝えておいて下さい」

「うん、伝えておくよ」主人はそう答えてから、じゃあ、十三日に上京するように書いてあるので、お父さんと私の家の方に来なさい。その時に退職金も用意しておくことにするから。店の皆んなへの正式の辞職の挨拶はその時にしておいた方がいいだろう」

「いいえ、その必要はないでしょう。十三日には私一人で伺っても充分事足りることだと思います！」

私はきっぱりと突き放すようにそう言い切った。

「ううん……困ったな。私の方にもいろいろ話しておきたいこともあるんだが……」未練気にそう言った後、思いを切ったように、「まあいいだろう。君がどうしてもそうしたいというのなら、無理にとは言わん。じゃあ、十三日に私の大森の家の方で待っているからね」

私のこれまでもにない切っぱりとした強い拒絶の語調にあい、主人もその私の胸の内、事情を察する他になく、不承無承承知し、それ以上は促して来ることはしなかった。

「じゃあ、この後どうする。直ぐにこのまま帰るかい」

「いいえ、今一日はちゃんと務め上げさせて頂きたいと思いますので（これは私の主義でもありますから）」

私はそう答えていた。つまり、それは私の、主人に対する、『自分はこれまでこのように誠実で律義に裏表無く精一杯務め上げて来ていたのだ。然るにそのあなたは――』という、私からの最後の抵抗と筋を通したメッセージが籠められていたことであったのである。

「うん。好きにしたらいい」

主人はその私に対して、あくまで素っ気なく、そう答えるだけであった。

六

翌朝、私は長く苦しかった勤務生活にようやく終止符を打ったということからの開放感の側らで、直ぐ様どうにもなり様もない新たな抜き差しならない課題の中を、課題の突き付けられているそのどうにもなりようもない自からの重積が差し迫っている如何様にもならない自身の重圧の中にその心の雷鳴の中に飛び起きていた。今後の自分の人生の死生を決定付ける岐路たたされなければないその正念場に立たされている。確かにその檻籠からは開放はされたものの、この鳥は既にこの大空を羽ばたくことの力さえ失せさせていたが、しかし羽ばたくことをしなければ、自からが生命絶える他にはないことを知っていたからなのである。私はその自からの生、その羽ばたきを衰弱させて路頭に竦んでいる一羽の衰弱した鳥にすぎなかったのである。私は忽ち不安と侘しさと恐怖の入り交る感懐の中でそれに抱き締められて身動きの取りようもなくなってしまっていたのである。――とは言うものの、私にはそんな意識に関っている暇などあろう筈もないことであった。それというのも、これより直ちに田舎に帰郷《かえ》り、最も厄介である自立自営に掛かり、これから始めようとすることのその目的の為に、職場を辞して来たこと、その報告をしなければならない難関が新たな壁となって立ち張かっていたからなのである。私はその重圧をいかに乗り越え、その家族を説得安堵させることが出来るか否かそのことに頭が一杯でありその他のことは何も考えられないことだったからなのである。そしてその何よりもの弊害となって邪魔をしていたのが、主人からの田舎に送られた手紙との出合い頭になる障害と弊害であり、私の帰郷報告の妨げ、逆さ刺―となっていたからなのである。

その日、私は満二五歳の誕生日を迎えていたが、それはこれまでにも増して気の重い、自分の人生の岐路に指しかかっている重大な使命を担わされた、これからの生死を賭する峠の一日に差し掛っていた。私の誕生日というものはその人生そのものが常に逆境そのものの中に推移していたように、祝されることとの無い呪わしげな雲行きの中にあったが、この日この時こそ私の心を重くのしかかっている日、時は他にはないことであったのである。―雲の合い間からは自分には似つかわしくない鈍い真夏の陽光が突き射すようにじっとりと肌に食い込んで照りつけて来ていた。『俺の人生はこれから一体どういうことになってしまうのだろう？』私はそんな差し迫っている将来への不安の中に、まったく見通すことの出来ない中で、同時に、『いや、どうなってしまうのであろうではなく、どうにかして行かなければならないことなのだ』と叱咤して思い直し、その悲観を打ち消し乍らも、その感情の狭間を行来し、揺らめいていたのである。私はいつもそうであるが、ある考えと、それとは全く異なるそれとが対蹠対峙した二つの考えと感懐を同時に相俟つ習慣がこの頃からすでに身に付いていたのである。ましてや、これから自立自営の報告をしなければならない帰郷していく私にあってみれば、悲観的推察などあってはならなく、厳禁なことであったからである。私はこの場面、今回の帰郷においてだけでも、意気揚揚、希望的観測を携えて臨まなければならないところだったのである。微塵といえども、その翳りの気配さえ見せ、つくってはならないことであったのである。

久し振りに帰郷する電車の中は、早めの盆の帰省客などによってごったがえし、冷房の活かない人息れを天井に取り付けられている扇風機が先刻から気だるげに暖慢に掻き回しているだけであった。私の思考はそうでなくとも見通すことの出来ない、出口の見えて来ない中で逡巡を繰返し、先程から同じところを、天井の扇風機のそれと同様旋回を繰返しているばかりであったのである。それは勿論、いかに家族を説得し、安心させ、期待を抱かせることができるか、そのことに尽きていたが、「母の憂慮と主人からの送られてそれを読んでいるであろう手紙の件」のところで、まるで事体が巨大な壁、石の壁となって突き当り、その都度跳ね返され、立往生をしてしまうのであった。常にその帰郷は楽しいものであったことはなく、義務のようなものが付き纏っていて、あの忌まわしくも呪わしい勤務生活の中においてさえも、その盆正月の帰省を渋り、帰省するのを躊躇敬遠していたくらいであったのである。それにつけても、この度の帰省ほど私にとって辛く、心の重いものは嘗てさえ一度もなかったことだったのである。『俺はこの帰省するに担って敗惨兵であってはならなく、あくまで凱旋の勇者でなければならないのだ』そう自分に叱咤激励し、活を入れ、言い聞かせるのであるが、いつの間にかその意気は地面に吸い込まれてしまうように沁み込み、萎えていく心を救い上げることに苦慮させられている自分がそこにあるばかりであったのだ。『これではまるで、犯罪者がその罪状から免れられず、自白する為に、自首出頭していくようなものではないか』私は己れに思わず遣り場の無い心に舌打ちと苦笑しく嘆くより他になかったのだ。『俺は何も家族に後ろめたいことをして来た訳ではない。それどころか、むしろその家の事情に憂慮してこれまであれ程までに忍ぎ、あの屈辱的勤務生活にも一向堪えに堪えて来たのではないか。そしてようやくこのように自立自営の決心までに漕ぎつけ、それを胸に抱いてこうしてこの帰省、報告し行く途上にあることとなのだ。何も後ろめたい気持を持つ必要は何もないことなのだ。むしろそのことに歓迎され、激励を受けることになって、期待をされて然るべき希望の再出発の門出として祝福されて、この帰郷はその力を貰う為の帰郷であるべき筈のことではないか！』私はそう自問し乍らも、心は一向に昂揚しないばかりか、いよいよ店を無断で辞め、不安憂慮の種をその家族に運び込んで行く咎人としての心境が募って沁没み込んで来るばかりだったのである。『俺のこの帰郷はそもそも店を辞めたことの報告をしに行くのでもなければ、あくまで自立して自営を始めていくその為のその報告なのであり、希望に燃える門出のものでなければならない。また、そうした前向きのものでなければ家族を余計に心配と不安にさせて、到底説得などさせることは出来ないことだ。俺のそれに対する情熱の如何にかかっていることなのだ。また、俺としては如何にこれから自営にこぎつけるまでの具体的プラン、道筋の行程と思案を固めて目に見えるように提示、明示しておかなければ具体的に安心させることも出来ないだろう』、私にはそう思え、そのプランと策を練り続けていたこれまでの思案施策を改めて点検し仕直した。そしてその説得にある程度成算までにはこぎつけてはいたものの、矢張り例の「主人から送られている私に関する郷里への手紙」に差《さ》し掛《か》かると、そこですべてがぱたりと止り、どうしても前には進まなく、私の店を辞職して来たことのタイミングと重なって、殊にその母の案じているであろうことが予測され、それを如何に説得払拭させるかは、私からの熱意を以てしても到底手に負えないのではないか─そのことが、それを直前にしても私の心の咽喉元の逆さ刺となってどうしても先に進めることが出来ず、止ったままになってしまうのである。即ち、心が閉じられてしまうことになっていたからなのだ。

ところで諸君、ここが私が何をこれ程までに思い煩い、怯え、恐れ続けていなければならなかったのか、それを諸君はお分りになるであろうか？　それはつまり、私は主人からも勤務生活における人間関係が意識として、根本的地源から巧くやっていくことが出来ない＝困難＝云々、病識、疾患云々呼ばわりされるまでに至った訳であるが、また職務上の主人とのトラブルの件における意味合いのその如何とは別の、我家、家族に纏る霊的に纏わり付く、そのことによって次々に生じて来る非具象的陰からの気配、血に纏るといったような家族の不幸と悲劇、それに揺られる家族の動揺と不幸の歳月、そのことを自からも家の内外に関り無く自分の身に引き起されてくる世間と人間との私における後を断つことのない相次ぐトラブル、それに無條件に呑み込まれ巻き込まれていってしまう自分と人間世界とのどうにもなりようのない関係とそれに基くこと＝纏るところ＝の不祥事、これは杞憂では済まされない私一人に降りかかってくる性質のことであったが、彼らは人間総体の必然性＝当然＝な生と意識であり、その限りにおいて正常な彼らに対して私のみの方が異常稀有で、特別稀有であるという判断を数値数式によって割り出され、その責任を私一方に求めて来た―押し付けて来ていたという経緯である。その生の転換を強制されて来ていたという訳である。そしてここに私は絶対数の人間の意識と性質＝生の諸行動と行為＝と自身の稀有の性質つまり私はそこに世界と人間と私自身にも多くの根本的問題と課題が既に生命の中にも潜んでいるものと考えている訳であるのだが、果して彼ら人間の総体、諸君においてはその生に纏る根源の如何辺りのことを如何に考えておられることなのであろうか？

しかし私としては、ここにあってはそうした一切の深慮するところに打ち克っていかなければならなかったのである。そうしたことに自分の心を悩まし、怖けさせている場合ではなかったのである。この目前にどんなことが待ち構えていようとも私はそれに挫けてはならず、立ち向っていく他にはなかったのだ。それは自分の以後の人生そのものがかかっていることであったからである。何よりも私には自分の心身、行ないに潔白でなければならなかったのである。我家に纏る霊的妖気とその不幸と悲劇、母の憂慮に纏り付く悲劇の吸引力、私はその萎えようとする自分の気持を無理矢利に奮い立たせ、支え、立ち向い、毅然となることに懸命必死の体だったのである。『こんなことに負けて自分の未来、人生を台無しにしてた（な）まるものか、そんな訳には絶対いかないのだ！』私はそのことに一途になっていたのである。

それにつけても、この家族への報告と説得は、私の頭の中で考えあぐねてみてもいくら旋回させてみてもどうにかなるという筋合いでもなければ、性質のものでもなかったのである。ただ家族を前にして当って砕けろ、誠心誠意自分の真実の気持を伝え、その意志を以て説得をする他に道を切り拓いていく他にはないことであったのだ。思い悩んで検討を重ねてみたところで、結局はどうどう巡りで、どうにもなりようもなく、その場に臨んで対処していく他にはないことであったことであったからなのだ。

私はその場の心境と同様の、あまりにも混雑混淆した揺さぶられた一時間余りの人いきれの電車からようやく開放されると、バスには乗らず、小一時間程のかかる道程を、その懐しさと共に郷愁も手伝って、故郷の風と空気を感じつつ、炎天下の中をてくてくと家路を差して歩きはじめた。少しでも、我家に辿り着くのを遅らせたかったのである。久し振りに見る故里の風景は心侘《うらぶ》れた心には後ろめたく、気恥かしくもあって、私の足は一層躊躇も手伝って前に進めることを拒んでいる風であった。折りからの高雲りであった空もその雲もすっかり取り払われていたことで、直にその陽射しが届けられていて暑さも増して来ていたのである。渇いた道は白く、車の通る度に埃を東から西へと運んでいた。その為に道端の草はその埃りを被り窒息して咽んでいるかのようであった。みんみん蝉の蝉時雨は相変らず他を圧倒して煩さかった。私はそうした中をもはや何も考えず、それを止めて一向久しい故郷の中に身を委ね乍ら黙々と歩みを進めていく他にはなかったのである。否、そうしていたようである。というのも、私は忘我の境地に入っていたらしく、誰かに呼び止められていたにもそのことに気付かずにいたからなのである。

私はこの途轍もない道すがら、どういう訳か相次いで因縁のある二人のクラスメートに声を掛けられることになった。一体この奇遇には、この時の私にとってどういう意味合いがあったことなのだろう？　私にはそのことが今以て理解することができずにいる。只この場面においての私の感想としては只管懐しさと、後ろめたさと、心の混乱と動揺が入り交り、一層我を失い、この直前に迫っている一大事を前にして、自身この二人のクラスメートに虚を衝かれ、どう、如何に振る舞ってよいものか途方にくれ、その自身にみっともない程におろおろするばかりで、対処することが出来ずにいたばかりだったのである。その惨めさを晒し、露呈するばかりであったのである。—では、この二人のクラスメートとの突然の再会に触れておこう。

「おお、丸川だ、丸川育夫だよ。想念路君だろう？　久し振りだな、懐かしいな！」

後方から自転車に乗って来た男に何度か呼び止められていたようであるが、私はそのことに全く気付かず、前に私の行く手を遮る様にして止められた自転車によって漸く我に返り、その男の声の顔を見やったのであった。

「元気かい？　俺だよ、マルカワイクオだ。卒業以来だから丁度十年振りになるかな」

彼は懐しそうな表情に日焼けしてすっかり引き締った青年に変貌している顔をほころばせ乍ら輝く白い歯をのぞかせていた。

私はといえば、この思いもかけなかった唐突な旧友との再会に、それもこんな窮境にある時の突然の再会であっただけに我を失って動顚困憊するばかりであったのである。

この彼との最初の出合いは、私が小学校の四年を迎えた当初の時の事であった。彼は北隣りの県の伊勢崎の市からこの学校に転校し、私の級に編入され、その担任教師からの指示を断って何故か態々私との合席を要望して来た男であったのである。しかしその優秀であった彼との友情も暫くは続いてはいたものの、私の級の置かれている情況と事情が呑み込めて来るにつれてその友情も信頼が崩れ出し、彼は私から失望して離れていったことは言うまでもない。即ち、私は当初当時から自身の殻の中の世界にだけ凝り固まって、学校の学問に対して褪《さ》めていていた生徒に成り下っていたからであったからである。

彼の話しによると、地元の高校の教師として、主に体育を指導担当し乍ら毎日を生徒たちと走り回り乍らその毎日を朝から晩まで多忙に送っている、とのことであった。その丸川の表情からはどこまでも屈託のない突き抜けた健康そのものの教師の顔が滲み出ていた。

彼はその私に、今は何処で何をしているのか？　結婚はしているのか？　子供はいるのか？　というようなことを次々に矢継ぎ早に尋ねて来たが、それに私が何一つとして満足な言葉を返すことができなかったことは言うまでもない。ただ、余りにも隔っている環境にあることに、私の悲哀は増幅されて来るばかりであったことは言うまでもないことだったのである。

その直後、十分もしないうちに、その丸川との再会に動揺動顛していた私に、その姿を見つけて駆け寄って声を掛けて来たのが当時のマドンナの一人のクラスメートであった金村公子であった。その懐しさと憧れの女《ひと》のこの出現と、また丸川のときと機せずして同様の内容の質問に問われたことによって、私の動揺と混乱はピークとなり、増して来るばかりで、私は自分を支えることに精一杯であったのである。こうした中で、既に我家は目前に迫って来ていたのである。はてさて、その私は一体どう保てばよかったのだろう？　どう自身の再出発を報告直前にして、どう気持を整えたならよかったのだろう？

そして私はその心の整わぬまま、我家の門口を前にして茫然と立ち尽くしてしまっていたのである。私はもう覚悟をする他にはなかった。とにかく俎の鯉であり、腹を括って母家の門を潜り中に入っていく他にはなかったのである。私はすべてを振り切り、土間を跨いで中に入っていった。

「ただいま」

「ああ、よく来たな、暑かったろう。随分早かったじゃあないか」

私の久し振りの帰郷に父と母は笑顔で迎えてくれた。十日の帰郷ということで、父と母は早い盆休みの帰省と思い込み、そう言ったのである。

私は上り框ちのところに腰を降ろし、父と雑談を交し乍ら、台所で立ち働いている母の様子を窺い乍ら、その切り出すタイミングを計っていた。

「実は今度、自分で独立をして商売を始めようと思い立ったので、思い切って店の方は辞めて来たよ」

父との雑談の中で、東京五輪以降一層市街《まち》が様変りしてその煽りをくって店を初めとして業界が街全体生活形態、模様が和式から洋式へと加速的顕著に変化移行して来ていることで、一般生活の中では殆どその用途が締め出され、なくなって来ていること―そうした四方山《よもやま》話の気に乗じた自然体の中で、最も理解し易い情況の納得の行って貰うことの出来る方向で、そのことを切り出し、報告したのであった。そして父はそのことにある程度納得したようであったが、明らかに台所で立ち働いていた母のそれには過敏になって反応し、その驚ろきの様子と共に手に取るように不満不服の承服しかねる意志が伝って来ていた。

「あれ、お盆で帰って来たんじゃあなかったんかい。またどうして急に―店なんかを辞めて来しやったんだい……」

母は台所の仕事の手を一担休め、不満を隠そうともせず、心配そうに、責めるかのように、疑うかのように私のところまで歩み寄り乍ら窘め口調になって半ばその辞職して来たことに半ば不満をぶっつけるように私に詰問するかのようになってそう言って来たのである。

「いや、急に思いつきなんかで辞めて来た訳じゃあないんだ。今も言った通り、この商売、仕事というものはどちらかと言えば時代、近代化していく社会情況の中で、その変化に対応もついていくことの出来ない、取り残されていくような傾向を持っている職種で、これからも先細って期待の望むことの出来ない仕事だからね。そうしたことからもいろいろ前々からこの店に勤め続けていてもどうなのか、自分の将来に希望の持ち続けて行くことの出来るものではないことだからね、そのことを否でも思い知らされて来ていたことでもあったからね。―勿論、そうした情勢の中で自分ひとりで独立してやっていくとなれば、それに附随した苦労も当然付き纏って来ることでもあるけど、それは承知も覚悟も出来ているし、何んでも新しいことを始めるにあたってはそれは避けて通ることの出来ない道だからね。それに、何よりも自分で決めて来たことでもあるし、その苦労も自分の為でもあるやり甲斐のあることだと思うので―」

私は自分の弱身を少しでも見せることは出来なく、ここは強気の一点張りによって説得する他にはなかったことなのである。また事実その通りのことでもあった。

「そんなことを言ったっておまえ、何も今更好きこのんで、そんな先のどうなるか見通すことの出来ない、分らないものを、敢えて危ない思いをしてまで態々苦労を買ってまでやり出すことはないいんじゃあないんかい。店に勤めていればそれが一番安全で、いいんとは違うんかい」

母はいかにも納得がいかないという口調になって、それは母心というものではあったろうが、不満を露わにしてそれを隠さなかった。

「でも、八年も勤めて来て、今が一番区切りのいい時期《とき》だと思うし、年齢的からいっても今が独立するには一番いい機会《チャンス》だと思うもんだから。自分の将来のこともあるからね。このまま勤めていたのでは自分にも期待を持つことは出来ないし、先も知れていることだからね」

事実その通りだし、私は譲ることは出来なく、断固そう主張したのであった。それを聞いていた父は私の言葉に一応の理解を示して納得しているようであったが、矢張り母においてはもはや私の言葉は耳に入らない様子であり、私の弁解と口実としてしか受け取ることが出来ない様子であった。私はその母に潜むある種特有の家族《いえ》を案ずる故のそれが逆効果逆作用として負担と動揺、家族《いえ》全体に与え精神的動揺と動圧を与えていたのである。この母にはあくまで物事を悲観的に捉え、それに、自からも焦燥ストレスとして思い悩み家の中に暗い影と空気を取り込むようなところがあったからなのである。そして、この悲観的神経の直観力によって、私の店での勤務生活までを推察、透視しているかのそれを、自身も恐れている風であったのである。私はその母の気配を感じ取り、少なからず動揺動顛させられていたことは言うまでもない。このことは、私自身が先に恐怖《おそ》れつつも想定し思い描いていた最悪の状況事態のそれと寸分違わぬそれと一緒の一番厭わしい事態と情景のそれであったからなのである。

「おまえ、店の方から手紙が届いているけど…向こうでまさか何か―あったんじゃあないんと違うんかい」

母自身、半ばすでに口にしているそれに怯えるようになって心配憂慮し乍ら遂に口を突いて切り出し、口走っていた。

これは私が、かねてから母に対して予期もし、恐れもし乍ら潜在に抱き続けて来ていた不安と予期予感していたもので、それが、「この主人から送られていた手紙」によってまさに発火状態となって、その寸分違わぬ姿となって、今こうして母と私の間に的中して展開し、私はその点火状態に入ってしまったことに、脅え凍り付ついてしまっていたのである。それが今燻り、発火同然となっていたことだったのである。そしてこの時程、「この主人から無断によって郷里に送られた手紙」の件を恨めしくも呪ったことはない。この手紙の件さえなかったなら、スムーズに私の辞職と自立への報告と説得は成功していた筈なのである。ところがこうして母をはじめとする私への辞職と自立への報告はもとより私の心身への懐疑と疑惑へと波及は投じられて広がり、私としてはもはやそれを封じ込むことの出来ない程に広がりを見せて来ていることに畏怖して怯えていなければならなかったことであったことは言うまでもない。私は今更乍ら、この退職して来てまでも悩ませる主人のそれに、その義憤と憤慨を確認しない訳には行かなかったのである！　私にはこの主人の仕打が今更乍ら殺気を帯びて悲しくもあり、嘆かわしくもあり、一向恨めしくもあったことであったのである。

「でも、十三日にはお爺さん―母は父に対していつもそう称んでいた―に来てほしいと言って、自宅の案内図まで書いてよこしてあるよ」

「どんな手紙で、何を言って来ているのか知れないけど、十三日には退職の後始末に行くことになっているだけだし、自分一人行って用を足せば、それで充分事足りて済むことだよ。それに、もう辞めて来てしまっている以上、店にはもう今更関りないことだと思うし、一緒に出かけていくこと（必要）はないと思うよ」

私はそのことによって、主人からの思い込みによる私への疑惑と懐疑によって、家に一層の波紋波及を投じられることに畏怖《おそ》れていたのである。根拠のない言い掛りを吹聴されたことには今更乍ら一通りでは済まされない義憤憤慨する他になかったことだったのである。しかし私がそのことを打ち消し、否定すればする程―母にとってはいよいよ私の言動が逆に実の子を煽ることにもなり、そのことに私は苦慮を強いられていたのである。

「そんなことを言ったっておまえ、向こうには向こうさんの話しをしておきたいことがあるんだろうから、それを聞かない訳にはいかないじゃあないか。こうして能々手紙までよこして来ていることなんだから」、それは母自身にとっても畏怖れであるに違いなかった。しかし既に母は自身の私への憂慮する感情に引きずられていて、その感情を隠そうともしなかった。そしてその私を無視するように父に対して、「ねえ、お爺さん、長いこと世話になって来ていることなんだし、そのお礼がてら、向こうの話しをよく聞いて来やっせいよ。本当にそうした方がいいんだから」、そう言ってその父を説得し、促しにかかった。

「本人がひとりで行って用を足して来ると言っているんだから―それでいいじゃあないか。何もわしが態々出かけて付いていくことでもなかろう」

父は、疾うに私の心情と憂慮を見抜いていて、この母からの促しを押し返してそうぶっきら棒になってそう言った。

「お爺さんは本当に臆劫がりやなんだから。とにかくそんなことを言わずに自分の子供のことなんだから、どんな話しをするんだか、向こうの話しをよく聞いて来やっせいよ。そうした方が間違いないことなんだから」

母はそう重ねて尚も父に食い下り、諦めることをしなかった。

「そんなに言うんだったら、じゃあおまえが行って向こうの話しを聞いて来たらいいだろう」

「そんなことを言ったって、自分の息子のことじゃあないかい。わたしが行くつもりなら、何もこんなに口を酸っぱくしてまでくどくど言いはしないがね」、母はその父にすっかり憤慨御冠むりになり、態度を硬化硬直させ、今にも泣きださんばかりになって、「……お爺さんは一旦言い出したらこっちの言うことなんか聞きやあしないで、本当に頑固なところがあるあんだから」、と、すっかり失望の体になり、そう抗議して言ってから暫く黙りこくってしまった。

暫く私たち親子三人の間には重苦しく、気不味い沈黙の空気が流れていったことは言うまでもない。やや間があって、母は思い詰めた、しかし堪え切れずにいるものを吐き出すでもするかのように、不安な表情を隠さず、まるでその私を審議でもかけるかのような眼差しで、遂に決定的な、母として子供に言ってはならないことを口走った。

「おまえ、どこか……体の具合でも悪いんと違うんかい」

それは勿論、母自身、怖れている言葉でもあったことは言うまでもない。

私はこの母からの言葉に思わず慄然とし、戦いた。躰からは血の気が引いていくのをまざまざと感じ、小刻みに震えてくるのを抑え切れずにいるのであった。『ああ、この事体になるのをあれ程までに恐れ、用心し、それにこの八年間というものを堪え続けて来ていたというのに、疾々それにも不拘わらずこうしてすべてが水泡に帰してその渦の只中に巻き込まれてしまっているではないか』、私はそのこれまでの八年有余の一切の労苦と耐乏がここに無に帰してしまっているその最中に立たされている自分に、その一番怖れて来たものが今こうして自分の身に最悪現実として降りかかって来ていることにまざまざと全身恐怖に戦いていたのである。このことは私にとって到底受け止めかねることであったことは今更言うまでもないことであったからである。それにつけても諸君、これまであの屈辱的勤務生活を堪えに堪え、忍ぎに忍ぎ続けて来たあの歳月はいったい何んの為のものであったことだったのだろう？　そしてこの時の当の母親からも掛けられなければならなかった嫌疑と疑惑のことを思ってもみてくれ給え、これは他人である店の主人から掛けられた嫌疑と疑惑とはまた異なり、私にとってそれ以上に遥かに重みの加った血縁からの生命的逃れようのない衝撃となったことは言うまでもない身につまされる結果となって、こうして現われることとなったのである！　その意味も、意義も途浪となって心身内外四方から音を立てて瓦解していくのを目前に目撃するのを手を小招いて見守る以外にはなかった訳である。私はこの世界にあって、最も近親である、本来加護され、癒されねばならなかった、傷に被われた、再び翔いて行かねばならない翼が、更に深い傷と衝撃を負わされてそれでも飛び立たねばならないことを思って—元々そのようなことも期待にはしていなかったことではあったものの—その自身の人生の巡り合わせを考え、また以降の自分の推側と予側がされることに、我乍らこの里家にあって暗澹の境に沈み込む他になかった訳である。つまり私には、世界にあって最も近親にある母親からの難事の嫌忌からはもはや逃れる術はなく、振り払う術も無く、茫然自失して心中において悶絶する他にはなかったことだったのだ！

もとよりこの母の不幸と悲劇は、再参再四に亘る娘、息子たちに次々に降りかかってくる霊的妖気気配とその翻弄する怨霊の悪戯《いたずら》、その病的なまでに過敏反応するようになっていた母のそれと符号されていることがあったからに他ならない。息子である私の口からこんなことを語らなければならないこと事体、これは奇異な事態である。私はここでも只管堪える他になかったのだ。この霊的仕掛けられている悪霊のことはもとより自分の心を、自分ひとりで、それをどこまで行こうと守り、保っていくもしくは負っていく以外にはなかったことであったのである。私の正常、潔白、自負自尊心は既に木っ端微塵であったが、それでも唯一我が心だけは守っていかなければならなかったのである！　その弱身な私を打ち砕いてくるものは数多であったが、それを守護《まも》り癒す者は無防備である我一人の他に何者が有ったというのだろう？　そんなものは所詮何故にも無かったことであったからに他ならない。否、その己れに最も厳しくあらねばならなかった我にとって、それは、その我自身にさえあてにすることの出来ない事情というものとなって重なっていたことであったのである。

こうして私としては、自からの窮地を救い出し、この妖気の沼の我家から自からを脱け出す為には、この家族からの陰乍らの心の支援はもとより、そこに我身を晒し置くこともはや憚られ、一刻も早くこの我家を離れ、独自の道を切り拓いて開拓していく他にはないことだったのである。私はその自からに降り掛ってくる災厄と自からへの嫌疑を何んとしてでも払拭し、晴らさなければならなかったが、それには何よりも、誰も手も煩らわせることなく、自からにより頼んでいく以外には既にないことを改めて思い知らされるのであった。自からに鞭打つ他には何も無いことであったのである。

それにつけても、このように八年間に亘る屈辱的勤務生活を本来癒さなければならなかった筈の、自立への鋭気を蓄え、養わなければならなかった筈の帰郷が、このように倍加した負債負担、家人、殊に母からの執拗な疑惑と憂慮を与え、それをこれからの自立に目安目鼻を付け、軌道に乗せていくことによってその解消を計って安心させていかなければならないという使命感も伸し掛ってくることになった訳である。正直この自立の不安目鼻の可能性にしても、この当座の私にしてみれば何も立っている訳ではなく、その段取りをつけていくにはこれから幾数ものハードルを越えていかなければならなく、そのどれ一つをとってみてしても自営に漕ぎ着けることは容易なことではないことであったのである。

この自立への「門出」さえ支援どころか反対され、危ぶまれた訳である。そのことに糅て加えて、その私にしてみれば一方において、こうした店の方針＝主人の考え＝と自身の勤務生活との本質根本からの行き違いからこの退職に至る経緯と自立への決意と報告と模索、それに絡むことになった「主人からの私に関する郷里に宛てた手紙」の一件によって事態がすっかりこんがらかってしまったこと、その重い空気と気運を、私の意志と思惑から出たものではないにしても運び込むことになってしまったことへの自責の念と罪意識、それとが刺となって降り掛って来ていたということである。そのすべてが自身の故意によって発祥したものではないにしても、自分を発端としていることは間違いの無いものであり、矢張り私としてはその良心を深刻となって受け止め、痛ませずにはいられなかったことなのである。

　私はこの裁きの庭、蓆ろの上に座らされている様な居心地の悪さと、気不味い母からの嫌疑の視線に晒されている自身を感じていたこともあって我家に居ることが躊躇われ、そこから逃避《のが》れる如く、また、久しく逢ってもいなかった竹馬の友にも今度の辞職をして来たこと、そのことに伴う新たに自立自営に踏み切る決心決意決断を固めたことの報告をしなければならないと思い、それに久しぶりの友との対面、いろいろな話しを交すことによって、己の心が少しでも軽減され、この竹馬の友からのエネルギを貰うことによって慰められ、癒され、その自身の消えかかっている希望の灯が再び得られるのではないかという期待も入り交り、手伝っていたのである。その二人の友は快よくその久し振りの私を迎え入れてくれたことは言うまでもない。そして私からの報告を受けると尠なからず驚いた様子を示し、新たに自立自営によって自業を始め、これから上京して準備にかかるという私の意向と決意に、その勇断であることを認めた上で心配の懸念と共に、その自業が成功することを期待して励ましてくれるのでもあった。そうした中で、私は自分の将来、先行きの人生に思いを馳せ、考えるとき、両親の年齢のこともさること乍ら、頼りに出来るのはこの竹馬の友の二人しかいないであろうことをこの時改めて思い知り、その絆を改めて確認し合って、また連絡その自業準備の経過とその進捗情況を報告することを約束し乍らその場を離れることにしたのであった。

約束の十三日、私は母からの執拗な未練を振り切り、一人上京し、大森に在る主人の自宅に向った。主人は、私が矢張り一人でその姿を現わしたことに対して、その残念さを隠さずに、羊歯《しだ》を世話していた手を休め、先ずそのことを口にしてから私を家の中に迎え入れた。

部屋に通されると、私はここで先ず最先に、改めて自立自営に踏み切り、始めることの決意を正式に伝え、報告し、その詫びを含めての挨拶をしたのであった。主人はあくまでその私に対して訝しく怪訝の表情を注ぎ、懐疑懸念を示して渋っていたが、それでも私からの、『この仕事の不向な自分であることの充々承知した上での、とりあえず生活の道を差し当ってどうにも立てて行かなければならないことなので―』という私からの申し出を受けたことで、渋々ではあったが、不本意を顕わに示し乍らも承諾する以外になかったことであったのだ。そして取り寄せられていた昼食を済ませると、この主人夫婦に八年間勤務め上げ、その間の世話を掛けたことへの礼と退職手当てを受け取り、その足で銀座にある店の方に回り、大旦那をはじめとして、番頭達に世話をかけたことに対する挨拶を無視されるを承知の上で頭を下げ、その店を後にして再び郷里に最后の挨拶を済ませて来たことの報告に向っていた。

こうして家族に店での終止符を打って来たことの報告したことによって一安心の区切をつけたことで、私は予て竹馬の友二人が組んでくれておいた志賀高原への二泊三日の旅につき、その旅から戻る間もなくそこそこに、家に腰を暖める間もない急ぐ心のままに、その自活の自立の道を切り拓く為の自立自営への準備に早速取りかかる為の上京へ向っていったのである。

そして、これから新たに始まろうとする私の自己復活と恢復を含めた、自立自営にこぎつけていくまでの、その軌道に乗せていくまでの奮戦奮闘のそれに纏わる生死を背景とした心情作用とその展開、つまりその後に続くことになる私の新たなストーリーというものは、また新たな一篇の物語りとして充分に成り立つに相違ない。しかしこの私の手記においてはこの辺りで筆を休めた方がよい様に思われるのである。

了

著者プロフィール

想念路 真生（そうねんじ まさお）

1941年生まれ。

埼玉県出身。東京都在住。

著書『人間の彼岸』(2003年、鳥影社)、『未踏の裁断者』（2012年、文芸社)、『超人伝説―ニーチェへの誘い―』（2015年、文芸社)

実感、生命と人生との出逢いについて

愚者からの論証 1巻

2024年4月15日 初版第1刷発行

著 者 想念路 真生

発行者 瓜谷 綱延

発行所 株式会社文芸社

〒160-0022 東京都新宿区新宿1－10－1

電話 03-5369-3060（代表）

03-5369-2299（販売）

印刷所 株式会社暁印刷

ISBN978-4-286-30032-0